Isabell Serges

In der Nacht siehst du den Regenbogen nicht

Verlag Via Nova

Edition Spirituelle Romane

Isabell Serges

In der Nacht siehst du den Regenbogen nicht

Aus dem Reisetagebuch einer Traumtänzerin

Roman

vianova
Verlag Via Nova
Edition Spirituelle Romane

1. Auflage 2003

Verlag Via Nova, Neißer Straße 9, 36100 Petersberg
Telefon und Fax: (06 61) 6 29 73
E-Mail: info@verlag-vianova.de

Internet:
www.verlag-vianova.de
www.transpersonal.com

Gestaltung des Buchtitels: Marketing Design Service GmbH, Hamburg
Satz: typo-service kliem, 97647 Neustädtles
Druck und Verarbeitung: Rindt-Druck, 36037 Fulda

ISBN 3-936486-35-2

Inhaltsverzeichnis

Danksagung

Ich wünsche uns allen, dass wir es wagen, uns an unsere tiefste Vision des Herzens zu erinnern, uns zu ihr zu bekennen, und dass wir den Mut haben, nach ihr zu leben.

Ich möchte allen von Herzen danken, die mich in diesem Jahr begleitet haben – mit all den freud- und leidvollen Lektionen, die sie für mich bereithielten und die notwendig waren, um mich an meinen Traum zu erinnern!

Zunächst sei allen meinen „Haupt- und Nebenakteuren", „Regisseuren" und „Bühnenbildnern" gebührender und herzlicher Dank für ihre Mitwirkung auf meiner Erkundungsreise ausgesprochen. Ohne euch wäre dieses Buch nicht dieses Buch!

Besonders erwähnen möchte ich:

„Nina", „Sophie" und „Jennie": Danke für eure Freundschaft und für eure wunderbar bunten Beiträge; liebe „Lilo", ich danke dir, dass du für mich da warst, als ich dich um Hilfe bat, und für deine Zeit, als du in deinem Urlaub mein Manuskript Korrektur gelesen hast; lieber „Klaus-Peter", wahrscheinlich wirst du dieses Buch nie lesen, dennoch möchte ich dir an dieser Stelle danken, dass du zur richtigen Zeit am richtigen Ort warst; lieber „Phil", ich danke dir für deine tiefe und aufrichtige Freundschaft!

Weiterhin geht mein herzlicher Dank an Ruth, die mir in meiner größten seelischen Not beigestanden hat. Du hast mich durch den ersten Torbogen geführt – danke für dein Einfühlungsvermögen, dein Mitgefühl und dein tiefes Verständnis; liebe Ingrid, danke für deine Warmherzigkeit, deinen Humor und deine großartigen medizinischen Kenntnisse; liebe Meggy, ich danke dir aus ganzem Herzen, dass du mich ermutigt und mich dem Regenbogen immer ein Stück näher gebracht hast; Kilian Bodhi Ameen, ich bin dankbar, dass mich meine innere Stimme zu dir geführt hat, denn du hieltest wichtige Erkenntnisse für mich bereit.

Ich bitte um Nachsicht, dass ich nicht alle namentlich nenne. Meinen Dank bringe ich durch mein Buch zum Ausdruck.

Ich bedanke mich voller Liebe bei meinen Eltern für all die Schätze, die sie mir mit auf den Weg gegeben haben – möge dieses Buch dazu beitragen, dass sie sich ihrer erinnern!

In tiefster Liebe und Verbundenheit danke ich dem Himmel für seine Gabe an mich, seine Unterstützung und die Führung aus der geistigen Welt, die er mir zuteil werden ließ, und ich danke all den sichtbaren und unsichtbaren Engeln, die mich begleiten und mir den Weg ebnen.

Was zählt, ist nicht das Ziel, sondern die Reise selbst

Ich sehe mich auf einer Waldlichtung. Ich trage ein dünnes Kleid, aus Chiffon oder ähnlichem Stoff, es ist bequem und umschmeichelt weich meinen Körper.

Ich spüre den weichen Moosboden unter meinen nackten Füßen und atme den Duft des Waldes ein.

Durch den dunkelblauen Schleier der Nacht erstrahlt der Vollmond hell und klar über mir. Ich liebe den Vollmond, er zieht mich magisch an, und wenn ich ihn mir so betrachte, ganz fasziniert, weckt er eine unbestimmte Sehnsucht in mir.

Ich scheine öfter hier zu sein, es fühlt sich so normal und bekannt an, wundere ich mich als Betrachter der Szene. Es scheint auch völlig normal zu sein, dass ich da allein vor mich hintanze. Aber wenn ich tief in mich hineinspüre, so fühle ich eine tiefe Trauer, dass ich allein tanze. Nichts würde ich mir sehnlicher wünschen, als mit jemand zu tanzen, der so tanzt, wie ich es tue. Da halte ich inne, setze mich auf den Waldboden in den Mondschatten der Bäume und weine.

„Es ist Zeit aufzuwachen“, höre ich aus der Stille jemand sagen.

Ich lausche ungläubig. Was war das?

Ich versuche mit fester Stimme zu antworten: „Wieso? Ich bin wach! Hast du mich eben nicht tanzen sehen?“

„Dein Körper ist wach, aber dein Geist schläft“, sagt die Stimme ruhig und bestimmt.

Ich verstehe nicht.

„Was meinst du damit?“, frage ich irritiert.

„Es ist Zeit, dich auf die Suche nach dem Regenbogen zu begeben.“

„Du sprichst in Rätseln. Was soll das denn? Warum soll ich den Regenbogen suchen?“

„Das erkläre ich dir ein andermal – du würdest es jetzt noch nicht verstehen“, vernehme ich als Antwort.

Ich zögere. Hört sich ja interessant an. Also lenke ich ein:

„Wo soll ich einen Regenbogen finden? Es ist doch Nacht! In der Nacht sieht man den Regenbogen nicht! Du scheinst doch klug zu sein!“

„Mein liebes Kind, ich weiß, du bist ungeduldig, aber du wirst ihn weder hier noch heute finden. Der Weg zum Regenbogen wird eine lange Reise werden.“

„Eine Reise wohin?“, möchte ich wissen.

„Diese Reise hat kein Ziel. Alles, was zählt, ist die Reise selbst. Und höre meinen Rat: Sei in jeder Erfahrung ganz anwesend.“

Ach, hört sich das pathetisch an! Ich schüttele verständnislos den Kopf. Und die Stimme fügt lächelnd hinzu, als ob sie meine Gedanken lesen könnte:

„Du befindest dich auf einer Reise durch die Nacht. Sie wird zu Ende gehen, wenn alle Schatten verflogen sind. Doch bis es so weit ist, wirst du immer wieder hierher zurückkehren.

Noch glaubst du, dass du in der Nacht den Regenbogen nicht sehen kannst. Doch es wird die Zeit kommen, da wirst du erkennen, dass der Regenbogen immer da ist. Es hängt von dir ab, ob du ihn siehst.“

Verwirrt lasse ich diese Worte auf mich wirken, bis die Stimme wieder an mein Ohr dringt:

„Wenn du morgen wieder in deiner Welt aufwachst, wirst du dich nicht mehr an unsere Begegnung erinnern können, aber ich werde bei dir sein.“

„Aber wenn ich mich nicht erinnere, werde ich mich nicht auf die Suche nach dem Regenbogen machen! Ich will das nicht vergessen!“, werfe ich ein.

„Du wirst ihn suchen. Du wirst dich mit den dir in deiner Welt zur Verfügung stehenden Mitteln auf die Suche machen. Und dann wirst du dich erinnern. – Du liest doch gerne, nicht wahr?“

Ich bejahe. Und dann umgibt mich wieder Stille.

I. Tanz im Mondenschein

Dienstag, 2. Januar

Es ist superlangweilig im Büro. Anzahl der Tagträume: mindestens fünf (über Tanzen mit schönem Sebastian und zarte Bande knüpfen). Ich muss unbedingt meine kalten Hände in den Griff kriegen. Nur wie? Vielleicht mit Reiki, oder Mudras probieren. Oder Thermosflasche mitnehmen (sehr witzig). Ein Taschenfön wär auch nicht schlecht. Dann verschwinde ich immer mal kurz zwischen den Tänzen auf dem Damenklo und föne meine Hände trocken!

Auf Mudras bin ich durch Zufall gestoßen. Wird auch Fingeryoga genannt. Bestimmte Fingerstellungen haben eine heilsame Wirkung. Nur etwas schwierig, sie unauffällig im Büro zu praktizieren. Die Fingerstellung, die ich hier ab und zu mal gerne praktizieren würde, hat allerdings nichts mit Mudras zu tun.

Habe ein Angebot von einer regionalen Agentur eingeholt, wie viel meine Arbeit kosten würde – auswärts. Die Summe, die mir da entgegenblinkt, bestärkt mich: Ich werde eine berechtigte Gehaltserhöhung fordern!

Vorhin hat mein lieber Kollege Robert mich als Team-Assistentin bezeichnet und damit einen negativen Adrenalinausstoß bei mir provoziert. Ich habe sofort protestiert, kommt bei ihm aber nicht an. Ich bin zwar als Teamassistentin im Bereich Marketing eingestellt worden, habe mich aber im Laufe der Jahre sehr eigenständig mit eigenem Aufgabenbereich entwickelt! Betreue das gesamte Prospektsortiment vom Design bis hin zum Druck! Und außer meinem Chef bin ich die einzige hier mit profunden Fremdsprachenkenntnissen!

Ja, also das Team, das ist mein Chef Philip Dönneberg (inoffiziell Dr. Phil. genannt), Robert Hauskamp (genannt Robbi) und ich. Robbi ist der Hektiker und der Macher, mein Chef der Denker und Strukturierer, ich die Kreative und teilweise Ausführende (aber nicht alles).

Menschlich gesehen mag ich meine beiden Männer, wobei ich bei Robbi immer ein bisschen aufpassen muss, habe ich das Gefühl – der Mann in der Post-Midlife-Crisis., immer einen Fuß am Abgrund, bereit zum Seitensprung. Aber mit absoluter Höhenangst! Die Schwelle hat er jedenfalls noch nie übertreten, nur manchmal funkeln seine Augen, wenn er mich anschaut.

Die Zusammenarbeit mit meinem Chef lässt sich als unkompliziert, reibungslos und fruchtbar beschreiben. Wir schwingen auf einer Wellenlänge. Er fordert und fördert mich, und ich fühle mich bei ihm sehr gut aufgehoben.

Ich habe soeben meinen neuen Kollegen gesehen und ignoriert. Das hat seine Gründe. Den andern Kollegen freundlich „Frohes Neues" gewünscht. Neujahrsempfang ist am Freitagmittag, lese ich gerade in einer „Mail an alle". Kann ich mir nicht anhören. Bei der Unternehmenskultur…

20.00 Uhr.

Neue Haarspülung ausprobiert, extra für längere Haare, bringt Glanz und Geschmeidigkeit. Und Anti-Stress-Maske aufgelegt. Entspanne zunehmend. Mit Sebastian dem Schönen imaginäre Gespräche geführt, sehr intellektuell.

21.00 Uhr.

Ich bin schon sehr müde. Habe Mundfalte rechts entdeckt und festgestellt, dass das an bestimmtem Gesichtsausdruck liegt, der durch zusammengekniffenen Kiefer entsteht. Es ist dieser typische leicht verschlossen-kritische Gesichtsausdruck. Das muss ich mir abgewöhnen. Vor dem Spiegel geübt: Kiefer locker. Schwer durchzuhalten bei Anblick von Robert bei der Morgenkonferenz.

Ich bin direkt eingeschlafen. Ohne zu lesen oder fern zu sehen. Ich habe meine eigenen Filme im Kopf. Versuche noch mal, den Traum von letzter Nacht zusammenzukriegen. Aber es ist absolut hoffnungslos – keine Erinnerung daran.

Mittwoch, 3. Januar

Ich bin immerhin 8.20 Uhr im Büro. Und total stolz, dass ich wieder gejoggt habe (trotz Regen)

Der neue Kollege ist auch schon da, ich sehe seinen Aufreißerschlitten in Knallrot auf dem Parkplatz stehen. Gott sei Dank ist diese Zeit vorbei, als wir noch in einem Büro zusammen saßen. Er verkörpert alles, was ich hasse: Fettleibigkeit, Lahmheit, sprachliche Ungewandtheit, mangelnde Kommunikationsfähigkeit, Tollpatschigkeit und Unsicherheit. Dank meiner Revolte habe ich ein Einzelbüro in den Kellerräumen bezogen. Kein Stress mehr mit ihm.

Geistloses Gespräch mit Kollegen Georg über frühes und spätes Aufstehen. Das ist zwar ziemlich dämlich, aber ich finde bei dem nie eine interessantere Gesprächsebene. Keine Ahnung, woran das liegt. Dabei kann ich ihn wirklich gut leiden. Er ist nett. Und süß. Und attraktiv. Aber so schüchtern!

Ich habe warme Hände!

Die neue Sekretärin, etwas jünger als ich, hat mich pickelig und gar nicht erfreut angestiert, als wir wie immer vorm Klo aufeinander gestoßen sind. Ob das damit zusammenhängt, dass ich ihr Arbeit aufgehalst habe?

10.30 Uhr

Jetzt muss ich mir aber mal die CRM-Demo-CD ansehen: Kundenbeziehungsmanagement.

11.10 Uhr

Anruf von Daddy. Er hat die Auskunft eingeholt, die ich haben wollte: Eine arbeitsrechtliche Zusatzversicherung kostet über dreihundert im Jahr. Was tun? Die braucht man hier aber in dem Saftladen!

11.30 Uhr

E-Mail von Nina. Sie und Jürgen der Gemeine haben sich gestern getrennt. Nun ja, er war halt wirklich zu gemein zu ihr. Und das hatte so schön angefangen bei denen.

Ich habe mir dann die CRM-Präsentation mit Robbi angeschaut.

14.00 Uhr

Check im Spiegel: Augen-Make-up verläuft nicht. Klasse. Und morgen ruf ich Sebastian an.

14.45 Uhr

Habe bis jetzt erst zwei Zigaretten geraucht.

17.00 Uhr

Feierabend! Auf ins „Viktor's", Cocktails schlürfen. Diese edle Yuppi-Bar mit gedämpfter Pianomusik und klassischem Ambiente muss unsereins sich ab und zu antun. Klatsch und Tratsch mit Ilonka, die ich letztes Jahr auf einer Kreuzfahrt kennen gelernt habe. Sie hat den neuen Kreuzfahrt-Katalog dabei. Wir haben beschlossen, dass die Aida-Kreuzfahrt zu teuer ist. Aber schwelgen kann man ja kostenlos: Und so lassen wir uns in Gedanken in die Karibik treiben, immer wieder unterbrochen von sehr zuvorkommendem, flirtendem Kellner und neuen Cocktails.

Donnerstag, 4. Januar

Mittagspause.

Aha, da steht's: „Die Ehe ist auch nicht mehr das, was sie einmal war“, heißt es auf der Titelseite. Ich gehe mal in unseren Sozialraum ein bisschen quatschen.

15.00 Uhr

Meine Hände sind schon wieder kalt. Ich glaube, das liegt an der Firma. Zu Hause habe ich keine kalten Hände.

Gedanken an Sebastian. Verdirb mir nicht den süßen Schlummer der Erwartung!

17.00 Uhr

Nichts wie raus hier.

19.30 Uhr

Habe keine Lust, Sebastian erst um halb zehn anzurufen. Ich rufe ihn schon jetzt an, denn ich habe das todsichere Gefühl, dass er da ist.

Zwei Stunden später:

Da habe ich doch tatsächlich zwei Stunden mit ihm telefoniert! Ich fasse es nicht. Herrlich! Witzig! Unverkrampft! Sein Lachen ist schön, ich habe ihm erklärt, wie das Handy funktioniert (er hat seins noch nicht lange, übrigens dasselbe Modell), dann haben wir stereo telefoniert, jeder mit normalem Telefon und Handy, weil er das Telefonieren mit dem Handy üben sollte. Mann, war das witzig, wenn man das gefilmt hätte. Ich habe ihm die SMS-Technik erklärt und gleich praktiziert. Nun muss er nur noch üben, um eine zu schreiben.

Habe immer wieder Gesprächsfetzen im Geiste wiederholt und vor mich hin gegrinst.

Versuch der Autosuggestion vorm Einschlafen:

Ich löse mich von meiner romantischen Wunschvorstellung und bin bereit, eine realistische Freundschaft … hm … wie ging das noch?

Freitag, 5. Januar

Ich bin schlecht aus dem Bett gekommen, aber trotzdem gelaufen. Wieder bei Regen. Super! Mein Rücken tut weh. Was ist denn das jetzt?

Eine Stauchung? Ich hoffe, es geht wieder weg. Vielleicht auch ein Muskelkater?

8.30 Uhr

Im Büro. Habe warme Hände. Phantastisch!

Ich habe im Telefonbuch unter Sebastians Nachnamen nachgeschlagen (hatte mich beim gestrigen Anruf darauf konzentriert, wie er sich meldet, und seinen Namen auch behalten!) Detektivisch erfolgreich: Nummer stimmt überein. Leider fehlt die Straßenangabe.

14.00 Uhr

Meine Männer haben mich beim Neujahrs-Empfang gesucht. Aha. Dr. Phil: ob das Zeichen der Missbilligung gewesen sei? Ich habe's diskret offen gelassen.

Am Wochenende geh ich tanzen! Das ist ja schon morgen! Gerate in Panik!

Samstag, 6. Januar

Bin um 10.00 Uhr aufgewacht und anschließend im Wald gejoggt. Danach heftige Rückenschmerzen.

Allmählich entwickelt sich ein Count-down-Bewusstsein. Haare mit Glanzspülung gewaschen.

16.00 Uhr

Bin die ganze Zeit aufgeregt. Bin ich eigentlich 13 oder 34? Aber in der Lage spielt das Alter wohl keine Rolle.

16.45 Uhr

So, das Schminken hat geklappt. Lieber frühzeitig schminken, könnte ja was schief gehen. Schnell noch was essen. Anziehen, aber was? Nicht zu sexy, nicht zu bieder, nicht zu aufreizend … Ich entscheide mich für die braune Lederhose, das kurzärmelige Tiger-Shirt und zartgelbes Jäckchen drüber.

17.35 Uhr

Los! Aufbruch ins Ungewisse. – Mitternacht: Wir haben uns entschieden, samstags zu tanzen, mit anschließender Übungsstunde. Da kann man von 21.00 Uhr bis Mitternacht abtanzen! Toll! Hat mit uns ganz gut geklappt, zumindest für das erste Mal.

Aber so schön ist er doch nicht. Er hat total kurze Fingernägel (abgeknabbert?) und einen Bauch! Nicht gerade ein Athletenbody. Und wo waren seine wunderschönen Locken, die mir von unserem Blind

Date in Erinnerung geblieben waren? Haar nur leicht wellig. Und er hat zwei Ringe an!

Na ja, aber von all dem abgesehen – wir haben immerhin sechs Stunden miteinander verbracht, und so wird es jeden Samstag sein. Von 19.00 bis 21.00 ist nämlich „Zwangspause“, und da müssen wir uns wohl unterhalten. Ich meinte scherzend, wir können uns ja während der Woche Stichpunkte machen, was wir uns erzählen wollen, und dann den Zettel samstags abarbeiten.

Zu Hause dann geduscht, da ich total verschwitzt war. Mein Make-up ist überhaupt nicht verlaufen. Super! Sehe noch taufrisch aus! Dann habe ich eine Kurzanalyse des Abends betrieben, Bilanz recht positiv, einige Rätsel (Frauenstimme von Sebastians Mailbox, Ringe).

Sonntag, 7. Januar

14.20 Uhr

Ein Anruf von Sebastian. Er ist krank. Angina. Aha, er ist kein Skifahrer und hasst den Schnee. Toll! Aber Isabell, fang jetzt nicht an zu spinnen! Immer schön auf dem Boden bleiben. Wir wollen nur miteinander tanzen!

Ich habe mich nicht getraut, ihn wegen der Mailbox und der Ringe zu fragen; das wird sich schon von selbst aufklären.

Ja, dann werde ich auch einen schönen Tag im Bett verbringen, aber gesund, und lesen. Abends zieh ich mir den TV- Kitsch rein. Zuerst „Nur die Liebe zählt“ und dann „Ich heirate einen Millionär“. Nach 23 Uhr ins Bett. So spät! Da komme ich morgen wieder nicht raus!

Montag, 8. Januar

Habe erst mal gejoggt!

Habe Sebastian eine SMS geschickt. Motivationsspruch des Tages: „Lieber mit Isabell tanzen als mit Angina im Bett. Hoffe, dir geht's besser. Viele Grüsse, Isabell.“

In der Mittagspause gehe ich einkaufen. So spare ich mir die Einkaufshektik nach Feierabend. Morgen mache ich Urlaub, gehe in die Sauna, tagträume, schlafe, lese…

Ich schaue ständig auf mein Handy-Display. Ob Sebastian mir je eine SMS schickt? Aber der guckt frühestens heute Abend drauf.

Aha, Robert lädt mich als Wiedergutmachung für ausgebliebenes Weihnachtsgeschenk am Mittwochmittag zum Chinesen ein. Ist ja wirklich nett von ihm!

Ich habe soeben mit meinem platonischen chaotischen Freund Doc ein Date ausgemacht. Chaotisch deshalb, weil es für ihn in jeder Hinsicht zutrifft. Im letzten Jahr hat er bestimmt zehn Jobs gehabt. Nirgendwo hält er es lange aus. Das betrifft Jobs und Frauen. Ich treffe mich heut Abend mit ihm in der Pizzeria.

16.16 Uhr

Na, Feierabend ist absehbar! Gott sei Dank! Oh, Mann, das dauert noch bis Samstag! Würde gern mit Sebastian reden oder ihn sehen. Ich wüsste gerne, welches Sternzeichen er ist, und vieles mehr! Ich finde dieses Tanzen umeinander sehr spannend und wüsste gern, ob's ihm auch so geht.

Punkt 20.00 Uhr hat Doc mich abgeholt. Leckere Pizza und ein trockener Montepulciano. Wir haben wie immer viel miteinander gelacht. Und morgen Urlaub! Spitze! So schön kann es sein!

Mittwoch, 10. Januar

Neidvoller Rückblick auf gestern: Ich bin um 10.00 Uhr aufgestanden, habe schön gefrühstückt, 25 Minuten im Wald bei schönem Wetter gejoggt, im Bett gelegen und gelesen, und nachmittags bin ich in die Sauna gegangen.

Und heute gab es viel Stress, zweimal mit Robbi Kaffee getrunken (ist auch Stress!), mittags war ich dann auch noch mit ihm beim Chinesen essen (sein verspätetes Weihnachtsgeschenk).

Bin jetzt jedenfalls zum Umfallen müde.

Aber das eigentlich Interessante war ja vergangene Nacht: Ich war nach der Sauna so platt, dass ich mich schon um 21.00 Uhr hingelegt habe. Wache nach einem Traum um 23 Uhr wieder auf. Ich hatte geträumt und gefühlt, dass Sebastian mir eine SMS geschrieben hat. Ich habe die Verbindung gespürt und denke mir, zum Spaß, machst mal dein Handy an, wo du ja sowieso wach bist. Und dann auf einmal piept es! Eine SMS! Von ihm! Greetings from the dancefloor, abgeschickt so kurz vor halb elf, sonst nichts. Aber immerhin! Und diese Telepathie! Ich war total fasziniert und konnte gar nicht mehr einschlafen.

Ich muss zugeben, dass ich auch von Georg geträumt habe, kann mich zwar nicht mehr so dran erinnern, aber ich glaube, wir haben uns geküsst. Megapeinlich, diese Phantasien.

Literatur lesen über CRM macht noch müder. Ich möchte lieber was anderes lesen und träumen. Vielleicht habe ich die Nacht ja wieder so einen psychedelischen Traum! Mein Handy steht vor mir und sagt rein gar nichts. Warum ruft nicht mal der Headhunter an? Ich kann mir durchaus einen Jobwechsel vorstellen!

Donnerstag, 11. Januar

Habe mir heute Morgen überlegt, dass ich mich nicht mehr nervös machen lasse, von dem Ganzen hier. Habe mich gefragt, was mich eigentlich beunruhigt. Also dass ich mich nicht so wohl fühle, ist klar daran zu erkennen, dass ich das Ende des Arbeitstages nicht erwarten kann und das Wochenende erst recht nicht. Danach sehne ich mich mehr als normal, finde ich.

Ich habe so ein beunruhigendes Gefühl, das schwer zu fassen ist. Ich kann es nicht erklären. Es ist eben da. Es fühlt sich an wie die Unruhe vor einem Sturm. Ich renne im wahrsten Sinne des Wortes jeden Morgen dagegen an.

Die Morgenkonferenz dauert entsetzlich lang, zwei Stunden. Ergebnis für mich: Keins. Werde nach Büroschluss den Brief an die Rechtsschutzversicherung einwerfen.

Morgen ist endlich Freitag, Gott sei Dank. Und jetzt noch zweimal schlafen und es ist Tanzabend!! Hoffentlich ist er wieder fit. Und wenn nicht? Soll ich ihm eine SMS schreiben? Nee, lieber nicht, will lieber noch warten. Aber worauf? Das sind ungeschriebene Dating-Regeln.

Heute kann ich etwas früher aus dem Bunker hier raus. Geh mit Robbi auf eine Seminarbesprechung. Die ist bestimmt todlangweilig, aber man kann ja tagträumen, ohne dass es jemand merkt.

Habe heute Morgen beim Joggen übrigens gedacht, dass die Strecke mittlerweile zu kurz ist, ich komm gar nicht mehr ins Schwitzen und Japsen.

Ich habe eine tolle Idee für zweistündige Tanzpause: Ich werde mir morgen noch mal das Wichtigste über Numerologie reinziehen und ihm dann sein Geburtsdatum deuten.

Mein Handy schweigt mich an. Aber ich widerstehe der Versuchung.

16.00 Uhr bei Seminarvorbesprechung:

Träumen geht nicht, sind zu wenig Teilnehmer hier, und der Seminarleiter sucht aufdringlich Blickkontakt mit mir. Hoffentlich ist das bald rum.

17.00 Uhr

Jetzt erst mal noch schnell in die Stadt und mir diese supermegateure T-Zone-Flasche von Biotherm kaufen. Für weniger glänzende Zeiten auf Nase und Stirn…

Anruf von Sophie, wie ich den Tanzabend überstanden habe.

21.00 Uhr

Na, dann schreibe ich halt doch eine SMS an Sebastian: „Na, fit for Saturday Night Fever? Hoffe, das andere Fieber ist weg. Gruß, I."

22.30 Uhr ins Bett. Todmüde.

Freitag, 12. Januar

8.30 Uhr im Büro

Thank God it's Friday! Bin heute Morgen schlecht aus dem Bett gekommen. Dann war ich brav laufen, eine etwas größere Runde. Isabell the Roadrunner. War schweinekalt.

Von meinem Chef und meinem Kollegen sehe ich keine Spur. Auch gut. Ich kann mich sehr gut allein beschäftigen! Der Vorteil von einem Einzelzimmer ist auch, dass man ungestört um den Schreibtisch tanzen kann! Wenn ich ein Kätzchen wär, würde ich mich jetzt auf dem Boden wälzen und schnurren. Und dann würde ich zu Dschordschiboy (deutsch: Georg!) auf den Schoß springen und mein Köpfchen an seinem Kinn reiben!

13.00 Uhr

Ich werde mal noch die Unterlagen für den Round Table zusammenstellen und einen Flughafentransfer organisieren. Die Sonne scheint! Wie schön! Will hier raus.

Ich habe „Liebe im Beziehungsalltag" bei meinem Lieblingsverlag bestellt. Rein prophylaktisch. Das ist laut Prospekt ein Buch, das dem Leser hilft, sich von vorgefassten Bildern und unrealistischen Ansprüchen zu verabschieden und Probleme in der Partnerbeziehung besser in den Griff zu bekommen. Hört sich gut an. Darauf sollte man als Frau vorbereitet sein!

Sonntag, 14. Januar

Ich wiege ein ganzes Kilo weniger!

Ah, war das Tanzen gestern schön. Aber eigentlich haben wir mehr geredet. Sind bis 0.30 Uhr in der Tanzschule geblieben und haben einige Biere getrunken. Mach ich nicht mehr. Hat sich auf einmal alles gedreht. Peinlich! Im Sitzen! Nee, also das nächste Mal trinke ich mindestens ein Bier weniger. In der Pause habe ich ihm sein numerologisches Profil erstellt, und er war total begeistert, wie das alles stimmt! Mir gefällt sein numerologisches Profil gut.

Als wir heimfuhren, habe ich einen Blick auf sein Auto werfen können: Daraus schließe ich, dass er sich nicht mit seinem Auto identifiziert, es als reines Fortbewegungsmittel und nicht als Statussymbol sieht. Ich schätze, er ist kein Materialist.

Ja, beim Tanzen hatten wir unseren Spaß. Ich war wieder nicht zu bremsen, und irgendwann hat er erschöpft gemeint, das sei jetzt der letzte Tanz. Aber ich hätte unendlich weiter tanzen können! Also diesen Disco Fox muss ich mir jetzt endlich merken. Laufen laufen tip, laufen laufen tip. Und dann noch die Promenade zum Tango.

Als wir nebeneinander am Tisch saßen, habe ich beobachtet, dass, wenn sich unsere Ellbogen berührten, keiner seinen zurückgezogen hat. Sehr gutes Zeichen! Auch wenn sich unsere Knie zufällig berührt haben, ist das Knie erst anstandshalber nach einer gewissen Zeit in eine distanziertere Lage bewegt worden. Simultan trinken (auch ein Zeichen des Gleichklangs!) war nicht schwer, wir haben schnell und viel getrunken, Tanzen macht durstig. Er hatte sein „Tanzbuch“ dabei, aber ich habe ihm gesagt, dass ich damit nicht klar komme. Da sind die Schritte aufgezeichnet! Wie kann man nur so tanzen lernen? Ich meinte, das könne nur ein Mann geschrieben haben, wahrscheinlich von Beruf technischer Zeichner oder Architekt.

Es war natürlich ein Mann.

Ich habe Sebastian gesagt, dass ich sein vollständiges numerologisches Profil erarbeiten könne, bräuchte dazu aber seinen kompletten Namen. Er hat ihn mir ohne zu zögern verraten. Was ich da alles rausfinden könne? Und ob ich da wirklich so viel Zeit investieren wolle?

Müsste eigentlich mindestens eine Stunde joggen, um die Energie loszuwerden. Entscheide mich aber dafür, im Katalog zu blättern. Die neue Frühjahrsmode: Rosa und Lila. Zieh ich nicht an! Wäsche abgehängt. Lilo angerufen. Sie ist wohlbehalten aus dem Skiurlaub zurück. Das weiß man bei ihr nämlich nie. Sie musste mich leider kurz abfertigen, da Besuch da war. Sie ruft mich morgen im Büro an.

18.00 Uhr.

Jetzt ist Zeit für tolle Musik, romantische Gefühle und imaginäre Kuss-Szenen! Leider nur in der Phantasie…

21.00 Uhr

SMS an Sebastian: „Hallo, Sebastian! Es gibt viel zu erzählen am Samstag, habe dein numerologisches Profil erstellt. Gruß, I."

Ich glaub, ich geh jetzt ins Bett.

Dienstag, 16. Januar

Kam heut Morgen nicht raus und war auch nicht joggen (auch viel zu kalt, minus 6 Grad!), habe meine Hose nicht gefunden, den Pulli nicht gefunden, und bin total gestresst zur Arbeit gekommen – aber immerhin angezogen!

Bin erst fünf Minuten vor unserem Round-Table-Beginn ins Meeting gerauscht. Im Meeting sitzt mir wieder Robert gegenüber. Als ich bei TOP 5 drankomme, bringe ich, was ich zu sagen habe, zackig-souverän im Fachjargon. Das macht Spaß!

Bei den folgenden TOPs tauche ich etwas ab: Über den gestrigen Tag spreche ich heute nicht, der war mehr als öde, und ab Mittag hatte ich Bauchkrämpfe, die sich bis spät in die Nacht gehalten haben, jedenfalls habe ich wieder wenig gepennt, hatte nachts also eine Menge Zeit, mir die Liebesgeschichte zwischen Sebastian und mir bis ins Detail auszudenken. Hat wahnsinnig Spaß gemacht. Und es war so romantisch! Habe dann nachts noch mein kleines Horoskopbuch gefunden, das ich schon seit Tagen suche. „Löwe und Fisch". Hatte ich's doch richtig in Erinnerung, die Kombination ist nicht so toll, aber mir ist aufgefallen, dass bei Fischen alle Sternzeichen aus irgendeinem Grund nicht so passend sind. Aber Sebastian hat nicht das typische Löwe-Gehabe, er hat bestimmt einen relativierenden Aszendenten. Muss mal nachschauen, welches Element er nach Feng Shui ist.

11.30 Uhr

Ende des Meetings.

Hm, immer noch Mittagspause, ich will mal Nina anrufen und fragen, was Jürgen der Gemeine (kurz JDG) wieder angestellt hat…

Na, das kann ja heiter werden, wenn wir uns am Freitag treffen. Sophie ist fertig, Nina ist fertig, und Jennie bringt vielleicht das Puzzle „Ich baue mir mein Tal des Jammers" mit. Dafür kann es nur einen Grund geben: unglückliche Love-Stories. Wenigstens bin ich mal ausnahmsweise außen vor.

14.30 Uhr.

Die Zeit vergeht wie im Fluge. Praktische Arbeiten wie Päckchenpacken (weil Internal Service bockt) sind doch echte Zeitraffer. Und so abwechslungsreich! Vor allem das Rumrennen vom einen Ende der Firma zum anderen Ende und hier und da ein Schwätzchen verkürzen die Zeit. Habe selbst mit Georg eine Basis für ein Zehnminutengespräch gefunden: Vertriebsmaßnahmen.

Ich will eine SMS von Sebastian!

16.00 Uhr

Habe soeben ausgerechnet, dass ich bis 17.15 Uhr bleiben muss. So ein Mist. Sonst rutsche ich ins Minus, weil ich ja morgen früher gehe und Freitag auch so früh wie möglich.

Heute Abend Sauna, hoffentlich kann ich danach mal schlafen.

Ah, ich könnte ja mal auf der Internetseite von meiner Tanzschule surfen!

17.10 Uhr

Pack jetzt ein.

20.00 Uhr

Sauna ist schön! Sophie hat mich auf die Idee gebracht, meine Wimpern färben zu lassen. Wir wollen mal gemeinsam in die Parfümerie gehen. Hätte den Vorteil, man würde schon beim Aufwachen durch seidige dichte Wimpern klimpern (nur interessant, wenn Beobachter vorhanden)! Und nach dem Duschen hätte man immer noch den dichten farbigen Blick! Wenn ich jetzt noch anfange, Rezepte zu sammeln, habe ich's gepackt.

Mittwoch, 17. Januar

8.40 Uhr im Büro. Kritische Bemerkung von meinem Chef: Ich solle doch bitte spätestens 8.30 Uhr zur Morgenkonferenz da sein. Muss wohl klein beigeben und schneller über die Autobahn fliegen.

10 Uhr kurzes Briefing außer Haus (Hauptsache mal raus!) mit dem Messebauer: Standdesign und so für die nächste Messe.

11.10 Uhr, wieder zurück im Büro.

Später am Nachmittag mit einem Kollegen fast eine ganze Flasche Sekt gekippt. Jetzt bin ich allerdings leicht lädiert. So geht die Zeit doch schon viel schneller rum!

Mein Handy piept: Hi, ich bins nur – Ilonka – wollte nur mal testen, wie schnell du an dein piepsendes Handy rennst!

Freitag, 19. Januar

6.00 Uhr raus, Joggingklamotten an (wie gut, dass ich mir alles am Vorabend so ordentlich zurechtgelegt habe), zweimal um Häuserblock gerannt. Dann das Augen-Make-up so aufgetragen, wie gestern geübt.

Pünktlich 8.30 Uhr trotz Stau auf der Arbeit und atemlos bei meinem Chef angekommen. Der hat dann erst mal bis 8.45 Uhr telefoniert. Der Druck, den er macht, ist total unnötig und sinnlos.

CRM-Meeting bis halb zwölf. Dann dauernd in Action bis 16.30 Uhr. Wie erwartet: Es kommt kein weiteres Zeichen von Sebastian.

17.00 Uhr zu Hause. Muss Partyvorbereitung treffen. Ich freue mich auf die Mädels. Mal schauen, welches Element Sebastian nach Feng Shui ist… aha, Wasser und Yin. Und ich bekanntlich Feuer und Yang. Den Rest kann man sich ja denken. Egal, das entmutigt mich jetzt überhaupt nicht!

18.30 Uhr

Also, wenn ich jetzt weiter so rumsitze, schlaf ich ein. Ich könnte ja noch schnell saugen und Bad putzen.

18.50 Uhr kommt Sophie. Etwas später Jennie ohne Nina, ihr sei nicht gut. Schade. Dank Jennies grenzenlosem Appetit haben wir die Quiche, die für fünf gedacht war, zu dritt gemampft. Habe numerologische Profile erstellt. Wir haben uns fast gekringelt, dass die Männer, denen unsere Aufmerksamkeit zurzeit gilt, alle drei Wassermänner sind (nach Feng Shui). Und was ist das gemeinsame Merkmal von Wassermännern (nicht nach Feng Shui)? Sie tauchen nach kurzer Zeit wieder ab!

22.00 Uhr hat sich dann die Runde aufgelöst. Powerfrauen waren alle so müde.

Sonntag, 21. Januar

Mist. Jetzt ist das Wochenende wieder vorbei, und die Woche geht von vorne los. Und das Warten bis Samstag. Na ja, das Leben verläuft eben zyklisch. Nächste Woche ist ja sehr abwechslungsreich mit zwei Beauty-Terminen: Wimpern und Friseur.

Sebastian der Schöne kam gestern Abend leicht verspätet in die Tanzschule. Als ich ihn sah, dachte ich, dass er einfach lieb aussieht. Die Haare waren irgendwie wieder anders. Glatter. Aber der Bauch! Und die Haltung, wenn er dann da steht und den Bauch rausstreckt. Und wo ich mich totlachen könnte, ist, wenn er dann so dasitzt, die Beine von sich wegstreckt und sich der Bauch so nach vorne schiebt. Er sieht dann aus wie ein vollgefressener Maikäfer. Aber davon abgesehen ist er schon nach Beurteilung von drei Tanzabenden ganz in Ordnung, wenn auch seine Ausdauer weniger gut ist. Dann ist auch noch eine Dampfwalze über meinen rechten Fuß gerollt, ich lasse heute das Joggen sein.

Habe viel gelacht gestern, als ich ihn bei einer Drehung im Augenwinkel gesehen habe, wie er so leicht unbeholfen versucht hat, dabei im Takt zu bleiben. Er hat sich von meiner Lacherei anstecken lassen. Ja, also Jive und Discofox haben uns jedenfalls fast umgebracht. Dafür kriegen wir die Rumba und Cha Cha elegant und glatt hin. Und bei Walzer gehen wir immer Bier trinken. Über seine Lebensnummer, Ausdrucks- und Talentzahl sowie Seelen- und Motivationszahl (hatte ich ja vorher schön auswendig gelernt) war er total hingerissen, weil es wohl so völlig zutreffend war. Und ich kam mir vor wie Ms Lebensberater, es hätte nur noch die Couch gefehlt. Ansonsten gab es keine Gespräche, die irgendwie neu oder richtungweisend gewesen wären. Als wir um halb eins rausgeschmissen worden sind, weil heute schon um 10 Uhr „Tango Argentino“ stattfindet, hat er mir unaufgefordert geholfen, mein Auto frei zu kratzen. Fand ich echt nett. Komisch war, dass seins überhaupt nicht zugefroren war. Ich habe mich verabschiedet mit den Worten: „Ja, dann haben wir ja wieder Zwangspause bis Samstag, also bis dann!“ Ich hoffe, dass er „Zwangspause“ in allen Schattierungen und Facetten überinterpretiert.

Wahrscheinlich muss ich mit Sebastian endlos Tanzkurse besuchen, bis es allmählich mal etwas persönlicher wird… wenn überhaupt. Ich denke zurück, wie man seine Sonntagnachmittage auch anders gestalten kann. Weiß gar nicht mehr, wie das geht.

17.00 Uhr

Oh Gott! Zwei Stunden wie im Koma gepennt. Nahrhaftes Essen hat sehr beruhigende und entspannende Wirkung.

Ich gerate in Panik, bald ist Valentinstag. Ich werde eine Valentins-Party organisieren, nur mit den Girls! Könnte ja mal eine neue Quiche ausprobieren. Würde Sebastian zwar gerne eine SMS schreiben, aber ich bin absolut phantasielos. Also lass ich's lieber. Er soll ja auch nicht denken, dass ich dauernd an ihn denke!

21.30 Uhr

Für einen guten Start in die Woche werfen wir mal rein prophylaktisch vier Baldrian ein. Es wird höchste Zeit, dass die Bücherlieferung kommt, habe nichts mehr zu lesen.

Montag, 22. Januar

War überpünktlich schon 8.15 Uhr in der Firma. Ich hätte mich fast noch beim Aussteigen aus dem Auto flachgelegt, da es glatt war. Nirgendwo ist es glatt, nur auf dem Firmengelände. Was will uns das sagen? Ansonsten bin ich heute megacool. Habe in der Mittagspause Folien ausdrucken müssen und in meinem Büro zu Musik ein bisschen getanzt. Ein Kollege kam rein. Ich habe ungeniert weitergetanzt. Er meinte nur, ich sei ja sehr relaxed, bewunderte leicht verlegen meine Ohrringe und lud mich zu seinem Geburtstagsumtrunk nächsten Dienstag ein.

Habe dann den Flyer-Versand nach München organisiert. Hoffentlich kriegen wir die Inhouse-Präsentation. Ob dieser CEO aus London wohl kommt? Ich werde ihn auf jeden Fall persönlich begrüßen! (Hoffentlich ohne Kieferverrenkung wegen seinem Namen)

Von Sebastian noch nichts gehört. Hm, könnte ihm ja unverfänglich schreiben. Etwa so: „Schwere Schleifspuren von Dampfwalze auf dem Fuß, das nächste Mal zieh ich Moonboots an! Hast du dich erholt?" Ja, das könnte ich doch schreiben – aber erst heute Abend, spät.

15.30 Uhr

Ist das heute interessant! Ich habe soeben Thornton-Sawbureworth von Forthbright Consultancy abgeholt und in Empfang genommen. Endlich mal schön Englisch sprechen! Habe ihn dann galant zu meinem Chef geleitet und sogar Kaffee gekocht und Kekse serviert (Kaffee sicherheitshalber vorher selbst probiert; Kekse leider nicht, später erzählte man mir, sie seien alt gewesen, war aber nicht meine Schuld!). Mann, was für ein Mann mit Ausstrahlung! Ein bisschen kompakt, und so charmant! Man hat ihm die Lebensfreude direkt angesehen! Bestimmt ein Wassermann!

16.50 Uhr

Bald ist Feierabend! Ich werde Ph. D. anrufen, ob er noch was braucht, bevor ich gehe.

Dienstag, 23. Januar

15.30 Uhr

Robert hat dem Prokurator eins ausgewischt! Da wollte der mir doch tatsächlich Adressenverifizierung und so'n Mist aufdrücken, da seine Sekretärin ja so ausgelastet ist. Aber Robert hat nein gesagt! Fühle mich stark und beschützt!

Ich habe der Sekretärin der Geschäftsführung, wie von ihr gewünscht, die Mappen zusammengestellt, aber mit einem Titelblatt, auf dem die Systematik der Flyer-Zusammenstellung verdeutlicht ist.

Ja, und dann diese Nettigkeit von Ilonka auf meinem Handy: „Hallo, Isabell, freue mich schon so auf Samstag, darf ich dich dann noch zum Essen einladen? Sebastian."

Dieses Biest…

Sonntag, 28. Januar

Samstag, war leider etwas kurz mit Sebastian, da er Besuch hatte (nicht weiter spezifiziert), und so haben wir uns um halb neun getrennt. Im Nachhinein habe ich gedacht, er hätte mir ja auch ganz absagen können, aber das hat er nicht getan! Ich nehme das als ein gutes Zeichen! Und er hat auch noch zwei Bier mit mir getrunken (ich habe mir ausnahmsweise mal einen Sekt genehmigt). Damit war mein ganzer Gesprächszettel für die Katz, habe ihm nur was über sein „persönliches Jahr" laut meinen numerologischen Kenntnissen erzählt. Ich sagte zu ihm beim Abschied: „Ich bin jetzt noch total unausgelastet, werde wohl allein in meinem Zimmer mit meinem Teddybär weitertanzen! Ich schreib dir noch ne SMS!" Er: „Au ja, mach das!"

Also schicke ich ihm 21.00 Uhr eine:

„Huhu! Kannst du mich im Mondenschein tanzen sehen?“

Denn wir hatten vorher von dem Song gesprochen, den ich so mag (Dancing in the moonlight), und wir haben überlegt, was man dazu tanzen kann. Keine Antwort. Wie ich das hasse!

Heute war ich mit Nina und Sophie in dem tollen Saunarium. War wirklich schön, Schwimmen, Sauna, Moorbad. Sophie hat erzählt, dass Ralf der Coole Schluss gemacht hat. Deshalb hat sie auch Schwarz getragen. Mistkerl! Wegen einer andern, soll zur Hölle fahren! Nina ist wieder mit Jürgen dem Gemeinen zusammen, sie wollen es noch mal probieren, aber sie ist frustriert und ärgert sich maßlos über ihn, weil er so gemein ist. Ich tanze aus der Reihe, weil ich mal keinen Beziehungsstress habe. Bin voller Erwartung, wie es mit Sebastian dem Schönen weiter gehen kann.

Schicke im Bistro SMS an Sebastian: „Hallo, du SMS Muffel, Grüße aus dem Moorbad, I.“

20.00 Uhr: Ich habe immer noch keine Antwort.

Mittwoch, 31. Januar

Nachmittags kurz vor Feierabend rufe ich noch mal meine Mails ab. Oh, ein Brief ist angekommen, von Nina, der Rachegöttin:

„In Gedanken mit J. d. Gemeinen geführte Gespräche, in denen ich ihn zur Schnecke gemacht habe: mind. 10;

im Auto laut geübte Gespräche mit ihm, in denen ich ihm die Meinung gesagt habe: 5;

im Unisport gedrehte Runden mit Boxübungen und der Vorstellung, ihm eins auf die Klappe zu geben: 30;

Kalorien: 1500;

Termine für Vorstellungsgespräche: 1

Nach einer schlechten und verheulten Nacht wegen J. d. Gemeinen gab es Stress total im Büro. Chef nur kurz gesehen, er war schlecht gelaunt, ließ die miese Laune aber an Junior aus.

17.00 Uhr

Nach Feierabend habe ich die Bewerbungsphotos abgeholt und eine Laugenstange mit Käse gefuttert. Anschließend in Uni-Sport. Auf dem Weg dahin unzählige Gesprächsstrategien ausgearbeitet, wie ich J.d. Gemeinen meinen Frust vom Wochenende drücken kann.

17.45 Uhr

Vor Sporthalle noch 15 min. Zeit, daher laut Telefonat mit J. d. Gemeinen geübt.

18.00 Uhr

Danach eine Stunde Rennen in der Halle, hielt durch ohne Pause bei dem Gedanken, J. heute Abend fertig zu machen.

19.30 Uhr

Ankunft in der Wohnung, ein Anruf auf AB wegen Termin für Vorstellungsgespräch nächsten Mittwoch. Was zieh ich da nur an?

19.45 Uhr

Chorprobe, währenddessen weiterhin Gespräch mit J. vorbereitet, Strategie perfekt, Einleitung noch unklar.

21.30 Uhr

So ein Mist, der erste Vorsitzende hat so lange gequakt, dass die Probe 20 min überzogen wurde. Ich muss schnell noch mein Konzept für das Gespräch mit J. zu Papier bringen.

21.32 Uhr

Telefon: J. d. Gemeine gutgelaunt: „Hallo, ist die Mieze schon zu Hause? Hat sie schön gesungen?“

Bei mir völliger Blackout: Konzept wie weggeblasen, habe keine Einleitung, rede belangloses Zeugs und werde dann mit süßen Träumen verabschiedet.

22.00 Uhr ziehe mir noch Ally McBeal rein.

23.00 Uhr

Ich gehe ins Bett mit dem Vorsatz, morgen im Büro mein Konzept aufzuschreiben und Mittwoch mein Gespräch zu führen.“

Immer dieser Stress mit den Männern! Philosophiere zum Abschluss des Tages noch ein bisschen vor meinem PC vor mich hin und schreibe meinem Chef eine Mail, die er wohl morgen früh lesen wird – er ist schon weg. Er hat Humor, und ich bin gespannt auf seine Reaktion…

„Titel: Frauen im Grenzerfahrungsbereich

Spätnachmittagsreflexionen:

Die Bucht eines Tauendes hat beim Knoten zwei Bedeutungen. Erstens, im Unterschied zu den Tampen ist es der Mittelteil eines Endes. Zweitens ist die Bucht eine gekrümmte Linie, nicht enger als ein

Halbkreis. – Ich glaub, ich geh jetzt. – Ich wünsche Ihnen einen schönen Feierabend. Bin jetzt total fertig.

Viele Grüße, I.S."

Am anderen Morgen würde ich lesen:

„He, machen Sie einen Segelschein – oder was?

Ist es nicht bedeutend, Mittelteil eines Endes zu sein und gleichzeitig eine Abstraktion in Form einer gekrümmten Linie, die in weichem Schwung die Unvollendete eines Halbkreises nachzeichnet? Insbesondere deshalb, weil man sich doch damit vom gemeinen Tampen abgrenzen kann. Warum ist ein Tampen als gemein zu bezeichnen? Er ist formbar, lässt sich in allen Richtungen verbiegen, hat keine bevorzugte Form, ist rau, ist geschaffen, Freiheit einzuschränken – und nicht zuletzt der Name an sich:

Tampen, furchtbar!

Dagegen bietet eine Bucht zugleich den Ausblick in die Weite, die Perspektive, Sehnsucht – und doch verleiht sie auch das Gefühl der Geborgenheit und Sicherheit.

Na, was halten Sie von diesen Morgenreflexionen?

(Ich bin ganz stolz, Sie sollten sich nicht abfällig äußern, sonst mache ich so was nie wieder!)

Gruß …"

Den Nachmittagsreflexionen folgen Abendreflexionen.

Es ist so, als ob mich jemand (wer auch immer?!) unmissverständlich auffordern würde: „Jetzt sei mal klar! Zieh mal für einen Moment deine rosarote Brille aus!"

Und ich lege sie brav auf den Nachttisch und schaue mir die trübe Realität an:

Ich komme in dem Job nicht weiter. Diese Firma wird mir keine Aufstiegschancen eröffnen. Die Zeit läuft hier ab, das spüre ich. Und dann sind da ja noch ein paar andere Dinge, die mir nicht passen, zum Beispiel personalpolitischer Art. Ich merke, dass ich bei der Geschäftsführung keinen so guten Stand mehr habe, weil sie meinen Widerstand spürt. Und ich setze mich durch. Das ist auf Dauer für die zu anstrengend. Einziger Lichtblick ist mein Chef. Und der kann mich auch nicht retten.

Sebastian mach ich mir schöner, als er ist. Eigentlich ist er mir zu temperamentlos, und beim Tanzen bleibt mir nichts anderes übrig, als mich ihm anzupassen. Aber so tanzen, wie ich gern würde, kann ich mit ihm nicht. Außerdem – seien wir mal ehrlich – gibt es recht wenig Anzeichen dafür, dass er in mich verliebt ist.

Ich glaube, ich neige dazu, mir Dinge so zurechtzubiegen, wie ich sie haben möchte…und du rennst vor der Wirklichkeit davon, schießt es mir durch den Kopf. Du nennst es nur anders… Du nennst es: Joggen.

Die Begegnung

Ich befinde mich auf einer großen, weiten, blühenden Wiese. Der Duft der Gräser und Blüten umschmeichelt meine Sinne. Ich sehe eine Vielzahl der schönsten Gräser und Blumen, die im Wind nicken.

Die Sonne steht über mir und sendet mir die wohlige Fülle ihres Lichtes. Obwohl ich einen leichten und angenehmen, kühlenden Wind verspüre, durchpulst mich die Wärme der Sonne und strömt in mich ein.

Da verspüre ich unverhofft ganz deutlich an meiner Seite eine weitere, neue Energie. Etwas ist neben mich getreten, und ich wende mich diesem Etwas zu.

Ich erkenne, dass es mein Schutzengel ist, der mich anlächelt. Ich kann seine Güte und Liebe spüren, und ein Gefühl tiefen Glückes durchströmt mich. Der Engel reicht mir seine Hand, um mich zu führen. Ich ergreife sie dankbar.

Es ist seltsam, und doch wundere ich mich nicht – als sei es das Normalste von der Welt, dass ich hier meinen Schutzengel treffe.

„Du siehst bedrückt aus", sagt er einfühlsam, mit einer Stimme, die ich schon einmal gehört habe.

„Ja", gebe ich zu. „Ich weiß nicht warum, aber ich soll den Regenbogen finden. Ich weiß nicht, wo ich mit der Suche anfangen soll. Ich habe aber das Gefühl, dass es wichtig ist und dass ich ihn tatsächlich finden muss. Kannst du mir nicht helfen?", frage ich ihn.

Er lächelt mich an und erwidert:„Es wird einiges in deinem Leben geschehen in nächster Zeit, das dich in deiner Suche weiterbringen wird. Du wirst Impulse erhalten. Du wirst sie aber erst viel später verstehen. Den Regenbogen musst du alleine finden. Ich werde dich auf deinem Weg begleiten, wann immer du es möchtest."

II. Außer Kontrolle

Freitag, 2. Februar

Heute Nachmittag habe ich die Unterlagen für Fuerteventura aus dem Reisebüro abgeholt, bekam dort ein Fläschchen Sekt, „damit ich meine Vorfreude feiern kann“, habe danach tolle Stiefeletten mit Megaabsatz gekauft, ein schönes rotes Esprit-Shirt (ganz phantastisches Rot), und ein Shirt mit langem Arm, rot gemustert. Tolles Gefühl!

Montag, 5. Februar

Heute muss ich fit sein. Heute und morgen ist dieses Forum, zu dem unsere Firma eingeladen hat und zu dem Teilnehmer aus aller Herren Länder kommen. Ich habe die ehrenvolle Aufgabe, gut auszusehen, nett zu lächeln und bei den Plenarsitzungen das Mikrofon herumzureichen. Eigentlich dämlich. Aber Hauptsache, ich komme mal raus aus dem Bunker.

Nachdem ich erst mal den Eingang der Halle suchen musste, erscheine ich pünktlich zum Empfang der Gäste. Meine beiden Kollegen sind natürlich schon da und warten auf mich. Robert empfängt mich gentleman-like mit dem Kompliment, ich sähe gut aus. Gegen 8.30 Uhr trudeln die ersten Gäste ein. Ich teile mir mit der Kollegin das Einchecken der Gäste: Eine fragt nach dem Namen, die andere sucht verzweifelt unter den vorgefertigten Namensschildchen, ob sie diesen Namen findet. So geht das eine ganze Zeit lang, bis ein Herr auf mich zukommt. Er fällt mir nicht besonders auf, ich finde seinen Namen nur auffällig und muss auch noch mal nachfragen. Er ist sehr groß und im Vergleich zu den anderen eher leger gekleidet. Er hat ein nettes Gesicht und verschwindet wie all die anderen im Plenarsaal.

Nachdem alle eingecheckt haben, gehe ich als „Mikro-Girl“ in die Manege. Wenn jemand den Finger hebt, eile ich mit dem Mikro herbei und reiche es ihm lächelnd. Wichtig ist, mit den hochhackigen Schuhen nicht auszurutschen und immer schön souverän zu gucken.

Ich sitze mit meiner Kollegin in der hintersten Reihe, damit wir den Überblick haben. Witzig ist, dass ich genau hinter dem Typ mit dem komischen Namen sitze. Ich lächele ihn kurz an. So sitze ich da und schaue ihn mir ein bisschen näher an. Er hat schon fast eine Glatze, dürfte so um die 40 sein und scheint unendlich müde. Eigentlich werde ich erst richtig auf ihn aufmerksam, als ich registriere, dass sein Kopf immer mal leicht zur Seite fällt. Meine Kollegin schubst mich grinsend an: „Guck mal, der schläft ein!“, und wir giggeln leise. Ich finde das süß… ach nein, wie goldig, er ist bestimmt von weit her gereist und total müde! Und so beobachte ich ihn weiter, wie er immer mal wieder einnickt, dann mit seinen Händen über seinen Kopf fährt – schöne, schlanke Hände mit langen Fingern. Wirklich eine Augenweide. An der Diskussion scheint er kein Interesse zu haben, er schaut sich irgendwelche Bilder auf seinem Laptop an, und ich gucke über seine Schulter mit. Außerdem spielt er ab und zu mit seinem Handy. Irgendwann beuge ich mich zu ihm vor und flüstere lächelnd: „Na, Sie langweilen sich hier, nicht wahr?“ Er dreht sich zu mir um, schaut mich an und erwidert flirtend etwas, weiß aber nicht mehr was.

So fing das Geplänkel an.

Ich kann meinen Blick nicht mehr von seiner Rückansicht lösen. Klar habe ich auch noch ein Auge auf die Manege geworfen, und ab und zu geh ich zu jemandem, der meint, seine Worthülsen in die Menge prusten zu müssen, mit meinem Mikro in der Hand. Auf dem Rückweg zu meinem Platz schaue ich ihn ganz verhalten lächelnd an, unsere Blicke treffen sich, aha, er hat mich also beobachtet (ich fühle mich geschmeichelt), und kaum sichtbar schmunzelt er ganz diskret zurück.

Und von diesem Augenblick an begann er mich unruhig zu machen…

Nach der Mittagspause finde ich mich wieder hinter ihm ein. Gespannt auf das, was da komme. Er dreht sich zu meinem Entzücken einige Male um und macht ein paar Späße. Ich kokettiere.

Abends ist gemeinsames Dinner angesagt. Ich bete, dass ich mit ihm an einem Tisch sitze, aber wie kann das gehen? Natürlich sitze ich weit weg von ihm an einem anderen Tisch, mit Robert zusammen, der selig ist, dass er zwangsläufig meine Aufmerksamkeit hat, und einem zu meiner Rechten, der mich überhaupt nicht interessiert. Ich würde so gern an seinen Tisch gehen. Aber wie soll ich das unauffällig machen? Unter welchem Vorwand? Wär ich jetzt ein Kätzchen, hätte ich es viel leichter. Ich würde einfach um seine Beine schnurren und mich dann auf seinen Schoß setzen… miau… Aber dann habe ich die Lösung:

Ich zücke meinen Fotoapparat und gehe an jeden der sieben Tische, im Namen der Firma. Und so komme ich auch aus Roberts Krallen! Genial! Bin begeistert von meiner Idee. Robert findet sie auch toll und überlegt schon, wo wir die Bilder ausstellen können. Ich mache charmant meine Shootings und hebe mir seinen Tisch für das Schlussphoto auf. Bin aufgeregt, als ich bei ihm stehe. Er sagt was Charmantes, und ich lächele cool. Knipse ihn. Die anderen natürlich auch, aber mein Auge sieht nur ihn durch die Linse. „Jetzt habe ich Sie“, sage ich schmunzelnd. Noch ehe ich es raffe, hat er mich auch mit seiner Kamera fotografiert. Jetzt habe er eine schöne Erinnerung an mich, kommentiert er lächelnd. Und ich erwidere keck: „Aha, lande ich jetzt als Bildschirmschoner bei Ihnen?“ Das sorgt für allgemeines Lachen und Flirten an seinem Tisch.

Dann muss ich weiter, sonst wär's zu auffällig. Obwohl ich an jedem Fuß einen Sack Zement habe. Den Rest des Abends verbringe ich wieder an meinem Tisch mit den üblichen Konversationsspielchen, mit cooler Miene, aufgewühltem Herzen und riskiere ab und zu einen verstohlenen Blick in seine Richtung. Ich bin froh, als ich kurz vor Mitternacht endlich gehen darf. Muss ja morgen wieder früh raus.

Ich kann nachts kaum schlafen. Muss immerzu an ihn denken. Sein Gesicht, seine Sprache, seine Mimik, seine Hände, sein schlanker Körper… Ich kann nicht anders, meine Phantasien gehen mit mir durch und rauben mir den letzten Schlaf. Ich versuche mich zu bremsen und allem keine Bedeutung beizumessen, aber das überfordert mich.

Dienstag, 6. Februar

Erscheine morgens scheinfit, erotisch aufgeladen und pünktlich. Auf dem Weg hierher habe ich mich die ganze Zeit gefragt, ob ich ihn heute wiedersehen werde. Es gibt nämlich auch Gäste, die nur am ersten Tag der Veranstaltung teilnehmen. Als erstes schaue ich also, ob er auf der Liste der Abgereisten steht. Nein! Steht er nicht! Dann müsste er noch mal kommen! Bin aufgeregt. Kurz vor neun. Gleich geht's los – wo bleibt er denn?

Der erste Ansturm der Gäste ist vorüber, die meisten sitzen schon wieder im Plenarsaal. Kurz nach 9 Uhr. Ich werde unruhig. Verpasst kann ich ihn nicht haben. Oder? Es gibt nur den einen Eingang, und den habe ich im Blick. Vielleicht hat er verschlafen, so müde wie er gestern war?

Dann – sehe ich ihn die Tür hereinkommen. Er kommt auf mich zu, ich lächle und frage: „Sind Sie heute fitter?“ Er bejaht zögernd und schüchtern grinsend und verschwindet im Saal.

Hach, er ist da! Mein Herz hüpft – gleich werde ich wieder hinter ihm sitzen! An diesem Nachmittag dreht er sich oft zu mir herum und plänkelt ein bisschen mit mir. Das versetzt mich in Hochstimmung.

17.00 Uhr

Die Veranstaltung ist zu Ende. Aufbruchstimmung. Der Geräuschpegel steigt, die Leute stehen auf, ziehen ihre Mäntel an. Ich bleibe sitzen – wie angewurzelt. Ich-kann-nicht-weg-gehen. Ich frage ihn, wann sein Flieger gehe. Um 18.30 Uhr. Aha. Pause. Dann stehe ich auch auf. Stehe eine unendliche Weile dumm bei ihm rum und bleibe wie gefesselt auf dem einen Fleck neben ihm stehen. Ich kann nicht weggehen. Er bleibt aber auch stehen. „Vielleicht sehen wir uns ja mal wieder“, meint er verlegen und überreicht mir sein Visitenkärtchen. Das ist doch schon mal was! Ich versuche ihm meines unauffällig zu geben. Meine Kollegin soll es nicht mitkriegen. Ich weiß nicht mehr, wer es war, aber ich glaube, ich war diejenige, die sagte, es wäre doch noch Zeit, einen Kaffee zusammen zu trinken. Er antwortet: „Ja, gerne!“

Haha, er hat „ja, gerne“ gesagt! Statt dessen erwidere ich mit Business-Miene, dass ich mich noch um ein paar Gäste kümmern müsse, und vertröste ihn auf gleich. Gleich sei ich frei. Mein Gott, warum haut der eine nicht endlich ab, statt mich anzuquatschen? Versuche, mir meine Ungeduld nicht anmerken zu lassen. Habe meinen Herrn D. immer im Augenwinkel und sehe, dass er sich noch mit jemand am Tisch unterhält. Nicht aus den Augen lassen, er könnte sich ja in Luft auflösen! Endlich kann ich meine Sachen zusammenpacken. Meine Kollegin bleibt noch, ich kann gehen und schwebe zu ihm. Bin so aufgeregt. „Da wär ich. Und Sie wollten noch einen Kaffee trinken gehen?“ Er: „Und Sie wollten mir den Weg zeigen und mitgehen!“ Mist, jetzt hat er mir aber die Tarnkappe ausgezogen! Sein Kollege schmunzelt und wünscht uns einen schönen Abend.

Ich führe ihn unauffällig durch geheimnisvolle inoffizielle Gänge (bin stolz, dass ich die Halle so gut kenne!) runter in das Café. Dort sitzt keiner. Ist mir ein bisschen unangenehm, ihm nicht. Das mache nichts, das sei doch schön intim. Und so sitzen wir einander endlich gegenüber und haben ca. eine Stunde Zeit. Ist das wunderbar! Eine ganze, volle Stunde!

Bitte frag mich jetzt keiner, worüber wir geredet haben. Ich habe zwar geantwortet und auch zugehört, aber im Nachhinein ist alles verschwommen. Ich war einfach in seiner Aura aufgesogen, habe dem tiefen Klang seiner Stimme gelauscht und mich in seinem Blick gebadet. Ihn beobachtet. Mit meinen Augen sein Gesicht gestreichelt. An seinen Lippen gehangen und der Melodie seiner Worte gelauscht. Seine coole Sanftheit auf mich wirken lassen. Natürlich erinnere ich mich an einige Gesprächsfetzen. Die üblichen berufsbezogenen Fragen. Er erzählte was von Rügen, und ich weiß beim besten Willen nicht, wie ich dazu kam, zu sagen: „Hat nicht Caspar David Friedrich diese wild-romantische Landschaft in seinen Gemälden festgehalten?“ Als ob ich unter Hypnose stünde. Und er bejaht auch noch! Bin beeindruckt von meinem verschütteten Wissen. Stelle mir vor, wie ich mit ihm auf Rügen bin. Und dann, kurz bevor er gehen muss – jetzt kommt das Entscheidende: fragt er mich nach meiner Telefonnummer!! Und wie wir denn in Verbindung bleiben könnten?

Das ist besser, als ich es mir hätte ausmalen können! Er springt auf mich an! Ich hätte juchzen und jodeln, den Tisch hochheben und der Bedienung einen Klaps auf den Po geben können – statt dessen sage ich cool lächelnd: „Bevor Sie meine private Nummer kriegen, muss ich Sie erst mal durchleuchten. Ich hatte vor nicht allzu langer Zeit eine wenig erfreuliche Erfahrung mit einem Psychopathen. Sie können mich auf der Arbeit oder per Mail erreichen.“ Meine Hände sprechen eine andere Sprache. Sie sind feucht.

Schließlich verlassen wir das Café. Oben ist keiner mehr. Die Türen zum Ausgang sind längst verschlossen. Er lacht und meint: „Auch keine üble Vorstellung, mit Ihnen allein hier eingeschlossen zu sein.“ Ich überspiele die leichte Panikwelle, die mich erfasst. Er ordert in der Zwischenzeit schon mal ein Taxi per Handy. Ich treibe einen Handwerker auf und bitte ihn, die Tür aufzuschließen. Gott sei Dank hat er einen Schlüssel. Herr D. bedankt sich, dass ich mich so nett um ihn gekümmert habe, ich antworte lachend, das gehöre zum Kundenservice, und füge hinzu: „Ich warte noch mit Ihnen auf Ihr Taxi.“ Das findet er extrem nett. So viel Betreuung! Leider kommt das Taxi viel zu schnell. Das, was er dann sagt, ist so überraschend, dass ich fast aus den Stöckelschuhen kippe. Er sagt zum Abschied: „Warum habe ich Sie eigentlich nicht geküsst?“

Ich bin total perplex, reiche ihm die Hand und lächle geheimnisvoll charmant. Ein letzter Blickkontakt, bevor er ins Taxi steigt. Ich wundere mich, dass er hinten einsteigt. Sieht witzig aus. Macht man das so? Ich laufe ein Stück vor, dann überholt mich das Taxi, ich schaue hinein, und er winkt und dreht sich nach mir um, bis ich außer Sicht bin. Meine Blicke folgen dem Taxi, bis es um die Ecke biegt.

Dieses Bild sollte noch lange Zeit in meinem Kopf bleiben – das Bild von ihm, wie er sich nach mir umschaut, und mein damit verbundenes Gefühl. Wie er mir zuwinkt. Wie ich ihm nachschaue, bis das Taxi um die Ecke biegt und ich ihn nicht mehr sehe... Und dann verschwand.

Ich bleibe zurück.

Ich laufe an mein Auto – wie unter Hypnose. Ich stecke mir erst mal eine Zigarette an und denke nur: Das gibt's doch nicht, das gibt's nicht – unbeschreiblich schön, wie sich alles anfühlt. Das muss der große Knall gewesen sein, den ich mir immer gewünscht habe – die Erde bebt, der Sturm tost, die Wellen peitschen auf – und ich mittendrin. Ich lächle wie berauscht vor mich hin, genüsslich an meiner Zigarette ziehend, und fühle mich wie im Märchen, als Prinzessin. Und er ist mein Retter. Auf den ich so lange gewartet habe. „Warum habe ich ihn eigentlich nicht geküsst?“

Zu Hause angekommen, schmeiß ich mich sofort in meine Joggingklamotten und renne, als ränne ich um mein Leben. Ich kann nicht mehr aufhören zu rennen. Immer wieder drehe ich eine neue Runde um den Häuserblock. Irgendwann höre ich auf, aber nicht, weil ich müde bin, sondern weil ich halt mal irgendwann aufhören muss. Ich bin aufgedreht ohne Ende. Ich fasse es nicht. Was ist da passiert?

Mittwoch, 7. Februar

Oh mein Gott, wie die Welt sich verändert hat! Ich muss heute Abend Baldrian kaufen, habe schon die zweite Nacht wegen ihm nicht geschlafen. Hat mich erwischt. Ich kann es mit Worten gar nicht beschreiben.

Fühle mich so rosarot in Watte, dass mir alles andere (vom Betriebsrat angekündigte Kündigungen) total egal ist. Spule wie unter Zwang immer wieder unsere Begegnung ab. Die Dialoge. Die Mimik. Die Gefühle. Diesen Touch des Schicksalhaften. Sein Gesicht, seine Hände, seine Figur. Sein Lächeln. Seine vollendete Ausdrucksweise. Das bringt mich um! Ich werde heute Abend laufen, und Baldrian nehmen.

Aber es wundert mich doch, dass er mir noch keine Mail geschrieben hat. Das passt nicht in mein Bild von ihm! Warum hat er mir noch keine geschrieben? Dafür aber Nina, die direkte Auseinandersetzungen mit dem anderen Geschlecht scheut und deshalb zu anderen Mitteln greift, die auch ihre Wirkung haben:

„Hallöchen, Tanzmaus, Was ist mit unserem After-Work-Dancing morgen? Hast du was von Sophie gehört ? Ich habe JdG getroffen. Kein Begrüßungsküsschen, nach 30 Minuten war Ende der Begegnung. Ich fuhr noch eine Stunde zu Daddy, dann nach Hause in die Badewanne. Anschließend packte mich mangels körperlicher Unausgeglichenheit die Putzwut, und ich putzte noch bis 23.30 Uhr meine Wohnung auf Hochglanz. Heute sind dann die Fenster dran. Ich backe auch noch einen Kuchen. Die Alternative zum Sex: Putzen bis zur totalen Erschöpfung. Ich glaube, ich schreibe einen neuen Ratgeber.

Montag: 150 ml Sirup in 1,5 Liter Multivitaminsaft gekippt. Konzentration also 10 %. Hat mich 7,50 Euro in der Apotheke und das Benzin gekostet. Bisher noch keine Rückmeldung über seinen Gesundheitszustand.

Dienstagabend 19.30 Uhr überraschender Anruf: JdG kommt noch vorbei. Außer der Reihe? Also lassen wir Chorprobe ausfallen, schnell duschen, Haare waschen, Parfum, flotte Kleidung. 20.15 Uhr fertig. Nur der Herr ist nicht pünktlich.

21.00 Uhr Anruf: „Bin unterwegs, in einer halben Stunde da."

21.30 Uhr: Zu spät zum Essen gehen. JdG bekommt meine spärlichen Reste aus dem Kühlschrank, ich begnüge mich mit Toast und Butter.

23.00 Uhr Bettgehzeit. 23.05 Uhr. Das Licht wird ausgemacht. Ausnahmsweise bekomme ich einen Gutenachtkuss.

Sonst läuft nichts, auch heute Morgen nicht.

Rache ist süß: 10 ml Sirup habe ich in den Orangensaft gekippt. Bis ich wegmusste, hatte er das Glas leider noch nicht geleert. Warte weiter auf Meldung über JdGs Gesundheitszustand.

„Wie war deine Messe?
Erwarte Rückmeldung“

Mittwoch Abend: Der Absturz

Mein Zustand ist einfach zu beschreiben: Zwischen Himmel und Hölle oder „How many tears are you away“ – wie viele Tränen bist du von mir entfernt?, frei nach Ally McBeal. Der Kampf der inneren Stimmen:

– Er ist ein Frauenheld, sei froh, wenn er sich nicht mehr meldet. Frauen als „Spielzeug“(!) zu bezeichnen – und das hat er in irgendeinem Nebensatz getan – sagt doch alles! Ist wieder die Kategorie! Wahrscheinlich verheiratet, mit Kindern! Was denn sonst? Denkst du etwa, so jemand wie der hat keine? Schön blöd! Der kann jede haben!

– Das kann ich nicht glauben…!

– Wenn er sich nicht meldet, wird's seinen Sinn haben, und du behältst dein Gleichgewicht – das ist viel wichtiger!!

– Ich will ihn aber wiedersehen! Mein Instinkt sagt mir, dass er auch so empfindet wie ich! Wie wir da so schön zusammengesessen und uns unterhalten haben im Café – das war so … so… phantastisch! Wir ganz alleine! Und dieses absolut irre Gefühl abends, als hätte Cupido 10 000 Pfeile auf mich abgeschossen…

– Dein Instinkt hat dir schon viel Stress beschert!

– Ja ja, hast ja Recht. Mein Instinkt ist nicht so zuverlässig. Wahrscheinlich habe ich eine Zerrung in der Wahrnehmung. Für ihn war's halt eine nette Begegnung, und aus mir ist eine wandelnde Adrenalinbombe geworden. Typisches Ungleichgewicht. Warum muss ich auch so überinterpretieren?

– Genau! Du überinterpretierst!

– Nein, tu ich nicht!

– Vergiss es und hoffe, dass er sich nicht mehr meldet! Und glotz nicht immer sein Bild an!

– O.k., o.k., wahrscheinlich hast du Recht. Sollte ich mich so geirrt haben? Wenn ja – warum? Alles hat seinen Sinn. Eigentlich könnt ich jetzt weinen, es würde klappen – mach ich aber nicht. Schon ziemlich spät, 23.00 Uhr. Und bis dann alles wieder abgeschwollen ist…

Bin jetzt wieder auf dem Boden. Nichts schweben. Ich bin wieder die realistische Frau, die mit beiden Beinen im Leben steht und sich von keinem Typ aus der Bahn werfen lässt. Und keine romantischen Wahnvorstellungen hat. Haha! Wie war das mit den wildromantischen Landschaften von Caspar David Friedrich?

Donnerstag, 8. Februar

Wow, tausend E-Mails von Herrn D:

„Liebe Frau Serges,

die folgenden Zeilen sollten Sie eigentlich heute morgen auf dem PC finden, dank Alcatel PBX in meinem Hildesheimer Hotel bin ich allerdings nicht an meine E-Mail gekommen, so also etwas später:

Vielen Dank noch mal, dass Sie mich gestern Nachmittag noch so nett „betreut“ haben. Ich habe mich sehr – und ehrlich – gefreut, dass Sie als „Mikro-Girl“ aufgetreten sind, dass ich Sie ein klein wenig kennen lernen und mit Ihnen plaudern durfte. Eine angenehme und sehr attraktive Bereicherung eines ansonsten doch eher öden Forum-Meetings!

Danach wurde es dann noch angenehm hektisch: Der Luxair-Flug kam in München 40 Minuten verspätet an – bei einer Transitzeit von 55 Minuten ist das schon die Größenordnung „ewig“ oder „zu spät“. Allerdings wurde ich dann gleich am Flieger von einer erstaunlich freundlichen Lufthansa-Dame abgeholt und gewissermaßen händisch und per Auto transferiert, statt Bordkarte gab's den Sitzplatz über Funk, auch mal was Neues. Ja, ja, die LH tut schon was für Ihre Statuskunden – sollte Sie auch, schließlich verdienen sie ja auch genug durch uns.

Jetzt sitze ich im Transferbus nach Hildesheim, der mich auch wie geplant abgeholt hat, alles easy.

Alles Gute. Ich würde mich sehr freuen, wenn wir a) den Kontakt halten könnten und b) denselben eventuell durch ein Wiedersehen „in der nicht allzu fernen Zukunft“ vertiefen könnten, oder so.

Bis dann, danke & tschüss

Klaus-Peter D.“

Ich maile voller Entzückung zurück:

„Lieber Herr D.,
das ist eine sehr schöne Überraschung, so viele E-Mails von Ihnen heute morgen vorzufinden – muss ehrlich zugeben, ich habe gestern beim Starten von Outlook auch schon an ein eventuelles Briefchen von Ihnen gedacht, aber da war der Briefkasten leider noch leer."

(Das hört sich wesentlich cooler an als meine tatsächlichen Zweifel gestern Abend.)

„Ob es mir jetzt in diesem Surrounding (nervende Kollegen, „kannst du mal übersetzen?") gelingt, so zu schreiben, wie ich möchte – ich versuch's.

Ich habe Sie sehr gerne „betreut", es war schade, dass Sie wieder „weggeflogen" sind. Danke für die Komplimente! Dann sind Sie ja trotz einiger Stressfaktoren doch gut angekommen. Ihr Reisebericht liest sich schön.

Und nun zum letzten Abschnitt:

ad a) gern!

ad b) ja doch!

Sorry, unter nicht büromäßigen Umständen würde ich etwas länger antworten, aber – Störung!"

(15 min später:)

„So jetzt bin ich wieder allein – war ein kleiner Überfall hier.

Ja, wo war ich jetzt – ah ja, eben, unter anderen Umständen würde ich etwas länger paraphrasieren – aber hier muss ich mich kürzer fassen!

Vielen Dank für die schönen Bilder – hatte gar nicht mitgekriegt, dass Sie mich „heimlich" fotografiert haben! Ich habe aber auch eins von Ihnen!

Ja, dann sag ich mal ‚bis dann', wo immer Sie sind,

Das Mikro-Girl".

Ich tanze um den Schreibtisch, fliege ins All, ich stürze ab und verliere den Verstand! Dann habe ich also doch richtig gelegen! Hätte mir meinen Absturz sparen können!

Der Laden hier ist mir total egal!

12.00 Uhr

CRM Vorbesprechung. Verdecke verklärte Gedanken durch aufgeklärte Miene. Bin wo ganz anders…

15.00 Uhr

Laufe immer noch halb neben mir. Ich habe den Eindruck, dass etwas Entscheidendes, Schicksalhaftes zurzeit passiert. Ich will mich ja immer wieder runterholen, fliege aber sofort wieder hoch. Also am besten auskosten und freuen.

Heute Abend geh ich mit Nina auf die Business-Party. Am liebsten würde ich bis 5.00 Uhr früh durchtanzen, dann joggen, duschen und anschließend zur Arbeit fahren. Das könnte ich glatt bringen, ohne mich mit Red Bull zu putschen… habe selber Flügel!

15.39 Uhr

Gibt's denn das!? Mail von Klaus-Peter, so nenne ich ihn schon heimlich. Er hatte mir ein Bild von mir geschickt mit Untertitel: „Ich kann noch viel schönere Bilder machen. Soll ich?“ Und ich hatte geantwortet: „Mal sehen!“ – „Aber dafür brauche ich doch Sie! Sie geben bestimmt viele hübsche Motive her!“

Zu der andern Mail hat er nichts geschrieben. Vielleicht geht er in den Mails von oben nach unten und hat die andere (die erste, entscheidende) noch gar nicht gelesen? Trotzdem phantastisch!

Ich maile aber nicht gleich zurück. Stelle jetzt mal ein paar Ordner zusammen. Ordne bestimmt alles falsch ein.

Noch eine Mail mit vier Bildern:

„a) Schaufenster in Regensburg

b) Abendstimmung in Monterey, CA

c) Schaufenster auf der Fisherman's Wharf in Monterey, CA

d) Die Mühle von Grebin bei Eutin in Schleswig-H.

Aber für wirklich schöne Bilder braucht man schöne Vorlagen/Motive. Da fällt mir ja nur Isabell Serges ein!

Klaus-Peter D.

PS: Morgen bin ich ganztägig ohne E-Mail.“

Ich antworte:

„Die Bilder sind schön. Also, die ersten beiden sind superschön – die andern schön. – Heute lenken Sie mich mit Ihren Komplimenten ja ganz schön ab! Da bin ich mal gespannt, ob – und wenn ja (nach intensiver Durchleuchtung) –, wie Sie mich vor die Linse kriegen!

Oje, morgen ganz ohne E-Mail? Ist das Erholung für Sie oder eher schrecklich?

I.S.“

17.12 Uhr

Scheint nicht mehr zu antworten. Hm. Soll auch genug für heute sein. Aber am Montag geht's dann weiter!

Kurz bevor ich gehen will, klingelt das Telefon. Ich traue meinen Ohren nicht – es ist Klaus-Peter!! Leicht verlegen und undeutlich dank Fernsprecheinrichtung. Auf sein Drängen hin gebe ich ihm dahinschmelzend meine Handynummer. O.k., ich setze auf Risiko. Er baggert ganz schön!

18.00 Uhr fahre ich in völlig aufgewühltem Zustand zu Nina und berichte ihr bei einer Flasche Crémant von den letzten traumhaften Ereignissen.

20.00 Uhr zur After Work Party. Ich habe mich köstlich amüsiert. Es ist fast niemand da. Als wir an der Bar sitzen, werden wir von einem sehr netten Franzosen (Araber) angesprochen. Höchstens 23, versucht aber verzweifelt, uns glaubwürdig zu versichern, dass er 36 ist. Zu dritt gehen wir auf die Tanzfläche, bis er schweißgebadet schlapp macht und sich zurückzieht. Nina und ich sind die ungekrönten Königinnen dieser Nacht!

Auf dem Nachhauseweg mit Nina schalte ich noch im Auto mein Handy ein, das einen Brief und einen entgangenen Anruf meldet. Der Brief ist von Klaus-Peter. Adrenalinstoß! Anruf: Diese Nummer kenn ich nicht. Ob das Klaus-Peters Nummer ist? Ich wähle die Nummer. Und tatsächlich, er meldet sich. Mein Herz sinkt in die Hose. Ich frage, ob ich in zehn Minuten noch mal anrufen könne, wir würden grade einparken. Er: „Ja gerne, ich freu mich drauf!"

Ich verabschiede mich hastig von Nina und steige in mein Auto um, das vor ihrer Tür steht. Die Fahrt über die Autobahn mit Überschallgeschwindigkeit dauert für mich unendlich. Ich fiebere dem Gespräch mit Klaus-Peter entgegen.

23 Uhr kann ich ihn endlich anrufen.

Wir telefonieren bis Mitternacht – er hat ab 23.30 Uhr die Kosten übernommen (Gentleman!).

Fazit: Ich bin hin und weg – wir duzen uns, und er hat sich „committed", dass wir uns Anfang März sehen. „Anvisieren", wie ich es formulierte, hat er abgelehnt. Das wäre zu flach oder so ähnlich. Ich: „Kommst du zu mir?" Er: „Das ist das kleinere Problem – wann?" Und sein Terminkalender gab Anfang März her.

Wie viele Wochen sind das noch? Egal, jedenfalls nahe Zukunft!

Wir erzählen uns detailliert, wann wir wie aufeinander aufmerksam geworden sind, was dem einen am andern gefallen hat usw., leicht erotisch, das Gespräch, aber nur ganz nuanciert. Hat mich jedenfalls irre aufgewühlt.

Er ist nicht verheiratet und hat keine Freundin. Mich hat er auch gefragt und meinte dann, als ich verneinte, das sei doch eine gute Basis, um weiterzumachen… Er hat mich allerdings schon vor einer Enttäuschung gewarnt: Er könne nicht tanzen. Ich muss lachen, weil ich was anderes befürchtet habe. Wie er darauf komme, frage ich. Er sagt, er könne sich gut vorstellen, dass ich gerne tanze. Ich erwidere, mit mir würde es ihm bestimmt Spaß machen, und es würde sehr harmonisch sein – das Tanzen. „Meinst du?“, fragt er süffisant.

Mein Glückszustand ist um Mitternacht mit nichts mehr zu puschen. Trinke trotzdem noch ein Weizen, dusche und schlafe ohne Baldrian ein. Auf rosaroten Wölkchen federe ich einem kurzen Schlaf entgegen.

Freitag, 9. Februar

Na ja, immerhin fünf Stunden ohne Baldrian nach diesem Telefonat geschlafen, nicht gejoggt, erst um 8.45 Uhr im Büro. Das erste Meeting ist von 9 bis 11 Uhr.

Bin immer noch leicht tüdelig. Gesprächsfetzen von gestern Nacht fliegen mir immer wieder durch den Kopf. Schöne Erinnerungen. Angenehme Gefühle. Abgehobene Stimmung. Nach der Besprechung maile ich ihm wahrheitsgetreu:

„Unser Telefonat war so schön, fühle mich wie betrunken… schlimm?!… Geht's dir gut?“

Mittags gibt es Sekt in den Kellergewölben wegen fünfjährigem Bestehen der Firma, untermalt von einer lächerlichen Ansprache vom CEO. Ich beobachte mit Verachtung die Schleimer, Kriecher, die Psychosekandidaten und den Betriebsrat – alles eine Frage der Ehre. Seile mich wieder ziemlich schnell ab. Ich hatte sehr netten Schlagabtausch mit „Dr. Phil“. Er ist genau auf meiner Wellenlänge, er versteht meine Ironie und meinen Esprit. Und er war im Meeting heute sehr locker. Ganz ungewohnt. Vielleicht habe ich ihn angesteckt? Dschordschi neben mir ist sehr nah an mich herangeruckt und hat mich genau in dem Moment angeschaut, als ich mitten in Gedanken an Klaus-Peter war. Ich kam mir richtig ertappt vor! Fand die Stimmung dort recht sexy… wahrscheinlich mein überhöhter Hormonspiegel.

Kurzantwort von Klaus-Peter: „Schön und gut." Ich nehme an, er ist im Stress.

13.00 Uhr: das nächste Meeting. Aber ehrlich, heute ist mir Zuhören lieber als alles andere, bekäme wahrscheinlich sowieso nichts auf die Reihe.

16.00 Uhr

Endlich – Gott sei Dank! –, das Meeting ist vorbei. Auf dem Korridor spreche ich mit Ph. D. noch über seine Präsentation. Sage ihm, das Beste sei seine geniale Moderation gewesen. Ich musste es einfach sagen, weil es auch so war. Er lacht und bedankt sich für das Kompliment. Ja, ich mag ihn schon sehr!

16.30 Uhr

Fünfjähriges Geburtstagskind verlassen, ich fahre zu Lilo! Champagner gekauft, auch eine Flasche zum persönlichen Verzehr. Jawohl! Ich muss ihr unbedingt alles über Klaus-Peter erzählen. Ich platze sonst.

19.00 Uhr piepst mein Handy, als ich bei Lilo bin: „Kann ich dich heute Nacht belästigen?"

Ich freue mich und maile (unter fachkundiger Beratung von Lilo) drei Fragezeichen zurück – aber erst eine Stunde später.

Kaum weggeschickt, folgt seine Antwort: „Anrufen, meine ich natürlich!"

Ich zurück: „Aber nicht vor 21 Uhr, bin noch on tour!"

Sekunden später lachen wir über das auf dem Tisch liegende piepende Handy, das verkündet: „Nicht vor 23 Uhr!"

Versteh die Message nicht gleich und muss mich aufklären lassen. Was hätte ich in dieser Situation bloß allein gemacht!

Ich esse noch einen Teller leckere Gemüsesuppe – und fahre gegen halb zehn. Das gibt mir noch Zeit, mich zu duschen, mein Tagebuch zu schreiben und mich auf das Telefonat zu freuen. Notiere als Gesprächsnotiz:

- ❖ Vollmond (wär auf der Autobahn fast hypnotisiert worden!)
- ❖ Löwe?
- ❖ Siemens (hatte er mit denen nicht heute einen Termin? Mir sind die emotionalen Dinge eher haften geblieben als Infos über Job, Mist!)
- ❖ numerologisches Profil (muss ihn nach Geburtstag fragen und eventuell andere Vornamen!)

Na also, dann bin ich ja nicht auf seine Gesprächsführung angewiesen. Bin zu aufgedreht und trinke noch ein Weizen, da ich mich noch gut artikulieren kann. Höre Eric Clapton: „Promises“ – Versprechen. Ist das ein toller Song! Blick auf die Uhr: 23.06 Uhr. Wie die Zeit vergeht! Bald wird er anrufen!

23.15 Uhr

Oje, ich werd doch müde… gleich trete ich weg… wach bleiben, Isabell! Will doch nicht verschlafen klingen!

23.30 Uhr

Ich geh jetzt ins Bett! Vielleicht hat er meine SMS negativ interpretiert und ruft nicht mehr an? Selber schuld. Todmüde. Falle in Sleep Modus.

23.37 Uhr

Oder sein Flieger hatte Verspätung oder so…

23.45 Uhr

Klingel. Zweimal. Pause. Dann noch mal. Ja, das ist er!! Sehr erotische Stimme… Ich sage, ich liege im Bett. Er auch. Ihm gingen sehr viele Bilder nach dem gestrigen Telefonat durch den Kopf. Ob ich auch Bilder sehe. Bin baff – denn darauf bin ich nicht gefasst. Welche Bilder sehe ich? Blackout – keine! Bin verwirrt, sage lieber nichts und frage ihn, was er denn sehe? Anknüpfend an das Gespräch von gestern trocknet er mich nach dem Duschen ab und bringt mich ins Bett… Was ich denn anhabe? Ob er daran zupfen dürfe? Ich: „Es gibt eins auf die Finger!“ „Dann küsse ich dich!“ – „Wohin?“ „Auf den Mund“. „Und dann?“ „Am Hals entlang, ich knabbere an deinem Ohrläppchen“ – „Adrenalinausstoß“! ‚versuche ich zu witzeln und lache – und so ging es weiter, und er wurde immer leiser, bis wir nur noch flüsterten. Ich hörte ihn atmen und war überrumpelt und überrascht; versuchte am Anfang immerhin, das ganze noch lustig zu nehmen, doch sein Tonfall war zu … erotisch.

Also, es hat mich fast umgebracht. Damit hätte ich ja nun nicht gerechnet! Sage noch scherzhaft zu ihm: „Und ich dachte, du wärst schüchtern?“ Na ja, wohl doch nicht. Ich fand es zwar wahnsinnig toll, aber irgendwie war es noch nicht mein Zeitpunkt! Ich fühlte mich irgendwo unwohl und nahm allen Mut zusammen: „Ich bin aber nicht an einer rein sexuellen Affäre interessiert. Das hatte ich schon. Das will ich nicht mehr.“ Er: „Ich auch nicht.“ Ich weiß nicht, ob ich das so überzeugend fand.

Er hat wohl gemerkt, dass irgendwas nicht so glatt war, und entschuldigte sich zweimal für den Überfall. Ist dann umgeschwenkt und hat versucht, sich zu retten. Hat irgendwas erzählt. Ich habe noch meine Notizen abgearbeitet und ihn nach seinem Geburtsdatum gefragt. Jeden hätte die Sache mit der Numerologie verblüfft, nur ihn natürlich nicht, er erzählt verbalakrobatisch was von der jüdischen Kabbala, und ich weiß nicht, was noch, ich erinnere mich, dass er viel in Dialekt gesagt hat, was ich nicht ganz verstand. Ich weiß nicht, worüber er noch geredet hat, ich dachte nur, ist der im Normalzustand immer so, und in welchem Zustand ist er jetzt? Das gibt's doch nicht, wie man um die Zeit (und nach der Action, die er hatte) noch so vor Esprit sprühen kann! Ich bin jedenfalls total abgeschlafft, bis er fragte: „Langweile ich dich?" Ich erwiderte: nein, er langweile mich nicht, ich sei nur müde. Er lässt sofort los und wünscht mir eine gute Nacht. Ich ihm auch. Und schwupp – ist er draußen. Danach bin ich wohl sofort eingeschlafen mit lauter Fragezeichen im Kopf.

Samstag, 10. Februar

Ganz schöne Qual, in dem Zustand aufzustehen und auch noch Dinge erledigen zu müssen... Weiß nicht, was ich von all dem halten soll...

12.00 Uhr komm ich endlich zum Joggen. Laufe wie bekloppt, zwei Drittel der üblichen Zeit. Tanze in klatschnassen Joggingklamotten auf die neue CD, die ich vorher gekauft habe – die besten Chart Hits – ein Song toller als der andere. Fühle mich nah am Herzinfarkt. Zustand unerträglich. Bin froh, heute Abend sechs Stunden tanzend von Klaus-Peter abgelenkt zu sein...

Überlege, ob ich für ihn ein schönes Sexspielzeug bin... ob er der Typ Mann ist, auf den ich fliege, aber der nicht gut für mich ist... und wenn dem so ist, lasse ich auch besser den Sex mit ihm, obwohl es mich fast zerreißt, aber danach müsste ich, glaube ich, in die Klapsmühle – na ja, wahrscheinlich nicht so schlimm, aber es würde mich völlig aus der Bahn werfen – extrem. Extrem deshalb, weil die Gefühle jetzt schon so extrem sind. Ich gebe zu, es hat mir schon gefallen, wie er das alles gesagt hat, wie er es formuliert hat. Aber vielleicht gehört das ja zu seinem Standard-Programm, eine wenig erfreuliche Vorstellung... Ich werde ihm jedenfalls keine Message senden. Soll er was schreiben. Bin zu verwirrt und zu zerrissen.

Muss laufen… tanzen… Ich bin in einem Zustand von extremem Aufgewühltsein – fluffe nach dem Mittagessen zusammen wie ein geplatzter Luftballon. Und kann trotzdem nicht schlafen. Ich werde dann gegen halb vier bis halb fünf Gott sei Dank doch weggetragen. Wache total geschlaucht auf.

Schnell fertig machen. Haare wollen nicht so wie ich. Aber keinerlei Pickel, und null Bauch. Hose sehr weit. Sehe super erotisch aus. Und dann diese superhohen Stiefeletten!

Pünktlich um 17.46 Uhr finde ich eine verschlossene Tanzschule vor! Das darf nicht wahr sein! Sebastian kommt einige Minuten später, und dann fällt uns ein, dass heute ja der Galaball ist. Mist. So gehen wir in eine Kneipe einen trinken. Hatte meine Aufzeichnungen für Sebastian zu seinem numerologischen Profil dabei. Er war ganz angetan, dass ich so viel Zeit investiert habe. Wir haben uns gut unterhalten, ich habe zwei Crémants getrunken.

19.48 Uhr. Auf einmal piept mein Handy (hatte es coltmäßig an die Hose geklemmt, da mein Unterbewusstes natürlich auf Empfang für Klaus-Peter geschaltet ist):

„Geht's dir gut? Ich hoffe, du trägst mir mein gestriges Ungestüm nicht nach (?) – Muss jetzt nach Milano – als Ersatzmann! Tausend Grüße."

Freut mich natürlich, diese SMS. Ich könnte sozusagen vor Freude aus dem Fenster springen. Mache aber coole Miene gegenüber Sebastian, der Knall auf Fall jede Anziehungskraft auf mich verloren hat.

Als ich zu Hause bin (gegen 21.30 Uhr) antworte ich ihm: „Sagst du mir noch gute Nacht?" Einfach so. Ich kann nicht anders.

Schaue im Internet bei Lufthansa nach, wie lange ein Flug von München nach Milano dauert: nur eine Stunde 20 Minuten. Da müsste er mich ja noch zurückrufen können.

23.20 Uhr

Noch keine Rückmeldung. Habe noch ein Weizenbier getrunken, höre die neue Super CD und bin gut drauf. Tanze ein bisschen. Ich gehe jetzt aber ins Bett, glaube ich. Handy natürlich auf Empfang! Wenn alles gut geht, müsste er ja noch vor Mitternacht anrufen…

23.30 Uhr

Klaus-Peter! Er sitze im Taxi und sei auf dem Weg ins Hotel! Ich: „Flugzeit eine Stunde 20 Minuten?" Er: „So ziemlich genau!" Woher ich das wisse? Ich: „Drittes Auge!" Ob ich ihm verziehen hätte? – Ich blöde Kuh sag nach viel zu kurzer Pause: „Ja!" Er: „Damit hätte ich gar nicht gerechnet." Ich frage ihn, was er heute Abend noch mache – er checke nur noch ein und gehe dann ins Bett. „Wenn du möchtest, kannst du mich ja von da aus anrufen?" (Habe ich sie eigentlich noch alle?) Er könne es nicht versprechen, je nachdem, wen er noch alles an der Bar treffe – dann erzählt er von Montag in Zürich, Dienstag in Paris und und und… wen habe ich denn da nur an der Angel? Er dürfte so ziemlich meine größte Katastrophe werden. Ich werde mich morgen an sein numerologisches Profil machen. Aber ich muss ihm auf jeden Fall noch sagen, was ich über seinen Überfall gedacht habe!

Sonntag, 11. Februar

6.30 Uhr

Oh nein! Ich bin schon wieder wach. Nehme Baldrian ein. Wirkung: Null, Zero, Nada. Kann nicht mehr schlafen. Male mal Klaus-Peters „numerologisches Quadrat" auf. Mir fällt auf, dass er doch gar kein Löwe ist. Wälze mich noch ein bisschen im Bett herum und überlege, ob ich ihm einfach maile, dass er doch gar kein Löwe ist. Ist zwar dämlich, aber mir ist danach. Ich find's witzig.

Also schreibe ich tatsächlich: „Frühmorgendliche Reflexionen: Du bist doch gar kein Löwe!"

Jetzt quälen mich Zweifel. Ich muss unbedingt noch diesen Nachtrag zu seiner Frage von gestern im Taxi machen, ob ich ihm verziehen hätte. Bedenklich war nämlich seine Antwort, dass er damit gar nicht gerechnet habe. Und ich stelle mich als total leicht zu beeindrucken dar, ich blöde Kuh! Werde ihm also auf jeden Fall (gleich beim nächsten Mal) sagen, dass ich noch einen Nachtrag hätte. Ich wollte das gestern Abend nicht sagen, da seine Umstände (im Taxi sitzend!) nicht ideal gewesen wären. Und der Nachtrag ist der:

„Du hast mich gefragt, ob ich dir dein Ungestüm nachtrage? Nun ja, ich trage es dir nicht nach, aber ich habe einen Nachtrag: Das Telefonat war sehr erotisch, es hat mich auch angemacht und alles, und es hat mir gefallen, aber trotzdem hat es in mir die Frage aufkommen lassen, ob ich für dich eventuell nur ein sexuelles Spielzeug bin und ob du nicht vielleicht doch zu dem Typ Mann gehörst, auf den ich zwar fliege, der aber nicht gut für mich ist!“

Ja – genau so muss ich das bei der nächsten Gelegenheit sagen – ha – und da rechnet er vielleicht gar nicht damit, zumal er schon heute früh eine SMS von mir gekriegt hat – denkt jetzt bestimmt, er hat die Katze schon im Sack – von wegen!

O.k., jetzt bin ich schon etwas beruhigter.

10.00 Uhr

Joggen. 30 Minuten! Rekord! Sonnenschein und leichter Raureif – wunderbar. Denke schon, mein Handy piept, dabei war's ein Vogel. Ich mache mir langsam Sorgen um mich. Bin auf 52 kg geschrumpft und im Zustand des Dauer-Aufgeregtseins. Ist sehr anstrengend und zehrend.

Oh Gott. Wie gut, dass ich nur noch drei Tage arbeiten muss und dann erst mal Urlaub habe. Ich würde es sonst nicht überleben…

Bin in ständiger Anspannung, ob und wann es denn jetzt piept! Könnt mir ins Hinterteil treten und würde gern auch mal mein Gehirn waschen!

Handy Display zeigt keine Veränderung. Pendel bestätigt, dass Klaus-Peter mich heute anruft.

Tanze mich mit Gigi D'Agostino mit „La Passion“ in Trance. Ich bezweifle, dass ich das alles noch lange durchhalte.

Keine Zeit zum Entspannen, da ich um 15.00 Uhr mit Sophie verabredet bin, wegen meinen Bewerbungsunterlagen für das Arbeitsamt. Wie gut, eine Freundin beim Arbeitsamt zu haben. Ich werde meine Fühler schon mal in andere Richtungen ausstrecken, denn ich habe das Gefühl, dass ich bei der Firma nicht mehr allzu lang sein werde.

Nach getaner Arbeit mit Sophie (Jennie kam später dazu) treffen wir uns mit Nina um 16.00 Uhr in der „Kaffeebohne“.

Ach, ist das schön mit den Freundinnen! Bin so froh, dass ich nicht mit meinem Hirn allein in meinen vier Wänden bin. Wenigstens ein bisschen Ablenkung. Sie lauschen voll fasziniert (die Palette reicht von ehrlicher Anteilnahme und Freude (Sophie) über neidvolles Zuhören (Jennie) und abgeklärte unenthusiastische Kommentare (Nina)) meiner Story wie einem Märchen. Was mich sehr überrascht, ist, dass sie meinen, ich hätte – egal wie cool und reserviert ich bin – immer diesen

Schelmblick, der „den brodelnden Vulkan“ erahnen lasse – (O-Ton Jennie). Das hat mich fast vom Hocker gerissen. So habe ich mich noch nie gesehen. Gut zu wissen, was die besten Freundinnen so an einem wahrnehmen!

17.00 Uhr geht mein Handy. Wer wohl? Er bedankt sich für die SMS, was ich denn damit meinen würde. Sternzeichen oder was anderes? Nein, er sei Krebs! (Hatte ich ja bereits herausgefunden). Ob ich dann auch seinen „Dekadenten“ wissen wolle. Ich (lachend): „Ja dann gib mir mal deinen Dekadenten!“ Er: „Ja, dekadent bin ich.“ Ich: „Habe ich schon gemerkt.“

Dann erzählt er noch, dass er um 18.00 Uhr einen Vortrag hält – ja, was soll man da sagen? Er in seiner Welt, ich in meiner, (hat bestimmt das Stimmen-Kneipen-Musik-Ambiente registriert, nehme ich mal an), beide sind wir von Publikum umgeben – was soll man da groß reden? So wünsche ich ihm alles Gute für den Vortrag, er bedankt sich und verabschiedet sich. Keine Frage, ob er mich heute Abend noch anrufen kann oder so – nichts. Das war jetzt aber extrem unromantisch! Was soll ich denn damit anfangen? Keine Ahnung. Ich habe halt etwas anderes erwartet…

Ich frage meine Freundinnen, ob ich mein Handy heute Abend aus Trotz ausschalten soll. Taktisch wär's gut, meinen sie, aber keine von ihnen würde es durchhalten. Habe gependelt, dass er eh nicht anruft. Sehe es positiv: Dann habe ich wenigstens keinen Aufruhr und kann mich auf eine ruhige Baldriannacht einstellen!

Wir überlegen gemeinsam, wo ich ihn denn unterbringen kann, wenn er am 4. März kommt. Sehr guter Tipp von Jennie: Da Vertragshotels von meiner Firma ausscheiden, solle ich ihn doch in einem flughafennahen Hotel unterbringen. Das ist eine tolle Idee!! Denn das Risiko, dass mich irgendjemand kennt, wenn ich vielleicht mit ihm – was weiß ich – keine Ahnung –, das wäre recht unprofessionell. Da stimmen alle überein. O.k., da wären wir ja schon einen Schritt weiter – falls es überhaupt (hoffentlich!) so weit kommt.

Sie meinen einhellig, dass meine Urlaubsplanung nahezu ideal sei. Das vermittele den Eindruck der selbständigen Frau von Welt, die ihr Leben plant!

Ich werde ihm heut Abend auf jeden Fall definitiv keine SMS schicken. Er soll ruhig zappeln!

Aber eigentlich will ich ja doch, dass er anruft, denn ich will ihm endlich den Nachtrag erzählen!

Ich versuche, die Versicherung für Fuerteventura auszufüllen – ist das kompliziert! Vorgangsnummer, diese Nummer, jene Nummer. Ich hasse das! Ich muss noch meine Sporttasche für morgen packen, Nägel lackieren und Briefe schreiben.

Autosuggestion: Bin ganz cool und auf dem Boden der Realität. Mir hat nur jemand mal für kurze Zeit ins Hirn gespuckt, aber es wird wieder vorbeigehen, und ich werde mich in ein paar Wochen köstlich über die Tagebucheinträge amüsieren.

Wer's glaubt, wird selig… Handy eingeschaltet. Bete zu allen guten Geistern, dass das keine Katastrophe wird – denn das hätte ich wirklich nicht verdient! – Nehme jetzt Baldrian.

3.00 Uhr

Good morning! Klasse! Toll! Wieder hellwach! Ich gehe drauf, wenn das so weitergeht! Da haben vier Baldrian vier Stunden gewirkt – also muss ich die Dosis auf acht steigern… Fühle mich nicht gut. Zerrissen. Dissonant. Irgendwas fühlt sich nicht gut an, und das hat damit zu tun, dass Klaus-Peter sich gestern nach diesem Kurztelefonat nicht mehr gemeldet hat.

Da mein Körper keine Anstalten macht, auch nur irgendwelche Schlafambitionen zu zeigen, habe ich ja genügend Zeit, mir auszudenken, wie ich heute mit ihm in Kontakt trete. Ich wende die Worte 1000-mal hin und her. Um 5 Uhr habe ich die Lösung.

Werde ihm eine Mail schicken:

„Hallo? Bist du da? Wieder E-Mail Access? Unser Telefonat gestern war leider nur sehr kurz – jeder in seiner Welt und noch dazu von Publikum umgeben… schade. Habe ab 3.00 Uhr wach gelegen und an dich gedacht. 1000 Grüße nach wo immer du bist (Zürich?).

P.S. Kannst du Köpfe auch wieder gerade rücken? I."

Vielleicht sollte ich das P.S. weglassen? Ja, ich glaube, ich lasse es weg. Und dann ist mir (für einen späteren Zeitpunkt) noch ein schönes Wortspiel eingefallen:

„How many (s)miles are you away from me?"

Nichts ist so, wie es scheint

Heute Nacht erscheint mir mein Schutzengel. Es ist eine sternenklare Nacht, ein wunderschönes Sternennetz ist am Himmel gespannt. Der Mond hat Sichelform. Ich schaue wie verzaubert in den Himmel. Und da nehme ich den Mond so wahr, wie ich ihn noch nie wahrgenommen habe: Die Sichel ist deutlich, aber dahinter ist ganz schwach der volle Mond abgebildet.

Ich freue mich, meinen Schutzengel wiederzusehen. Ich bin über seine Anwesenheit verdutzt. Ich dachte immer, Engel tauchen nur dann auf, wenn man in Not ist?

Er berührt sanft meine Schulter. „Ich bin gekommen, um dich auf etwas Wichtiges vorzubereiten. Auch, wenn du dir im Moment den Zugang zu diesem Wissen selbst versperrst, so wisse, dass du jederzeit darauf zurückgreifen kannst, wenn du bereit dazu bist, deine Sicht der Dinge zu heilen."

„Von welchem Wissen sprichst du?", frage ich erstaunt.

„Lass mich es dir an einem Beispiel erklären. In einer weniger klaren Nacht als heute siehst du den Mond vielleicht nur als Sichel, oder als Halbmond. Du siehst dann nur die beleuchtete Seite, doch die andere Seite, die, die den Kreis ergänzt, ist dennoch da. Wenn du nicht um diese Tatsache wüsstest, würdest du, wenn du den Mond zum allerersten Mal in deinem Leben als Sichel sehen würdest, aller Wahrscheinlichkeit nach denken, dass du ihn in seiner sichtbaren Form als Sichel vollständig wahrnimmst."

„Ja, das stimmt", pflichte ich bei.

„Genauso wie der Mond offenbaren sich die Dinge oft auch nur von einer Seite. Doch du weißt, dass alles zwei Seiten hat. Und dennoch hast du es vergessen. Je nachdem, wie das Licht auf etwas fällt, je nachdem, wo du stehst und wohin du deinen Blick wendest, magst du vielleicht NUR den Schatten oder NUR das Licht wahrnehmen. Doch die Wahrheit ist, dass in allem, was du siehst, beides vorhanden ist – Licht und Schatten, Gut und Böse. Alles hat zwei Pole. Plus und Minus ist die gleiche Ladung, nur mit unterschiedlichem Vorzeichen, und sie bilden ein Ganzes.

Gut und Böse entspringt deiner Wertung und deiner momentanen Sicht der Dinge; doch aus einer höheren Perspektive mag sich diese Sicht verändern. Dann kannst du im Guten das Böse und im Bösen das Gute erkennen. Dann verändert sich das, was du für deine Wahrheit hältst.

Die Wahrheit ist, dass alle Wahrheiten Teilwahrheiten der einen Großen Wahrheit sind, die kein Mensch vollständig zu erfassen vermag.

Du fragst dich, warum ich dir das erzähle, da du es doch weißt.

Nun, es ist ein Unterschied, etwas zu wissen, und etwas anzuwenden. So lerne, im Schönen das Unschöne, im Hässlichen das Nicht-Hässliche zu sehen, im Sichtbaren das Verborgene und im Verborgenen das Sichtbare – denn alles ist EINS. Es bedarf einer Schulung des Geistes, um diese Sicht der Dinge wirklich anzuwenden.

Ich bin gekommen, um dich auf eine Lektion vorzubereiten, die dich darin schulen wird, zu erkennen, dass nichts so ist, wie es scheint."

Er macht eine bedeutungsvolle Pause. Wie meistens, formen meine Lippen in solchen Momenten nicht viel mehr als ein gedehntes, nachdenkliches „Mhmm".

„Wenn es geschieht, dass sich die Dinge nicht als das entpuppen, was sie sollten, dann denke darüber nach, welche Seite du nicht sehen konntest oder wolltest. Erinnere dich an diese Mondnacht. Und erinnere dich an meine Worte!

Übe dich in Vertrauen, dass jedes Ergebnis zu deinem Vorteil ist. Du magst es vielleicht nicht sofort bemerken, sondern erst, wenn eine Zeit vergangen ist...manchmal erkennt man Dinge erst im Rückblick – aus einer veränderten Perspektive. Unterschätze diese Lektion nicht – DIESE Sicht der Dinge erfordert viel Mut, Glauben und Hoffnung. Nur zu viele scheitern daran und fallen aus Gram in Dunkelheit und Schwere."

Wir gehen weiter unter dem klaren Sternenhimmel, der frische kühle dunkelblaue Atem der Nacht erfüllt mich.

„Mein lieber Schutzengel, das ist eine weise Lektion. Ich danke dir. Ich werde darüber nachdenken. Ich habe es auch verstanden! Kannst du mir die Lektion dann nicht ersparen?"

Ich spüre sein tiefes Verständnis für mich und aus seinen Worten höre ich die Liebe, als er antwortet:

„Du hast deine Einwilligung gegeben, diese wichtige Lektion zu erfahren. Sie ist notwendig, um dich für eine wirklich neue Sichtweise zu öffnen."

Er schaut mich ernst an: „Ich möchte dich nicht traurig stimmen. Aber du nimmst die Landschaft, durch die wir im Moment wandern, gar nicht wahr. Sei wachsam, mein Kind."

III. Das sinkende Boot

Montag, 12. Februar

8.10 Uhr

So, die E-Mail ist so weg, ohne den letzten Satz. Und jetzt gleich Mitarbeiterjahresgespräch. Super. Ganz toll. Bin alles andere als begeistert.

Es war nichts von ihm im Briefkasten, damit habe ich auch nicht gerechnet. Habe nachgeschaut, was „zarte Bande knüpfen" auf Englisch heißt: „Cupid at work": Cupido bei der Arbeit. Mann, ist das so genial bildlich! So ein kraftvoller Ausdruck voller Leben und diese Anschaulichkeit!! Werde Sprüche sammeln und sie ihm smsen! Ja! Toll! Zwei habe ich jetzt schon – alles zu gegebener Zeit…

Im Auto ist mir eingefallen, dass ich doch noch schreiben wollte, dass Gigi d'Agostino mit „La Passion" mein absoluter Lieblingshit ist und dass man toll Discofox drauf tanzen kann, und „it's so sexy it's killing me"! Habe ich jetzt total vergessen, lässt sich ja auch nachholen.

9.00 Uhr

Eine Stunde später, und die Welt ist nicht mehr die, die sie mal war. Komme soeben von einem Gespräch mit meinem Chef unter vier Augen zurück.

Maile an Klaus-Peter: „Katastrophenmeldung – bitte keine E-Mails mehr an diese Adresse – alles weitere mündlich – I."

Es geht jetzt erst mal darum zu löschen. Konzentration. Löschen, was das Zeug hergibt. All meine persönlichen Dateien – halt stopp – nein, ich kann nicht –, meine ganze Arbeit, – ich könnte sie brennen lassen – aber dann ist sie auf einem anderen Laufwerk und somit wieder herstellbar – und Zeugen sind da. Auf Diskette ziehen unmöglich. Die Dateien sind zu groß. O.k., ich lösche. Weg! Die Zeit läuft – es muss alles passieren in der Zeit, in der alle noch ahnungslos sind. Was ist noch wichtig? Die ganzen Übersetzungen – alles löschen! Aber vorher für mich auf Diskette ziehen – vielleicht kann ich das woanders benutzen – habe mich lang genug in die Vertragssprache eingearbeitet – habe nicht genügend Disketten – Meldung: Ziellaufwerk ist voll – legen Sie neuen Datenträger ein –

10.00 Uhr

Die Zeit läuft – ich renne zur Zentrale und lasse mir vier Packungen Disketten geben – wer denn so viel brauche, werde ich vorwurfsvoll gefragt, da Sparmaßnahmen angesagt sind – ich erkläre, ich versorge mehrere Kollegen damit, wetze zurück ins Büro. Diskette einschieben und los – nach Kopieren alles löschen. Kontrolliere Laufwerk G: Ich lasse alle Ordner drin, damit nichts auffällt – aber sie sind leer. Wo sind noch Daten von mir? Reiß dich zusammen – überlege! Konzentriere dich!! O.k., auf Laufwerk H alles gelöscht. Ich muss oben meine CDs holen und meine Bilder. Schnell hoch in mein altes Büro. Mich trifft der Schlag. Meine Rollschränke sind schon okkupiert! Meine Sachen liegen verstreut herum. Ich muss meine Entwürfe für die neue Cover-Edition mitnehmen. Hole mir eine rumstehende Kiste und knalle alles, was wichtig ist, da rein. Sehr laut. Robbi kommt. Ich schwindele ihn an, da mein Büro offensichtlich schon in Beschlag genommen sei, müsse ich meine Sachen jetzt in meinem neuen Büro einordnen. Das scheint er mir abzunehmen und verzieht sich angesichts meiner Laune. O.k. Was ist hier oben noch wichtig? Die CDs – gut, das sind sie alle. Meine persönlichen Ordner! Rein in die Kiste! Ordner Übersetzungen ist gut, alles, was mit Layout und Design zu tun hat, und auch die Public Relations. O.k. Bleib ruhig! Meine persönlichen Sachen: Windows Berater, ach Gott ja, Graphics Suite, Französisch Wörterbuch, Roget's Thesaurus, das grüne Buch aus der Unibibliothek. War's das? Denke ja, schon gleich halb elf, muss mit meinem Chef sprechen.

Count down: Um 11.00 Uhr ist das Personalgespräch mit der Geschäftsführung!

10.30 Uhr zu meinem Chef, den ich so sehr mag. Briefing mit ihm inklusive seiner moralischen Unterstützung. Er: „Wissen Sie, was Sie sagen wollen?“ Da ich ein Brett vorm Kopf habe und nicht klar denken kann, fällt mir nichts ein. Er: „Sagen Sie doch das, was Sie mir vorhin gesagt haben. Sie haben nichts zu verlieren.“ Ich kann mich aber nicht erinnern. Er sich schon. Er fasst zusammen, was ich ihm spontan gesagt hatte, als ich es erfuhr, in sehr schöne, treffsichere Worte gepackt. Ich schreibe zittrig mit. Er hält meine Hand. „Sie zittern ja.“ Ich frage, wie weit ich gehen könne, ich kann es nicht beurteilen – nicht in dem Zustand. Er sagt, ich solle nicht emotional sein, aber ich könne alles sagen. Bei manchen Dingen frage ich ihn immer wieder, ob ich das so sagen kann. Ich weine ein bisschen, er gibt mir ein Taschentuch. Ich frage ihn, ob ich verheult aussehe, denn ich will auf gar keinen Fall schwach in diese Besprechung mit dem CEO gehen! Er verneint. Es sei o.k.

10.50 Uhr fertig mit dem Briefing. Ich: „Noch 10 Minuten, das schaff ich nicht, ich muss das noch strukturieren, ich kann mir das sonst nicht merken, ich muss es gliedern, ich krieg's nicht in den Kopf, ich schaffe es nicht."

Er: „Doch, Sie schaffen es. Ich hole Sie dann unten ab."

10.52 Uhr in meinem Büro. Fange flatternd an, die vier mitgeschriebenen Seiten auf zwei strukturierte zu reduzieren. Erstens: Meine Einwände, und zweitens: meine persönliche Schlussfolgerung. Klopf an der Tür. Ein Kopf schaut rein. Wimmele ihn forsch ab. „Keine Zeit – jetzt nicht!" Er verschwindet sofort wieder. Mit Farben arbeiten ist gut. Das hilft mir immer. Ich markiere und unterstreiche.

10.58 Uhr

Bin zu aufgeregt. So kann ich da nicht rein. Also reiß dich jetzt zusammen, atme tief durch! Stimmübung gemacht. Stimme darf nicht zittern, muss fest sein.

11.00 Uhr

Mein Chef steht in der Tür. Er nimmt mich in den Arm und drückt mich. Lange . Wir gehen.

In die Höhle des Löwen. Da sitzt der CEO und verkündet meine Kündigung. Betriebsbedingt. Er ahnt nicht, dass ich eine Vorinfo hatte. Er ist überrascht, was ich dazu sage. Wie einstudiert, ohne Blackout, verkünde ich mit fester Stimme, dass für mich die Kündigung angesichts meiner guten Arbeit nicht nachvollziehbar sei, dass ich es aber vorziehe, das sinkende Boot zu verlassen, statt solch einer Firma weiterhin meine Arbeitskraft zur Verfügung zu stellen. Schneide die Personalpolitik an. Ein wunder Punkt. Und komme langsam zum Höhepunkt: Der einzige, der in dieser Firma Rückgrat habe, sei mein Chef. Ich atme lautlos tief durch. Es ist gesagt.

Betretenes Schweigen. Dann der CEO: Der Bruch sei wohl offensichtlich, damit sei das Gespräch beendet. Ich erhebe mich. Mein Chef erhebt sich mit mir. Das war's. Wir verlassen die Höhle.

Ich packe meine persönlichen Sachen (Poster, Kaffeetasse u.v.m.) in Kisten und bringe sie in mein Auto.

Ich mache noch einen Rundgang durchs Haus und verabschiede mich. Nur bei einem Kollegen kippt mir die Stimme etwas weg. Ich gehe sofort weiter. Ich will nicht, dass mich hier irgendjemand weinen sieht. Es ist sehr seltsam, wenn man geht. Die anderen behandeln einen wie eine Aussätzige. Ich lese Angst in ihnen: Kann mir das auch passieren? Ich war bei der zweiten Kündigungswelle dabei, vielleicht gibt es eine dritte. Wen wird die erfassen?

15 Uhr verlasse ich das sinkende Boot, treffe mich mit Lilo, bin so froh, dass ich ihr jetzt alles erzählen kann. Lilo wurde bei der ersten Kündigungswelle erfasst. Sie hat diese Gefühle schon hinter sich.

Wir treffen uns in der Stadt, sie ist schon da, als ich komme. Ich erzähle ihr alles haarklein, trinke Apfelsaftschorle, alles andere würde den Führerschein gefährden. Sie ist stolz auf mich, weil ich so direkt war – und so stark. Ich bin auch auf mich stolz!

Ich weiß in diesem Moment nicht, was ich als schlimmer empfinde: die Tatsache, noch nichts wieder von Klaus-Peter gehört zu haben, oder die Kündigung. Ich spiele zwei Stories mit ihr durch:

Story A (das ist die schöne Geschichte):

Die Firma hatte einen einzigen Sinn. Nämlich den, dass ich durch sie auf wundersamem Wege meinen Traummann treffen sollte. Genau eine Woche, bevor man mir die Kündigung aussprach, lernte ich ihn durch die Firma kennen. Durfte auch noch auf Firmenkosten abends speisen! Das war der einzige Sinn dieser dreijährigen Beziehung zwischen der Firma und mir. Und ich habe dort zwei wunderbare Menschen kennen gelernt: Lilo und meinen Chef. Und natürlich habe ich wieder was gelernt (was eigentlich?). Also nach dieser Story war das ein genialer Plan aller Engel und guten Geister, die Mitleid mit mir hatten, die meine Tränen gesehen hatten, das waren wahre Koordinationstechniker, die unheimlich clever waren und deren Rechnung aufgegangen war. Das war schlichtweg genial.

Story B (das ist die erschütternde Geschichte):

Das ist die absolut verhängnisvolle, traurige Katastrophenstory, die darauf basiert, dass ich eine Zerrung in der Wahrnehmung habe und dass alles anders ist, als es scheint.

Ich als Klaus-Peters Zeitvertreib und schönes Sexspielzeug, ohne irgendwas dahinter. Das einzig Positive daran ist, dass die Sache kurzfristig meine Stimmung angehoben hat und einen – dank rosaroter Brille – positiven Einfluss auf meine Stimmungslage hatte, was mir in dieser Zeit des absoluten Einbruchs geholfen hat, die Kündigung nicht so dramatisch zu sehen – denn zum Negativ-Stress (wie ist noch der Fachausdruck?) hatte ich diesen enormen Eu-Stress (da kann ich mich dran erinnern!), der vieles leichter gemacht hat… Illusionen, Wolken, rosarote Seifenblasen etc. – leider mit einem Nachgeschmack, der in dieser Sache den bisher bekannten Rahmen sprengen dürfte. Also ich fürchte extrem um mein Gleichgewicht.

Nach dieser gescheiterten Sache würde ich mich nie mehr verlieben, ich würde Nonne werden und … keine Ahnung, alles ziemlich duster.

18.00 Uhr

Zusammenbruch. Story B manifestiert sich.

20.00 Uhr treffe ich bei meinen Eltern ein, um sie zu informieren. Daddy nimmt mich einfach nur in den Arm, Mutti ist geschockt.

Totaler Breakdown, ziehe alles in Zweifel mit Klaus-Peter, da ich null Message von ihm habe.

Ich komme in Versuchung, ihm eine böse SMS zu schreiben. Tu's nicht, da ich doch noch rechtzeitig erkenne, dass ich nicht ganz zurechnungsfähig bin.

22.00 Uhr ins Bett. Schlafe heute Nacht in meinem Kinderzimmer bei meinen Eltern. Kriege noch mit, wie Daddy ins Zimmer kommt, mir über den Kopf streicht und sagt: „Wir kriegen das schon hin." Ich könnte vor Rührung brüllen und weine still in mich hinein, als er wieder aus dem Zimmer ist.

Im Koma bis 2.00 Uhr früh. Wache auf mit verquollenen Augen und erinnere mich, dass Klaus-Peter tatsächlich nicht mehr angerufen hat. Mache trotzdem Licht an und schaue auf mein eingeschaltetes Handy. Das Display lächelt mich aufmunternd mit den Symbolen „entgangener Anruf" und Briefchen an.

Entgangener Anruf: Unbekannt und Nummer von Klaus-Peter.

Gott sei Dank!

Briefchen sagt: Rufen Sie Ihre Mailbox an. Und die erzählt mir 22 Uhr 10:

„Klaus-Peter hier. Ich wollte mal Kontakt zu dir aufnehmen. Tja – dann – hm – probier ich's später noch mal. Danke."

Gott sei Dank!

Ich empfinde aufgrund meines Zustandes eine zwar dumpfe, aber durchaus tiefe Erleichterung. Sehr tiefe Erleichterung. Und das Briefchen bleibt im Display. Da ist ja noch ´ne Message.

22.57 Uhr: „Ich mag dich. Gute Nacht!"

Ich schmelze dahin. Bin so froh!

Freue mich drei Stunden lang und kann nicht schlafen. Ich mag dich – es ist so, als hätten diese drei Worte alles beantwortet. Als hätte er mich in Watte gepackt, mir einen heißen Kamillentee mit Honig gemacht und mir einen zärtlichen Kuss auf die Stirn gedrückt. Es ist so, als würde er sagen: „Alles wird gut!"

Erst nach drei Stunden kann ich mit zwei weiteren Baldrians wieder einschlafen.

Wache 9 Uhr auf. Das nächste Briefchen blinkt:

6 Uhr noch was: Guten Morgen? K-P

Ich bin froh, dass ich in meinem bewusstseinsgetrübten Zustand nicht diese andere SMS abgeschickt habe, und es war auch wahnsinnig gut, dass er mich nicht erreicht hat – in der verzweifelten Stimmung, in der ich war. Ich muss ihn unruhig gemacht haben. Sehr gutes Zeichen, wenn er heute Morgen beim Aufstehen schon an mich gedacht hat. Und er ahnt, dass was nicht stimmt. Warum sonst das Fragezeichen? Ja, er ist ein Cleverle.

SMSse ihm 9.10 Uhr: „Hallo! Gut insofern, als du ihn mir wünschst – How many (s)miles are you away from me?"

Eine halbe Stunde später: „Miles: Paris. Smiles: many."

Hach Gott, ist das schön! Erst später sollte ich drauf kommen, dass diese SMS durchaus doppeldeutig war... Aber ich interpretiere zu dieser Zeit nur zu meinen Gunsten.

Und jetzt zur Sache, Schätzchen: Meinen Chef anrufen und mich krank melden. Er informiert mich über einen Besuch vom CEO bei ihm. Er hätte Migräne bei der Besprechung gestern gehabt und heute Morgen hätte er sich auch nicht so gut verkaufen können wie sonst. Er habe mir gestern was Falsches erzählt: Sie bieten mir Kündigung und sozusagen als Gentleman's Agreement (wo ist hier der Gentleman, da kann ich ja nur lachen!) den Aufhebungsvertrag parallel an. Wo ist der Haken – wo?

Das stinkt doch meilenweit. Wo wollen sie mich linken? Ich werde die Arbeitsrechtsberatung beim Arbeitsamt konsultieren, ebenso die Rechtsabteilung der Arbeitskammer. Ich erreiche alle, sämtliche Infos fügen sich zu einem logischen Ganzen zusammen. Verstehe Zusammenhänge und weiß jetzt, worauf ich achten muss.

Ich entwickele einen Plan, mache Notizen und zeichne Zusammenhänge auf. Strukturieren ist immer gut.

12.00 Uhr

Jetzt geh ich erst mal joggen! Ach, wie wunderbar, die Sonne scheint, die Luft ist toll. – Kann mich gegen Nachmittag etwas entspannen, da für heute alles geregelt ist und der Plan für morgen steht. Kann sogar eine Stunde schlafen.

17.30 Uhr rufe ich Klaus-Peter an. Ich habe ihn ausnahmsweise mal persönlich dran, nicht die Mailbox. Ich: „Was machst du gerade?“ Er: „Ich sitze in der Lounge und warte auf meinen Abflug nach London.“ Ich: „Ist ja schön, dass wir mal synchron simultan miteinander sprechen können.“ Er (lacht): „Ja, toll, ne, das ging jahrzehntelang nicht! – Was war denn das mit der Katastrophenmeldung?“

Ich: „Können wir vielleicht mal in Ruhe reden, wenn du nicht gerade in irgendeiner Lounge sitzt?“ „Ja, können wir.“ „Wann bist du zu Hause?“ „Ich bin gar nicht zu Hause.“ Ich: „Oder in irgendeinem Hotelzimmer?“ „Ich bin noch im London Backoffice, und dann check ich nicht vor neun im Hotel ein. Es wird bestimmt nicht vor 10, eher später.“ Ich: „Kannst du mich dann mal anrufen? Ich bin dann noch wach, ich bin ab 21.00 zu Hause, ja?“ Er: „Ja, kann ich machen.“ „O.k., bis dann. Tschüss.“ „Tschüss.“

Und jetzt ist es 18.00 Uhr, und ich geh in die Sauna. Tut mir bestimmt gut. Und freue mich ganz schrecklich auf seinen Anruf.

21.00 Uhr zurück. War super mit den Girls in der Sauna. Viel Spaß gehabt, zumal es wieder Sekt gab, den Anlass habe ich nicht mitgekriegt, ist ja auch egal. Habe trotz gegenteiliger Selbsteinschätzung drei Saunagänge gepackt. Supergirl Isabell!

Habe soeben Wäsche aufgehängt und freu mich auf den Anruf von Klaus-Peter. Sophie meinte, ich solle ihm noch nichts von der Kündigung erzählen – in dieser Phase –, was ich für absoluten Schwachsinn halte. Was kann ich denn dafür? Außerdem kann ich es ihm nicht verheimlichen, er wird bestimmt mal auf der Arbeit anrufen, und ich habe ihm die Katastrophenmail geschickt. Nein, also wirklich, es ist für mich absolut befremdend, damit hinter dem Berg zu halten.

Bin auch kein bisschen betüdelt, sondern glasklar.

Und das ist auch gut für die Verbalakrobatik von Klaus-Peter!

Er ruft pünktlich um 22.00 Uhr an. Habe gerade ein Telefonat bzgl. meiner Kündigung. Nehme Handy-Anruf gleichzeitig entgegen. Bitte Klaus-Peter zu warten, verabschiede meinen anderen Gesprächspartner und wende mich entschuldigend wieder Klaus-Peter zu. Er meint, bei ihm wär das normal, mit zweien gleichzeitig zu telefonieren… (roll die Augen, Angeber!). Sein Chef wäre ganz enttäuscht gewesen, dass er sich so früh zurückgezogen habe (oho, gutes Zeichen!). Ich: „Um mit mir zu telefonieren?" „Ja", und es sei ihm nicht so gut, er habe was aufgefangen. (Mist, das relativiert wieder alles!) Die Verbindung ist nicht gut, in der Leitung knackst es andauernd, und das ist nervend.

Ich erzähle ihm alles. Die Kündigung. Meinen Triumph. Er hört zu und meint lobend, ich sei da aufrecht rausgegangen. Fragt, wie's mir gehe. Ich sage: o.k. Obwohl ich mich dazu überwinden muss, gestehe ich ihm, dass mein relativ guter Zustand auch mit ihm zu tun habe. Und dann geht das Match los.

Er fragt, ob ich die Semantik seines Fragezeichens verstanden habe. Oh, wie gebildet er sich ausdrückt! Ich mag das! Meine Synapsen springen sofort. Natürlich habe ich das verstanden! Bin doch nicht blöd! Er sagt, er denke auch, dass ich ein Cleverle bin. Tja. Gut so. Bin endlich zu meinem Wortspiel-Nachtrag gekommen, den er raffiniert – ich weiß nicht mehr wie – umgangen hat. Wir lieferten uns herrliche, espritgeladene Verbalspielereien, ein einziges Ballspiel und ein harter Test in Schlagfertigkeit, den wir beide unentschieden bestanden haben. Habe viel gelacht. Wenn er zweideutig wird, ziehe ich mich galant zurück und bin dabei gleichzeitig provozierend. Ein herrlicher Schlagabtausch. Er fängt wieder mit dem „Durchleuchten" an – was ich denn damit meinen würde. Ich sage, via SMS und Telefon ginge das nur bis zu einem bestimmten Grad, deshalb bevorzuge ich Eye to eye. Er: „Ei to Ei?", und so geht's in dem Stil weiter. Ganz nach meinem Gusto. Bin extrem gut in Form. Er spricht vom Paradoxon „unmöglich" – das meistbenutzte Wort, mit dem die Frauenwelt ihn beschreibe –, ich habe das übrigens auch von ihm gesagt. Ich: „Willst du mir noch von ein paar Oxymorons erzählen?" (haha) Er: „Vielleicht." Ich (süffisant): „Im Bett?" Er: „Oh wie sibyllinisch.“ Ob ich noch weitere Vornamen hätte? Ich: „Weder Sibylle noch Xanthippe.“ (Das war ja wohl mega-genial!) Er erklärt irgendeinen etymologischen Zusammenhang zwischen Xanthippe und Hippo…dings. Ich: (und das war wirklich supa-mega-genial): „Ich kenne nur Happy Hippos.“ Er: „Was ist denn das?“ Ich: „Na, die mit den Hubbeln und den Milchkammern!“ Er: „Ist ja … pervers!“ Und ich lache und lache und lache… falls man sich hier eine kleine Vorstellung von der Bühne machen kann.

Er fragt nach einer Stunde Telefonat, was er denn noch für mich tun könne, außer SMS und so. Ich kontere, es unterliege seiner Phantasie, Intuition, Inspiration (er: „meiner Transpiration –?“), seiner – ich weiß nicht mehr, in der Hoffnung, er würde kreativ werden. Hat er aber verpasst.

Dann wünschen wir uns eine gute Nacht und – Ende. Ach ja, und in diesem Geplänkel hat er noch zwischendurch gesagt, dass er sich schon richtig auf den 4. März freue.

Wir verabschieden uns. Er: „Halt die Ohren steif oder wie man so schön sagt!“

Ja, und dann bin ich mit mir und meinen Gedanken und Gefühlen allein.

Mittwoch, 14. Februar (Valentinstag!)

Was er sich da wohl einfallen lässt? Bin ab 6.00 Uhr wach, aber das ist ein Fortschritt, ich habe sechs Stunden am Stück geschlafen!

8.30 Uhr geh ich joggen. Dusche, frühstücke. Gegen zehn geht das Telefon. Mein Chef: Der CEO möchte ein persönliches Gespräch mit mir. Was ich gesagt hätte, habe ihn sehr geschockt. Ich könne beide Verträge abholen, brauche noch nicht gleich zu unterschreiben, könne prüfen lassen. Ich verbleibe mit ihm so, dass ich nach Abklärung der Rechtsfragen die Geschäftsführung anrufen werde.

Stress! Ich telefoniere mit dem Rechtschutz, der Arbeitskammer und dem Arbeitsamt. Rufe um 11.00 Uhr in der Firma an und kläre cool sachlich die Eckdaten. Die sind o.k. Sichere zu, dass ich zwischen 14.00 und 15.00 Uhr die Verträge abhole. Wie hoch die Abfindungssumme sei? Das möchte er mündlich klären. O.k., Überraschungseffekt… Das heißt jetzt Haare waschen und Dress for Success!

12.24 Uhr schaltet sich Klaus-Peter in mein Leben: „Zupf?“

Ich find's genial. Zupf sagt alles aus. Es ist so treffend und so aussagekräftig. Ich liebe seine Worte. Schmunzele.

Meine direkte Antwort: Komm näher! Ich fühl mich erotisch aufgeladen und höre Gigi d'Agostino.

13.31 Uhr: „Ja, ich möchte dich berühren.“

Oh Mann, das bringt mich um. So sexy.

14.00 Uhr: Als ich auf dem Firmengelände eintreffe, antworte ich:

„Ja, ich möchte wissen, wie es sich anfühlt –“

Parke grade ein, sammele meine Gedanken, da piept es wieder:

14.43: „Ich möchte dich entkleiden, damit du es besser fühlen kannst…“

Ich tausche meine Sonnenbrille gegen meine normale, werfe noch einen letzten Blick in den Rückspiegel, bin zufrieden, atme tief durch und steige mit einem gewissen Killerinstinkt aus. Bereit zum Kampf!

Um es kurz zu machen: Die Abfindung beläuft sich auf eine schöne runde Summe, und gleichzeitig droht die Geschäftsführung mit fristloser Kündigung, weil ich so frech war. Ich gebe mich unbeeindruckt. Bestehe cool darauf, dass „betriebsbedingt“ in die Kündigung eingefügt wird. Der CEO ist ziemlich aufgeregt und recht uncool. Ob ich alles wirklich so gemeint hätte, was ich da gestern gesagt habe?!

„Ich habe meinem Statement nichts mehr hinzuzufügen“, bleibe ich stark.

Danach gehe ich zu meinem Chef. Sein Blick ist schon auf die Tür gerichtet, als ich meinen Kopf reinstecke. Er muss mich am Gang erkannt haben. Fragt anteilsvoll, wie es gelaufen sei, und nimmt mich in den Arm.

Als ich alleine in meinem Büro bin, so gegen 17.00 Uhr, smse ich:

„Sorry für die Unterbrechungen, ich musste wieder in die Arena – wünschte, du wärst bei mir!“

Ich räume meine Sachen zusammen, überlege, was ich mitnehme. Meine Pflanze, meinen „Ideenordner“, lösche alle E-Mails, schreibe meinen externen Geschäftskollegen, dass sie bitte keine Mail mehr an diese Adresse schreiben mögen, lösche alle gesendeten und gelöschten Objekte.

Dschordschiboy fällt nichts Besseres ein, als „hallo“ zu hauchen und mich zu fragen, wie's mir geht. Meine Kehle staubt, und nirgendwo ist was Trinkbares. Ein anderer Kollege bietet mir eine Flasche Mineralwasser an. Ein weiterer Kollege klopft an mein Büro und bekundet seine Schockierung. Wünscht mir alles Gute. Sagt, dass sein Team fassungslos sei, als es gehört habe, dass mir gekündigt worden sei.

Auch Robert kommt vorbei. Ob wir uns nach meinem Urlaub außerhalb des Hauses mit meinem Chef noch mal privat treffen? Ich sage zu. Als ob alles normal wäre, denke ich.

Zu später Stunde kommt auch der CEO vorbei. „Ach, Sie sind auch noch hier?"

Wie wir uns denn begegnen, demnächst, wenn wir aufeinander treffen, fragt er zu meinem Erstaunen. Ich erwidere wahrheitsgetreu: „Ich weiß nicht." Bin dabei, alle von nun an an mich eingehenden Mails an meinen Chef weiterzuleiten. In dem Dialogfeld „Bin im Hause" und „Bin nicht im Hause" bemerke ich, dass hier eine Option fehlt…: „Habe gekündigt gekriegt." Es ist schon sehr seltsam mit ihm hier neben mir. Und es entwickelt sich ein Gespräch, in dem ich meine Reserviertheit nicht aufgebe, aber es ist alles weniger eisig. Er sagt, er wisse auch nicht, ob er in zwei Jahren noch hier sei. Er denke nicht, dass ich lang auf einen Job warten müsse – ich würde gute Arbeit leisten, könne mich gut artikulieren, sei unabhängig, flexibel, selbstbewusst – und wisse das auch. Wenn ich eine sichere Arbeit wolle, solle ich mich lieber in einem Großunternehmen bewerben, und der Betriebsrat habe da auch ganz andere Möglichkeiten. Wie wahr, wie wahr. Was auch immer das sollte – es war nett.

Mein Chef kommt und verabschiedet sich. Drückt mich und gibt mir rechts und links ein Küsschen. Sagt, dass er heute Abend noch laufen wolle. Er müsse was tun. Ich lache. „Ja, laufen ist gut. Ich laufe seit Anfang Januar. Das wird doch wohl bei Ihnen kein Anzeichen sein?" Es dauert, bis die Message zu ihm vordringt, doch dann lacht er herzhaft. Ich bin von meinem Chef gerührt und kämpfe mit den Tränen, als er zur Tür hinausgeht. Ich lasse ihn nicht gerne allein zurück. Dann lade ich den Rest ins Auto, es ist fast 18.00 Uhr.

18.30 Uhr, wieder zu Hause, schreibe ich ungeduldig an Klaus-Peter: „Zupf!?"

Entdecke mit Entsetzten, dass der Akku jetzt leer ist. Schnell in die Steckdose. Hoffentlich lädt er sich schnell auf. Nicht auszudenken!

20.35 Uhr

Mein Handy klingelt. Er ist wieder in der Lounge, auf dem Weg nach München. Ob er mich denn dann noch mal anrufen solle, so um Mitternacht? Ich bejahe, bis dahin sei mein Akku auch noch mal aufgeladen. Ich solle einen gesunden „Level of Madness“ halten. Damit meint er wahrscheinlich, ich solle weiterhin nicht bei Sinnen sein.

Neue Klamotten anprobiert. Sehr sexy. Mit Sophie telefoniert. Bei fristloser Kündigung gibt's drei Monate lang keine Knete. Na ja, wird mich nicht in den Ruin stürzen. Sie erzählt mir von ihrem eineinhalbstündigen Telefonat mit Ralph dem Coolen. Sie hat ihn abblitzen lassen, ich bin stolz auf sie, und sie fühlt sich auch besser. Sie sagt, sie habe mir viel zu verdanken, an Einsicht.

Aha, schon 23.22 Uhr! Gehe noch ins Internet – und siehe da, eine Test-Mail von Klaus-Peter! Einfach nur „Zupf?“ Maile ihm zurück: „Ja ja, ist schon die richtige Adresse – noch eine Stunde trennt mich von deinem Anruf – wie halte ich mich wach?? Höre Gigi d'Agostino „La passion“. Ich glaube, ich geh duschen – kalt!“

23.36 Uhr

Das Handy klingelt! Hört sich nach Klaus-Peter in irgendeinem Transportmittel an. Ich: „Wo bist du?“ „ Im Taxi“. Ich: „Möchtest du lieber mit mir im Taxi reden oder von zu Hause?“ Er (leicht, ganz leicht pikiert): „Ich hatte einfach nur das Bedürfnis anzurufen, und wenn du es gestattest, rufe ich dich nachher von zu Hause an!“ Ich: „Ja, gerne – ich bin noch wach.“ Er: „Wenn nicht, weck ich dich.“ – „Wann bist du zu Hause?“ „Zu dieser Jahreszeit in 37 Minuten. Ich muss ja nur um 5 Uhr aufstehen.“ Ich: „Du hast doch `ne gute Kondition, also stell dich nicht so an!“ Er: „Ja, Ma'am, bis dann.“ Ich (lachend): „Ja, bis dann.“

Oh Gott, ich möchte schlafen ... aber der Erwartungs-Adrenalin-Spiegel hält mich mehr oder weniger aufrecht. Dreh mal die Musik leiser und trinke einen Schluck Wasser. Nach dem Telefonat kann ich ja noch einen Schlummertrunk nehmen.

0.22 Uhr – na endlich. Liege schon im Bett und habe das Licht ausgeschaltet. Bin grade dabei abzutauchen, als er anruft.

Er liege auch im Bett. Wie es denn in der Arena gewesen sei. Ich gebe ihm eine Kurzfassung.

Nach anfänglichen Verständnisschwierigkeiten (Flüsterton) kommen wir zum erotischen Teil des Gesprächs. Und diesmal habe ich keine Bedenken.

Jetzt müsse er aber doch schlafen, meint er schließlich, seinen Vortrag noch aufsetzen und proben und dann nach Hamburg.

Wir wünschen einander gute Nacht, und ich falle ins Koma – immerhin bis

Donnerstag, 15. Februar

9.00 Uhr

Bin sehr lädiert! Und gar nicht klar im Kopf.

11.00 Uhr: Termin bei Arbeitskammer. Neue Rechtslage prüfen. Da muss ich jetzt aber dran halten, Joggen lasse ich dann mal lieber sein.

Komme pünktlich zum Termin. Die Frau ist phantastisch. Sie bestätigt mir, dass ich sehr clever war. Wir unterhalten uns lange, checken alles mit Unterstützung eines weiteren Sachbearbeiters, und langsam zeichnet sich meine Lösung ab. Ihrer Meinung nach sei es unverschämt von der Firma, mich derartig unter Druck zu setzen. Hätte ich diese Rechtschutzversicherung früher abgeschlossen, würde ich auf ihren Aufhebungsvertrag spucken und sie vorm Arbeitsgericht blamieren! Ich ereifere mich, dass es mir sehr danach ist, die Geschäftsführung anzurufen und ihr mitzuteilen, dass ich alles durchschaue, aber aus bestimmten Gründen auf den Deal eingehe. Aber ein Gefühl sagt mir, dass das nicht der richtige Zeitpunkt ist. Sie rät mir, mich jetzt erst mal ruhig zu halten – „den Ball flach halten", murmele ich innerlich und nicke.

Checke aber noch alles mit dem Arbeitsamt. Ist ja grade um die Ecke. So wie die Verträge sind, gibt es keine Sperrung, versichert man mir. Ich bin erleichtert.

12.30 Uhr sitze ich wieder im Auto. Musste allerdings durch die Beifahrertür einsteigen, da die Fahrertür klemmt und beim Zumachen automatisch schließt, d. h. nicht mehr zu öffnen ist: Schlüssel lässt sich einfach nicht drehen. Ich danke – nicht sehr ernsthaft – meinen Schutzengeln, dass das erst eingetreten ist, nachdem alles erledigt wurde. Bevor ich losfahre, smse ich an Klaus-Peter:

„Hi, sexy babe, ist dein 1. Vortrag gut angekommen? Habe gerade Rechtsberatung hinter mir – Plan steht. Alles Gute, I."

14.00 Uhr gebe ich meinen unterschriebenen Aufhebungsvertrag mit Einschreiben per Rückschein auf. Auch noch Porto für die ausgegeben!

Und jetzt fahr ich in die Parfümerie und gönn mir was! Ich komme mit einer Bodylotion aus Orangenblüten, Jasmin-Sambac, Iris und Ambra zurück, von der die Werbepoeten eine sinnliche, zeitlose Schönheit versprechen, und einen beruhigenden Duft, der aus der Aromatherapie entwickelt wurde … mhm … Entspannung, innere Ruhe und Ausgeglichenheit und eine zarte, geschmeidige Haut winken als Ergebnis.

Ich glaub, ich kipp alles über mich!

Bin entspannt, stöpsele das Telefon aus und kann schlafen – bis mich mein Handy 16.40 Uhr weckt: Klaus-Peter, enthusiastisch: er habe meine SMS erst jetzt gesehen, bedankt sich in recht übermütigem Ton. Gefällt mir. Ist also gut bei ihm angekommen – wie erwartet. Er gibt unaufgefordert an, wann er voraussichtlich im Hotel ist, und dass er versuche, mich noch mal anzurufen, allerdings wäre da erfahrungsgemäß ein Funkloch. Ich: (unterdrücke Seufzer) „Dann schreibst du mir aber wenigstens noch 'ne SMS, ja?" Er: „Bei Funkloch kann ich dir auch keine SMS schreiben!" (Klar, bin ich doof!!), aber er rufe mich auf jeden Fall vorher noch mal an.

Super!

Schon 21.15 Uhr. Höre in voller Lautstärke „Dancing in the Moonlight", lasse das Badewasser ein (ich sehe aber schon ein bisschen lädiert aus, gut, dass mich Klaus-Peter nicht sieht), lege eine Schlamm-Maske auf und tanze in Gedanken im Mondenschein.

21.30 Uhr ruft Nina an! Mit Schlamm-Maske wird Telefonieren aber schwierig! Sie ist durch Sophie bereits informiert. Sie lacht sich krank über meine kecken Statements beim Personalgespräch. Dann wird unser ach so schönes Telefonat durch das Klingeln von J. dem Gemeinen an der Tür unterbrochen. Mist, ausgerechnet, wo sie gerade von intimen Details erzählen wollte!

22.00 Uhr: Habe gerade noch ein Überlaufen der Badewanne verhindern können.

23.00 Uhr meldet sich Nina noch mal. Neue Erkenntnisse: JdG sei masochistisch. Sie zählt alle Indizien auf. Nicht bi, sondern masochistisch!

Ich glaub, er ruft nicht mehr an. Bin ihm nicht böse. (Warum nicht? Ungewöhnliche Reaktion!) Zuviel Aroma Calm?

Good Night. Lasse mein Handy aber vorsichtshalber an…

Freitag, 16. Februar

9.00 Uhr

Toll, habe neun Stunden hintereinander geschlafen!! Herrlich!

Klaus-Peter hat nicht mehr angerufen.

Nach dem Frühstück berichtet mein Handy: zwei entgangene Anrufe: Ilonka und Klaus-Peter (aha, er ist unruhig! Sehr gut!). Und eine SMS von meinem superlieben Chef: Surprise, surprise, Sie haben eine Mail in Ihrem Briefkasten, Isabell!

Aufgeregt schaue ich nach – und bin sehr gerührt. Ich smse zurück: „Sie rühren mich – Sie sind soo lieb!"

Er schreibt:

„Liebe Frau S.,

Ich hoffe, Sie hatten gestern keine Katastrophenmeldungen! Zumindest gibt es ja Grund zur Hoffnung, da Sie sich nicht gemeldet haben. Die Weiterleitung funktioniert übrigens, ich bekomme jetzt alle Mails doppelt und versinke ob der ständigen Erinnerung an Sie in tiefe Traurigkeit. Ich kann Aufheiterung gut gebrauchen, und weil ich glaube, Sie auch, habe ich quasi als Bestätigung Ihres Postskriptums was Lustiges beigelegt.

Ich wünschte, ich könnte Sie lachen hören!

Alles Gute und einen erholsamen Urlaub wünscht Ihnen

Ph. D."

Bevor ich ihm antworte, smse ich erst mal an Klaus-Peter:

„Bist du aus dem Funkloch raus? Habe 9 Stunden geschlafen, herrlich!"

11.00–11.30 Uhr: Beste Joggingtour! Sprinte elfengleich im gleichmäßigen Rhythmus ohne Seitenstiche über den Boden – ganz leicht abgehoben…

12.10 Uhr

Noch kein Zeichen von Klaus-Peter. Werde jetzt mal in Ruhe eine rauchen und dann anfangen zu packen. Schaue meine Reiseunterlagen an. Erkundige mich beim Wetterdienst, wie das Wetter auf Fuerteventura ist:

Samstag und Sonntag sonnig, bis 18 Grad, Niederschlagswahrscheinlichkeit 0 %, die steigert sich aber ab Montag, da wird's kühler und 50 % Regenwahrscheinlichkeit. Die Temperaturen sinken auf 15 Grad, und es wird auch noch stürmisch!

13.30 Uhr

Absolute Ermüdungserscheinung und Erschöpfungszustand nach erster Packattacke. Ich muss mich jetzt erst mal hinlegen. Bin so hibbelig!

14.50 Uhr

SMS an Klaus-Peter: „K-P in Funkloch gefallen?"

Bestelle Taxi für morgen 5.30 Uhr.

15.00 Uhr meldet sich mein Chef auf dem Handy und bedankt sich für die nette Mail. Er scheint sich wirklich Sorgen um mich zu machen.

16.45 Uhr

Handgepäck und Koffer sind fast fertig gepackt. Rechnungen beglichen, Gleitzeitkarte einkuvertiert und an Firma adressiert. Ich wähle von den Sondermarken Friedrich Nietzsche. DGB scheint mir doch etwas zu – unangemessen.

Zustand: fertig und aufgedreht – unerträglich!

19.50 Uhr

Muss jetzt noch die Haare waschen. Jennie und Lilo haben mir telefonisch einen schönen Urlaub gewünscht.

Nur Klaus-Peter hat absolut nichts von sich hören lassen! Das ist doch eine Frechheit! Dahin mit meiner Gelassenheit!

O je, ich muss morgen 4.00 Uhr aufstehen!

21.45 Uhr

Ich geh jetzt ins Bett. Kämpfe mit mir, ihn nicht anzurufen.

Tanz durch die Stromschnellen

Es ist ein seltsames und auch sehr schönes Gefühl: wie in Watte gepackt zu sein. Als sei ich von einem Kokon eingehüllt. Ich schaue in die Wolken und lasse mich treiben.

Da merke ich, dass ich auf einer Art Floß bin. Es ist so, als ob ich von der Außenwelt abgeschirmt sei – Geräusche, Laute, Stimmen dringen – wenn überhaupt – nur sehr gedämpft an mein Ohr durch diesen Kokon. Ich merke, dass mir jemand etwas mitteilen will, aber dieses Etwas um mich herum lässt es nicht durch.

Alles hier sieht so verzaubert aus. Ich gleite an einem Schloss vorbei, das im Nebel liegt. Weiter an bewaldeten Bergrücken und Almen vorbei, die ich nur schemenhaft erkenne. Sie sind in surrealistische Farben getaucht.

Plötzlich ändert sich das sanfte Dahingleiten. Ein Sturm kommt auf. Ich werde mit meinem Floß mitgerissen, Wasser spritzt, das Floß tanzt durch die Stromschnellen. Welch ein atemraubender Nervenkitzel!

Dann wird mir schwindelig. Was anfangs noch Spaß gemacht hat, versetzt mich allmählich in Panik. Das Schlimme ist, dass ich mich durch meinen Kokon nicht bewegen kann. Er engt mich total ein. Er wird zum Hemmnis.

Rechts und links rauscht die Landschaft vorbei – ich kann sie nicht erfassen in diesem Strudel, alles geht rasend schnell.

In diesem Augenblick schießt es mir in einem Sekundenbruchteil durch den Kopf:

Ich muss zum anderen Ufer, sonst bin ich verloren…

Ich weiß nicht, wie viel Zeit vergangen ist, als ich mich, ohne Floß, an einem Ufer wieder finde – immer noch in diesem Kokon. Mein Kopf scheint wie in Watte gepackt. Es ist, als ob ich nicht denken könnte – das ist ein entsetzliches Gefühl. Ich versuche angestrengt, mich zu erinnern. Fetzen tauchen auf:

Ich wollte das Ufer verlassen – warum, weiß ich nicht mehr –, ich habe mich auf den Weg gemacht – ich muss ein Ziel gehabt haben… welches, da weigert sich meine Erinnerung. Ich muss es aus den Augen ver-

loren haben… Ich wollte auf jeden Fall zu diesem anderen Ufer, ja, da ist eine dumpfe Erinnerung: Ich hatte da etwas gesehen, was ein sehr schönes Gefühl in mir ausgelöst hat, dann muss ich die Richtung verloren haben…

Ich gebe es auf. Alles ist zu verschwommen und macht keinen Sinn.

„Das Land jenseits… (jenseits wovon? Ich habe es nicht verstanden!) trennt dich … Brücke … andere Welt … gefährlich … die Stromschnellen, … verlieren die Orientierung … nur der, der wachsam ist, … Weg an den Klippen … vorbei …“

Warum kann ich dich nicht deutlich verstehen? Wie hast du die Klippen genannt? Sie hatten einen Namen!

Mein Kokon lässt mich die Tragweite dieses Gefühls der Enttäuschung zum Glück nur gedämpft wahrnehmen. Tausend Fragen versickern unbeantwortet in ihm. Er saugt alles auf wie ein Schwamm und behindert jede scharfe Überlegung.

Was bleibt, ist diese Müdigkeit und ein mattes Gefühl, in dem die Erinnerung an diese Klippen mehr und mehr verblasst.

Aber wo bin ich hier?

IV. Im Zauber der Illusion

Samstag, 17. Februar

6.00 Uhr am Flughafen. Ich checke ein. Es ist ein kleiner Flughafen, richtig gemütlich! Noch dicke Zeit, in Ruhe ein Wasser an der Bar zu trinken. Bin überhaupt nicht aufgeregt – sehr ungewöhnlich. Aber was sollte mich auch das vergleichsweise zu den letzten beiden Wochen aufregen? Habe heute Morgen überlegt, ob man auch an Schlafdefizit sterben kann. Habe nämlich maximal zwei Stunden geschlafen.

Und einen seltsamen Traum gehabt, an den ich mich nicht mehr erinnern kann, außer dass ich ihn in die Kategorie „seltsam" eingeordnet habe.

Klaus-Peter hatte um 22.45 Uhr angerufen. Seine SIM-Karte sei seit gestern Abend kaputt. Deshalb kein Zeichen. Wünschte mir einen wunderschönen Urlaub, und ich könne ja schon mal Pläne schmieden für den 4. März. Er sagte beiläufig, dass er sozusagen permanent an mich denkt, und noch was Unromantisches (klar, dass ich mich daran nicht mehr erinnere!). Ich weiß nur, dass ich antwortete: „Oh wie unromantisch! Jetzt hast du's aber bei mir verdorben!" Er (lachend): „Ja, sehr gut! Ich bin der Romantik-Killer!"

Auf dem Weg zum Flughafen fragte mich der Taxifahrer, ob ich nach dem Urlaub gleich wieder arbeiten müsse. Ich verneinte. Erzählte ihm was von einem Jahr Urlaub und frage mich, wie alles weitergehen soll … Vielleicht sollte ich den Kontinent wechseln?

7.00 Uhr im Flugzeug. Noch auf dem Boden. Ich habe eine ganze Sitzreihe für mich allein, weil die Maschine so schwach besetzt ist.

Das absolut irre Gefühl, dass Klaus-Peter immer bei mir ist, begleitet mich. Jetzt sitzt er auch neben mir! Wenn ich mich auf dem Rückflug mit ihm unterhalte, habe ich's gepackt.

7.55 Uhr Zwischenlandung in München.

9.00 Uhr

Melde mich vom Münchner Flughafen bei meinen Eltern, dass alles gut gegangen ist.

SMS von Robbi: „Ich wünsche dir einen schönen Urlaub, Gruß Robert.“ Ist er nicht lieb?

Smse an Klaus-Peter: „Aha, das ist also der Münchner Flughafen. Gleich heb ich ab – Smile, I.“

11.30 Uhr

Eine ganz schöne Völlerei hier oben! Kaum habe ich mein Carepaket vom ersten Flug gegessen, kommen die hier mit warmen Croissants. Hm, lecker! Während ich noch überlege, ob ich das Schokoladenbömbchen auch essen soll, niest mein Nachbar zur Rechten drauf. Damit hätte sich das erledigt. Bin heilfroh, wenn ich hier raus bin und allein in meinem Einzelzimmer. Das Paar zu meiner Rechten hängt an jeden Satz „Schatz“, was mich schier umbringt. Der Pilot gibt durch, dass jetzt Madrid zu unserer Rechten liege. Und auf Fuerte sei es bewölkt bei 15 Grad. Der TUI-Wetterbericht war da etwas anders. Egal. Ja, und sie sächselt wie verrückt, was ziemlich ätzend klingt. Jetzt drängeln sich hier alle möglichen Leute an mir zum Klo vorbei! Diese Enge! Muss von halb zehn bis halb elf leicht gedöst haben – hätte die Olle links schräg hinter mir nicht so eine verblüffende Lautstärke. Plärrt Pseudointellektuelles durchs ganze Flugzeug. Tempo in Ohr bewirkt nur minimale Schalldämpfung. Ich könnte sie umbringen!

12.00 Uhr

Auf dem Display an der Decke ist zu lesen: Time to destination: 1 H 30. Noch 758 Meilen. Ich setz mich nie mehr zu den Rauchern, die qualmen wie verrückt – und ich eine einzige! Könnt' ja mal in meinen Unterlagen schauen, was ich dort so treiben will. Wellfit nennt sich das, das ist bestimmt toll, und dann werde ich mich nach den Ausflügen erkundigen. Auf jeden Fall ganz viel draußen sein!

Ich würde gern mal checken, ob Klaus-Peter was geschickt hat, aber das Handy muss ja ausgeschaltet bleiben. Will auf gar keinen Fall für Flugzeugabsturz verantwortlich sein!

12.30 Uhr

Erste Randale an Bord. Vordermann links zwei Reihen vor mir rastet aus, da durch Hintermann mit Klopfen und Tisch-Auf- und Abheben genervt.

13.15 Uhr Pilot meldet nun doch 20 Grad, nicht bewölkt! Ja! Wird Zeit, dass wir landen.

14.00 Uhr kanarischer Zeit: Ich sitze im Transferbus, sehe das Meer – ansonsten sieht's staubig und steinig aus. Schroffe karge Felsen. Na ja, das ist also die „herbe Schöne". Bin nicht gerade begeistert. Handy funktioniert mit Moviestar.

14.40 Uhr

Ich habe jetzt aber die Schnauze voll von nörgelnden Kindern und dem Babygekreische. Mein Handy! Und es piept! Ist aber nur Airtel Willkommensbrief. Schiebe meine Enttäuschung weg. Ich will jetzt für mich allein sein! Sofort!

15.10 Uhr steuern wir den ersten Club an. Zum Glück sind die Zicken vom Flugzeug hier untergebracht. Bin gespannt, wie mein Clubhotel ist. „Erosionen und geringe Vegetation prägen das Aussehen der Insel. Fuerteventura besteht aus Geröll, Einöde, Staub und endlosen Sandstränden. Bäume und Sträucher wachsen meist nur in den Hotelanlagen". Na ja. Auch Kargheit kann faszinieren…

16.00 Uhr Ankunft in meiner Anlage an der Costa Calma, der „ruhigen Küste". Welcome mit Sekt, von dem ich zwei Gläser trinke. Geht sofort in die Birne. Hm. Interessante Anlage. Direkt am Strand. Nach dem Check-in laufe ich orientierungslos mit meinem Koffer rum, aber nicht lange, werde von einem netten älteren Mann gelotst. Und ich finde mein Zimmer tatsächlich! Im Patio! Schön! Gefällt mir! Mit kleiner Terrasse und wunderschönen Blumen überall. Ich setze mich draußen hin und werde auf einmal todmüde.

Ich wache halb sechs auf. Etwas erholt. Ich habe tatsächlich anderthalb Stunden geschlafen. Jetzt heißt es erst mal, die Anlage etwas zu erkunden, und vor allem den Strand!

Toll – ich finde das Theater, wo heute Abend die Show ist, und auch den Ausgang zum Strand. Bin überwältigt: Das Meer! Schöne warme Luft – der endlose Strand hat eine faszinierende Wirkung auf mich. Smse an Klaus-Peter:

„Ich bin da! Gehe am Strand entlang – tolles Gefühl! Wo bist du? Muchos regalos! I."

Ich weiß selbst nicht, wie ich dieses Gefühl beschreiben soll – vielleicht mit ‚wie in Watte gepackt'? Atme die Meeresluft ein. Wie schön wäre es, wenn er jetzt hier wäre!

Dann muss ich meine Sachen auspacken, duschen… oh Mann, mir zieht's die Augen zu! Ich mache mich ein bisschen zurecht und gehe essen.

20.00 Uhr

Wahnsinn, das Buffet! Überfordert mich, vor allem die Sitzplatzsuche. Toll, dass man sich unbegrenzt Bier selbst zapfen kann. Ich halte mich nach dem Essen nicht weiter lange dort auf und schaue mindestens zweimal auf mein Handy, in der Hoffnung auf eine SMS von Klaus-Peter. Nichts.

20.30 Uhr

Laufe noch ein bisschen durch die Anlage, die Luft ist mild. Ich gehe am beleuchteten Swimmingpool vorbei, der von Palmen und großen Büschen mit rosa und weißen Blüten umgeben ist. Ich bin leider kein Flora-und Faunakenner. Aus der Poolbar tönt erotikgeschwängerte, anheizende Musik. Wie an einer gefährlichen Höhle marschiere ich da geradlinig vorbei, nicht ohne doch einen kurzen Blick hinein zu riskieren. Schnell weiter. Überlege Plan für morgen: 10.00 Uhr Info, danach joggen, nachmittags Wellness. Jetzt werde ich mich noch bis 22.00 Uhr in meinem Zimmer aufhalten und Eindrücke niederschreiben. Huch? Entgangener Anruf auf Handy? Ist das Klaus-Peters Nummer? Es klingelt ein Mal. Pause. Klingelt noch mal. Weg. Ich wähle die Nummer, habe keine Zeit, sie zu checken, aber erwarte seinen Namen am anderen Ende. Und so ist es. Ach wie schön!

Ich: „Warst du das eben?"

Er: „Ja, ich wollte gerade entnervt aufgeben, es war besetzt."

Ich: „Hm – ich habe aber nicht telefoniert!"

Er: „Vielleicht ist das Netz überlastet. Bist du denn gut angekommen?"

Ich: „Hast du denn meine SMSen nicht gekriegt?"

Er: „Nein, krieg erst am Montag 'ne neue SIM-Karte."

Aha, das erklärt es. So erzähle ich ihm ein bisschen von meinen neuen Eindrücken. Was er noch so mache? Er lese ein Buch. Welches? John Irving. Da lässt sich meine Begeisterung nicht verhehlen. Das ist eines meiner Lieblingsbücher. Und so reden wir über Garp und wie er die Welt sah.

Er sagt, ich höre mich genauso sexy an wie zu Hause. Ich lächele geschmeichelt. Er: „War das kein guter?" Ich: „Ja, streng dich mal weiter an!" Er: „Ja, Sir!"

Er müsse jetzt ins Bett (eigentlich will er meine Telefonkosten nicht strapazieren). Schnuller läge schon bereit. Er gibt mir noch eine Vorschau auf seine hektische Woche. Ich kontere: „Angeber!" (Gut, taktisch gut!). Dann sagt er unvermittelt: „Ich habe den Eindruck, dass du an was ganz anderes denkst – oder ich – oder wie auch immer." Ich hake nach: „An was?"

Er: „Ich denk an dich – nachher, wenn ich im Bett bin."

Ohne den Nachklapp wäre es wesentlich romantischer gewesen…

Ich: „Dann wünsch ich dir süße Träume."

Ob ich ihm noch was vorsingen soll, bevor ich ausgehe und er ins Bett geht, scherze ich. Er: Hm, nein, dann werde er wohl wieder so „sperrig".

Er wünscht mir eine gute Nacht. Es fühlt sich zärtlich an. Ich möchte das Gespräch noch lange nicht beenden.

21.45 Uhr

Jetzt wird's aber Zeit, ins Theater zu gehen! Draußen verkündet ein Trommelwirbel die „Showtime".

40 Minuten nach Mitternacht.

Sitze an meinem kleinen Schreibtisch, frisch geduscht. Die Show war super. Habe mich köstlich amüsiert. Und danach konnte man abtanzen! Ich habe ohne Unterbrechung fast anderthalb Stunden getanzt! Ich bin so gut drauf! Und nette unzweideutige „Anknüpfung" beim Tanzen hatte ich auch. Einfach spitze. Werde jeden Abend abtanzen. Ich habe, glaub ich, heute insgesamt fünf Pils getrunken. Müsste alle wieder rausgeschwitzt haben.

Doch was wahrscheinlich die ganze Nacht immer noch zärtlich durch meinen Kopf hallen wird, sind seine Worte:

Isabell, ich denk an dich – ohne den Nachklapp!

Sonntag, welches Datum? Welches Land? Welche Zeitzone?

Der Uhrzeiger steht jedenfalls auf 12. Das heißt: sieben Stunden gut geschlafen.

Ich habe mich im Frühstücksraum zurechtgefunden, mit 3 (in Worten: drei!) Leuten gesprochen und bin dann zum Clubrundgang. Ist ja phantastisch, was die alles bieten! Habe jetzt den Überblick und weiß, wie ich mich hier erhole. Bin so begeistert! Als ob alles auf mich zugeschnitten wäre – Sauna, Reiki, Fitness, Massage, Walking, Frühstück für solche, die verpennen. Wenn ich Single bleib, reise ich nur noch so! Würde jetzt gerne joggen, ist aber zu heiß. Will ja nicht schon am ersten Tag Sonnenbrand kriegen. Also werde ich später joggen, Stretching und Relaxing machen und dann den Abend genießen.

Smse an Nina, Sophie und meinen Chef kurze Begeisterungsstürme, lösche Sebastian aus der Kurzwahl und ergänze mein Telefonbuch. Klaus-Peter soll ein bisschen warten, er hat ja im Moment eh kein Handy. Außerdem kann er per PC smsen!

Mein Chef smst direkt zurück: „Und die Männer? Hier scheint die Sonne etwas kühler, und jetzt gibt es Seezunge! Ciao

Ich: Ad Männer: Mir hat schon einer in der Heimat ganz kräftig ins Hirn gespuckt! Ad Wetter: Toll! Ad Seezunge: Ich will Sie jetzt nicht neidisch machen!

Ein Briefchen wird unter der Tür durchgeschoben: Allein im Urlaub? Wir laden alle Singles und Alleinreisenden zu unserem Fun-Treff ein. Mo, 19.00 in der Hallenbar.

12.30–14.30 Uhr

Siesta. Ja! Sehr gut! Bin sofort weggetragen worden! Es geht aufwärts! Meine angespannten Nerven erholen sich von dem Kündigungsschock!

15.00 Uhr: auf zur Bar! Die Bedienung ist superfreundlich. Ich bestelle ein Sandwich und trinke einen Orangensaft auf der Terrasse vor der Bar mit Blick auf das Meer. Der Wind streichelt mein Haar, und ich bin einfach nur happy. Gehe danach Wasser und Sonnencreme kaufen. Mindestens 20 Minuten einwirken lassen und dann

16.00 Uhr auf zum Sprint. Es ist nicht ganz einfach, in diesem Sand zu laufen. Muss mein Tempo drosseln, sonst krach ich ab. Nach einer Weile komme ich auf die Idee, meine Schuhe auszuziehen und nahe am Meer barfuß zu laufen. Das ist schön! Die Wellen umspülen meine Füße, das Wasser spritzt. Ich laufe an Wassersportlern vorbei, an Tauchern in ihren engen Anzügen, mit Sauerstoffflaschen auf dem Rücken. Sie sind gerade dabei, ihr Boot ins Wasser zu schieben. Mich fröstelt's bei dem Gedanken, ins Wasser zu gehen. Puh! Viel zu kalt!

18.00 Uhr vom Stretching-Relaxing zurück. War schön! In einem Pavillon auf der Wiese. Die Vorturnerin, sexy und in schickem Sportoutfit, gibt über Mikro die Anweisungen. Fast alles Frauen hier. Jetzt zieh ich mich, glaub ich, zum vierten Mal um und geh noch spazieren. Auf dem Tennisplatz ruft jemand:

„Hey, sind Sie die Tänzerin von gestern Abend?" Ich schaue mich um und erkenne den Tanzflirt von gestern Nacht: „Aha", rufe ich, „bis später!", und meine auf der Tanzfläche.

So, gleich halb acht. Geh mal früher essen. Habe auch, glaub ich, Appetit.

20.30 Uhr schaue ich zwischen den wunderbaren Gängen auf mein Handy: Entgangener Anruf: KP. Verlasse das Galadinner und rufe ihn an. Wir telefonieren von 21.00 Uhr bis 21.30 Uhr – neckend – verbalakrobatisch – sexy. Durch die Blume sagt er, dass er verliebt sei, aber so dermaßen durch die Blume, dass frau sich eigentlich keinen Reim drauf machen kann. Ich bilde mir ein, ich mir schon (in Anlehnung an John Irving: Isabell und wie sie die Welt sieht…).

Smse 22.00 Uhr an KP:

„Lieber Klaus-Peter, ich mag deine Stimme so sehr, dass sie mich in den finanziellen Ruin treiben wird – aber was soll's – bis morgen oder so… I."

„Der Weg ist das Ziel" – hatte er gesagt, ich weiß nicht mehr, in welchem Zusammenhang. Wahrscheinlich ohne. Aber mich hat es natürlich beeindruckt – weil der Satz für mich sehr wohl eine ganz tiefe Bedeutung hat .

2.30 Uhr im Bett. So spät – ich versumpfe. Meine neue Bekanntschaft Klaus war sehr nett (VW Führungsetage in Wolfsburg – ja klar, immer nur größere Kaliber). Stil und Zurückhaltung kombiniert mit Flirt. Das mag ich. Das ist kultiviert.

Montag, 8 Uhr Fuertezeit

Ja, hallo, da sind wir wieder! Hätte ich nicht etwas länger schlafen können? Nee.

Gut, dann geh ich joggen. 45 Minuten am Strand, habe aber nur kurz gejoggt, da der Sand das Laufen sehr anstrengend macht. Danach Frühstück für Spätaufsteher. Na also, ist doch prima! Kaum sitze ich, entdeckt mich Heiner aus Düsseldorf, mit dem ich am ersten Abend so witzig getanzt habe. Er macht mir sehr nette Komplimente. Ob ich allein da wäre? Ich bejahe und frage ihn das gleiche – und es ist genauso, wie ich vermutet habe (wollte nur meinen Instinkt prüfen, ob er sich weiterentwickelt hat) – er ist natürlich mit seiner Frau da. Er fügt wie entschuldigend hinzu, dass sie wie Bruder und Schwester zusammenleben. Also das Übliche, denke ich und grinse in mich hinein. Auf sein charmantes Baggern erteile ich ihm eine charmante Abfuhr – zwischen Müsli, Brötchen und Kuchen. Er erzählt, dass er bei der Polizei Sportausbilder war. Zackig! Ich gebe mich leicht beeindruckt. „Du tanzt sehr schön, bist schlagfertig, aber nicht frech, und du kannst bestimmt auch sehr zärtlich sein", sagt er zu mir. Ich bleibe in Reservestellung – cool – und erfreue mich insgeheim des Geplänkels. Er ist auch schlagfertig. Wir reden über das Dinner des heutigen Abends mit dem Motto: „Der Berg ruft." Was es da wohl gibt? Er meint Knödel. Die lägen nur so schwer im Magen. Ich: „Aber man kann mit ihnen besser abrollen, wenn man auffliegt!", und bin selbst überrascht über meine Äußerung. Wir schütteln uns vor Lachen. Als ich mit dem Frühstück fertig bin, bedanke ich mich für seine Gesellschaft, er geht ins Meer und ich in die Sauna. Ich kommentiere: „Dann kühl du dich ab, und ich heiz mich auf!"

Er: „Dann wird's ja heut Abend zischen!"

12.00 Uhr Ausblick aus der Sauna: Meer und Palmen, einfach göttlich. Blick in die Sauna: ein schwitzender Männerkörper. Nette Unterhaltung. Der Ruheraum ist wunderschön. Überall Palmen, dazu ein plätschernder Brunnen.

Danach habe ich die geniale Idee, ein Weizenbier mit aufs Zimmer zu nehmen. Gehe in freudiger Erwartung auf das spritzige Vergnügen lächelnd am Tennisplatz vorbei. Eine verlebte ältere Dame strahlt mich an und sagt: „Du weißt auch, wie man genießt!" Ich schmunzele.

SMS an KP:

„Ich glaube, wer kifft, kann sich auch nicht anders fühlen als ich mich – Isabell."

Danach tauche ich nun doch etwas ab – in einen tiefen Schlummer.

Mittags entscheide ich mich, mich lieber in die Wiese zu legen (eingecremt und im Schatten), als in die Gymnastik zu gehen. Analysiere Klaus-Peter numerologisch. Alle liegen hier fast nackt rum, nur ich in dicker Joggingjacke und Gymnastikhose. Der Wind geht ziemlich. Stelle noch eine Liege neben meine – clevere Isabell. Möchte nicht abgelenkt werden!

16.00 Uhr

Habe Blick auf den Wellfit- Pavillon. Da schwitzen sie jetzt und machen Body Shaping. Nein, das zu beobachten ist viel schöner als mitzumachen!

Lebensnummer, Ausdrucks- und Talentzahl, Seelen- und Motivationszahl berechnet. 11, 11 und 6. Hm. Stelle Überlegungen an, in die sich Klaus-Peter um 18.00 Uhr einschaltet. Ja!

Das einzige, was ich ihm an numerologischen Erkenntnissen mitteile, ist, dass er Idealist ist. Er schluckt. Insgesamt lacht er mehr als sonst und scheint mir recht gut drauf, wenn nicht sogar etwas aufgedreht… schön! Und er lässt keinen Tag vergehen ohne anzurufen – sehr gutes Zeichen!

Jetzt mach ich mich mal fertig. Muss meine Haare waschen. Singletreff um 19.00 Uhr hat gerade angefangen – ohne mich. Auch egal. Auf einmal werd ich da noch blöd angemacht.

19.30–21.00 Uhr

Super Essen und nette Tischgenossen – ein Pärchen. Bin mit harmonischer Zweisamkeit konfrontiert! Sie schwärmt von Fleesensee in Mecklenburg-Vorpommern, wo sie ihren letzten Cluburlaub verbracht haben.

In meinem Zimmer räume ich noch ein bisschen auf und gehe dann Klaus-Peters Quadrat durch. Ich finde, partnerschaftlich illusioniert passt das gut zu meinem Profil!

21.40 Uhr SMS von Nina: „Ich spüle gerade meinen Frust runter. Was läuft an Männern so rum? Ist KP noch aktuell?“

Verschicke enthusiastische Antwort und mache mich auf den Weg zum Live-Abend.

23.15 Uhr

Brave Isabell! Schon im Zimmer! Handy gecheckt – nichts.

Live-Show war nett, habe aber von den mir bekannten Männern keinen gesehen. Und dann wieder dieselbe Tanzmusik und niemand zum Tanzen. Nee, jetzt langt's. Schlaf muss sein.

Dienstag, 20. Februar

Kurz nach acht erreicht mich ein Briefchen auf dem Handy: ja, es ist seine Nummer! Er kann ja wieder smsen: Zupf?

Wahnsinn! Hey, hat er gemerkt, dass ich gerade aufgewacht bin? Und diese Frage smse ich ihm direkt zurück.

8.45 Uhr und noch keine Rückantwort. Entweder er hat's falsch verstanden (lässt sich dann erklären – was kann man daran eigentlich falsch verstehen?), oder er ist in Action. Dass er vielleicht kein Bedürfnis hat zu antworten, kommt mir zu dieser Zeit nicht in den Sinn. Später würde er auch sagen, dass es nichts Telepathisches war, sondern einfach nur so. Romantik- Killer eben!

Heute hat er drei Flüge. Ich geh jetzt zum Strand. Ist ja irre, wer den Tai-Chi-Kurs macht! Meggi! Ich würde ihr im Urlaub noch sehr oft begegnen, aber keine Gelegenheit haben, sie näher kennenzulernen, obwohl ich das möchte.

Am Strand treffe ich auf fünf Leutchen, die Tai-Chi-interessiert sind. Es ist wunderbar am Strand. Das blaue Meer, die angenehm kühlende Brise und die gutgelaunte Kursleiterin. Ihre blauen, lebenslustigen Augen strahlen, umgeben von einem Fältchenmeer, aus dem sonnengebräunten Gesicht.

Ich muss mich sehr auf ihre Anweisungen konzentrieren, und das lenkt mich von der Konzentration auf den Atem ab. Also finde ich es im Ergebnis nicht so berauschend. Ich mache ein Photo, wie alle „Bogen schießen".

Na, und wer ist zur Stelle, als ich mich auf mein Frühstück stürzen will?! Heiner! Ist ja nett, dass er mir Gesellschaft leistet. Er erzählt, dass er schon seit 20 Jahren malt, wir könnten uns ja mal im Atelier treffen. Mit „ja, vielleicht" halte ich ihn erst mal auf Abstand. Entscheide mich dann aber doch für Hatha-Yoga.

Und wer macht den Kurs? Meggi! Es ist eine wunderschöne Stunde auf der Wiese, Blick in den blauen Himmel, sehr angenehme Temperatur, die Palmen über mir. Ich bin so entspannt, dass es Meggi merkt und liebevoll kommentiert, man solle ruhig weniger „Kunstpausen" machen. Ich weiß, dass sie mich meint, und lache. Wir lachen oft in dieser Stunde. Sie gehört zu den Menschen, denen man begegnet und die man ins Herz schließt. Als würde man sie kennen, als wären sie einem vertraut.

Ja, so ist das. Manche Menschen kommen in dein Leben und gehen schnell, manche werden Freunde und bleiben ein bisschen, manche hinterlassen wunderschöne Spuren auf dem Herzen, andere schmerzhafte Fußabdrücke, manche fügen einem Wunden zu und bleiben einem lange in Erinnerung … wenn man das nur von Anfang an erkennen könnte!

Entdecke die erste Bauchmuskulaturübung, die mir gefällt: Einfach im Liegen so weit in den Bauch einatmen, bis man im vierten Monat schwanger ist, und dann ausatmen, bis der Bauch auf Waschbrettgröße schrumpft. Und danach Bäuchlein klopfen. Den Rest des Nachmittages verbringe ich im Schatten unter Palmen auf der Liege, schaue den andern beim Ausdauertraining zu und denke, dass mir jetzt nur noch ein kühler Drink fehlt!

Ich gehe in die Bar, esse einen Toast, trinke Bier und lese Zeitung – mit Blick aufs Meer. Und denke über die Menschen im Allgemeinen und die Atmosphäre hier im Besonderen nach. Heiner hatte heute Mittag gesagt, dass ich bestimmt nur nette Menschen hier treffe, und das läge auch an mir.

Apropos vierter Monat schwanger: Da fällt mir das Mädchen aus dem Tai-Chi-Kurs ein. Sie ist mit ihrem neuen Freund hierher gekommen, jetzt schwanger und versteht sich nicht mehr mit ihm. Sie wollte sogar schon vorher abreisen. Ist das nicht furchtbar! Ich beschwöre mich, nie mit jemandem, den ich nicht lange kenne, in Urlaub zu fahren.

Der Spanier an der Rezeption ist nett und gut aussehend – bei ihm hatte ich meine Karte aufgeladen. Da er nicht wechseln konnte, setzte er den Wert auf die Zimmerrechnung. Als er merkte, dass ich bisschen Spanisch spreche, sagte er: *Guapa. Guapa y rubia.*

Und mir fiel die Bedeutung dieser Worte wieder ein (hübsche Blonde), ich lachte und verabschiedete mich. Sollte mein Spanisch auffrischen.

Kurz vor sieben meldet sich Klaus-Peter: „London nach Paris gut." Jede Message von ihm ist besser als keine. Wie war das? Auch Kargheit kann faszinieren... Werde ihm zurückschreiben, aber nicht gleich, sonst denkt er, ich sitze immer vorm Handy (nicht gut, wenn frau Eindruck von selbständiger Frau vermitteln will!):

„Super! Tai Chi und Hatha Yoga auch – bist du heute Abend erreichbar?"

Hm – oder soll ich die letzte Frage weglassen – BTW (wie er immer schreibt – kurz für: By The Way, übrigens): habe etwas Farbe.

Schminke mich jetzt erst mal.

Heute Abend zeigen sie „Tanz der Vampire". Motto: Rot –Schwarz. Na, dann weiß ich ja, was ich anziehe. Transsilvanien-Buffet. Was es da wohl Leckeres gibt?

Bin gegen halb neun in meinem Zimmer. Nicht zu fassen. Beim Abendessen denk ich: Klingelt mein Handy?, und als ich's raushole, leuchtet es noch: entgangener Anruf KP. Breche sofort auf, ein Briefchen erscheint: Bitte rufen Sie die Mailbox an. Verbindung geht aber nicht! Eine Message von Klaus-Peter, und ich komm nicht ran! Elender Mist, elender! Wähle seine Nummer, es klingelt lange durch, aber nur die Mailbox ist dran. Ich spreche drauf:

„Hallo, Klaus-Peter, ich komm an meine Mailbox nicht ran und weiß nicht, was du mir für Frechheiten drauf gesprochen hast.“ (Ich sage das lächelnd, ich denke, das hört man.) „Vielleicht schaffen wir's ja noch, heute Abend synchron zu telefonieren? Tschüss, I.!

Ja, dann geh ich jetzt mal ins Theater. Mit Handy natürlich, meinem Draht zur Außenwelt.

1.30 Uhr

Es ist doch wieder später geworden. Brauche nur an der Bar zu stehen und werde immer angequatscht! Diesmal waren es Klaus und Robert. Das war das erste Mal, dass man mir hier einen Drink ausgegeben hat. Der Barkeeper war ganz nach dem Motto des Abends als Vampir geschminkt: Blut lief aus dem Mund, zwei Draculazähne, und natürlich war er schwarz-rot gekleidet. Meine zwei neuen Bekanntschaften hatten keine Chance, nicht mit mir zu tanzen (Klaus konnte wegen Rippenfellentzündung aber nur einen Tanz mit mir durchhalten), und Robert hat mich mit Foxtrott ganz schön ins Schwitzen gebracht (oder war's Discofox?). Der andere Klaus aus Wolfsburg war mit einer sehr attraktiven Lady unterwegs und Heiner gar nicht erst da. Fallender Energiepegel? Klaus und Robert wollten mit mir noch in den Night-Club, aber darauf konnte ich gut verzichten. Bin so happy, dass ich nicht suche…

Mittwoch, 21. Februar

8.00 Uhr

Noch nicht ausgeschlafen. Gähn. Will aber 8.30 Uhr zum Walking.

Eine halbe Stunde später: Ich bin die Einzige! Individuelle Betreuung! Die Trainerin, jünger als ich, Studentin aus Zürich, erklärt mir, dass der ganze Rumpf dabei angespannt wird, Bauch, Brust, Arme. Haltung gerade, Kopf hoch. Und dann walken wir zur Düne und am Strand entlang zurück. Macht Spaß. Nach einer halben Stunde verabschiedet sie sich, ich walke noch ein bisschen weiter. Dann duschen und endlich mal das normale Frühstück genießen. Vom Tennisplatz, an dem ich vorbeigehe, wirft mir Heiner eine Kusshand zu. Ich lächle nur. Hm, leckere, warme Croissants, ein bisschen Käse und Haferbrei und Müsli mit frischen Erdbeeren. Entdecke Mutter und Tochter, mit denen ich gestern Abend beim Essen nett geplaudert habe, und setze mich noch für eine

Zigarettenlänge zu ihnen. Danach geht's ins Aerobic. Wasser und Handtuch und natürlich Handy mitnehmen.

11.00 Uhr bin ich am Pavillon, es geht um 11.15 Uhr los. Könnte ja schnell noch eine SMS an Klaus-Peter loslassen. Schreibe wahrheitsgetreu: „Ich denk an dich."

Kaum ist es weggeschickt, kommt auch schon die Antwort: „Geil?" Für den Bruchteil einer Sekunde bin ich enttäuscht. Typisch männliche Reaktion auf weibliche Romantik. Der Romantik-Killer. Vielleicht ist das nur aus meiner Sicht eine romantische Liebe? Ach Quatsch.

Meine Verunsicherung formuliere ich folgendermaßen:

„So was in der Richtung."

Und mitten im Aerobic erscheint ein Briefchen auf dem Display:

„Na, dann stell's dir vor und habe Spaß dabei!"

Gehe nach Aerobic in die Sauna, bin aber nach einem Gang total erschöpft. Ich schaffe es immerhin noch, mir ein Weizen zu kaufen, und begegne am Tennisplatz wieder Meggi. „So habe ich dich kennen gelernt!", lacht sie, mit Blick auf das Weizen.

Ich lege mich auf mein Bett – und merke, wie ich von einer Welle weggetragen werde. „Werde weggeschwemmt zu neuen Ufern", könnte ich ihm schreiben, überlege ich noch kurz, bevor ich es nicht mehr schreiben kann.

Ich falle in einen tranceähnlichen Schlaf, aus dem ich nach einer langen Zeit schweißgebadet und unruhig wieder erwache. Meine Glieder schmerzen, als wäre ich in etwas eingezwängt gewesen.

Im Zimmer will ich nicht bleiben. Packe meine Badesachen und drehe ein paar Runden im Pool. Halb vier gehe ich auf die Wiese, lausche im Liegestuhl passiv Meggis Yogastunde und lasse die Seele baumeln. Wollte ja eigentlich mitmachen, außerdem ins Atelier gehen, die Magic Tour heute Abend auf See mitmachen … vermisse aber überhaupt keine Action. Es ist schön, faul in die Wolken zu schauen und seine Gedanken treiben zu lassen. Schreibe eine nette Postkarte an „meine Männer" in der Firma.

16.30 Uhr – und Klaus-Peter hat sich noch nicht wieder gemeldet. Könnt mir ja mal die Zeitung holen gehen. Der Rest des Tages besteht darin, Heiner abzuwehren. Heiner in der Boutique, wo ich Zeitung hole und Briefmarken kaufe. Ob wir eine Tasse Kaffee zusammen trinken? Na gut. Heiner, als ich zum Strand gehen will: Ob er sich mir anschließen darf? Na gut. Er fragt mich auf unserem Spaziergang, ob ich mich für Astrologie interessiere. „Handelt das Buch davon, das du da in der Hand hast?“, frage ich zurück. „Was bist du für ein Sternzeichen?“ „Was glaubst du denn?“, necke ich ihn. „Hm.... Auster?“ Ich lache: „Wasser stimmt. Fische!“ „Nein, das ist ja irre, wie ich!“ Heiner ist ganz aus dem Häuschen und blättert in seinem Buch. „Da stehen total faszinierende Sachen drin. Wusstest du, dass dein Herrscher Neptun ist und was er alles anrichtet?“

„Nein – aber ich bin sicher, du wirst es mir gleich erzählen!“

Und so klärt er mich auf: Wie alles hat auch Neptun zwei Seiten. Die positive verleihe dem Fisch Klarheit, die Kraft, einen Ausweg zu finden, und Inspiration; die Gefahren seien Selbsttäuschung, Unklarheit, Illusion, sich selbst und anderen etwas vormachen, Wachträume und Realitätsverlust. Bin leicht pikiert. Blödes Buch! „So'n Quatsch“, erwidere ich.

Er lässt sich nicht stoppen: „Im Sternbild der Fische Geborene bewegen sich gerne in Traumwelten, in denen sie das eigene Ich vergessen können ... ach ja, und hier, hör mal: größte Gefahr: sich verlieren als letzten Ausweg sehen“. „Sehr beeindruckend – erkennst du dich denn wieder?“, frage ich ihn. „Stellenweise ja“, meint er nachdenklich. „Und jetzt gehen wir mal zur Fische-Eva. Du, das ist wie für dich geschrieben: Die Fischefrau ist geheimnisvoll, attraktiv, charmant, in Liebesdingen äußerst phantasievoll und ...Oho! Das kann ich dir jetzt nicht vorlesen“, lacht er und erzählt mir irgendeinen Witz, über den wir beide sehr lachen müssen.

Als wir uns verabschieden, schlage ich vor (natürlich nicht wirklich ernsthaft), ich könne ihm und seiner Frau heute Abend beim Essen ja mal Gesellschaft leisten? Erkenne ich da etwa einen leichten Panikblick bei ihm? Triumph!

Am Büffet treffe ich natürlich Heiner, er sucht mir leckere Sachen aus, scheint zu merken, dass ich mit der Essensauswahl heute überfordert bin. Während des Abendessens entgeht mir natürlich – wie immer – Klaus-Peters Anruf. Ich rufe eine halbe Stunde später zurück, erreiche ihn nicht, smse genervt:

Bist du wieder ausgeflogen? Lass mal länger klingeln!

Als ich auf dem Weg zu meinem Zimmer bin, taucht – na wer wohl? – Heiner auf, um „Flüssigkeiten auszutauschen“. Ich (brüskiert):

„Jetzt werd mal nicht obszön!“ Er (unschuldig): „An was denkst du denn? Ich dachte, ich einen Kaffee und du ein Bier!“

Na gut, da hat er den Joker auf seiner Seite. Er fragt nach meiner Zimmernummer. Ich weigere mich zum 20. Mal, sie ihm zu geben. Morgen reist er ab. Mache noch ein Bild von ihm vor dem Tennisplatz, er weigert sich, für das Photo zu lächeln, und so wird daraus eben ein ernstes. Heiner unterm Nachthimmel in strahlend weißem Hemd mit strahlend blauen – na ja, eher vom Blitz roten Augen, den Mund leicht geöffnet, braungebrannt, fragender Casanovablick direkt in die Kamera – und klick! Ich frage ihn, ob er später zum Tanzen komme. Mit „Mal sehen“ lässt er meine Frage offen.

SMS von Nina: „Hi Isabell, hast du den Sarg verlassen? Alkoholeinheiten 0, daher die Kopfschmerzen. Koffer gepackt – morgen geht's nach New York mit JdG. Was macht KP?“

Dass ich Klaus-Peter jetzt nicht erreicht habe, macht mich total unruhig! Würde mal gerne abschalten!

Kurz vor 22.00 Uhr: Ob ich's jetzt vielleicht noch mal bei ihm probiere? Oder ist das zu –... Er könnte es ja auch noch mal probieren. Ach, ich versuch's jetzt – nach fünf Mal klingeln – spätestens sechs – leg ich aber wieder auf!

Oh, direkt die Mailbox dran! Tja, dann eben nicht. Auch damit muss man jetzt umgehen können, ohne direkt zwei Campari Orange runterzuschütten. Keep cool, cool, cool.

Tauche ins Nachtleben und trinke zwei Campari Orange.

Donnerstag, 22. Februar

Der Morgen fängt gut an:

(KP) „Guten Morgen aus Paris!“

(ich)„Guten Morgen! Comment ça va? Gehe jetzt in Gymnastik. Komme als Athletin zurück!“

später:

(er) „Pfui Teufel!“

(ich) „Wieso? Geh jetzt in Sauna. Kommst du mit?“

(er) „Nein, nur gucken und Bilder machen!“

(ich) „Voyeur?“

(er) „Ja, Voyeur!“

(ich) „Ich mag das, dass du gerne Bilder machst."

(er) „Von dir?"

(ich) „Ja!"

(er) „Auch weniger bekleidet?"

(ich) „Mhm, ja!"

(er) „Nackt?"

(ich) „Könnte ich mir vorstellen!"

(er) „Schön! Intim?"

Ups – was schreib ich 'n jetzt?

(er) „Ich würde dich jetzt gerne haben mögen!"

Zu spät. Habe mich in seiner erotischen Aura verloren und säusele zurück:

„Komm zu mir!"

Worauf eine Reihe erotischer SMSen folgt…

In der Boutique nehme ich wie immer kommentarlos die Zeitung mit, doch bevor ich gehe, sagt die Verkäuferin: „Und wie wär's mit bezahlen?" Bin total ehrlich geschockt: „Ich dachte, die wär kostenlos!" Bezahle natürlich. Peinlich!

Gehe an Vitaminbar und schlürfe leckere Cocktails ohne Alk, schaue dem Cycle Marathon zu, wie sie sich da alle abstrampeln und schweißgebadet sind.

Lese gerade in der Bildzeitung, dass Männer ab 40 nur noch alle halbe Stunde an Sex denken – im Vergleich zu Twens, die das alle zehn Minuten tun. Welch ein genialer Entwicklungsfortschritt – sie brauchen zehn Jahre, um fünf Minuten weniger an Sex zu denken – oh Mann. Männer sind anders, Frauen auch. Wie oft denke ich zurzeit daran? No comment. Ich lasse mich von der Sonne bescheinen und vom Wind streicheln. Ist das herrlich! Heute Abend ist die Jekyll-and-Hyde-Show. Freu mich aufs Abendessen.

Ich lasse den gestrigen Reggae Abend noch mal Revue passieren:

Meggi hat mich im gestylten Zustand nicht erkannt! Erst später, an meinem Lächeln, und da meinte sie: „Du hast dich aber ganz schön rausgeputzt!" Absolute Attraktion war die „Schlangenfrau". Heiner, seine Frau und ich haben sie bezirzt. Es war echt lustig. Sie hat so toll getanzt, sich so elegant schlängelnd sexy bewegt, und dabei war sie lieb in ihrer Art. Ich meine damit: Sie war kein Vamp. Es war ihr auch ein bisschen unangenehm, dass wir sie so in den Mittelpunkt gerückt haben.

Gegen 2 Uhr haben wir uns voneinander verabschiedet, und Heiner das Schlitzohr flüstert mir ins Ohr: „Schade, dass ich deine Telefonnummer nicht habe!“ Hoffnungsloser Fall, echt. Als sie gingen, stand Klaus da. Ich trank mein Desperado aus, ging zu ihm hin, lächelte nicht (was ich sonst meistens tue), streckte meine Hand aus, und er folgte mir auf die Tanzfläche. Sie spielten „No woman, no cry“ – keine Frau, keine Tränen.

Ich flüstere Klaus zu, dass das ein schönes Lied sei. Er wiederholt den Refrain und wehrt ab: „Ja, ja, aber heute Abend nicht. Bitte keine Gespräche.“ Ich blicke ihn an: „Ich sehe, dass du nicht glücklich bist.“ Er wird sehr ernst, tätschelt meinen Arm und lächelt dann ein klein bisschen, als wolle er sagen: „Danke, dass du verstehst und nicht fragst.“ Ich klopfe ihm kameradschaftlich auf die Schulter, lächele ihm zu, verlasse die Tanzfläche und gehe meines Weges ins Bett. Das war der gestrige Abend. Zum Abendessen gibt es übrigens eine supertolle Meeresfrüchtepfanne und Weißwein.

21.50 Uhr

Warten auf Anruf von Klaus-Peter.

22.05 Uhr

Jekyll and Hyde hat angefangen und ich bin im Zimmer. Aber Musicals mag ich ja eh nicht so.

22.10 Uhr: Ich werde müde.

22.30 Uhr: Er ruft an! Sinnlich erotisch. Eine halbe Stunde lang. Er bringt mich noch um den Verstand! Ich muss abtanzen!

Und Martini Orange trinken!

2.30 Uhr: Keine Chance, früh ins Bett zu kommen. Martini Orange und Pina Colada getrunken. Björn aus Hamburg kennen gelernt. Er ist mit der ganzen Firma da. Hat von Hawaii und Boa Boa oder so geschwärmt. Im Night Club war die Musik ätzend. Bin deshalb auch gegangen.

Freitag – letzter Tag

9.00 Uhr aufgewacht, zum Spätfrühstück, danach Bauchgymnastik. Oh Gott! Mir tut alles weh!

Alle Mädels, die ich bisher kennen gelernt habe, heute getroffen und mit ihnen geplaudert. Mittags Termin zur Massage. Meine erste Massage! Hm, ist aber nicht so toll. Vielleicht, weil die Masseurin nicht so erfahren ist? Habe jedenfalls das Gefühl, dass das steigerungsfähig ist.

SMS an Klaus-Peter 13.30 Uhr: „Zupf? Habe grade wunderschöne Massage genossen – kannst du gut massieren?“

Werde heute nicht tanzen gehen, sondern nur die Show anschauen. Eine Psychokomödie, „Der Neurosenkavalier“.

Wo ist denn Klaus-Peter? Es ist schon 15.45 Uhr, und ich habe noch nichts von ihm gehört. Morgen in einer Woche ist er bei mir!

SMS an Ilonka, Nina, Sophie, Lilo, – huch! Telefon! Daddy. Ich hätte Post vom Arbeitsamt: Sie suchen einen Sales Manager für Landmaschinen! Ab sofort! Sehe mich schon Traktor fahren. Will ein halbes Jahr Urlaub!

Fototour gemacht. Die letzten Eindrücke eingefangen: Das Meer, die Anlage, ein kleiner Teich mit Schildkröten, die schöne Bar, den Swimmingpool…

18.00 Uhr immer noch kein Zeichen von KP. Geh jetzt walken.

18.45 Uhr nach Walken und Duschen ungläubiger Blick auf mein Handy. Schlaffe auf einmal total ab. Man muss mit Frustrationen umgehen können. Ich werde ein Bier trinken. Und gleich um Viertel nach sieben essen gehen und nicht so lange bleiben, damit ich noch in Ruhe packen kann.

20.30 Uhr im Zimmer. Also, heute habe ich mir ja nichts entgehen lassen: Antipasti, Gnocchi in Spinatsauce, Auberginenauflauf, Pizza, Lammschulter in Rosmarin mit Zucchinigemüse und als Dessert Tiramisu, Vanilleeis mit Himbeeren und Vanillesauce sowie zwei undefinierbare Cremes. Dazu eine halbe Flasche Weißwein. Zum Glück war ich allein am Tisch. Bin echt gespannt, was die Waage sagt. Die Hose passt jedenfalls noch. Ist aber auch Stretch. Ich mache im Speisesaal von dem galaktischen Büffet mehrere Photos. Am Obstbüffet gefällt mir der Animateur so gut, und ich zücke meine Kamera. Er grabscht zwei Kleine, die zufällig da rumlaufen, und posiert mit ihnen für das Photo. Die Kleinen machen mit und lachen. In holländischem Akzent fragt er das ältere Mädchen mit fragendem Blick auf mich: „Ist das deine Mama?“ Und bevor ich was sagen kann, schreien die zwei wie aus einem Munde: „Nein!“ Ich muss lachen, wenn ich das Photo sehe: Die Kleine in rot-weiß geringeltem Pulli, mit Brille, den Mund weit geöffnet dem Animateur in Hockeposition zugewandt (wahrscheinlich grade Nein brüllend), der Junge in pinkem T-Shirt und pinken Socken grinsend zu dessen Linken.

Gepackt wär so weit auch alles – den Rest muss ich morgen einpacken. Und was mach ich jetzt bis 22 Uhr? Ist ja wohl ätzend! Keine Musik, kein TV, nichts zum Lesen. Handy ist tot.

23.30 Uhr

Ich Idiot habe während des ganzen Stückes das Handy auf dem Schoß gehabt, damit ich bei Anruf das Display leuchten sehe – und? Nichts! Ist ziemlich frech, oder? Oder hat er was gesagt, dass er sich heute nicht melden kann – ich habe gestern nicht alles verstanden, was er gesagt hat, es hat zeitweise ziemlich gerauscht. Erklärungszwang! Bin ich neurotisch? Wie auch immer: Ich bin nicht mehr tanzen gegangen, übe schon mal Resozialisierung – und feiere meinen Abschied leise. Und jetzt schalt ich das blöde Ding aus.

Samstag, 24. Februar – Abreise

Heute ist Abreise. Bin leicht schwermütig. 8.00 Uhr aufgestanden, schön gefrühstückt, den Rest gepackt.

10.20 Uhr Transfer zum Flughafen. Mutter und Tochter, mit denen ich meistens zu Abend gegessen habe, kommen extra noch zu mir, um sich zu verabschieden. Finde ich goldig. Bin ziemlich traurig – könnte auch deswegen sein, weil ich kein Zeichen von Klaus-Peter bekommen habe. Spiele sämtliche Stories durch, was passiert ist.

13.00 Uhr

Habe meinen Fensterplatz im Flieger eingenommen und warte auf den Abflug. Ach ja, Klaus aus München habe ich noch auf dem Flughafen getroffen. Er hat mich entdeckt. Mit vierzig Minuten Verspätung hebt der Vogel ab. Bin genervt. Die neben mir stinkt nach Sonnencreme.

So einen Urlaub hatte ich auch noch nie. Er ist so schnell verflogen wie der Sahara-Sand. Kann man niemandem erzählen. Nicht einen einzigen Ausflug habe ich unternommen! Nur im Club herumgehangen! Aber es ging nicht anders, wirklich nicht. Ich habe so eine Clubwelt eigentlich immer verabscheut… und hätte mir nie vorstellen können, selbst mal da zu landen!

Gegen 19.00 Uhr in München. Muss gar nicht aussteigen. Sehr angenehm. Darf nicht rauchen. Sehr unangenehm. Und diese Bälger! Ich könnte sie umbringen! Schalte mein Handy an und aus. Von Klaus-Peter ist eine sehr schöne Voicemail vom 20. 2., tja, lange her. Heute ist der zweite Tag, an dem ich nichts von ihm gehört habe. Kein Grund zur Panik, er wird sich schon melden, wenn er nächsten Samstag kommen will. Aber trotzdem seltsam! Er soll nicht denken, dass ich ihm hinterherlaufe – pah!

20 Uhr Fuertezeit, also 21.00 Uhr. Gleich landen wir in der Heimat. Erreiche Sophie nicht, die mich abholen wollte. So stehe ich allein und verlassen da – ich bin die letzte, die hier einsam auf ein Taxi wartet. Alle anderen Passagiere sind schon weg oder abgeholt worden. Einer vom Flughafenpersonal fragt mich mitfühlend, als ich da so bibbernd in der Kälte stehe: „Hat man Sie vergessen?“ Ich denke: „Vielleicht.“ Und antworte: „Danke, alles klar, ich warte nur auf mein Taxi.“ Es kommt auch tatsächlich. Bin zwar hier gelandet, aber noch nicht so richtig da.

Sonntag, 25. Februar – noch 6 Tage!

Erster Tag nach dem Urlaub. Wie das meistens so ist: Frau hängt rum, ist noch teilweise mental in der Sonne im Club des Lächelns – in der Clubwelt der Gefühle – in der durchaus erträglichen Leichtigkeit des Seins, der andere Teil ist jedoch mit schweigendem Handy und Telefon konfrontiert! Und das ist eine extrem unsanfte Landung! Werde sauer. Auf ihn, auf mich, auf alles.

Wie geht mein Arbeitsleben jetzt eigentlich weiter? Sinnlos, sich darüber Gedanken machen zu wollen, da alle Hirnaktivitäten wie durch einen Sog verschwinden. Dieser Sog heißt Klaus-Peter. Und der ist nun mal der erklärte Mittelpunkt meines Herzens.

17.30 Uhr

Entgangener Anruf auf Handy. Tatsächlich KP. Die Mailbox erzählt, er sei gerade wieder in Deutschland, hätte ein verlängertes Wochenende – eher beruflich als privat – in Grenoble verbracht, wäre im Funkloch und nicht erreichbar gewesen, wüsste nicht, ob ich die zwei SMSen erhalten habe, da immer angezeigt worden wäre: nicht gesendet. (Nee, ich habe nichts gekriegt!) Er versuche es später noch mal. Ach nee, protzt der eine Teil in mir, der andere ist erleichtert. 23.00 Uhr werde ich durch das Klingeln des Handys geweckt. Ich wollte das Klingeln ja hören, hebe aber trotzig nicht ab. Hätte etwas mehr Romantik von ihm erwartet. Er hinterlässt eine Message auf der Mailbox, in der er mir eine gute Nacht wünscht, von seinem Flugplan nächste Woche erzählt, und dass er hofft, mich morgen Abend zu erwischen, da sei er wieder in München.

Freu mich jetzt doch ein bisschen und kann ewig nicht einschlafen.

Rosenmontag, 26.02. – noch 5 Tage!

9.00 Uhr aufgewacht. Ich habe gleich das Handy eingeschaltet. Piep! Ein Briefchen von Klaus-Peter: 7.30 Uhr: „Friede?"

Smse um 10.30 Uhr versöhnt zurück: „Friede!"

Kaum abgeschickt, klingelt das Handy. Es ist Klaus-Peter, der mir einen schönen, friedvollen Guten Morgen wünscht. Ich lache und wünsche ihm einen ebensolchen. Er erklärt noch mal alles mit Funkloch und so … und dass er mich heute Abend anruft. Ich frage noch, in welcher Mission er heute unterwegs ist, und dann verabschieden wir uns.

Ich jogge 20 Minuten in einer Leichtigkeit, die nur Cupido verstehen kann…

15.00 Uhr

Dekoriere vorsichtshalber rein prophylaktisch um. Frau sollte auf alles vorbereitet sein… wische Staub und putze. Will auf jeden Fall Champagner hier haben, ebenso einen guten Roten und einen guten Weißen.

16.00 Uhr Kaufrausch: Pizza, Weißwein, Rotwein (Ernesto y Julio Gallo, mhm), Knabberzeug, oh, ein schönes Unterhemd, schwarz, bei Eduscho – zack, im Einkaufswagen, Lachs, Flyte, hm, wird heut Abend ein Festessen!

An der Kasse: Oh Gott, 43 Euro. Was soll's? Ich habe es ja: Abfindung plus Monatsgehalt wie gehabt bis April.

20.30 Uhr

Muss die Sightseeing-Tour vorbereiten, mir ein paar geschichtliche Daten reinziehen, wenn ich ihn durch meine Heimatstadt führe! Und sein numerologisches Profil auswendig lernen. Was ein Stress! Und Einladungen zu meinem Geburtstag rausschicken! Mach ich aber nächste Woche, falls ich da noch zu irgendwas fähig bin…

23.23 Uhr ruft er an. Eine halbe Stunde Gespräch, in dem er als Nichtraucher und Nichttrinker identifiziert wird. Leichter Schock für mich! Frage ihn, wie viel er denn für das Hotelzimmer ausgeben will.

Ob ich ihn wirklich im Hotel unterbringen will? Ja! Ob ich Angst vor ihm habe? Nein, aber für das erste Mal sei's zu früh, nicht im Hotel zu übernachten. Ob er später kommen soll? Ich bleibe unnachgiebig: „Wenn du in vier Monaten kommst, ist es immer noch das erste Mal, und du wärst wieder im Hotel!" Er (schmunzelnd): „Verdammte Konsequenz der Frauen!"

Dienstag, 27. Februar – noch 4 Tage!

7.31 Uhr erreicht mich eine SMS von Klaus-Peter: „Krieg?"

Ich smse um 8.00 Uhr irritiert zurück: „Warum denn das?"

Ja, das ist die erste SMS, die ich nicht verstehe. Was hat er sich dabei gedacht? Habe ich gestern was Falsches gesagt?

Kaufrausch, der zweite, diesmal mit Wasser, Saft und Tee, Milch und Zucker auf dem Einkaufszettel. Wasser mit oder ohne Kohlensäure? Jetzt geht's aber wirklich zu sehr ins Detail…

9.00 Uhr bei Sophie auf dem Arbeitsamt, melde mich arbeitslos und quatsche ziemlich viel privat mit ihr. Um 10.00 Uhr fahr ich wieder, mache noch einen Einkaufsbummel: Knallrote Lederimitatjacke (super!), roter Schal (herrlich!), New Curl Wickler (für die perfekten Locken), suche Modeschmuckgeschäft (erfahre abends in der Sauna, dass es das schon seit zehn Jahren nicht mehr gibt), fahre im Fitness-Studio vorbei (nehme Trainingsplan mit) und dann ins Alfa Hotel. Schaue mir sämtliche Zimmer mit der Geschäftsführerin an und wähle dann eins, das mir sehr gut gefällt. Es gab auch eins mit Himmelbett, aber das mach ich nun doch nicht. Unterdrücke kleinen Lachanfall.

16.00 Uhr

SMS an Klaus-Peter: „Habe schönes Zimmer mit Aussicht im Alfa-Hotel für dich gebucht. Selbst begutachtet! – Freue mich auf dich wie ein Kind!"

Ja, besser kann man's nicht sagen, es ist eine Freude wie bei einem Kind, das sich auf den Weihnachtsmann oder den Osterhasen freut. Das trifft es genau.

17.41 Uhr: „Das ist schön & danke." (Zu der Zeit schwitze ich grade in der Sauna.)

Nach der Sauna telefoniere ich zwei Stunden mit Nina, die kurz davor ist, nach dem missratenen New-York-Urlaub JdG umzubringen, zumal sie eindeutige Indizien (gespeicherte SMSen) entdeckt hat, die angeblich beweisen, dass er es mit Boys treibt! Wir hecheln sämtliche Rachepläne und Strategien bis in die Nacht durch. Falle um 23.00 Uhr ins Koma.

Verpasse KPs Anruf um 1.00 Uhr (!) aus Lissabon. Aber er hinterlässt eine Message auf der Mailbox und sagt, dass es ihn durchaus gefreut habe, das mit dem „sich freuen wie ein Kind."

Also dann ist es supergut angekommen! Freu mich so. Entdecke entgangenen Anruf um 4.00 Uhr nachts und kann dann nicht mehr einschlafen, weil ich so aufgedreht bin.

Mittwoch, 28. Februar – noch 3 Tage!

10.00 Uhr mit nassen Haaren vor dem Spiegel. Testlauf: neue Wickler aufdrehen. Blöde Dinger. Schwierig, die Technik! Ich kämpfe eine halbe Stunde, bis alle drin sind! Muss testen, wie das aussieht – will ja am Samstag nicht lächerlich aussehen! Vor allem kommt's auch drauf an, wie die Locken die Nacht überleben!

SMS an Klaus-Peter: „Hey babe, est-ce qu'il y a quelque chose que tu manges pas du tout?"

Er zurück: „Watt?"

Ich: „Du nicht verstehn Französisch?"

Er: „Mit der Sprache Probleme, ansonsten: o.k."

Ich: „Ich wusste, dass das jetzt kommt! Hoffnungsloser Fall! Lass es dir doch von deinem Nachbarn übersetzen."

Und prompt ruft er an. Wie ich denn darauf komme, dass er einen Nachbarn habe? Ich: „Stimmt's denn?" Er: „Ziemlich!" Ob er mir erzählt habe, dass er mit einem Portugiesen unterwegs sei? Ich verneine! Und füge geheimnisvoll hinzu: „Ich habe gewisse hellseherische Fähigkeiten!" (Schockpause). Dann er: „Ich bin" –(Pause) „bedrückt. Ich habe – Angst!"

Ich lache. Und um meine Frage zu beantworten: Er esse alles, nur leben sollte es nicht mehr.

22.00 Uhr

Anderthalbstündiges Telefonat mit Nina. Thema: Rachepläne.

Lese noch über die Geburtstagszahl 10 und schlafe selig ein. Ich muss morgen checken, welches Element er nach Feng Shui ist.

Mitternacht. Klaus-Peter! Er wollte sich, wie versprochen, melden. Kurzes Telefonat. Er sagt, ich sei schön, er hingegen brauche ein bisschen Schlaf, um schön zu sein…

Warum habe ich nicht gemerkt, dass die Telefonate immer weniger intensiv wurden?

Donnerstag, 1. März – noch 2 Tage!

Muss einkaufen!

Und danach zum Friseur.

Er ist Feuer und Yang – wie ich! Prognose: Harmonisch! Ganz ruhig! Immer schön Verstand eingeschaltet lassen! (Ist der nicht schon längst im Saharasand verweht?)

17.30 Uhr

Anruf von KP auf Handy. Ich: „Hallo, Klaus-Peter!“ Er: „Woher weißt du denn das schon wieder?“ Ich (unschuldig): „Steht doch im Display!“ Er: „Aber ich habe die Nummer doch ausgeschaltet!“ Ich: „Hm, sehr mysteriös.“ Er sei jetzt in Paris. Gibt die Wetterlage durch. Sonst eigentlich nichts. Ist wohl im Stretsch. (Klarer Erklärungszwang.)

19.00 Uhr mit Sophie ins McDonald, mal was richtig voll Fettiges essen: Calamares und panierte Krabben mit Remouladensauce und Pommes Frites. Wichtiges Gespräch unter Frauen. Musste einfach sein (ich mein das Fette). Danach ist mir leicht übel (vom Essen).

Werde noch eine SMS an KP schreiben: „Hi, du Wanderer zwischen den Welten, ich wünsche dir eine gute Nacht, und träum was Schönes!“

Heute back ich, morgen brau ich und übermorgen, übermorgen, übermorgen kommt er!

Freitag, 2. März – noch *ein* Tag!

Irgendwie nicht gut geschlafen.

9.00 Uhr

Joggen. Habe mich hingelegt – weiß gar nicht, wie das passiert ist, auf jeden Fall volle Längsseite, der ganze Jogginganzug ist versaut. Beim Fallen denk ich nur: „Bloß nicht aufs Gesicht!“ und strecke den rechten Arm (mit Elektroschocker in der Hand – frau joggt doch nicht allein im Wald!) – gerade noch rechtzeitig vor mich, bevor ich volle Kanne unsanft auf dem Boden aufkomme.

Bin dann aber weitergejoggt und verstehe seit heute die Bedeutung von „Fall in Love“. Beim Duschen untersucht: nur ein paar Schürfwunden, Knie tut ein bisschen weh.

12.00 Uhr kommt per Luftpost mein Arbeitszeugnis. Sie hätten es auch auf dem Seeweg schicken können.

Ich schreibe an meinen Chef, den Verfasser:

„Heute hat mich das Arbeitszeugnis per Luftpost erreicht (dachte schon, es sind Beileidsbekundungen aus Übersee oder so). Ganz herzlichen Dank!

Ich gebe zu, das ist das zweite Mal, dass ich in dieser Angelegenheit geflennt habe. Warum, weiß ich jetzt auch nicht so genau. Ich habe quasi Ihre Stimme durch die Zeilen gehört, Ihre Wortwahl erkannt und sehr viel Wohlwollen und Sympathie. Ich danke Ihnen dafür. Das erste Mal habe ich bei Ihnen geflennt, und ich fand es so toll, dass Sie meine Hand gehalten und mich umarmt haben. Das wollte ich Ihnen auf jeden Fall noch sagen, es hat mir sehr geholfen. Ich bin so froh, Sie als Chef gehabt zu haben, und ich denke, Sie wissen, dass ich Sie als solchen und als Mensch sehr schätze. Mein Schlussplädoyer hat das ja schon verdeutlicht, nicht wahr? Von Ihnen bin ich jedenfalls nicht gerne weggegangen (worden).

Aber jetzt genug der Sentimentalität – aber ich bin schon ein kleines Sensibelchen. Und jetzt werd ich mich mal ablenken und zwei Quiches backen – bin nämlich dabei, mein Netz für einen supertollen Mann auszulegen (Aussage unter Vorbehalt, da in nicht zurechnungsfähigem Zustand – morgen folgen erst die Röntgenaufnahmen, da kommt er nämlich aus 400 km Entfernung!) – und eine solche Aussage kommt bei mir nur alle zwei Schaltjahre vor.

Ja, dann sage ich für heute tschüss, bitte rufen Sie heute nicht an, sonst krach ich ab – freu mich auf ein Wiedersehen und wünsche Ihnen alles Gute,

Herzlichst, I.S.“

14.30 Uhr

Mein Serviervorschlag für morgen ist fertig: Lachsquiche. Sieht genau aus wie auf der Abbildung. Toll. Muss jetzt erst mal Erholungspause machen. Noch gar nichts von KP gehört! Wahrscheinlich Funkloch. (Klar doch!)

Schau mal nach, ob mein Chef in der Zwischenzeit geantwortet hat. Er hat:

„Liebe Frau S.,
danke für Ihre liebe Mail. Sie hat mich sehr gefreut, und ich bin auch froh, dass Ihnen das Arbeitszeugnis gefällt. Dass Sie gerührt sind, habe ich nicht erwartet, ist aber auch gar nicht schlimm. Sentimental sind Sie deswegen noch nicht, sensibel schon. Davon mal ganz abgesehen, verdient haben Sie sich jedenfalls eine gute Beurteilung, und Sie sind ja auch eine tolle Frau!

Natürlich habe ich Ihr Schlussplädoyer noch im Ohr, und ich bin sehr gut dabei weggekommen! Vielleicht zu gut. Ich habe mir schon Vorwürfe gemacht, Sie bei der Vorbereitung zu dem Gespräch auf diese Schiene gesetzt und damit dazu beigetragen zu haben, dass Sie X000 DM weniger erhalten haben! Das wollte ich nicht.

Jetzt backen Sie mal besonders leckere Quiches, sagen Sie allen Vorbehalten Ade und gehen mal unvoreingenommen an „den Supermann" ran. Ich wünsche Ihnen, dass es der Richtige ist!

Ein schönes Wochenende wünsche ich Ihnen

Ihr Ph. D.

Werde ihm Montag antworten. Da gibt es ja dann auch viel zu berichten!

18.00 Uhr

Jennie ruft an und will alles haarklein wissen: Wann er kommt, was wir dann machen, wie ich mich fühle, droht an, Sonntag Abend würde mein Telefon wohl nicht stillstehen: Nina, Sophie, Jennie.... ausführlicher Bericht würde erwartet!

21.00 Uhr immer noch nichts von KP gehört. Regt mich aber überhaupt nicht auf. Ich bin die Ruhe selbst. Ehrlich. Nehme gleich vier Baldrians und lass mich dann von ihm wecken. Und ich steh morgen um 7.00 Uhr auf, damit ich mit mir noch meine Vorfreude feiern kann.

Maniküre: sexy Nail-Design. Silber-rot. Stark!

Der Clou wär jetzt, wenn er absagen würde – alles fühlt sich so komisch an… ich würd direkt 'ne Flasche Champagner trinken und die sorgfältig hergerichtete Frisur unter Wasser halten. Außerdem die ganze Quiche allein futtern oder – nein – besser: die Mädels morgen oder Sonntag einladen. Ja. Und ich würde mal einen ganzen Becher Eis essen (was ich noch nie in meinem Leben gemacht habe). Jawohl! Und Montag direkt ins Fitness-Studio gehen! Und Sebastian vergewaltigen! Und mich an den Tanzlehrer ranschmeißen!

21.40 Uhr

Ich wasche mir jetzt mal die Maske ab… (Handy mit ins Bad nehmen!)

Nina ruft noch an. Wir reden über JdG, und sie sagt, er käme vielleicht noch vorbei. Was Aufregung bedeutet, denn das Pulverfass ist kurz vorm Explodieren! Sie wartet nur drauf, dass er ahnungslos kommt und sie ihn dann mit schwulen Tatsachen konfrontieren kann!

Um 23.00 Uhr erreicht mich eine SMS von ihr:

„Er kommt!"

Ich zurück: „Ach Herrje!"

Mitternacht erhalte ich einen Anruf von Klaus-Peter: Er kommt nicht!

Wie durch einen Schleier höre ich seine Erzählung von einem Autounfall in Frankreich, bei dem ihm zwar nichts passiert sei, aber der den verpassten Flieger zur Folge hatte, und noch einiges mehr, was ich wegen der schlechten Leitung nicht verstehe.

Ich kann nicht viel sagen, meine Zunge ist schwer wie Blei.

Er sagt, er sei stinksauer. Sei jetzt noch in Paris und komme erst morgen Nachmittag in München an. Und da würde sich ein Wochenendtrip nicht mehr lohnen. Es tue ihm leid. Er rufe mich morgen von zu Hause an. Ob ich böse oder traurig sei?

Traurig, sage ich nach einer Weile monoton. Ich würde ja nicht davon ausgehen, dass alles inszeniert sei.

SMSe noch in der Nacht an Nina:

„Er kommt nicht!"

Und an die andern zwei Mädels: „Morgen Frustparty bei mir. Er kommt nicht, I."

Und dann kann ich doch weinen.

Der Pfad des Regenbogenkriegers

Ich sehe mich in einer mir unbekannten Landschaft. Ich fühle mich verwundet und zerrissen. Das Innere scheint sich nach außen zu spiegeln: Mein Kleid ist schmutzig und in Fetzen, die Haare wirr. Unendlich traurig und mit einem Gefühl, als klemme mir die Trauer mein Herz ab und nähme mir den Atem, stolpere ich orientierungslos umher. Ein Sturm peitscht, dass ich kaum dagegen ankomme. Ich kann keinen klaren Gedanken fassen. Panik überkommt mich. Wo bin ich? Wo geht es weiter? Meine Füße spüren den steinigen Boden. Wie durch einen Tränenschleier nehme ich alles wahr. Ich weiß nur, dass ich verzweifelt jemanden suche, das spüre ich in meinem Herzen. Aber wohin meine suchenden Augen auch wandern, ich kann ihn nicht finden.

Es ist hier alles so unklar! Ich bin gar nicht richtig anwesend, irgendwie. Es ist dunkel, und nur ganz schemenhaft erkenne ich die Landschaft, in der ich mich befinde. Es ist alles sehr trostlos, die Erde hart und dürr und steinig. Wo ich auch hinblicke, nichts erfreut mein Auge. Pflanzen und Bäume sind spärlich, ab und zu sehe ich einen vertrockneten Strauch. Kein Duft, der meine Sinne aufheitert, kein Vogel, der ruft. Keine Stimme, die mich tröstet, keine schützende Hand, die meine hält. Ganz erbärmlich alleine bin ich hier. Lange irre ich so umher, bis ich schließlich die Hoffnung aufgebe, ihn hier zu finden. Da fühle ich mich auf einmal ganz schwach.

Irgendwann wird auch der Sturm müde. An seine Stelle tritt Stille. Bedrückende Stille, Leblosigkeit und Erstarrung. Die Stille ist unerträglich, und so beginne ich zaghaft, eine Melodie anzustimmen – doch es will kein richtiges Lied entstehen. Der Versuch endet in einer kläglichen, dissonanten und unklaren Aneinanderreihung von Tönen. Entmutigt breche ich ab.

Da spricht eine kraftvolle fremde Stimme zu mir: „Wenn du dich aufmachst, den Weg durch das Labyrinth zu gehen, wirst du das Ziel erreichen. Habe Mut. Dieser Weg ist nicht immer gerade. Auf ihm gibt es Hindernisse und Schlaglöcher, er mag steinig sein und tränenreiche Erfahrungen für dich bereit halten. Und manchmal wirst du vielleicht auch enttäuscht, deprimiert und voller Zweifel umkehren wollen. Doch auch wenn es für dich jetzt nicht den Anschein haben mag – in jedem Labyrinth gibt es einen Weg, der zur Mitte führt. Es ist der Weg in die große innere Wahrheit.“

„Wer bist du?“, frage ich erschrocken und verwirrt, meinen Blick in die Richtung wendend, aus der die Stimme kam. Doch ich kann nichts erkennen.

„Man nennt mich den „Regenbogenkrieger“. Ich bin gekommen, um dir zu helfen, meinen Pfad zu finden. Ich habe dein Klagelied vernommen, und ich habe eine Botschaft für dich.“

Ich habe noch nie von einem Regenbogenkrieger gehört, wundere ich mich still.

„Was ist das für ein Pfad, von dem du sprichst?“, frage ich nach.

„Zwischen Wachen und Träumen gibt es einen Pfad. Du hast ihn vergessen, aber du wirst ihn wiederfinden. Du wirst den feinen Ton der Erinnerung hören – und ihm folgen – an einen heiligen und heilenden Ort. Vertraue darauf. Die höchste Weisheit deines Herzens wird dich dorthin führen. Die Welt, aus der du kommst, Isabell, glaubt, dass Wachen und Träumen, dass die äußere und die innere Welt voneinander getrennt sind.

Wir sehen das anders. Unsere Wirklichkeit ist voller Träume, Geschichten, Lieder, Bilder und Symbole. Unsere Traumwelt ist nicht, wie für euch, eine Scheinwelt. Sie ist für uns keine Illusion, sondern Wirklichkeit und Leben. Beide Bereiche wirken ineinander. Die Alltagswelt und die Traumwelt bilden ein Ganzes, sie durchdringen und sie ergänzen einander. Bei uns gibt es keinen Bruch zwischen den verschiedenen Bewusstseinszuständen wie bei euch.

Betrachte den Mond: Die helle Seite ist nur jener Teil des ganzen Mondes, der beleuchtet ist. Nur weil du die abgewandte Seite des Mondes nicht siehst, heißt das nicht, dass sie nicht existiert… Für uns ist die uns zugewandte Seite des Mondes die Alltagswelt, hinter der sich die unbekannte Seite befindet – wir nennen sie „das Land der Träume“. Es mag dir nicht bewusst sein, und dennoch ist es da.

Für uns ist der Traum die Erzählung der Seele von der unsichtbaren Welt. Im Traum ist das Bewusstsein weiter und hat Zugang zu der Quelle allen Seins. Die inneren Bilder sind die tiefsten Informationen, zu denen wir Zugang haben. Unsere Seele drückt sich in ihnen aus. Ein

Traum ist Energie und hat Energie. In ihm steckt die Kraft der Veränderung."

„Das ist mir neu!", staune ich. „Für die meisten von uns sind Träume Schäume. Sie sind Phantasien, die nur wenig mit der Wirklichkeit zu tun haben."

„Damit trennt ihr euch von eurer Quelle ab. Deshalb vergesst ihr eure Träume auch. Meistens kannst du dich nicht an sie erinnern, nicht wahr? Wenn du dieses neue Verständnis erst angenommen hast, wird sich das ändern.

All die Träume, Bilder und Lieder klingen und schwingen im Bewusstsein des Universums. Und manchmal reisen Träume durch das Universum und suchen Menschen, deren Geist offen dafür ist, um ihnen ihre Botschaften zu offenbaren. Wir nennen diese Zeit Tjukurpa und du bist in deiner Tjukurpa, in der du Botschaften deiner Seele empfängst. In dieser Zeit kannst du zu Erkenntnissen gelangen, die dir im normalen Tagesbewusstsein kaum zugänglich wären. Deine Traumzeit ist deine Verbindung zu deiner tiefen, inneren Quelle der Kraft. "

„Ich fühle mich hier aber alles andere als kraftvoll! Das soll meine Quelle der Kraft sein?", werfe ich ungläubig ein.

„Du bist noch nicht an der Quelle deiner Kraft angelangt. Dieser Pfad wird dich erst dorthin führen. Du bist an einem Ort, an dem du erfährst, wie es sich anfühlt, wenn du von deiner Quelle abgeschnitten bist, damit du aufbrechen mögest, deinem Faden der Erinnerung zu folgen…"

„Wie soll ich das denn machen?"

„Vertraue dir. Ich werde zu dir sprechen, wenn du offen bist. Manchmal in Bildern, manchmal in Liedern, und manchmal in Ideen; du magst auch von bestimmten Dingen wie magisch angezogen werden – das ist die Art und Weise, in der ich zu dir sprechen werde.

Ich möchte dir noch etwas schenken, damit du dich erinnern kannst, wann immer du es möchtest. Wenn dir die dunkle Nacht endlos scheint. Schließe deine Augen und öffne deine Hand."

Da spüre ich seine Nähe, und zu gerne würde ich meine Augen öffnen, um ihn zu sehen, doch ich wage es nicht. Er legt mir etwas in meine geöffnete Hand, das sich anfühlt wie ein Stein. Dann schließt er meine Hand und lässt die seine noch etwas auf der meinen ruhen, so, als wolle er etwas versiegeln. Er strahlt wunderbaren Frieden und Wärme aus.

Ich muss in diesem Gefühl versunken sein, denn als ich wieder aufblicke, ist er weg. Langsam öffne ich meine Hand.

„Das ist der Regenbogen-Mondstein", schwingt seine Stimme durch das Universum. „Er wird dich auf deiner Suche begleiten."

Ehrfürchtig betrachte ich den Stein in meiner Hand und umschließe ihn fest. Und seine Stimme dringt noch einmal an mein Ohr, immer leiser werdend und doch eindringlich:

„Isabell, erinnere dich an deinen Traum, erinnere dich an deinen Traum, erinnere dich an deinen Traum..."

V. Seiltanz ohne Netz

Samstag, 3. März

9.30 Uhr aufgestanden. Elendes Gefühl in meinem Innern. Woher kommt es? Enttäuscht bin ich nicht, rede ich mir ein. Enttäuscht würde ja eine Täuschung voraussetzen. Also nenne ich das Gefühl nur traurig und energieleer. Ein furchtbarer Zustand.

Ich muss jetzt meine Frustparty organisieren. Starte meine Anrufwelle. Sophie bedauert, nicht kommen zu können, sie hat sich entschlossen, in das Musical zu gehen. Sie will Nina mitnehmen. Aha. Nina erreiche ich auf dem Handy – sie ist mit JdG unterwegs und weiß noch gar nicht, dass sie heute Abend mit Sophie im Theater ist. Warum ist sie überhaupt noch mit diesem Kerl unterwegs?

Jennie hat was mit Andreas vor. Das hat Vorrang, klar.

Sebastian kann heute leider nicht tanzen gehen, er habe schon ein Date. Dafür heuchele ich natürlich Verständnis. Doc wollte ja nach dem Fußballspielen ursprünglich heute mit mir weggehen, ich hatte das Date jedoch wegen Klaus-Peter abgesagt – vielleicht hat er ja Zeit? Hm, wär jetzt etwas kurzfristig, meint er, er gebe mir im Laufe des Nachmittags Bescheid… und sagt ab. Ich krieg einen hysterischen Lachkrampf, mit dem er wenig anzufangen weiß, er lacht einfach mit.

Ich glaube, ich nehme jetzt eine Schlaftablette.

Ergebnis: grade mal eine Stunde geschlafen! Halte mir den Kopf unter Wasser, damit ich die sorgfältig gestylte Frisur nicht mehr sehen muss. Alles für die Katz.

Klaus-Peter ruft abends an (freue ich mich darüber?) und erzählt noch mal, wie das alles war. Ob ich denken würde, dass er ein „Arsch" ist. „Weiß ich nicht! (Pause). Woher soll ich das wissen? Ich vermute es nicht, aber ich weiß es nicht!", gebe ich frustriert zur Antwort. Ich solle ihn beschimpfen, was ich natürlich nicht tue – denn: ich bin ja nicht sauer!

Dann beginne ich meine One-Woman-Frust-Party zu zelebrieren. Esse alles, was ich mit ihm essen wollte: Quiche, Salat, Karameleis, dazu die Flasche Chardonnay; schaue Thelma und Luise an, wie sie die Männer nacheinander fertig machen.

Nach dem Film ist die Flasche dreiviertel leer, der Aschenbecher voll und ein Päckchen Tempos aufgebraucht. Klaus-Peter ruft noch mal an. Der Gesprächsinhalt ist ernüchternd: ein Rundgang durch seine Bibliothek! Kein neuer Terminvorschlag! Alles belanglos und gefühlsneutral. Ich habe an das Gespräch keine klare Erinnerung mehr. Am Schluss meint er, ich solle von ihm träumen, und ich erwidere, das würde ich mir noch überlegen. Er: „Jetzt sei nicht so zickig!" Aber er hat's so gesagt, dass ich sogar lachen musste. Dann hätte er mich ja wenigstens zum Lachen gebracht, kommentiert er.

Na ja. In diesem einen Moment vielleicht. Ansonsten fühl ich mich ziemlich in Weltuntergangsstimmung. Warum habe ich ihm nicht gesagt, wie traurig und enttäuscht ich bin? Warum habe ich ihm nicht gesagt, dass ich seinetwegen vier Päckchen Tempos durchgeheult habe? Warum habe ich ihn nicht gefragt, wann er kommt?

Weil ich keine Schwäche zeigen will. Keine Anhänglichkeit und keine Blöße. Denn das macht ja so verwundbar… Warum habe ich ihm nicht gesagt, dass mich seine Bücher im Moment einen Dreck interessieren? Ich wartete auf liebe Worte von ihm, aber er war so cool. Da war es mir unmöglich, mit dem Eispickel gegen eine Wand der Emotionslosigkeit vorzugehen. Ich wollte wie immer die starke Frau sein…

Montag, 5. März

Versuche, mich auf die Realität zu konzentrieren. Auf Anraten von Sophie gehe ich noch mal mein Arbeitszeugnis durch. Stoße auf einige „unsaubere Passagen" (unbeabsichtigt, davon geh ich mal aus). Zur Sicherheit faxe ich das Arbeitszeugnis an die Arbeitskammer, ein kurzes Anschreiben dazu, mit der Bitte um Prüfung, sowie die Ankündigung einer notwendigen Korrektur an meinen Ex-Chef:

„Lieber Ph. D,

auch Ihnen danke für Ihre liebe Mail! Machen Sie sich um die verscherzten Flocken keine Gedanken, es war ja meine Schiene, und mir ist es wichtiger, die gefahren zu sein. Und wenn mich meine Klappe eben diese Summe gekostet hat – dann ist das so. Wochenende war ein Flop, Superman war verhindert. Also halt ich meinen Adrenalinspiegel mal noch ein bisschen oben, bis ich platze, schätz ich.

Noch einmal zum Arbeitszeugnis: Da müssen ein paar Dinge geändert werden, ich hoffe, dass das unkompliziert über die Bühne geht.

Hach ja, heute Abend geh ich ins Fitness-Studio, Killerbienen müssen immer fit sein.

Liebe Grüsse,

Isabell“

So verpacke ich meinen desolaten Gemütszustand wie meistens witzig, so dass ein Außenstehender die Abgründe dahinter nur mit enormer Intuition erkennen kann.

Nachts ruft Klaus-Peter an. Das ganze Gespräch zu rekapitulieren überfordert mich, es war jedenfalls rein auf der sexuellen Schiene. Er verstand es extrem, meine weibliche Seite anzusprechen, und ich ignorierte, dass die Gefühlsseite auf der Strecke blieb. Er kündigte seinen USA-Trip an und dass ich ihn dann nicht erreichen könne. Ich necke ihn: „Och, so lange kein Kontakt zu dir, da habe ich dich schon wieder vergessen!“ Er: „Na wenn du mich dann schon wieder vergessen hast – weiß ich auch nicht.“ Ich lache. „Glaubst du das wirklich?“ Er: „Die Logik der Frauen.“ Er sei Skeptiker.

Ich bin zu stolz, um ihm zu sagen, dass ich ihn nie vergessen werde.

Fühle mich ihm jedenfalls nach diesem Telefonat wieder etwas näher. Habe gestern bestimmt alles zu schwarz gesehen.

Dienstag, 6. März

„Thema: Der gewünschte Gesprächspartner war am Wochenende nicht verfügbar. Bitte versuchen Sie es später noch einmal.

Na, Sie Kanari-Killerbiene!

Ihr Ton ist aber heute nicht soo positiv – soweit ich das heraushören kann! Ganz schön eisig um Sie rum, stelle ich mir vor? Man spürt es förmlich knistern. Jetzt kann er aber mal zeigen, was er drauf hat, der Supermann. Is ja ein Ding, ein Flop das Wochenende – nicht zu fassen so was! Ob er den Karren noch mal aus dem Dreck ziehen kann? Wow, das ist ja richtig spannend.

Haben denn die Quiches auch allein geschmeckt? Bin jetzt nur bekümmert wegen Supermann und zerknirscht wegen Arbeitszeugnis. Habe ich da was falsch gemacht?

Ich glaub, wir müssen jetzt beide Stress abbauen, schönen Abend noch beim Adrenalinabbau und ciau

Ihr Ph. D.“

Ich bin verwundert, dass er trotz meinem legeren Stil meine Stimmung erkennt. Es ist mir fast unangenehm, wo ich doch versucht habe, meinen Frust so gut zu verstecken!

Ich antworte:

„Super – der Titel Ihrer Mail! Genau so! Ja ja, jetzt wird's spannend, ob er den Karren aus dem Dreck ziehen kann – in der Tat. Strengt sich aber schon an. Klar hat Quiche geschmeckt – Samstag hatte ich One-Woman-Frust Party mit Chardonnay.

Mit dem Zeugnis – na ja, ich denke, man könnte zwischen den Zeilen lesen, dass ich mich zwar mit den Kollegen gut verstanden habe, aber nicht mit den Vorgesetzten. Aber das kriegen wir schon hin. Bin zuversichtlich.

Ich wünsche Ihnen einen erfolgreichen Tag. Heute Abend geh ich noch in Bodycombat und hoffe, dann mal so richtig fertig zu sein. Glaub's aber eher nicht. Kaufe heute Nachmittag mal die richtigen Joggingschuhe.

Viel Spaß beim Laufen und ganz liebe Grüße,

Isabell"

War im Fitness-Studio. Hatte sehr nettes Gespräch mit der Chefin und habe auch gleich einen Termin mit einem Trainer am Donnerstag abgemacht.

Nina smst mich abends an: „Isa, prüf doch mal nach, ob JdG Telefonsex hat."

Also gut, machen wir das auch noch. Ich rufe ihn an.

Smse an Nina zurück: „Nicht besetzt. Anrufbeantworter an."

Ja, Detektiv Nina ist am Werk. Sie hat bei ihm hohe Telefonrechnungen gefunden, so genannte Servicenummern, und vermutet, dass die von Telefonsexgesprächen kommen. Weiterhin hat sie herausgefunden, dass bei ihm ab 22 Uhr meistens besetzt ist, was diese Theorie in ihren Augen untermauert. Heute Abend scheint sie nicht den Nerv zu haben, selber bei ihm anzurufen. Zu aufregend, das Ganze, kann ich verstehen. Wozu hat frau da Freundinnen!

Mittwoch, 7. März

Treffe mich heute Mittag mit Katrin zum Brunchen. Bevor ich losdüse, nehme ich noch Kontakt zu Klaus-Peter auf:

„Nach 9 Std. Schlaf (ja!) elfengleich in neuen Schuhen über Waldboden geschwebt. Geh jetzt lunchen. Bei dir alles klar? Kuss und Umarmung (Restalk mind 0,8), I.“

Katrin habe ich vor Jahren kennengelernt, als ich mal in einem Immobilienbüro arbeitete. Sie war damals die Sekretärin, die mich einarbeitete. Nachdem ich dort aufgehört hatte, weil ich eine Weiterbildung begann, haben wir uns nie aus den Augen verloren und wurden Freundinnen. Sie brennt natürlich auf meinen Wochenendreport, da ich ihr im Vorfeld unserer Verabredung große Veränderungen angedeutet hatte, aber leider muss ich sie jetzt enttäuschen. Das Mittagessen ist lecker. Riesenteller Spaghetti mit scharfen Putenwürfeln. Hm… Wann war ich das letzte Mal mittags essen? Muss ich öfter machen. Aber mit wem? Es arbeiten ja alle!

Katrin sieht total anders aus, ihre langen Haare sind einer praktischen Kurzhaarfrisur gewichen! Aber die langen Haare haben mir besser gefallen. Freitag zieht sie nach Hamburg, zu ihrem Traummann. Sie hat ihn übers Internet kennengelernt. Liebe auf den ersten Blick. Ich war damals ganz neidisch auf sie. Dass es so was gibt. Sie kennen sich jetzt ein Jahr, es läuft prima, reich ist er auch noch! Sie ist sicher, dass sie das Richtige tut.

Und ich treffe nach diesem Gespräch die verhängnisvolle Abmachung mit mir, dass Klaus-Peter der Richtige ist. Ja, ich treffe sie heimlich, still und leise ganz mit mir allein. Und das macht mich unheimlich happy, sicher, hüllt mich in einen weichen Kokon, der für Zweifel undurchlässig ist, und freue mich mit mir. Genau ihn will ich und niemand sonst. Nach all den gescheiterten Love-Stories erkläre ich ihn zu meinem Prinzen. Habe die Schnauze so voll vom Land der zerbrochenen Träume. Jetzt ist es an der Zeit, Träume zu leben! Programmiere meinen Verstand auf Ignoranz von Alarmzeichen, schalte meine Orientierung aus und gebe mich dieser süßen Illusion hin, die ich natürlich nicht als solche erkenne.

Klaus-Peter mailt:

„Thema: Hi from Sweden

Datum: 07.03. 18:03:17 MEZ

Hallo, Süße,

mein Telefon arbeitet nicht respektierlich – kann nicht einbuchen wegen irgendwelcher Roaming-Probleme. Ich grüße dich dann auf diesem Wege und denke, dass ein promillefreier Abend auch ganz nett sein kann :-)

KP

PS: Tatsächlich sind ganz viele promillefreie Abende noch besser: Bis 3/22, dem Datum meiner Rückkehr :-))"

Er nennt mich Süße!! Ich mag das!! Das ist das erste Mal, dass er mich Süße nennt! Das ist schön!

Ich antworte:

„Och nee, ne? Du willst jetzt nicht sagen, dass ich bis zum 22. nichts mehr von dir höre? Hoffentlich kannst du Mails abrufen. Und ich habe dir so ne süße SMS geschickt... Ich will aber nicht nüchtern werden! Lass dich nicht vom Winde verwehen, Isabell"

Werde jetzt auf anderem Wege an meine Promille kommen – aber das sind ganz andere und bei weitem keine solche Endorphin-Ausschüttungen (oder wie heißen die Teile?) wie mit Klaus-Peter. Er ist besser als jeder Drink, cooler als jeder Blizzard, erotischer als – hm – versinke bei den „Cultured Pearls", die ich mir heute gekauft habe. Kann man alles wegschmeißen bis auf den Song: *I've never been to Paris*. Und ich war noch nie auf Rügen!! Möchte jetzt stundenlang abtanzen!

Donnerstag, 8. März (Weltfrauentag!)

Ich muss sagen, ich bin froh um die aufheiternden Mails von meinem Chef. Das lenkt mich ein bisschen von Klaus-Peter ab.

„Thema: Blankes Entsetzen!

Datum: 08.03. 08:02:52 MEZ

Liebe? Isabell,

ich fürchte, ich fange bald an, des Nachts von Killerbienen zu alpträumen, nicht einmal gegenseitig fressen sie sich auf! Nicht auszumalen, wo das enden wird. Als Abwehrstrategie schlage ich vor, beim heutigen Weltfrauentag das Menschenrecht für Frauen zu proklamieren!

Meinen Sie, das könnte Sie und die anderen besänftigen, wenn Sie wenigstens das Gefühl haben könnten, ernst genommen zu werden?

Ich bin mir leider nicht ganz sicher, wie offen ich noch mit Ihnen darüber verhandeln kann! Gehören Sie bereits zur radikal militanten Fraktion, oder sind Sie gegenüber männlichem Gedankengut noch aufgeschlossen?

Mit dem Ausdruck vorzüglicher Hochachtung
Ihr Ph. D."

„Lieber Ph. D.,
Macht echt Spaß, mit Ihnen zu mailen! Die Killerbienen leben natürlich noch – summ summ. Das Zeugnis lade ich mir später runter, machen Sie sich jetzt mal um die Formulierung nicht so viel Gedanken.

Bodycombat habe ich doch nicht gemacht, statt dessen Step und noch mal Bodyforming. Habe heute Muskelkater in den Beinchen! Werde aber ab Montag Thai-Bo machen, um Sie vollends zu verwirren. Melde mich später noch mal.

Herzliche Grüße, Isabell"

Ich mache mich auf zum „Personal Individual Training", gecoacht von einer netten Trainerin. Wir gehen sämtliche Geräte durch: Moonwalker zum Aufwärmen (bin nach 10 Minuten schon klatschnass geschwitzt), dann diverse Bein-, Arm- und Rückengeräte. Macht Spaß. Eine Stunde lang. Ich bin jetzt Mitglied! Werde Athletin!

Heut Abend geh ich noch vorm Tanzen ins Aerobic, damit ich auf Sebastians Energielevel runterkomme…

Sebastian ist wieder fix und fertig nach ein paar Tänzen, und um ihn zu schonen, tanz ich noch ein Abschlusstänzchen mit meinem Tanzlehrer. Das ist richtiges Tanzen!

Zu Hause angekommen, finde ich ein Briefchen auf meinem Handy:
19.28 Uhr: „Und tschüss" von Klaus-Peter.

Freitag, 9. März

Wie viel Uhr ist es jetzt eigentlich an der Ostküste? Ich mache mich im Internet an den Zeitzonenkonvertierer. Man gibt einfach die Ortszeit ein und sucht das Land, von dem man wissen will, wie viel Uhr es da jetzt ist. Also, wenn er an der Ostküste ist, bedeutet das, sechs Stunden zurückzurechnen. (Clevere Isabell)

Ich sollte mit dem Rauchen aufhören. Das wird sonst eine Katastrophe mit Klaus-Peter. Werde heute alle zu meinem Geburtstag einladen!

Bei meinen Freundinnen melden sich nur die Anrufbeantworter und Mailboxen. Klar. Arbeiten ja alle oder sind sonst wie im Stretsch.

Gucke nach, wo genau Boston liegt – aha, hatte ich doch richtig in Erinnerung.

In meinem elektronischen Briefkasten ist keinerlei Zeichen von KP. Mein Chef wünscht mir via E-Mail ein schönes Wochenende (mit Traumprinz?). Endlich ruft er auf meinem Handy an. Ich habe zwar kaum was verstanden (da ab-ge-ha-ckt), aber sein Anruf hat mich trotzdem wahnsinnig gefreut.

Sonntag, 11. März

Oje, zweiter Tag ganz ohne Nachricht. Nicht schön. Noch unschöner ist, dass ich Husten und Halsweh habe. Fühle mich, als hätte mir jemand die Kehle durchgeschnitten. Ich tue es mir jetzt nicht mehr an, meine Mails abzurufen und immer zu lesen: „Sie haben keine neue Mail. Der Kurierdienst ist abgeschlossen."

Huste ekelhaften Eiter ab. Uah. Stimme ist aber wieder besser. Wo habe ich mir das wieder geholt? Werde heute nur im Bett vor mich hindümpeln und einen Film mit Kevin Costner gucken.

Sie haben keine neue E-Mail. Aha. Geh wieder ins Bett. Lese noch ein bisschen.

Montag, 12. März

Wenn ich den Tag Revue passieren lasse, war das absolute Highlight eine SMS von Klaus-Peter!

Nach langem Hin-und-her-Überlegen, wie ich mein Gefühl formulieren soll, ob ich ihm das denn so schreiben kann, ob ich nicht vielleicht nerve oder zu anhänglich bin, schicke ich ihm endlich aus tiefstem Herzen eine SMS:

„Miss you – vermisse dich, Isabell."

Und er antwortet ca. eine Stunde später: „Miss U2 – Vermisse dich auch."

Oh, ein Lebenszeichen!! Toll! Ich schicke gleich hinterher: Wo bist du?, aber kriege keine Antwort. Sehr nebulös. Wie soll ich mir das denn vorstellen? Hat er in den einzigen fünf Sekunden, wo er seit Freitag nicht in einem Funkloch war, meine SMS gelesen und auch prompt geantwortet? Und ist dann direkt wieder mit Überschallgeschwindigkeit ins Funkloch geflogen? Wenn es aber doch funktioniert, warum schreibt er mir denn dann nicht mal öfter eine? Taktik? Glaub ich aber nicht. Ist es denn so teuer? Kann doch wohl nicht sein, außerdem wäre ihm das doch wohl egal! Er hätte doch wenigstens zurückschreiben können, wo er jetzt ist! Das wäre eine total kurze SMS gewesen. Blicke nicht durch.

Lümmele im Bett rum, kämpfe ein bisschen mit Fieberanfällen und verlasse ab und zu mein Bewusstsein. Wenn ich auftauche, schaue ich mir Talkshows an – die Probleme anderer Leute lenken einen doch von den eigenen ab… Bin mit der Außenwelt nur insofern in Verbindung getreten, als ich im Fitness-Studio angerufen und meine Termine diese Woche abgesagt habe. Wegen Krankheit. Aber Gott sei Dank wird das Halsweh besser.

Und ich habe mich schon wieder nicht um das Arbeitszeugnis gekümmert. Schlampe! Ist echt nicht zu fassen! Aber ich krieg den Dreh nicht, ich krieg ihn einfach nicht. Zu geschwächt. Kann mich auch nicht so konzentrieren.

Ich habe gar keine Lust auf meine Geburtstagsfeier. Da muss ich immer so viel vorbereiten. Also Plan Nr. 1, Quiche, ist mir definitiv zu stressig. Habe drüber nachgedacht, Nudeln mit Käse-Sahne-Sauce zu machen. Ist nicht so viel Arbeit – aber andererseits extrem primitiv! Und am Herd muss ich dann auch stehen und krieg die Gespräche nicht mit!

Vorhin kam ich auf die Idee, nur ein Käsebuffet zu machen, Flyte zu kaufen und noch ein paar fertige Salate.

Dienstag, 13. März

Gut geschlafen! Na ja, erst mal habe ich mindestens ‘ne halbe Stunde abgerotzt und abgeschleimt (eklig, ich hasse das!), wird wohl noch ‘n paar Tage so gehen… Mein Ex-Arbeitskollege Olaf schickt mir eine SMS und gratuliert mir zum Geburtstag. Ich smse zurück, dass ich erst morgen habe, und bedanke mich trotzdem. Er hakt nach:

„Bist du dir auch sicher?“

Nach dem Frühstück beginne ich den Tag mit Duschen und Yoga. Lese ein bisschen in dem Yoga- Kochbuch. Hört sich alles so kompliziert an. „Granola“ könnte ich mal ausprobieren, so als Einstieg… Hochinteressant! Werde zur Yoga-Köchin! Ob das Klaus-Peter mundet?

Aha, man soll morgens Honig mit Zitronensaft vermischt trinken. Das wirke blutreinigend und kurbele die Energie an. Habe aber keinen Honig mehr. Und Zitronen? Mal nachgucken.

Aus Siesta wurde nichts wegen Hustenanfällen und Telefon: Sophie, die sich darüber beklagt hat, dass alle am Rad drehen und sich bei ihr ausheulen, und Nina in Observationsposition vor JdGs Haus, und ratlos, was sie machen soll: Hausfriedensbruch begehen oder nicht, um an irgendwelche Informationen irgendeiner Art zu kommen. Ich rate ihr: „Zu riskant, Babe, Agent abgezogen."

Sie konfrontiert mich mit neuen Rachepläne: Sie heißt jetzt abends ab 23 Uhr Sara, Koordinaten: 31, 1,68, 50 kg, durchtrainiert, und Sara sucht dunkelhaarigen Typ, der weiß, was er will. Voraussetzung: bestimmte Größenmerkmale! Als Sarah geistert sie durch diese Hotline, in der sie auch JdG vermutet, mit dem Ziel, a) dass er auf Sara anspringt, ohne dass sie sich zu erkennen gibt, und b) um so einiges über ihn herauszufinden (z. B. schwule Tendenzen). Sehr kreativ, muss ich zugeben. Und sehr gefährlich – das Doppelleben Ninas.

Ich bin so stolz auf mich! Habe meinem Chef das redigierte Arbeitszeugnis gemailt! Ging recht flott – bzw. habe die Zeit darüber vergessen. Wollte nur mal anfangen, und jetzt ist es fertig! Bin begeistert!

Mittwoch, 14. März

Von diesem Geburtstag bleibt mir nicht viel in Erinnerung. Alles wie üblich, die Glückwünsche von meinen Eltern, den Freundinnen, Ph. D. (was mich ehrlich freut), über den ganzen Tag verteilt.

Nur ein entscheidender Glückwunsch bleibt aus: der von Klaus-Peter.

Dann, abends, meldet er sich doch per SMS:

„Hi, verstehst du mich wieder?" (so gegen 19.20 Uhr), wohl anknüpfend an unser letztes Telefonat mit Verständigungs-Schwierigkeiten.

Wie bitte? Ist das alles, was du an meinem Geburtstag schreiben kannst? Da warte ich den ganzen Tag auf ein Zeichen von dir, und jetzt kommt es, und was steht da? So was Lapidares! Ich fasse es nicht!

Entsprechend meiner Enttäuschung schreibe ich so gegen 22.00 Uhr ein knappes protziges „Nee" zurück.

Eine Stunde warte ich, bis seine gnädige Antwort, ebenso knapp kommt: Soso. Zu diesem Zeitpunkt hatte ich mehrere Telefonate hinter mir, und vor allem eine Flasche Sekt! Kämpfe echt mit dem Kotzen. Bevor mir das Display vollkommen vor den Augen verschwimmt, während ich im Bett liege, smse ich.

„Hm ja“ – verdrehe die Augen und kriege noch mit, wie es noch mal piept: „Echt?“

Das ist mir jetzt zu blöd, wenn er mir sonst nichts zu sagen hat! Döse weg in den hirnlosen Schlaf der Sufis oder so ähnlich, in dem ich meine maßlose Enttäuschung, dass er meinen Geburtstag vergessen hat, nicht mehr…na ja, kaum noch spüre.

Donnerstag, 15. März

6.00 Uhr

Oh Mann, mir ist gar nicht gut. Kopfweh. Aggressiv. Das Morgenfernsehen bringt eine Sendung über Thai-Bo! Mach ich gleich am Montag in meinem Fitnessstudio! Vormittags Termin bei Zahnarzt.

Decken wir den Schleier der Barmherzigkeit über die Szene.

11.35 Uhr

Ende des Martyriums. Endlich. Der war eine volle halbe Stunde lang in meinem Mund und hat Amalgamfüllungen rausgemacht und Zahnhälse abgedichtet! Bin fast gestorben – diese Geräusche! Klatschnass geschwitzt, verheult (keine Ahnung, warum ich geheult habe). Dusche bestimmt eine halbe Stunde lang, heule weiter (was ist nur los?), zieh meinen Schlafanzug an und geh ins Bett. Ärger mich über Klaus-Peter.

Der Internetkurierdienst bringt folgendes Briefchen:

„Hi, Lady,

war etwas außerhalb des US GSM Netzes und daher nicht erreichbar bzw. nicht kommunikations-(satisfaktions-?)fähig. Heute und morgen ist das wieder etwas besser, sowie ab Montag wieder. Das Wochenende könnte in ein Funk-Loch fallen :-)

Viele Grüße aus Boston

Klaus-Peter“

Oh Mann, er hat wirklich keinen Schimmer von meinem Geburtstag! Wo er ihn doch wissen müsste! Also, ich glaube, diese Enttäuschung können nur Frauen nachvollziehen. Entsprechend fällt meine Antwort aus, wenn sie auch einem Versuch gleicht, mich so darzustellen, als stünde ich drüber:

„Hi Klaus-Peter,

danke für den Netz- und Funklochbericht (NFB – wär doch ein innovativer Zusatz zu den üblichen News, z. B. nach dem Wetterbericht!), möchte aber mein Training, nüchtern zu werden, nicht unterbrechen und bin's mit Sicherheit auch bald. Meine Kommunikations- und Satisfaktionswilligkeit und -fähigkeit ist z. Zt. stark eingeschränkt, da elende Bronchitis und heute auch noch Zahnarzt-Horror – zwar schmerzlos, aber meine Horrorvisionen im Kopf reichen voll aus, um das Optimum aus einem Zahnarztbesuch herauszuholen. Und last but not least ignoriert KP meinen Geburtstag! Junge, wie willst du den Karren je wieder aus dem Dreck ziehen?

Viele Grüße, I."

Ja! Das ist saugut! Das sitzt! Das ist so schön erfrischend frech!!

Und wie ist seine Reaktion?

„Sorry, Sorry, Sorry!

Ist wirklich an mir vorbeigerauscht, nicht zu entschuldigen! However, ich könnte dich fragen, ob du mir eventuell zu vergeben dich aufraffen könntest, widerwillig natürlich?

Herzlichen Glückwunsch verspätet, alles Gute für die nächsten 100 Jahre und gute Besserung, du armes Wesen!

Klaus-Peter"

Also, ich muss sagen: Der ist der unromantischste, liebloseste Geburtstagsgruß, den ich bekommen habe. Wie hingeknallt. Ich bemühe mich dennoch extrem, das nicht so zu sehen.

Kurz bevor ich schlafen geh, schick ich ab:

„Also, heute mach ich nichts Widerwilliges mehr, nichts, gar nichts! – Hoffe, dass es höchstens 20 Jahre sind – hoffe auch, dass ich mich bessere, I"

Der Kurierdienst bringt eine Fortsetzung von: Detektiv Nina.

„Hi Babe,

bin einen Schritt weiter bei meiner Detektivarbeit: Es gibt einen Mark K. in B. (Studienort von JdG). Rufe heute Abend dort an. Habe von ihm eine Schweins-SMS auf JdGs Handy entdeckt.

Weiterer Fortschritt: Ich kann jetzt SMS ohne Absender verschicken per Computer. Leider geht das Handy von JdG immer noch nicht, sonst hätte ich ihm eine Schweinerei geschickt. Ich glaube, er hat eine neue Nummer. So lange kann er nicht ohne Handy auskommen.

Muss wohl noch ein paar Abende vorm Fitnesscenter, wo er sich in Form bringt, auf passende Gelegenheit warten, ins Haus zu kommen. Aber vielleicht geht er ja schon Montag wieder trainieren.

Bussi, Nina“

Habe immer noch keine Idee, was ich den Girls morgen vorsetze. Heute kein Yoga gemacht. Schlecht. Gehe ab Montag wieder ins Studio. Gut!

Meine Augen sind schön verheult, sieht morgen bestimmt auch noch gut aus. Sind erst vier Wochen, dass ich nicht mehr in der Firma bin, geistert es mir durch den Kopf… kommt mir länger vor.

Bronchitis ist wirklich schon viel besser. Müsste mir jetzt wirklich bald das Hirn rausgehustet haben. Bin so in Aufruhr, dass ich mit Baldrian nachhelfen muss.

Freitag, 16. März

Dank Baldrian doch wohl so sechs Stunden geschlafen (immerhin!) und von Jennie obskure Nachricht auf dem Handy erhalten: „Hallo Mädels, bitte keine Mails mehr – alles Nähere heute Abend!“

Das kommt mir irgendwie bekannt vor. Kann ja heiter werden heute Abend.

Gehe einkaufen und fange dann mal langsam an zu backen…

Wow, ich übertreffe mich selbst: 15.45 Uhr: Anzahl der fertigen, superlecker aussehenden Aufläufe: Zwei! Bread & Butter Pudding muss noch ziehen und ist um halb fünf zum Einschieben in den Backofen bereit! Genial!

Klaus-Peter hat ja geantwortet: „Werde besser“ (nicht schlecht, muss ich echt sagen), und ich daraufhin heute morgen: „Kannst du mich coachen?“ (Mein Humor kommt allmählich wieder.)

Er mailt zurück: „Ja, aber leider nicht von hier aus, müssen wir noch ein paar Tage warten, leider. KP“

Ich antworte:

„Obwohl: Ich meinte ‚mental‘ und du meinst bestimmt wieder was ‚Versautes‘! Auch schön… Bin jetzt offline, da ich gleich meine Geburtstagsgäste empfange und ganz viele Geschenke bekomme und und und…

Viel Spaß, Isabell!“

Die Mädels trudeln ab 19.30 Uhr geschenkbeladen ein: ein Schwarm Killerbienen, von denen eine lauter als die andere summt; irre anstrengend, sein eigenes Wort zu verstehen, wie immer; alle sind total begeistert vom Essen (zwei Auflaufformen und eine Riesenschüssel Salat mit Krabben-Cocktail, danach Apfelkuchen mit Eis); die einen finden sich zu Problemdiskussionen zusammen, die anderen tanzen wild – und ich mittendrin – als Service Provider.

Höhepunkt der Party ist das gemeinsame Ausarbeiten einer Annonce, die die Mädels aufgeben wollen. Der Clou: Es ist sozusagen eine Gemeinschaftsannonce, aber die Antworten gehen durch sechs Frauenhände, und jede muss mindestens ein Date machen!

Alle sind Feuer und Flamme, nur ich nicht so besonders. Ich habe ja meinen Klaus-Peter! Bin aber immerhin bei der Formulierung hilfreich. Schließlich steht der Text, den Nina schalten will:

Attraktive Akad., Anf. 30, schlank, sportlich mit Herz und Pep, sucht ungeb. Pendant ohne Altlasten mit Esprit, Temperament und Humor, bis 45 J. Bild wär nett.

Wir sind mit dem Ergebnis zufrieden.

Jennie hat tatsächlich gekündigt und blieb bis halb eins, wir haben noch eine Flasche Cidre zusammen getrunken (läppische 2 %). Als Jennie weg war, war mir danach, zu Klaus-Peter Kontakt aufzunehmen, habe ich auch getan und ihm eine SMS geschickt: „Party vorbei – KP auf Empfang?"

Und schon klingelt es! Find ich ja toll – aber das Gespräch an sich? Hm – keine Ahnung. Er nennt keinen Termin, wann er denn eventuell kommt, und zärtlich oder erotisch oder sonst was ist es auch nicht. Er fragt, ob ich denn überlegt habe, ob ich ihm verzeihe. Komme auf die Reparation an, antworte ich schelmisch.

Nach dem Telefonat genieße ich inmitten meiner Geschenke noch eine Zigarette und ein letztes Glas Cidre, umgeben von einer selbst konstruierten Schallmauer, die dazu dienen soll, alle Dissonanzen abzufangen.

Jedenfalls entsteht in dieser Stimmung ein Gedicht. Seltsamerweise fließt es in Englisch aus meiner Feder. Vielleicht, weil ich in der Fremdsprache mehr Abstand zu mir habe. So, als würde ich mich durch die Augen eines anderen betrachten. In einer anderen Sprache zu denken bedeutet auch immer, ein bisschen jemand anders zu sein. Ich habe versucht, es zu übersetzen, doch da verliert es für mich an – Stimmung, Klang, Aussagekraft und Wortspielerei.

Have a look at me now:
I have made up my mind
made up my face
for you –

Be careful
you have never ever seen me
on the other side
of the mirror

where I play
a jealous desperate dissonance
in the smooth cube
of hurt melodies.

There's a sweet tune
of a new composition
tenderly sweeping, fading, waving
seeking

the truth in me
on the other side
of the mirror

Schau mich an:
ich habe mir meine Gedanken zurechtgemacht
so wie ich mich zurechtmache
für dich

Sei vorsichtig –
du hast mich noch nie auf der
anderen Seite des Spiegels
gesehen

wo ich eine
eifersüchtige verzweifelte Dissonanz spiele

in einem weichen und kühlen Würfel
aus verwundeten Melodien.

Da ist die süße Melodie
einer neuen Komposition
die zart weggeschwemmt
wellenförmig leiser wird

eine Melodie
die auf der
anderen Seite des Spiegels
nach der Wahrheit in mir sucht.

Ich finde es stark. Habe schon so lange nicht mehr gedichtet! Ich verstehe es zwar selbst nicht, aber finde die Symbolik total stark! Stöbere noch ein bisschen in einem der Bücher, die ich geschenkt bekommen habe. Das eine ist über Steine und deren Heilkraft. Ich blättere es wenig interessiert durch, bis ich auf einen Stein stoße, der mich unerklärlicherweise sehr anspricht. Er heißt *Mondstein*. Faszinierend!

Der Hammer ist, dass er dem Sternzeichen Fische zugeordnet ist… Mich überkommt eine seltsame Sehnsucht nach diesem Stein… ich möchte so einen Mondstein mal sehen, ihn anfassen, tragen, ach, es gibt so viel, was ich nicht weiß!

Die restlichen Tage des Monats könnte ich unterteilen in: die Tage davor und die Tage danach, gemeint ist seine angekündigte Rückkehr am 22. März. Wie eingebrannt ist dieses Datum in mein Gehirn, erwartungsvoll fiebere ich ihm entgegen! Eigentlich füllt dieses Datum mein Denken ganz aus, alle Hoffnungen strömen hier zusammen, wirbeln wild um diese Deadline – warum nennt man das im Englischen Todeslinie? –, vereinen sich zu einem Wildwassertanz und tosen mitreißend weiter in der Strömung.

Da dieser Zustand schwer erträglich ist, versuche ich ihn mit einer Reihe von klassischen Verdrängungsaktivitäten zu dämpfen:

Die sehr gute Taktik, nämlich der Sturz ins Berufsleben, entfällt für mich zurzeit. Also entwickle ich andere Strategien: Ich lese regelmäßig Stellenanzeigen, schreibe auch mal ab und zu Bewerbungen, mache Yoga zur Entspannung, tanze (leider nur einmal die Woche, und da kann ich mich auch nicht so austoben! Mist!) und gehe oft ins Fitness-Studio. Ich probiere die seltsamsten Disziplinen wie Thai-Bo oder Body Combat aus, ohne mich wirklich dafür zu begeistern. Mache mich an Geräten müde, und ich durchschaue sogar, warum. Ich experimentiere mit Kochen und Backen, inspiriert von einem Yoga-Kochbuch. So koche ich Suppen und Aufläufe, backe Brot, versuche mich an diversen anderen vegetarischen Rezepten aus den Sivananda Yoga Vedanta Zentren der ganzen Welt. Leider trinke ich abends auch ein bisschen viel, und oft muss ich auf Baldrian zurückgreifen, weil mein Kopf einfach nicht müde werden will. Die abendliche Mischung heißt: aufgekratzt, unruhig und gleichzeitig müde, wobei die Unruhe überwiegt.

Was den Zustand allmählich in den Grenzbereich des Erträglichen bringt, ist das permanente Wechselbad von Anspannung und Entspannung. Anspannung, bis ein Zeichen von ihm kommt, und sich einstellende Entspannung, wenn es da ist, und sei es noch so lapidar. Darauf folgende abklingende Entspannung und wachsende Anspannung.

Mein Gemütszustand scheint mir wie ein Seiltanz ohne Netz in der Wartephase kurz vor dem Absturz, ich schaffe es aber jedes Mal wieder, mich selbst hochzuziehen.

Was mich schier um den Verstand bringt, ist die Tatsache, dass sich mein Handy weigert, SMSen zu verschicken! Das geht mehrere Tage so, und ich empfinde das als Katastrophe. Mein einziger Draht zu Klaus-Peter! Ich werde wirklich panisch. Ich versuche, die Ursache der Kommunikationsstörung herauszufinden und zu beheben, aber auch hier ist Warten angesagt. Es liege eine Störung in meinem Postleitzahlenbereich vor, lasse ich mir von der Störungsstelle sagen. Und da liegt es nicht in meiner Hand, die Störung zu beseitigen. Ausgerechnet zu dem Zeitpunkt, wo mein Leidensdruck so groß ist, dass ich tatsächlich den Mut gefasst habe, ihn per SMS zu fragen:

„Wann kommst du zu mir?"

Wie oft habe ich mir die Frage schon verkniffen, und Jennie meinte, ich würde mir ja lieber die Zunge abbeißen, als ihn das zu fragen. Das stimmt, aber jetzt will ich es tun! Oh Gott, es kostet mich solche Überwindung, und dann, nachdem ich mich endlich dazu durchgerungen habe, nach diesen inneren Kämpfen mit mir selbst, da höhnt mich mein Handy an: Nachricht nicht gesendet. Wollen Sie es noch einmal versuchen?

Überhaupt scheint hier nichts in meiner Hand zu liegen – im Gegenteil – alles entgleitet mir. Ich, die so gerne Kontrolle über alles hat, vor allem über mich selbst, habe hier absolut keine Kontrolle. Klaus-Peter lässt sich nicht kontrollieren. Ich merke gar nicht, wie ich mir die Fäden immer mehr aus der Hand nehmen lasse und sie vertrauensvoll an jemanden abgebe, den ich gar nicht kenne. Und dabei die Kontrolle über mich verliere.

Irgendwann wird meine Message dann doch versendet, ich bin erleichtert, um dann sofort in den zermürbenden angespannten Zustand des Wartens zu verfallen. Was wird er wohl antworten? Zweiunddreißig Stunden langen Wartens und Hoffens liegen zwischen dem Absenden meiner Frage und seiner Antwort, die dann kurz und bündig lautet: „ASAP – As Soon As Possible", so bald wie möglich.

Das fühlt sich an wie eine Ohrfeige. Keine Anrede, kein liebes Wort, nichts. Und darauf habe ich volle zweiunddreißig Stunden lang bang gewartet. Diese vier Buchstaben heißen übersetzt für mich: Nerv nicht, Kleine, habe keine Zeit. Komme, sobald es geht. Ende. Hm. Habe verstanden. Schreib jetzt nichts mehr.

Phasenweise erkenne ich die Ironie meines Wunschdenkens, versuche aber, ihm einen realistischen Nährboden zu geben. Und der ist dann gewährleistet, wenn Klaus-Peter irgendein Zeichen schickt.

Meine Palette des Selbstbetrugs reicht von schwarzem Humor über positives Denken bis hin zu dem getrübten Zustand von Wut, Zweifel und sogar Hass. Verbünde mich gedanklich mit der Hauptdarstellerin in dem Film: „Wenn Frauen hassen", hasse während des Filmes mit meiner Verbündeten mit und beruhige mich anschließend mit den unschlagbaren Vorteilen des Single-Daseins – nicht sehr überzeugend.

Am 22. März wird alles einen Grad dramatischer. Denn da geschieht das Unglaubliche: Er meldet sich nicht.

Meine grenzenlose Enttäuschung schlägt in Wut und Hass um. Meine Enttäuschung, meine gekränkte Eitelkeit sind so groß, dass ich mich allmählich mal jemandem mitteilen muss. Ich klage meinen Liebeskummer Sophie, ohne sie das wirkliche Ausmaß meines Seiltanzes am Abgrund spüren zu lassen.

Am 22. März selbst treffe ich mich abends mit Christine, einer vitalen, energiegeladenen Lady von 62 Jahren, die mindestens zehn Jahre jünger aussieht und mir, seit ich sie kenne, imponiert, da sie eine enorm lebensbejahende Ausstrahlung hat und nur so vor Vitalität sprüht. Ich habe sie vor Jahren kennengelernt, als ich Single-Urlaub machte. Und als wir feststellten, dass wir in der Heimat nur ein paar Orte auseinander wohnten, tauschten wir die Telefonnummern, und so kam es, dass sich unsere Wege ab und zu kreuzen.

Ich war damals froh, bei einem Pärchen, das sehr aufgeschlossen war, ein bisschen Kontakt zu finden. Ja, und eines Abends erzählte sie mir ihre Lebensgeschichte, die ich so dramatisch fand, dass ich die Tränen zurückhalten musste, während sie gefasst ihr Leben Revue passieren ließ. Nun, sie hatte früh ihren Mann, den sie abgöttisch liebte, verloren – er starb an Krebs. Das stürzte sie in die größte Krise ihres Lebens, sie litt an tiefsten Depressionen, war selbstmordgefährdet und in ärztlicher Behandlung. Ihr gemeinsames Kind, das damals noch sehr klein war, habe sie am Leben gehalten – sonst hätte sie es sicherlich beendet, versicherte sie mir. Mich faszinierte damals, wie sie es geschafft hatte, sich da wieder rauszuziehen – mit eisernem Willen und Disziplin. Sie fing sich wieder und begann zu klettern, um ihre Angst vor dem Leben zu überwinden! Mit einer Kraft, einem Mut und einer Zähigkeit schaffte sie es schließlich, allmählich wieder Lebensfreude zu gewinnen und irgendwann auch wieder ihr Herz zu öffnen. So lernte sie ihren jetzigen Lebensgefährten kennen, den sie sehr liebt – wenn auch auf eine andere Weise als ihren Mann. Aber das ist, denke ich, normal: Man kann wohl nie zweimal auf dieselbe intensive Weise lieben. Jedes Mal ist es ein bisschen anders. Dann tauchten auch hier Probleme auf (er wurde krank), doch sie blieb stark und liebend und mutig und klar. Und sie ist so … ausgeflippt! Sie zeigte mir damals Bilder von einer Motorradtour mit ihrem Lebensgefährten irgendwo in den USA – eine Lady von damals Ende fünfzig in rockiger Motorradkluft! Ich muss sagen, ich war sehr beeindruckt. Da kam ich mir in meinem Alter richtig langweilig vor! Da hatte ich ja mehr Schiss als sie! Ja, sie hatte gelernt, zu wagen. „Was habe ich noch zu verlieren?“, sagte sie damals. „Ich habe den für mich damals schlimmsten Verlust erfahren. Und im Nachhinein hat mich das unglaublich stark gemacht. Aber es war harte Arbeit!“

Ihr vertraue ich gerne heute Abend meinen Kummer an – ungeschönt, denn hier fühle ich mich verstanden. Hier sitzt mir jemand gegenüber, der sich sehr gut mit Leid und Schmerz auskennt.

Ich bin froh, dass sie Zeit für mich und meine Sorgen hat, ich bin noch froher, nicht mit mir allein sein zu müssen. Mit Christine verbringe ich einen schönen Abend, sofern man das unter diesen Umständen sagen kann. Ich klage ihr meine Unsicherheit, meine Zerrissenheit. Christine meint, man müsse lernen, die Gefühle mit dem Verstand im Zaum zu halten. Ich entgegne: „Wenn so was alle fünf Jahre mal passiert – glaubst du da nicht, dass man dann keine Lust hat, diese absolut raren Gefühle zu kontrollieren, sondern sie ausleben und auskosten möchte bis zum Abwinken?“

Ja, das kann sie schon verstehen. Das ist nicht das einzige, was sie dazu sagt, aber ich kann mich einfach nicht mehr erinnern. Ich glaube, ich war in keiner Weise für irgendwas aufnahmefähig. Und während des ganzen Abends schweigt mich mein Handy demonstrativ an. Unfassbar, aber wahr: Auch am folgenden Tag sollte ich nichts von Klaus-Peter hören.

Und da beginnt die Achterbahnfahrt. Was um alles in der Welt soll ich davon halten? Er ist zurück – und meldet sich nicht bei mir. Bin ich ihm egal? Ist was passiert? Phasen der extremen Unruhe und der Lethargie wechseln sich ab. Ich schwebe in einem energielosen Zustand aus Ohnmacht und Abhängigkeit. Ich spüre, dass ich das Gleichgewicht verliere. Immer wieder frage ich mich, wie ich mich so täuschen konnte.

In der Nacht vom 23. auf den 24. März, als ich auf einer Party bei Nina bin, nehme ich all meinen Mut zusammen und wähle seine Handynummer, um der Warterei ein Ende zu setzen. Doch es ist verhext. Seine Mailbox meldet sich. Ich lege auf. Also eins ist klar: Hier scheine ich überhaupt keine Handlungsmöglichkeit zu haben. Er ist und bleibt unerreichbar.

Körperliche Symptome lassen nicht lange auf sich warten: Von Husten abgesehen, ist mir ab und zu auch einfach nur mal schlecht bis kotzübel. Ich rauche viel, weine viel, schlafe wenig und unruhig, mit wirren Träumen, an die ich mich nicht erinnern kann. Bekomme Schweißausbrüche und Durchfall.

Im Moment halte ich den Hebel noch in der Nicht-ausrasten-Position, aber bald wird der Auslöser kommen, das habe ich im Gefühl. Dann kann ich für gar nichts mehr garantieren. Ich fühle mich sehr elend und verbringe kraftlos viele Stunden im Bett. Kein Interesse an der Außenwelt. Mein Arbeitszeugnis kam korrigiert an – und mir ist es egal. Das Wochenende nach dem 22. März verläuft grausam schweigsam.

Allmählich durchbohrt eine eiskalte Spitze meine Seifenblasen-Traumwelt; aber ich will sie noch nicht zerplatzen lassen. Ich hadere mit mir, wie ich so blöd sein konnte, daran zu glauben, dass mir mein Traummann begegnet sei. Dieses „untrügliche" Gefühl, das ich bei unserer Begegnung hatte – vielleicht wollte es mir etwas ganz anderes sagen, mir die andere Seite des Spiegels zeigen… Mit Worten kann ich, glaube ich, gar nicht beschreiben, wie es sich anfühlt, wenn man den Eindruck hat, dass das Vertrauen in die eigene Intuition dahinschwindet. Man fühlt sich wie ein Stück Treibholz, man weiß nicht, ob das, was man sieht, eine Illusion oder Wirklichkeit ist; nichts passt in meinen Augen mehr zusammen.

An diesem Sonntag möchte ich eigentlich nur aufhören können zu denken, weil es so weh tut, weil es sich so unendlich verletzt anfühlt.

Totale Erschöpfung erfasst mich. Mein Zustand lässt sich gut mit „Sonnenfinsternis im Herzen" beschreiben. Es ist ein sehr dramatischer Zustand, erfüllt von einer unendlich tiefen Verzweiflung, die Worte nur flach beschreiben können.

Es klappt hier unten nicht.
Ich möchte gehen – wohin auch immer.
Es lohnt sich alles nicht.

Mit diesen Gedanken wiege ich mich weinend in den Schlaf und wünsche mir sehnlichst, nie, nie wieder aufzuwachen.

Reise durch die Nacht

Von ganz weit weg höre ich eine Stimme, die zuerst ganz leise, dann immer deutlicher meinen Namen ruft, bis ich sie ganz klar vernehme: Isabell!

Ich komme zu mir und nehme allmählich wahr, wo ich bin. In dieser öden Landschaft. Nichts hat sich geändert. Ich erkenne wie durch einen Schleier, dass ich hier schon einmal war – mehr als einmal. Jedes Mal hatte ich mir vorgenommen, nie wieder hierher zu kommen. Es ist verhext. Jedes Mal scheitere ich an irgendwas. Und mit dieser Erkenntnis ist auch dieses unbeschreibliche Gefühl der Trauer da. Mir ist kalt. Ich versuche, mich zu erinnern, wie ich hierher gekommen bin, aber alles, was mir einfällt, ist, dass mich meine Kräfte verlassen haben und dass ich mich erschöpft auf den Boden fallen ließ. Ich weiß nicht, wie viel Zeit vergangen ist. Jetzt ist Dämmerung, und ich höre wieder die mir vertraute Stimme: Es ist mein Schutzengel.

Da rufe ich anklagend: „Warum kommst du erst jetzt? Du hast mir versprochen, mich auf meinem Weg zu begleiten. Wie konntest du es zulassen, dass ich vom Weg abkomme? Warum hast du mich allein gelassen?“

Da antwortet er sanft: „Mein liebes Kind, ich habe dich nie allein gelassen. Auf dem letzten, für dich schwierigsten Stück des Weges, da dachtest du, dass dich deine Füße nicht mehr tragen. Du hast das Bewusstsein verloren. Dieses letzte Stück des Weges, den du gewählt hast, um dich deiner selbst und deiner Beziehung zu dem einen zu erinnern, habe ich dich getragen.“

Da falle ich in mir zusammen und schluchze herzzerreißend.

„Wo bin ich hier hingeraten?“

„Man nennt diesen Ort ‚die dunkle Nacht der Seele‘. Sie erreicht uns, wenn wir sie am wenigsten erwarten. Die meisten Menschen kommen irgendwann hierher. Es ist ein Ort, vor dem jeder Angst hat, weil er so dunkel ist. Aber ich sage dir, es ist ein Ort der Gnade und des Neubeginns.

Deine dunkle Nacht der Seele gehört zu deiner Reise zu dir selbst, einer Reise durch die Dunkelheit ins Licht, um dir all das sichtbar zu machen, was du verdrängt hast oder nicht wahr haben willst: all deine Angst, all dein Leid, deine Trauer, deine Wut, deine Eifersucht, deinen Hass, deine Abhängigkeit, dein Gefühl der Wertlosigkeit.

All diese Gefühle sind die Geschenke der Dunkelheit an dich, um dir zu helfen, dich zu erkennen – damit du aufbrechen mögest, den Weg ins Licht zu suchen!

Dich in deiner größten Dunkelheit kennenzulernen ist deine Chance, den Teil von dir zu heilen, den du am wenigsten zu erfahren wünschst, um wieder heil und ganz zu werden.

Das ist die Kraft der dunklen Nacht der Seele!"

Ich kann seine Worte alle gar nicht richtig aufnehmen, ich bin noch zu sehr in meinem Elend gefangen, die Trauer umhüllt mich wie ein Schleier, durch den seine Worte dringen.

„Diese Erfahrung tut so weh. Ich dachte, den gefunden zu haben, nach dem ich so lange gesucht habe, und dann verliere ich ihn wieder! Jetzt ist alles zu spät... "

„Ich sehe, dein Leid ist groß, so groß, dass du dich vom Leben abwenden möchtest. Diese Erfahrung tut dir so weh, weil dir erst jetzt dein Leid bewusst wird – deine innersten Gefühle, deine unerfüllten Wünsche, die du so lange unterdrückt hast, kommen nun an die Oberfläche, damit du sie dir anschauen und sie heilen mögest, um das Geschenk deiner selbst in Ganzheit geben zu können.

Auch wenn du es jetzt noch nicht sehen kannst: Licht ist nicht nur da, wo es als Licht sichtbar wird. Auch in der Dunkelheit kannst du Klarheit finden. Du machst ihn für dein Leid verantwortlich. Doch dein Leid rührt daher, dass du die Welt anders haben willst, als sie ist. Widerstand dagegen, die Dinge so zu sehen, wie sie wirklich sind, führt zu Leid. Deine Sehnsucht und deine Ungeduld sind stärker als die Wahrheit. Deine Wünsche und Erwartungen blockieren den Weg des Lichts. Lasse sie los!"

„Ich möchte ihn aber nicht gehen lassen! Ich kann nicht mehr weitergehen... Ich habe keine Kraft mehr."

„Es ist deine Angst, die dir deine Kraft nimmt. Erinnerst du dich an die Klippen der Angst? Versuche, das Loslassen nicht nur als Verlust zu sehen, sondern als Einsicht, nicht mehr an etwas festzuhalten, das für dich nicht mehr wahr und gut ist. In Wahrheit hast du nicht ihn gesucht, sondern ein bestimmtes Gefühl."

Ich weine. „Ich weiß im Moment überhaupt nichts mehr. Ich weiß nicht, was ist und was nicht ist. Bitte, bleibe bei mir, ich finde hier allein nicht heraus, ich habe die Orientierung verloren. Ich vertraue mir nicht mehr. Wie konnte ich mich nur so täuschen?“

„Mein Kind, du hast das Vertrauen in deine Gefühle verloren, und du zweifelst an dir. Deine Gefühle sind nie falsch. Alles darf sein. Doch lerne auch zu sehen! Worum du bittest, wird dir gegeben werden. Sei offen, es sehen zu können, weil es vielleicht nicht auf die Art und Weise kommt, die du erwartet hast. Wer wirklich finden will, muss aufhören zu suchen. Die Sehnsucht ist notwendig, um auf den Weg zu kommen, aber du brauchst Weisheit, um die Suche aufzugeben. Denn es ist alles in dir. Du musst dich nur erinnern!“

„Mich woran erinnern?“, frage ich verwirrt.

Da nimmt er mich in den Arm, wiegt mich wie ein Kind, trocknet mir die Tränen und streicht mein wirres Haar aus dem verweinten Gesicht. Und fast melodisch, sphärisch, wohlklingend, weich und sanft erklingen seine Worte:

Geliebtes Sternenblumenkind

Irgendwann wirst du zu Hause sein,
Wo immer du auch bist.

Irgendwann wirst du deine Zweifel und Ängste besiegt haben,
wie viele es auch sein mögen.

Irgendwann werden deine Wunden heilen,
wie viel auch immer du dir zugefügt hast.

Irgendwann wirst du dich erkennen und dich lieben,
wie oft auch immer du an dir gezweifelt hast.

Irgendwann wirst du dich und andere genug getäuscht haben,
und andere werden dich genug getäuscht haben,
bis dir nichts anderes bleibt als Wahrheit und Klarheit.

Irgendwann wirst du nur noch lieben können,
gleich, wie viel Leid und Enttäuschung du erfahren hast.

Irgendwann wirst du dich erinnern,
ganz gleich, wie viel du vergessen und verdrängt hast.

Irgendwann wirst du strahlen,
so wie du es schon immer getan hast.

Irgendwann wirst du dich erinnern.
Warum nicht jetzt?

Erkenne, was dein Leid dir sagen will. Du hast alle Werkzeuge dazu gesammelt. Du wirst dich auf sie besinnen. Dann werden sich dir ganz neue Türen öffnen. Es liegt ein langer neuer Weg vor dir.“

VI. Zeit zum Loslassen

Montag, 26. März

Befinde mich in einem leichten Dämmerschlaf, irgendwo zwischen den Welten, weder bereit, hier zu gehen, noch da zu erwachen… Das letzte, was mir durch den Kopf geht, ist, dass ich nichts, aber auch gar nichts von der Liebe weiß. Das erschreckt mich zutiefst. Was weiß ich eigentlich?

5.00 Uhr

Bin schlagartig hellwach. Habe geträumt. Etwas von Dunkelheit… und Licht… ich habe das Licht gesucht…

Ich versuche noch einmal einzuschlafen, aber es will nicht klappen. Ich bin extrem unruhig.

Halb sieben versuche ich Klaus-Peter zum x-ten Mal zu erreichen, mit einer Verzweiflung, als würde mein Leben von ihm abhängen.

Mailbox. Ich beginne zu weinen. Und ich bitte in meiner tiefsten Verzweiflung um Hilfe von oben. Das habe ich, glaube ich, seit meiner Kindheit nicht mehr getan. Ich kauere still in meinem Bett, draußen wird es langsam hell. Ich wünschte, ich würde diesen Morgen gar nicht erst sehen.

Und dann ist es wie eine Erleuchtung:

Klaus-Peter behandelt mich so, wie ich die Männer behandelt habe. Nicht alle, aber einige! Gesichter, Namen, Situationen ziehen an mir wie in einem Kinofilm vorbei, in dem ich aus diversen Beziehungen lautlos verschwinde. Ohne Erklärung. Bin einfach nicht mehr erreichbar. Ich sehe, wie Herzen brechen, ich kann den Schmerz nachempfinden. Vielleicht ist es jetzt an der Zeit, dass ich erfahre, wie sich das anfühlt. Denn ich habe so bisher noch nicht empfunden, da ich noch nie auf der anderen Seite gestanden habe. Auf der Seite der Verlierer. Es ist Premiere. Es ist furchtbar.

Ich weine über diese Erkenntnis, die mir wie eine Erleuchtung erscheint, ich weine und weine und weine, aber damit ist auch die Geschichte mit Klaus-Peter klar.

Die Sache ist vorbei.

Und da werde ich auf einmal ruhiger und gelassener. Meine Angst ist nicht mehr ganz so groß.

9.00 Uhr

Anruf von Lilo. Sie sagt, sie habe um 10.30 Uhr einen Termin für mich bei der Ärztin, von der sie mir erzählt hat, abgemacht. Ich danke ihr und bitte sie im gleichen Atemzug, Klaus-Peters Nummer zu wählen, um zu testen, ob er abhebt. Das muss noch sein. Sie soll mich dann gleich zurückrufen… Das Warten auf ihren Rückruf kommt mir endlos vor. Dann erfahre ich von ihr, dass er dran war. Was? Die ganze Zeit versuche ich es und habe nur die Mailbox – und jetzt?

Ich rufe ihn direkt an. Er hebt ab. Meinem Eindruck nach ist er nicht erfreut. Es klingt nicht so. Ich nenne meinen Nachnamen – Pause Pause Pause – dann rufe ich ungehalten in die entstandene Pause: „Was soll das?"

Er: „Was soll was?" (Pause) „Dass ich mich nicht gemeldet habe?" Ich: „Ja!" Er habe mir eine Mail geschickt, da stehe alles drin. Ich: „Ich kann die Mail jetzt nicht abrufen, wärst du so nett und würdest mir sagen, was drinsteht?" Und so wiederholt er das, was er in der Mail schon geschrieben hat, die ich zu der Zeit noch nicht kenne:

„Thema: Lebenszeichen

Datum: 25.03. 23:36:43 MEZ

Hallo aus dem nassen Hannover,

kannst du mir bitte eine SMS schicken oder anderweitig deine Telefonnummer zukommen lassen, da ich sie nicht in meinem Handy gespeichert habe und sie blöderweise aus den TOP 10 rausgefallen ist, alle SMSe leider auch gelöscht. Ohne Nummer kann ich dir nicht mitteilen, dass ich wieder in Deutschland bin, ein wenig krank und nicht zu Hause, wo ich die Nummer auch noch hätte, oder so. Hoffe, ich komme bald wieder ans Netz, da kein Office hier in der Nähe und das Telefon im Quartier nicht brauchbar ist, muss ich mal den Messestand versuchen.

Sorry for the Sendepause

Klaus-Peter"

Ich entgegne: „Also, weißt du was, sag mir lieber was Kaltschnäuziges, dass du das Interesse verloren oder 'ne andere kennengelernt hast – das ist leichter für mich, als wenn du dich so im Kreis drehst." Er (kühl): „Ja, tut mir leid, ich kann dir aber nichts anderes sagen." Ich (versuche ruhig zu werden): „Weißt du, ich bin deshalb so grantig, weil ich gefühlsmäßig sehr drinhänge und weil ich mich verletzt fühle – und ich kann deine Gedanken nicht lesen – ich weiß nicht, was los ist." Er: „Ja, das ist auch gut so – nein, Spaß beiseite" (ist das nicht extrem verräterisch?), „aber ich kann dir nichts anderes sagen!"

Ich (resigniert): „Gut, ich nerv dich jetzt nicht weiter."

Er: „Du nervst nicht. Kannst du mir denn deine Nummer mailen?"

Ich (motzig): „Ich gebe sie dir jetzt – schreib sie auf!" Er wiederholt die Nummer brav. „Ja, wie verbleiben wir denn jetzt?", fragt er.

Ich: „Ich überlasse es dir, ob du noch mal anrufen möchtest oder nicht." (Oh, tut das weh!)

Er murmelt so was wie „bis heute Abend", ist auch egal.

Ich fasse es nicht! Ich habe seine Nummer gehütet wie ein Kleinod, und er löscht mich aus seinem Telefonbuch? Das sagt doch alles!

Muss mich fertig machen für den Termin. Hoffentlich baue ich in dem Zustand keinen Unfall. Hoffentlich find ich das in meinem Zustand überhaupt. Gucke auf dem Stadtplan und fahre los, in der untrüglichen Gewissheit, dass ich da hin muss.

Im Wartezimmer ist es laut, und ich kann die Geräusche nicht ertragen. Ich bitte darum, in ein ruhiges Zimmer gehen zu dürfen. Man sieht mir wohl eindeutig an, dass ich ziemlich unten bin, und der Wunsch wird mir freundlich gewährt. Ich werde in ein Zimmer geleitet und warte auf die Rettung.

Ich liege auf einer Pritsche, mir ist kalt, eine Wolldecke umhüllt mich, und ich beobachte, wie die Tropfen aus der Flasche über mir langsam in meinen Arm laufen. Ein schönes Gefühl, dass sich jemand um mich kümmert, mir hilft. „Gleich wird es Ihnen besser gehen", sagt die Ärztin. Sie heißt Ingrid.

Sie ist sehr nett. Sie ist blond und strahlt durch ihre großen blauen Augen viel Verständnis und Mitgefühl aus. Das tut gut.

Sie fragt mich treffsicher: „Was ist mit Ihrem Selbstvertrauen passiert?"

Ich (unter Tränen): „Ich hab's verloren."

Sie: „Und wo haben Sie es gelassen?"

Ich (unter Tränen): „Beim letzten… Arsch!"

Sie (lächelnd, ihre Hand auf meinem Arm): „Und was macht es dort?"

Das fand ich selbst in meinem Zustand so genial, dass ich lächeln musste.

Wie konnte eine Erfahrung, die so schön und stimmig begann, zu einer solchen Enttäuschung werden? Es ist die Enttäuschung der unerwiderten Liebe. „So was will ich nie wieder erleben", sagt mein Verstand mit Nachdruck. Ich möchte nie wieder eine solche emotionale Abhängigkeit erleben. Ich fühle mich verletzt, leer und so, als wäre mein ganzes Innere eine offene Wunde.

Inmitten dieser inneren Leere werde ich akupunktiert. Zwei Nadeln an den Fußgelenken (nimmt die Angst), eine am Kopf („Blitzableiter" sagte sie), und eine im Ohr. Ich erinnere mich, dass ich einige heftige, laute Schluchzer von mir geben musste, aber irgendwann muss es dann aufgehört haben. Ich habe tatsächlich aufgehört zu weinen. Aufgehört!

Sie meinte, es würde mir heute Nachmittag schon viel besser gehen.

Und so ist es. Ich schlafe eine Stunde wie im Koma. Abends ziehe ich mich schick an und mache mir was zu essen, (also seien wir ehrlich: diesmal nur aufgetaut), dazu gibt es ein Gläschen Wein, beruhigende Musik und Kerzen. Die Jasmin-Räucherstäbchen wirken beruhigend. Ist das göttlich! Und es ist mir so ziemlich egal, ob er heute Abend anruft oder nicht. Das Ende der emotionalen Abhängigkeit? Kann man die auch ohne Infusion und Akupunktur erreichen? Wenn er nicht anruft, so ist das eine Antwort. Eine zwar, die mir nicht gefällt, aber es ist eben dann seine. Ich fahre keine Achterbahn mehr. Ist das göttlich!

Irgendwann ruft er an. Vielleicht so gegen halb elf. Die Verbindung ist aber so schlecht, dass wir das Gespräch beenden müssen. Das einzig Nette, was er sagt, ist: „Hast du dich denn ein bisschen beruhigt?" Er berichtet, dass er morgen nach Zürich fliege (wann fliegst du in die Hölle, schlucke ich runter), und fragt, ob ich morgen Abend da sei. Ja. Er verabschiedet sich mit: „Bis morgen." Ein Hangeln von fünf Minuten Kontakt zu den nächsten fünf Minuten. Wartezeit: mindestens 24 Stunden. Ich mag nicht mehr.

Danach bin ich nicht aufgekratzt. Ist das herrlich. Ich kann schlafen. Ich lasse mich mit Om namaha shivaya in den Schlaf wiegen. Schlafe acht Stunden.

Dienstag, 27. März

Erst in Apotheke und Medikamente abholen. Bei der Ärztin lese ich den Beipackzettel:

Bei depressiven Verstimmungszuständen, Angst, nervöser Unruhe, auch mit Beeinträchtigung von Organfunktionen, Schwermut, nervlicher Erschöpfung.

Oh Gott, steht es wirklich so schlimm um mich?

23.00 Uhr: Warte auf seinen Anruf. Warte, warte, warte.

24.00 Uhr geh ich ins Bett. Natürlich bin ich enttäuscht. Und wütend. Wie schon so oft in den letzten Wochen. Und das bringt die absolute Courage, um Mitternacht eine Kurz-SMS abzuschicken mit dem banalen Text: L-M-A. Ich fühle mich eine Minute lang erleichtert und fast glücklich – glücklich darüber, dass das Band gerissen, der Bann gebrochen ist und ich frei bin.

Kurz darauf piept es: „Danke für die Freundlichkeiten. Dann war's das wohl?! Ciao."

Eine leichte Panikwelle überkommt mich. Ich wähle ihn direkt an. Er meldet sich.

Ich: „Aha, SMS beantwortest du, aber anrufen kannst du nicht!"

Er: „Ja, weil ich gerade mein Handy eingeschaltet habe und auf dem Weg ins Hotel bin. Ich finde deine SMS ziemlich daneben."

Ich: Ich möchte gerne mit dir darüber reden. Kannst du mich nicht vom Festnetz aus anrufen? Ich versteh dich kaum."

Er: „Ja. Das dauert aber noch."

Ich: „Wann kannst du mich anrufen?"

Er: „Wenn ich gleich hier wegkomme, in ca. 50 Minuten, ansonsten länger."

Ich: „O.k . Rufst du mich dann an, ja?"

Er: „Ja."

Ich: O.k., bis dann."

Ich überlege mir, was ich eigentlich sagen möchte. Bin ziemlich aufgeregt. Schreibe drei Seiten, was ich ihm sagen möchte. Schön strukturiert. Und mutig.

00.40 Uhr ruft er an. Wieder ist die Verbindung nicht gut. Trotz Rauschen in der Leitung beginne ich:

„Weißt du, ich habe dir diese SMS geschickt, weil ich genervt bin von der Warterei. Ich warte, seit wir uns kennengelernt haben, und ich komm mir schon ziemlich blöd dabei vor. Was soll ich mit der Funkstille anfangen? Ich gehe doch nicht davon aus, dass nichts funktioniert – weder Handy, noch SMS, noch E-Mail, noch irgendwo ein Telefon! Und schon gar nicht geh ich davon aus, dass du mich löschst – aus deinem T-Buch. Ich habe deine Telefonnummer von Anfang an gespeichert und gehütet wie ein Kleinod. Was meinst du wohl, warum ich so auf ein Zeichen von dir warte?“

Er versucht, was Witziges zu sagen, doch ich unterbreche ihn:

„Ich finde deine humoristischen Einlagen jetzt nicht am richtigen Platz, ich möchte ernsthaft darüber sprechen. Oder kannst du das nicht? Oder willst du das nicht?“ (Pause) „O.k., ich sag's dir:

Ich warte so sehr, weil mir das mit dir sehr viel bedeutet. Und ich weiß nicht, wie du das siehst. Vielleicht ist das nur eine angenehme Side-Story für dich, und es reicht dir, nette SMSen zu schreiben und mal zu telefonieren. Ich kann nicht in deinen Kopf reingucken! Also: Und jetzt du. Wie siehst du das zwischen uns?“

„Ich sehe es auch als etwas Besonderes, mir geht es da nicht viel anders als dir, mir passiert so was auch nicht alle paar Wochen oder Monate. Ich würde dich gerne näher kennenlernen. Ich sehe aber auch ein ganz großes Problem – die Entfernung. Und ich habe so ein, zwei Erfahrungen gehabt, wo es genau an dem Punkt gescheitert ist, wo du jetzt auch ausgerastet bist. Ich bin nun mal viel unterwegs, und es kommt immer mal vor, dass keine Verbindung möglich ist.“

„O.k., ja, die Entfernung ist ein Problem. Aber wir stehen ganz am Anfang, und ich denke, es ist anders, wenn sich eine Beziehung stabilisiert und man Vertrauen zueinander aufgebaut hat. Wie kann ich jetzt am Anfang Vertrauen zu dir haben – ich kenne dich nicht, ich weiß kaum was von dir – denkst du, ich mache mir dann keine Gedanken, wenn ich mehrere Tage nichts von dir höre? Woher soll ich mein Vertrauen nehmen?“

„Ja, wie du schon sagst, wir stehen ganz am Anfang. Und ich entschuldige mich dafür, dass du dich verletzt gefühlt hast, das habe ich nicht gewollt. Das kannst du jetzt glauben oder nicht. Es war und ist nicht intendiert. Für mich war die Sendepause auch nicht so toll. Ganz erschwerend kommt jetzt noch hinzu, dass ich noch mal in die USA muss und noch ein paar andere Projekte –“

Summ – auf einmal ist die Leitung tot – dann ein lautes Brummen – ich werde noch wahnsinnig.

Rufe ihn an: Mailbox. Hinterlasse Nachricht: „Das war ja wohl ein abruptes Ende des Gesprächs. Ich denke, wir sollten das Gespräch wieder aufnehmen, wenn du aus dem Funkloch raus bist. Tschüss." Schicke SMS: „Krieg keine Verbindung mehr zu dir."

Ja, in jeder Hinsicht…

Mittwoch, 28. März

Maile ihm mittags:

„Header: Warum ist alles so schwierig?

Lieber Klaus-Peter,

wenn du mich hättest leiden sehen, würdest du mir meine gestrige, bisher kürzeste SMS nicht mehr übel nehmen. Ich entschuldige mich aber trotzdem dafür. Ich wünsche mir, dass wir unser Gespräch wieder aufnehmen. I."

So, jetzt habe ich alle Kanäle genutzt, ich habe mich entschuldigt, ich habe ihn auf alle Arten kontaktiert – ich habe nicht das Gefühl, dass ich ihm damit nachlaufe oder mich lächerlich mache.

Und dann lese ich die alles entscheidende Mail:

„Thema: Guten Morgen

Datum: 28.03. 13:12:24 MEZ

… nach einer kurzen und blöden Nacht. Leider ist das GSM-Netz ausgestiegen, und ich habe, obwohl ich einiges und für einige Zeit versucht habe, wieder mit dir in Kontakt zu kommen, keinen Erfolg gehabt.

Ich glaube/weiß, ich bereite dir derzeit Kummer, Verdruss & Ärger. Es war und ist nicht meine Absicht, dies zu tun, aber es scheint mir – leider – auch schwer vermeidbar. Insbesondere wird sich meine Anwesenheit in Deutschland während der nächsten Wochen (bis ca. Mai, erstmal) in engen Grenzen halten bzw. so gut wie nicht stattfinden.

Ich habe mich gefreut, dich kennengelernt zu haben, und würde dich gerne weiter kennenlernen etc. Aber angesichts der bisher durch mich und meinen Lebens-/Arbeitsstil hervorgerufenen Verstimmungen und Belastungen ist es sicherlich vernünftig, darüber nachzudenken, den bisherigen Weg nicht weiter zu verfolgen (auch wenn mir dies nicht so sehr gefallen sollte: Da ich allerdings meine Wünsche/Vorstellungen mit den geeigneten Aktionen begleiten/unterlegen kann, ist es wohl eher egal, was ich will. Wichtiger ist, was ich dir antue oder zumute …).

Ich bin am Donnerstagabend gegen 22.00 wieder in München, dann sollte auch ein ungestörtes Gespräch am Telefon möglich sein, wenn du magst.

Danke, sorry & bis dann

Klaus-Peter“

Ich antworte:

„Lieber Klaus-Peter,

Deine Mail tut weh. Aber ich danke dir, dass du mir deine Gedanken mitteilst und mir eine Erklärung gibst. Ich wünschte, das wäre alles nicht wahr, und alles wäre einfach. Ich möchte dich nicht einfach loslassen. Es tut zu weh. Ich werde aber auch nicht klammern.

Ich möchte gerne mit dir am Donnerstag telefonieren. Bitte ruf mich dann an, wenn du zu Hause in München bist.

Hast du dir mal durch den Kopf gehen lassen, ob du nicht ein Risiko eingehen möchtest – und dafür natürlich beruflich auch ein bisschen Opfer bringen müsstest? Bist du denn dazu grundsätzlich gar nicht bereit? Aber ich vermute eher, aus Enttäuschung und vergangenen Verletzungen bist du sehr misstrauisch und deshalb nicht risikofreudig. Der Beruf bleibt. Das wirst du dir überlegen.

Was würdest du machen, wenn du wüsstest, dass heute dein letzter Tag wäre und du morgen einen tödlichen Autounfall haben würdest – würdest du dann heute zu mir kommen?

Wenn du mich wirklich kennenlernen möchtest, dann wird es möglich sein. Aber wenn du es nicht wirklich möchtest, wirst du auch nicht im Entferntesten daran denken, auch nur irgendwas zu ändern. Ich bin dir deswegen nicht böse. Dann bist du noch nicht so weit – aus welchen Gründen auch immer. Oder ich bin nicht die Richtige für dich und du nicht der Richtige für mich. Dann werde auch ich dich dazu nicht bewegen können. Letztendlich wirst du die Entscheidung treffen, und ich werde sie akzeptieren müssen.

Bis morgen Abend, ich umarm dich trotzdem, I.“

Ich möchte weinen, weinen, weinen.

Donnerstag, 29. März

Heute Abend ist das alles entscheidende Telefonat. Ich überlege mir, was ich ihn fragen möchte: Zum Beispiel, ob er glücklich ist. Was Glück für ihn bedeutet. Ob der Beruf die einzig glückseligmachende Priorität ist.

20.19 Uhr erreicht mich eine SMS von Klaus-Peter: „Habe heute schweren Unfall gehabt, Totalschaden. Muss heute Nacht im Krankenhaus bleiben, nichts Schlimmes, nur zur Beobachtung. Hoffentlich nicht länger."

Oh Gott – ich kann's nicht fassen. Geht das alles noch mit rechten Dingen zu?

Ich smse: „Darf ich dich anrufen? Sorge mich um dich. Ich kann mir nicht helfen, aber das kommt mir alles sehr schicksalhaft vor."

Bin gerade am Tee-Aufbrühen, als Klaus-Peter anruft. Er erzählt, dass ihm auf der Autobahn beim Überholmanöver mit 180 km/h ein Reifen geplatzt sei. Das Auto habe sich überschlagen, andere Fahrzeuge seien nicht zu Schaden gekommen. Sie behalten ihn noch da, um zu untersuchen, ob er innere Verletzungen habe. Dann muss er das Telefonat beenden. Ich denke, er hat einige Schutzengel gehabt, und bin etwas beruhigt, dass es ihm einigermaßen geht. Ein paar Rippen seien gebrochen, äußerst schmerzhaft. Seltsamerweise sei sein Laptop total unbeschädigt (vielleicht deshalb, weil er meine Mail noch nicht gelesen hat – und die soll er noch lesen?)

Ich flüstere:

„Wenn du möchtest, kannst du meine Hand auf deiner spüren",

und er erwidert: „Das möchte ich mir vorstellen können!"

Rufe Lilo an. Sie sagt: „Schick ihm 'ne Mail: „Ich komme dich besuchen!" Ich bin über ihren Vorschlag schockiert und stammele:

„Nein, das kann ich nicht." Ich überlege, warum: Weil er sich in Ruhe Gedanken um seine Prioritäten machen soll. Weil er heute Nacht vielleicht zu sehr mit sich beschäftigt ist, um auf diese Mail zu antworten. Ich finde diese Aktion zu übereilt.

Trotzdem muss ich darüber, was mir zuerst absolut abstrus erschien, immer mehr nachdenken. Wenn er nicht gleich aus dem Krankenhaus ins nächste Flugzeug springt (durchaus wahrscheinlich! Oder doch nicht, da gebrochene Rippen? Vielleicht muss er dann doch eine Zwangspause machen?), ist er vielleicht zumindest das Wochenende in München.

Und dann kann ich meinen Willen und mein ehrliches Interesse zeigen, indem ich ihm – frühestens morgen – smse:

„Wie lange wirst du in München sein? Möchtest du, dass ich zu dir komme?“

Ich muss es dann aber morgen machen, damit ich eventuell Samstag nach München fahren kann. Wenn er das Wochenende noch in München ist, hätten wir etwas Zeit. Ja, ich denke, das muss ich dann für mich tun. Also morgen. Muss aufs Klo.

Freitag, 30. März

8.00 Uhr: SMS an Klaus-Peter: „Guten Morgen? Wie geht es dir?“

Meine nächste geplante SMS kann ich leider nicht abschicken, da ich den ganzen Tag nichts von ihm höre.

18.53 Uhr SMS Nr. 2: „Bin in Gedanken bei dir – wünsche dir gute Besserung!“

Samstag, 31. März

Ich laufe mich im Wald in die Wut. Wie kann es jemand wagen, mich so weit zu bringen, dass ich mich fast selbst aufgebe? Wie? Wie ist das möglich? Ich brauche mir nur meine Armbeugen anzuschauen. Zerstochen von den Injektionen! So einen selbstzerstörerischen Bann will ich nicht!

Recherche über Krankenhäuser in München scheitert. Wenn ich die Gewissheit hätte, dass er nicht mehr im Krankenhaus ist, hätte ich auch die Gewissheit, dass er meine Gefühle in gröbster Form missachtet. Und dann könnte ich für mich wirklich sagen: Bye bye, und ich könnte versuchen, neu anzufangen.

Wann soll ich jetzt neu anfangen? Wann ist die Grenze erreicht, an der ich auf die eine oder andere Art und Weise loslassen muss und kann? Morgen? Anfang, Mitte, Ende nächster Woche? Wann?

Sonntag, 1. April

Diese Grenze würde heute erreicht werden.

In der Nacht kann ich nicht schlafen, da ich sehr aufgewühlt bin. Das Bier hat mir nicht geholfen zu verdrängen. Immer kreisen die Gedanken darum, warum ich noch kein Zeichen von Klaus-Peter habe. Dann auf einmal entdecke ich einen Brief auf meinem Handy, das ich gerade eingeschaltet habe. Nachricht auf Mailbox, empfangen 22.58 Uhr:

„Klaus-Peter hier, grüß dich, Isabell!" – Witzig, da ich noch in der Nacht gedacht habe, er spricht meinen Namen so gut wie nie aus – warum spricht man den Namen nicht aus? Es ist eine lange Nachricht, voller Erklärungen, warum er mich nicht kontaktieren konnte (Akku leer, Telefonieren im Krankenhaus nicht erlaubt, SMSen erst Samstag gelesen, sein Gesundheitszustand, dass er vor einer Stunde nach Hause gekommen sei, vorher bei einer Bekannten war (warum erzählt er das?), dass er versucht, mich morgen (also heute) zu erreichen, bedankt sich für meine Anteilnahme (das ist so eine coole Formulierung) – und endet mit: „Das wäre schön, tschüss, bis morgen."

Ich überlege ihn anzurufen. Am Vormittag. Ich will nicht dieses alles entscheidende Gespräch erst am Abend führen. Ich brauche jetzt Klarheit.

11.45 Uhr

Aber es läuft wieder nicht so, wie ich es gerne hätte. Habe ihm vor einer halben Stunde eine SMS geschickt:

„Bist du da/ wach – wie geht es dir – können wir reden?"

Denn ich wage nicht, ihn direkt anzurufen. Vielleicht schläft er oder möchte gerade jetzt nicht sprechen, weil er Schmerzen hat oder sonst was. Also klopfe ich erst an.

Aber ich habe noch keine Rückmeldung. Das heißt wieder: Warten.

Ich werde heute ganz bewusst warten und bin bereit, mich ganz darauf zu konzentrieren. Diesen Tag widme ich Klaus-Peter. Denn morgen wird es anders sein. Wie auch immer.

15.00 Uhr ist das entscheidende Telefonat:

Er habe meine Mail noch gar nicht gelesen. So lese ich sie ihm vor. Lange Pause. Dann seine Antwort:

Er gehöre zu den Entwurzelten, er könne nichts ändern. Auch der Unfall habe ihm keine neue Denkrichtung gegeben. Er sei von vielen Leuten darauf angesprochen worden. Knapp vorbei sei halt vorbei.

Ich bin bestürzt über seine Kaltschnäuzigkeit und Coolness und sage ihm das.

Es sei seine Einstellung.

Ob er glücklich sei? Wenn der Autounfall tödlich verlaufen wäre und er sein Leben Revue passieren sehe – ob er dann sagen könne, es sei o.k.?

Ja, sagt er.

Ich frage ihn, ob er nicht denkt, dass er eines Tages aufwacht und sehr allein ist?

Er räumt ein, das sei denkbar, doch dann werde er sich dann mit dem Problem auseinandersetzen müssen. Zurzeit übe seine Mission absolute Faszination auf ihn aus, und er wolle nichts ändern. Montag, also morgen, sitze er schon wieder im Flieger.

Das ist wie ein Schlag ins Gesicht für mich. Ich überlege, ob ich ihn das fragen soll, was ich für mich noch gerne wissen möchte. Ich atme tief durch:

„Hast du mich als schnelle Nummer gesehen?"

Er verneint. Und meint im gleichen Atemzug, der Vorwurf, den man ihm machen könne, sei der, dass er nicht in der Konsequenz nachgedacht habe. Er habe sich der momentanen Faszination hingegeben. Er bittet mich, ihm zu verzeihen. Es tue ihm leid.

Ich weine und sage, ich könne dazu jetzt nichts sagen. Ich bin zu verletzt und aufgewühlt.

Er gibt zu, natürlich könne er seine Wünsche und Begehren bei diesem Job nicht immer so ausleben, aber irgendwie schon.

„Ja, klar, du wirst immer irgendwelche Frauen in deinen Bann ziehen und überall mal ein sexuelles Abenteuer haben, und das genügt dir. Sexuelle Nähe kannst du zulassen, aber keine emotionale. Du bist eine einzige Blockade!"

Er erwidert: „Mag sein" – obwohl er es so nicht glaubt. Morgen übernimmt er den Job seines Chefs, der gekündigt hat.

Er sei auf dem Höhepunkt.

Ich antworte resigniert: „Dann schau mal in zehn Jahren auf deinen Zenit. Deine Firma ist auch nur eine stinknormale Firma mit dem Prinzip Hire & Fire."

Mag sein, meint er lapidar.

Er fragt, ob und wie er mir helfen könne. Ich weiß nicht, wie er mir helfen soll. Ich fühle mich so leer, so unendlich enttäuscht und so voller Trauer. Ich weiß, dass mir nichts anderes übrig bleibt, als ihn gehen zu lassen. Schließlich flüstere ich:

„Es muss ein Ende haben."

Und dass ich mir wünschte, dass ich am 5. und 6. Februar nie dort gewesen wäre, wo ich war. Dass ich versuchen müsse, noch mal da anzufangen, wo ich am 4. Februar gewesen sei, und all das dazwischen zu vergessen – was mir nie gelingen wird.

Das tue ihm leid.

Ich weine und presse hervor: „Mir auch.“

Ich warte ein bisschen, bis sich meine Stimme wieder festigt: „Ich schicke dir eine Mail, die ich gestern Abend an dich verfasst habe, sie stimmt in einigen Punkten nach diesem Gespräch nicht mehr so ganz, aber im Großen und Ganzen drückt sie das aus, was ich denke und fühle. Sie ist nicht böse. Wirst du sie lesen?“

Er bejaht.

Dann beende ich das Gespräch: „Ich werde jetzt von vier bis null zählen und dann auflegen.“ So fange ich an zu zählen, leise, und kann mein Weinen nicht unterdrücken:

„Vier – drei (sagt er denn nichts mehr?) – zwei (er, leise: „Es tut mir leid“) – wie er das sagt, rührt mich bis ins Innerste und treibt meinen Schmerz auf den Höhepunkt – eins – null (diese Zahl bekomme ich kaum noch raus) und drücke die Ende-Taste.

Ich weine, weine, weine.

Ich lösche Klaus-Peters Nummern aus meinem Telefonbuch.

Ich schicke die Mail ab. Beim zweiten Versuch klappt es.

„Ohne Anrede:

Ich weiß nicht, wo und wie ich anfangen soll.

Vielleicht mit etwas Lyrischem, das ich auch in einer Phase des Wartens auf ein Zeichen von dir verfasst habe:

Wie viele (Freuden)-Tränen bist du von mir entfernt?
Vielleicht bist du näher, als ich denke,
vielleicht aber weiter weg, als ich es mir auszumalen vermag…

Ich fürchte, es ist Letzteres. Warum auch immer. Auch jetzt warte ich auf ein Zeichen von dir, wie es dir geht, ich weiß nicht, ob du noch im Krankenhaus bist oder schon wieder hoch über den Wolken.

Wenn Letzteres zutreffen würde, könnte ich verletzter nicht sein. Wie kannst du, ohne mir ein Zeichen zu geben, München wieder verlassen?

Ich war bestürzt über deinen Unfall und habe gebetet, dass es dir bald besser gehen möge. Ich war in Gedanken immer bei dir und habe keinen einzigen negativen Gedanken an dich geschickt.

Ich habe darauf vertraut, dass das Gefühl, das ich dir gegenüber habe, richtig ist. Einem Teenager könnte man sagen: Ey, komm mal wieder runter, dir hat ein Typ ins Hirn gespuckt – aber ich bin kein Teenager mehr. Ich weiß nicht, warum du mich so in deinen Bann gezogen hast. Warum ich das Gefühl hatte, dass es so gottverdammt richtig ist. Vielleicht, weil ich es mir zu sehr gewünscht habe.

Dennoch habe ich keinen schlechten Eindruck von dir. Immer noch nicht. Was du mir in deiner letzten Mail geschrieben hast, kann mich nicht glauben lassen, dass du ein schlechter Mensch bist und dass ich einer riesengroßen Täuschung unterlegen war. Deshalb habe ich mich auch für deine Worte bedankt. Es ließ mich immer noch denken, dass ich richtig gelegen habe mit meiner Intuition.

Worauf gründet sich die? Auf einer Stunde persönlichen Kontaktes, auf SMSen und Telefonaten. Noch nicht mal ein Kuss. Nichts sonst.

Und wie mich so wenig dermaßen aus der Bahn werfen kann, erschüttert mich. Ich halte mich für eine intelligente Frau, die im Leben steht – aber ich halte mich für keine hysterische Kuh, die auf den Erstbesten hereinfällt. Wie auch immer, ich weiß nicht, wie du es schaffen konntest, wie ein Schraubenschlüssel alles auseinander zu nehmen – mich, mein Leben, meinen Rhythmus, mein Gleichgewicht, mein „Funktionieren“.

Wenn ich mich nicht gänzlich aufgeben will – und das will ich nicht –, muss ich mit dem Warten aufhören. Ich kann es nicht mehr ertragen. Ich kann es nicht mehr zulassen.

Der einzige Grund, den ich in dieser Situation verzeihen könnte, wäre der, dass du im Koma liegst oder es dir sehr, sehr schlecht geht (was ich nicht hoffe), so dass du keinerlei Zeichen von dir geben kannst.

Ich wage nicht, dich anzurufen – zu sehr fürchte ich, nur die Mailbox dran zu haben oder einen Klaus-Peter, der mir erzählt, er sei gerade auf dem Weg nach XY.

Du weißt, dass noch ein Gespräch aussteht. Das, das am Donnerstag um 22.00 Uhr stattfinden sollte. Dieses Gespräch hätte entschieden, ob es das Ende oder aber der Anfang eines gemeinsamen Weges geworden wäre.

Ich weiß nicht, ob du diesem Gespräch aus dem Weg gehen willst – aber so schätze ich dich nicht ein. Immer noch nicht.

Es wäre mir nicht recht, all das mit einem Fragezeichen abzuschließen, aber wenn du es nicht zulässt, werde ich mit dem Fragezeichen leben müssen.

Ich werde es für mich beenden müssen, ich weiß nur noch nicht, wie. Im Ungewissen? Ohne wirklich beendet zu haben? Im Zorn? In Verzweiflung? Irritiert? Im Vertrauen, getragen zu werden?

Ich weiß es nicht.

Ich weiß nur, dass ich nie mehr dieselbe sein werde. Es klingt dramatisch – es ist dramatisch. Wer weiß, wofür, wozu die Begegnung mir dir gut war. Sie hatte einen Sinn. Für mich und für dich auch. Es liegt an dir, ob du die Zeichen lesen willst oder nicht.

Ich will dich nicht um jeden Preis.

Ich weiß nicht, wie ich diese Mail beenden soll.

Vielleicht ähnlich wie den Anfang.

Ohne Schlussformel, I."

Ein paar Tage später sollte ich die letzte Mail von ihm bekommen:

„Liebe Isabell,

ich hoffe, dir geht es nun – nach einigen Tagen – wieder besser,

vielleicht empfindest du ja schon eine gesunde und gerechte Abneigung gegen mich. Es hat mir sehr weh getan, dich weinen hören zu müssen und auch in deiner letzten Mail zu lesen. Ich weiß, dass ich gelegentlich und meist völlig unbeabsichtigt eine starke Wirkung auf andere Menschen ausüben kann, mitunter schon fast eine fatale. Problem ist, dass ich das normalerweise nicht oder erst sehr spät merke und manchmal deshalb Ernstes mit „Spiel" verwechsle, auch dies nicht bösartig – denke ich zumindest. Es tut mir leid, dir „ins Gehirn gespuckt" zu haben, bitte glaube es mir.

Mein Unwille/meine Unfähigkeit, mich zu ändern bzw. auch mein Leben anders zu gestalten, hängt ein bisschen mit dem Faktum zusammen, dass ich mich – seit ich bei dieser Firma bin – in Zusammenhängen bewege, in die ich immer wollte, die mir Spaß und einen hohen Grad von Befriedigung bereiten, natürlich auch fordern und kosten. Mit meiner jüngsten Beförderung bin ich nun in das Corporate Management aufgestiegen und verantwortlich für einen Teil unserer globalen Strategie – was ich immer wollte.

Dies ist eine ziemliche Auszeichnung für mich, viel weiter werde ich nicht kommen können in meinem (Berufs-) Leben (zumindest nicht in dieser Phase desselben). Du hast mich kennengelernt, als ich einer Nebensächlichkeit nachging, über den eigentlichen Job haben wir ja bisher nicht geredet. Das wird zwar auch nicht wirklich weiterhelfen, gibt dir aber vielleicht einen kleinen Einblick in mein Rational.

Ich wünsche dir von ganzem Herzen alles Gute, vergiss mich, wenn du willst, oder nicht. Ich werde dir von mir aus keine weiteren Mails schicken, es sei denn, du möchtest es.

Du wirst deinen Weg gehen, ich wünsche dir alles Gute dabei.

Klaus-Peter“

Ein Spiel… Und für mich war es so ernst…

Mit meiner letzten Antwort würde ich das Kapitel „Klaus-Peter“ abzuschließen versuchen.

„Mit einer Mail von dir hätte ich nun nicht gerechnet. O.k, da sie da ist, werde ich mich ein letztes Mal mit all dem auseinandersetzen.

Ich weiß nicht, ob es dir so wichtig ist, Folgendes zu lesen, wie mir, dir dieses mitzuteilen:

Es geht mir schon besser, und ich schaue nicht in Hass zurück, ich schaue nicht im Zorn auf dich zurück, und ich bin auf dem Weg, auch nicht mehr in Wehmut zurückzuschauen.

Es ist Fakt, dass ich diese acht Wochen nicht auslöschen kann, und ich habe es akzeptiert. Ich glaube dir das, was du sagst.

Es hat nicht sollen sein. Nein, ich möchte keine Mails mehr von dir.

Ich wünsche dir auch aufrichtig alles Gute auf deinem Weg.

Ich finde den Song von Cat Stevens so schön und möchte ihn dir schreiben – dabei maße ich mir nichts Missionarisches an – das kann und will ich nicht. Hör mir trotzdem zu:

I don’t want to work away, doing just what they all say. „Work hard boy and you’ll find, one day you’ll have a job like mine“. ‘Cause I know for sure nobody should be that poor. To say yes or sink low, because you happen to say so, you say so. „Be wise, look ahead, use your eyes“ he said, „be straight, think right“ – but I might die tonight!

Pass auf dich auf,

Isabell“

Ja, ich finde diesen Text sehr passend: Cat Stevens erkennt, dass Schuften nicht alles im Leben ist. Niemand sollte so arm sein, denn diese Nacht könnte deine letzte sein.

Einsamer Fährtensucher

Es ist eine schöne Mondnacht. Die Wolken ziehen hinter dem Mond in großer Geschwindigkeit vorbei. Ich liebe den Wind. Er spielt mit meinem Haar. Ich atme die frische Luft tief in meine Lungen und überlege, welchen Weg ich einschlagen soll.

Da erinnere ich mich an meinen Regenbogenmondstein. Wie gerne würde ich noch einmal mit dem geheimnisvollen Regenbogenkrieger sprechen! Ich lausche, ob ich seine Stimme hören kann. Vielleicht muss ich auch den Stein zwischen meinen Handflächen reiben?

Nichts geschieht. Da frage ich in die Nacht hinein:

„Geheimnisvoller Regenbogenkrieger, sage mir, woher soll ich wissen, welcher Weg der richtige ist?“

Und da schwingt seine kraftvolle Stimme durch die Weite der Nacht:

„Es gibt keinen richtigen und keinen falschen Weg. Entscheidend ist, wohin du möchtest! Du möchtest, dass dir jemand den Weg weist, doch die Lösung ist in dir!

Wie du dich fühlst und was du fühlst, bestimmt, wohin du gehen möchtest – ob du den Weg abbrichst oder weitergehst, ob du stehen bleibst, ob du umkehrst, ob du zurückschaust oder nach vorne blickst. Die Wahrheit deines Herzens ist das Licht, das dir durch die Dunkelheit leuchtet. Denen, die den Wunsch nach ihr verspüren, zeigt sie stets den Weg.“

„Kann ich nicht vielleicht doch ein Stück mit dir gehen?“, bitte ich schließlich, nachdem ich allen Mut zusammen genommen habe.

„Auch wenn es bequemer wäre, mir zu folgen – du darfst dir vertrauen, deinen eigenen Weg selbst zu entdecken. Wie sollte sich sonst all das in dir entfalten, was sich entfalten möchte? Du ahnst es zum jetzigen Zeitpunkt nicht einmal. Sei geduldig mit dir, wie mit einer Blume, die sich langsam öffnet. Sie tut das in ihrem eigenen Rhythmus, nach den Gesetzen der Natur. Sie schaut nicht danach, wie weit andere Blumen sind. Wenn ihre Zeit gekommen ist, öffnet sie sich von ganz alleine.

Wenn das Höhere Bewusstsein, dem du noch nicht erlaubst, dich zu führen, in dein Bewusstsein aufsteigt, dann wirst du deinen neuen Weg erkennen. Sei achtsam wie ein Fährtensucher. Lerne, die guten und die schlechten Zeichen zu lesen. Und lerne, auf dein Inneres zu hören. Lausche in dich hinein.

Und jetzt sage mir: Wohin möchtest du gehen?"

Hm. Ich denke nach. Ich weiß es wirklich nicht. Alle Wege sehen hier gleich aus. Es könnte dieser, es könnte aber auch jener sein! Ich weiß ja nicht, wohin sie führen! Es gibt keine Hinweisschilder! Und wenn es welche gäbe, wüsste ich noch nicht einmal, welchen ich folgen sollte!

Als ob er Gedanken lesen könne, sagt er: „Denke nicht! Fühle! Spüre in dich hinein! Wie soll sich das anfühlen, da, wo du hin möchtest?"

So versuche ich, in mich „hineinzuspüren", wie er es nennt. Eine ganze Weile lang versuche ich es erfolglos. „Wie soll ich das machen?", frage ich schließlich ratlos.

„Das ist es, was ihr in eurer Welt verlernt habt. Ihr habt den spürenden Pfad zu euerm Innersten verloren. Schließe deine Augen. Ich helfe dir."

Ich schließe meine Augen und atme tief ein. Nach einer Weile spüre ich eine unbekannte Wärme in meinem Herzen. Sie wird stärker und breitet sich aus... wie eine Flamme. Und da wird etwas in mir berührt, das ich nicht in Worte fassen kann – es ist so, als erinnerte ich mich in diesem kurzen Moment eines längst vergessenen, zeitalterlosen ewigen Gefühls, eines Gefühls, überwältigend und schmerzhaft zugleich, neu und dennoch in einer vagen schlummernden Erinnerung an etwas, das ich nicht in Worte zu kleiden vermag und das mir die Tränen in die Augen treibt, weil es mir zugleich den schmerzlichen Verlust dessen offenbart... und während dieses Gefühl mich durchdringt und ganz erfüllt, klingt seine Frage wieder an mein Ohr:

„Wohin möchtest du gehen?"

Ach, wie soll ich dieses Gefühl benennen? Warum wollen sich die Worte nicht formen? Warum ist alles so verschwommen?

Schließlich nimmt das Verschwommene Kontur an, doch die Worte, die sich darum bilden, scheinen mir absurd. Und obwohl es mein Verstand boykottiert, bringe ich ergriffen hervor:

„Ich möchte mein Lied finden."

Da antwortet er ernst und bedächtig und sanft, in vollem Verständnis dessen, was ich selbst noch nicht verstehe:

„Es wird ein wunderschönes Lied sein... Spüre deine Sehnsucht und folge ihr. Halte Ausschau nach der Regenbogenbrücke. Dort werden sich unsere Liederpfade kreuzen."

„Die Regenbogenbrücke? Ist es weit bis dorthin?"

„Das liegt ganz bei dir. Wie gut du die Zeichen liest. Wie achtsam und wie mutig du bist, die Wahrheit zu sehen. Wie sehr du deiner Weisheit traust, deine Spiegel zu erkennen... Doch ganz gleich, wie viel Umwege du auch gehen magst – sei gewiss, dass auf diesem Weg keine Mühe umsonst ist – auf diesem nie endenden Weg, auf dem viele Prüfungen auf dich warten und der dir dazu dient, die Angst vor der Freiheit, ein eigenes Lied und ein Herz zu haben, zu überwinden."

Seine Stimme würde mich noch bis in den Morgen begleiten:

„Erinnere dich deiner nächtlichen Tätigkeiten und Lektionen! Verschlafe nicht den Tag, indem du alles vergisst, was du in der Nacht erfahren hast!

Bist du bereit?"

VII. Dem inneren Verhängnis auf der Spur

Montag, 2. April

Was ist der Unterschied zwischen Traummännern und Tomatenkernen? Tomatenkerne gibt`s wirklich, sind aber genau so schwer zu greifen.

Ha ha, das ist meine erste Erkenntnis für diesen Monat.

Heute beginne ich mein anderes Leben. Das ohne Warten auf Klaus-Peter.

Ich erinnere mich an einen seltsamen Traum von letzter Nacht:

Ich sehe mich tanzen. Allein. Vor einem Spiegel.

Ich möchte meine Bewegungen beobachten, aber es ist ziemlich dunkel. Ich gehe näher an den Spiegel heran. Zuerst sehe ich mein Gesicht, doch dann verändert es sich, die Konturen werden unschärfer, verschwimmen. Ich reibe meine Augen, und als ich wieder in den Spiegel schaue, erschrecke ich. Da ist ein anderes Gesicht, das ich kenne. Sein Anblick versetzt mir einen Stich in der Herzgegend. Es ist Klaus-Peter. Ich strecke meine Hand nach seinem Gesicht aus und rufe in den Spiegel: Wo bist du? Doch es kommt nichts zurück. Meine Frage hallt ins Leere. Dann rückt sein Gesicht immer weiter in die Ferne und verschwindet schließlich ganz.

Ich bleibe vor dem Spiegel zurück und lasse meinen Tränen freien Lauf. Als ich wieder klar sehe, erkenne ich mein Gesicht.

Was soll dieser Traum bedeuten? Er hinterlässt jedenfalls ein seltsames Gefühl, immer noch mit Schrecken und Trauer verbunden. Ich kann mir keinen Reim drauf machen… verrückt.

Immerhin kann ich heute Dinge erledigen, zu denen ich die ganze Zeit nicht imstande war: Habe diverse Angelegenheiten mit der Krankenkasse und der Rentenversicherung geregelt, habe die Firma, von der das Stellenangebot kam, im Internet besucht, meinen Lebenslauf aktualisiert, und mein redigiertes Arbeitszeugnis gelesen! Jetzt entspricht es absolut meinen Wünschen. Danach stelle ich sogar noch alle Bewerbungsunterlagen zusammen und gestalte das Deckblatt.

Das ist ziemlich gut!

Ich habe den Eindruck, als ob meine Energien von Stunde zu Stunde wachsen. Entweder haben sie mir doppelte Ladung in die Infusion gekippt, oder es ist eine Verdrängungsreaktion. Aber ich denke nicht, dass ich verdränge. Die Energien, die Klaus-Peter alle auf sich gebündelt hatte, sind frei. Sie fließen wieder. Ich werde meinen Schmerz nicht übergehen, wenn er kommt, aber er wird schwächer werden.

Ich empfinde jedenfalls eine riesige geistige und auch emotionale Entfernung zu Klaus-Peter. Sie ist so riesengroß im Vergleich zu den letzten Wochen und gestern. Als ob ein Schalter umgelegt worden wäre.

Heute Abend beschließe ich, dass einiges anders werden wird. Und das wird gefeiert! Ich höre Cat Stevens (der ist ja auch so ein Abgedrehter) und zelebriere meinen Neuanfang:

Ich schreibe meine Pläne auf rote Pappe, versehe sie mit den Worten „*Neuanfang April*", zünde eine Kerze an und tanze zur Musik ums imaginäre „Feuer". Am besten gefällt mir der Song, in dem er von seinem Aufbruch erzählt: „When I left my happy home… when the angels washed my mind out…" Als ich mein glückliches Zuhause verließ, als die Engel meinen Geist klärten…

Eine tiefe Freude erfüllt mich. Und er singt noch was Schönes:

„It's hard – but it's harder to ignore it" (Es ist schwer – aber noch schwerer ist es, es nicht zu wissen). Ich werde mich auf die Suche begeben. Obwohl ich gar nicht genau weiß, was ich suche…

Meine Pläne decken jedenfalls drei Ebenen ab:

- Meditieren
- Yoga
- Spirituelle Literatur lesen
- Neuer Job
- Buch schreiben!
- Neue, größere Wohnung
- Salsa lernen, Standard weitermachen
- Joggen?

Dienstag, 3. April

„Lieber Ph. D., Ich nehme an, Sie haben gespürt, dass etwas nicht stimmt. (So schätze ich Sie ein). Ja, es stimmt etwas nicht.

Und das ist die übliche, weltbewegende, immer wieder zutiefst erschütternde, aber banale zwischenmenschliche Wahrheit, dass er nicht der Traumprinz ist. So einfach ist das.

Liebe Grüße,

Isabell"

Mein Chef antwortet:

„Oje, Oje!

Liebe Frau S.,

Ich bin mir sicher, dass Sie schnell wieder zu Ihrer optimistischen und lebensbejahenden Grundlinie zurückfinden werden. Ein bisschen Zeit braucht das zwar, aber zusammen mit dem tollen Frühlingswetter wird das schon gelingen. Wenn Sie wollen, können wir uns diese Woche treffen, und Sie können mir dann alles mal in Ruhe erzählen? Heute und morgen Abend geht es bei mir nicht. Vielleicht wäre auch die Mittagspause geeignet? Wenn Sie Lust dazu haben, rufen Sie mich einfach an.

Ansonsten haben der Herr Kollege und ich uns gerade darüber unterhalten, wann wir Sie denn gemeinsam wiedersehen könnten. Uns ist der Donnerstagabend als gemeinsam möglicher Termin eingefallen. Ich weiß ja nicht, ob Sie Bock darauf haben?

Lassen Sie bitte von sich hören!

Lieben Gruß

Ph. D."

18.00 Uhr: mit Blumen zu Lilo gefahren. Wir haben einen tollen Abend verbracht, den ich sehr genossen habe! Wir haben viel gelacht. Hat mir sehr gut getan, über manche Sachen, was Klaus-Peter angeht, noch mal zu reden. Aber ich habe nicht mehr geweint! Sie ist eine aufmerksame und engagierte Zuhörerin, die mich besänftigt hat, wo es sich noch wund anfühlt, und die mir ein wunderbares Buch geschenkt hat. Treffender könnte es nicht sein:

Maja Storch: „Wenn starke Frauen zu sehr lieben – ein Cartoon". Eigentlich die witzige Fassung des Buches: „Die Sehnsucht der starken Frau nach dem starken Mann", das ich schon verschlungen habe.

Ich denke wieder über den seltsamen Spiegeltraum nach. Er geht mir nicht aus dem Kopf. Und plötzlich kommt mir ein Gedanke: Sollte er mein Spiegelbild sein? Nein! Was habe ich ihm vorgeworfen? Dass sein Beruf für ihn die oberste Priorität habe, dass er emotional blockiert sei und nur sexuelle Nähe zulassen könne… Bin ich das? Nein!!

Das kann nicht sein! Und emotional blockiert bin ich schon gar nicht – oder?

Mittwoch, 4. April

SMS von Nina: „Lebst du noch?"

Und dann folgt eine Reihe enthüllender E-Mails, die mich fast aus den Latschen kippen lassen.

„Hi Babe,

was ist denn los mit dir? Ins Loch gefallen oder versumpft?

Physisch oder psychisch? Kann beides vollkommen verstehen, war letzte Woche auch im Keller, psychisch sowieso und dann noch physisch dazu, konnte nicht mal mehr Sport machen, um mich abzureagieren. Daher nichts wie schlaflose Nächte.

Habe gestern noch vier Briefe von unserer Annoncen-Aktion abgeholt. Einen Typ rief ich gestern Abend 23.00 Uhr noch an, vielleicht treffen wir uns mal. Er ist Beamter, wo, wollte er nicht sagen. Er hat mich nicht mal nach meinem Namen gefragt, vielleicht gehen wir am Wochenende was trinken. Er heißt Sebastian und geht Samstagabend tanzen, hat seine Tanzpartnerin über eine Anzeige kennengelernt. Bist du das vielleicht?

Bei einem anderen (Lehrer für Französisch und Englisch, 1,93 m groß) rufe ich seit Samstag an, er ist nie da, hat keinen Anrufbeantworter. Sophie hat sich zwei ordentliche Briefe mitgenommen – weiß aber noch nicht, ob sie schon was in die Wege geleitet hat.

Willst du heute Abend mal anrufen? Kann eh nicht schlafen, daher kannst du ruhig bis 1.00 Uhr anrufen.

Männer sind Schweine! Krieg einfach die Kurve nicht… falle bald durch den Gully mit 51 kg.

NdF (Nina der Frustie)"

Das ist ja wohl der Hammer! Da hat Sebastian auf Ninas Anzeige geantwortet! Das glaubt mir keiner! Nachmittags fahre ich in die Stadt und komme bücherbeladen zurück:

- Meditation ohne Geheimnis von Ayya Khema
- Die Einweihung (aha, die Autorin schreibt auch Yogabücher!) von Elisabeth Haich
- Karten der Erkenntnis von Chuck Spezzano

- Single – und das gern! von Wendy Bristow
- Der Cinderella Komplex – Die Angst der Frauen vor der Unabhängigkeit von Colette Dowling
- Sowie noch ein Buch über den spirituellen Reichtum der australischen Ureinwohner.

Ach ja, heute Morgen war eine seltsame Nachricht auf meiner Mailbox: nur ein Rauschen, das sich so anhörte wie das Rauschen eines Zuges, sonst nichts…sehr mysteriös.

Freitag, 6. April

Nina wäre gestern Abend fast aufgeflogen beim einstündigen Telefonat mit JdG, in dem sie sich als Sara ausgab:

„Beim Robert-Lemke-Beruferaten fragte er, ob ich was mit Zahlen zu tun hätte, Controlling oder so. Da ich ihm von meinen Sprachkenntnissen schon erzählt hatte, sagte ich „nicht unbedingt". Außerdem hätte ich vorher Kindergärtnerin gelernt (Ablenkungsmanöver). Er meinte aber, dass ich ihn von meinen Sprüchen und meiner Denkweise an eine Bekannte erinnere, ich könnte ihre Schwester sein. Er meinte natürlich mich.

Thema Altlasten wurde auch angesprochen. Er erzählte, dass er seit fünf Wochen solo ist. Und normalerweise hat er mit seinen Verflossenen noch Kontakt, bei der letzten sei es aber nicht so. Es habe sich schon längere Zeit vorher abgezeichnet, dass es nichts mehr ist. Es wäre sowieso schwer, wenn beide einen stressigen Job hätten, eine Beziehung zu führen, da er abends seine Ruhe haben und nichts reden will. „Du redest doch sehr viel, vor allem auf die Briefkastenbox, da quasselst du wie ein Buch", meinte ich. „Das wird sich noch ändern", sagte er.

Thema schwul: Er sieht zwar gerne einen attraktiven Mann, kann aber sonst nichts mehr mit Männern anfangen. „Und du?", kam die Gegenfrage. Ich verneinte irgendwelche gleichgeschlechtlichen Beziehungen, schloss sie aber nicht gänzlich aus, wenn sich mal was ergeben sollte (wollte mich dadurch interessant und experimentierfreudig zeigen). Seine Erwartungshaltung von dem Treffen: keine. Wenn es was wird, ist es o.k, ansonsten macht`s auch nichts. Die Optik muss vor allem stimmen.

Er geht fest davon aus, dass wir uns am Wochenende kennenlernen.

Mit dieser Dating Line fing er erst nach der Trennung von der letzten Freundin (also mir) an.

Wieso aber dann die Riesen-Telefonrechnungen?

Scheinbar steht er doch auf meinem Typ von der Art her, sonst hätte er mich abgehakt, als er die Ähnlichkeiten feststellte. Natürlich mache ich mir da wieder Hoffnungen, würde mich selber belügen, wenn ich es abstreite.

Was nun? Treffen arrangieren?

Ich werde mich aber auf keinen Fall als Sara zu erkennen geben. Wenn er nicht selber drauf kommt. Mir ist schon ganz schlecht.

Dein Rat ?

NdF“

Überlege, was ich Nina raten kann. Schließlich schreibe ich:

„Hm, also ich denke, es ist dir gut gelungen, ihn in die Irre zu führen. Trotzdem ist Vorsicht geboten, da er Sara in Verbindung mit Nina bringt. Auch mit Sara wird er abends seine Ruhe haben und nichts reden wollen. Wie weit bist du also dann mit ihm? Er sagt selbst, dass sich das mit seinem Redefluss ändern wird. Es ist eben nur am Anfang so.

Du hast ja selbst schon gemerkt, dass er wohl auch Sara nicht alles erzählt. Guckt attraktive Männer nur gerne an. Was ist mit der Schwanz-Mail? Telefoniert erst seit Ende der letzten Beziehung – ja, richtig, woher dann die hohen Telefonrechnungen? Er wird es weder dir noch Sara sagen, weil er sich von niemandem in seine innersten Ecken gucken lässt. Du wirst bei ihm nicht den Durchblick kriegen.

Ja, er fährt auf Frauen wie dich ab. Er findet sie anziehend. Solange sie seinem Wunschdenken entsprechen. Dieses Wunschdenken ist nicht alltagstauglich und verwandelt sich in andere Gefühle: Gleichgültigkeit, manchmal auch Hass-Anwandlungen. Er wird Sara genauso schnell loslassen wie Nina, sobald er in ihr nicht mehr die Projektion seiner Wünsche finden kann. Also frag dich mal selber – du bist doch nicht blöd –, was es bringt, es immer wieder versuchen zu wollen.

Du schreibst, er sagt, die Optik müsse vor allem stimmen. Na prima. Dann legt er auf andere Werte doch kaum Wert. Solange die Frau nach seiner Vorstellung spurt, wird sie von ihm auch gnädigerweise mit Samenerguss beglückt. Liebe = Samenverlust. Singen das nicht „Die Ärzte“?

Wenn du darauf immer noch Bock hast, triff dich mit ihm. Kann ich aber wohl kaum glauben, das hast du nicht nötig.

Also: Treffen arrangieren? Schwierig. Wenn du ihn nicht als Sara erniedrigen willst – was willst du dann? Dass er sich erneut in Nina alias Sara oder umgekehrt verliebt. Ich weiß. Ich fürchte aber nur, dass er genau gegenteilig reagiert und sich abwendet, weil diese Aktionen von absoluter Anhänglichkeit und Abhängigkeit zeugen – und er steht auf „starken Frauen".

Das ist meine Sicht der Dinge, aber die Entscheidung musst du selber treffen. Hoffe, dir damit ein bisschen geholfen zu haben, und wenn es nur mal Anregungen sind. Weil man sich selbst immer nur im Kreis drehen kann. Das weiß ich.

Wir können gerne heute noch telefonieren.

Isabell"

Vielleicht sollte ich doch noch meinen Doktor in Psychodings machen? Warum kann ich in meinen eigenen Angelegenheiten nie so klar sein?

Hm, das Buch von Maja Storch ist ja Spitze. Ich habe es voll Faszination bis zum Ende gelesen. Ich habe bei jeder Seite genickt und gedacht: So oder so ähnlich hast du es erlebt… Sie geht dem Phänomen, dass Beziehungen von „starken Frauen" nach kurzer Zeit in die Brüche gehen, auf den Grund, indem sie die immer wieder auftauchenden Beziehungsmuster zwischen Mann und starker Frau entlarvt. Das Dilemma der starken Frau sei ihr inneres schwaches Mädchen, lerne ich, und ihr inneres Männerbild, das meist einem Macho-Supermann gleiche. Die Tragödie kann losgehen. Ich folge ihren amüsanten Ausführungen, und mir fallen einige Analogien zu meinen Verhaltensweisen auf, unter anderem die Sehnsucht nach Romantik, Leidenschaft und Vom-Winde-verweht-Dramen. Dann folgt eine Übersicht über die Varianten, wie sich die Beziehung weiterentwickelt, gegliedert nach Opfervariante, Fluchtvariante, Kampfvariante und Mischform. Ich bin voller Spannung auf Maja Storchs Auflösung des Dilemmas.

Und das einzige, was sie auf der letzten Seite anbietet, ist das Zauberwort Geduld! (neben dem Vorschlag, eine Therapie zu machen oder an einem ihrer Seminare teilzunehmen).

Das kann's doch nicht sein! Vor allem kann's das allein nicht sein!

Samstag, 7. April

Osterfest in der Tanzschule. Mit albernen Spielchen und leckeren Snacks. Sebastian und ich tanzen zu „I'm horny", und er fragt, was das heiße. Er versteht meine Antwort nicht. Da die Musik sehr laut ist, antworte ich ein zweites Mal entsprechend laut, nur, als meine Antwort kommt, ist es auf einmal ziemlich leise! Und so plärre ich in den Raum: „Ich bin geil!"

Er lacht natürlich. Mir ist es etwas peinlich. Ich schaue mich um und hoffe nur, dass die anderen das jetzt nicht falsch verstehen!

Ansonsten: mehrmals aus dem Takt gekommen (da Sebastian nicht schnell genug ist), Cha-cha statt Jive getanzt, ich habe ihm bei der Drehung mehrmals den Ellbogen in den Bauch gerammt, mein Tigerschal hat sich irgendwie bei ihm verfangen und hat mir den Hals ein bisschen zugezogen... Schade, dass es niemand gefilmt hat. Wär bestimmt ein Knaller bei „Bitte lächeln" oder so.

Sonntag, 8. April

Werde heute noch eine Liste machen, wo ich meine Probleme sehe. Ich will meine inneren Muster, bei denen irgendetwas eindeutig falsch läuft, durchbrechen. Es wird Zeit. Ich habe Angst vor der emotionalen Abhängigkeit, aber ich glaube nicht, dass die totale emotionale Unabhängigkeit erreichbar ist, weil ich überzeugt bin, dass niemand eine Insel ist.

Nachmittags Kaffeeklatsch mit Nina, Sophie und Jennie mit den Themenschwerpunkten Annoncen und JdG.

Es stellt sich heraus, dass alle die Briefe schon gelesen haben, nur ich nicht. Sophie hat sich endgültig einen rausgesucht, bei dem sie sich diese Woche noch melden will. Jennie macht einen Rückzieher, und Nina ist noch am Sortieren.

Dann ist JdG dran.

„Als ich gestern nach Hause kam, hörte ich meine Nachrichten in der Dating-Line ab", beginnt Nina. „Und da war JdG auf der Line und bekam mit, dass ich auch drauf bin. Er schickte mir dann sofort noch eine Nachricht: „Hei, ich höre, du bist auch gerade drin, dann melde dich doch." Ich war so verdattert, dass ich sein Gespräch nicht annahm. Ich hinterließ ihm eine Nachricht, dass ich jetzt nicht reden kann, da ich nicht alleine in meiner Wohnung bin."

„Wie clever von dir“, werfe ich ein. Sophie nickt zustimmend.

„Entweder verarscht er mich jetzt, oder er ist wirklich so doof. Das gibt’s doch nicht, dass er mich immer noch nicht an der Stimme erkannt hat. Vielleicht testet er jetzt, wie weit ich noch gehe?“

Ratlosigkeit bei allen.

„Ja, also, ich versteh das auch nicht. Wenn er deine Stimme echt nicht erkennt, weiß ich auch nicht“, spricht Jennie uns aus der Seele.

„Absolut enttäuschend“, sagt sie. „Dass er Nina nicht erkennt, ist enttäuschend, und dass er so auf Sara abfliegt“.

Männer sind Schweine! Das haben schon *Die Ärzte* erkannt. Wir tratschen noch über dies und jenes, und gegen Abend haben wir uns sozusagen fertig ausgekotzt.

Ich beschließe, nach Maja Storch nun als logische Konsequenz „Single – und das gern!“ zu lesen.

Ich erfahre, dass wir die sexy-intelligenten Frauen des neuen Jahrtausends seien, leider mit einer fatalen Eigenschaft ausgestattet – dem Hang, unser Leben in Erwartung des Traummannes in einer Warteschleife zu verbringen. Der Glaube an das Märchen vom Aschenputtel macht uns vom Märchenprinzen abhängig, und wir drängen ihn in die Rolle, die ganze Verantwortung zu tragen.

Das sehe ich ein. Ich suche ja auch keinen Mann, der auf mich als die Erfüllung seines Lebens wartet. Da hätte ich ja enormen Druck! Und würde ihn als nicht selbstständig bezeichnen! Würde das Interesse an ihm verlieren, weil er wahrscheinlich klammert! Weil er abhängig ist!

Und wieder diese Weisheit, dass man nur eine wirklich befriedigende Beziehung aufbauen kann, wenn man sich selbst liebt. Ein Mann sollte wirklich nicht der einzige Sinn und Zweck des Lebens sein, sondern eine wunderbare Zugabe. Ja, das mit dem „wunderbar“, das ist eben das Problem.

Da ist schon was dran – aber wie alles umsetzen?

Und dann ist noch ein geniales Kapitel über die Selbst-Achtung:

Als Merkmale geringer Selbstachtung in Partnerschaften führt sie auf:

- Klein beigeben
- Dinge akzeptieren, die einem eigentlich gegen den Strich gehen
- Keine Fragen stellen
- Dinge entschuldigen/Ausreden suchen!

Das Warten hat sie vergessen.
Jetzt frag dich – fragt sie:
Wenn ich mich wirklich liebe, wertschätze und respektiere – hätte ich mir das gefallen lassen / würde ich mir das gefallen lassen?
Wenn ich meine beste Freundin wäre – was würde ich mir raten?
Lese mir noch mal meine Antwort auf Ninas Mail durch.
Mittlerweile 20.30 Uhr. Werde Nina auch mal das Buch ausleihen.

Montag, 9. April

Habe tolles Amulett mit Rosenquarz gekauft – ein Kreis, und darin, beweglich, der Edelstein. In den Rand sind geheimnisvolle Zeichen eingraviert. Habe ganz vergessen zu fragen, was die bedeuten. In der Beschreibung steht:

Macht sanft, aber bestimmt. Fördert Hilfsbereitschaft und Aufgeschlossenheit, außerdem Selbstliebe, Herzenskraft und Liebesfähigkeit. Er lenkt die Aufmerksamkeit auf die Erfüllung elementarer Bedürfnisse. Er stärkt Herz und Geschlechtsorgane, hilft bei sexuellen Schwierigkeiten (unnötig, da überhaupt kein Sex) und wirkt fruchtbarkeitsfördernd (na ja, muss nicht sein!).

Donnerstag, 12. April

Das Genialste heute war, dass ich vom Personalmanagement von A.S.C. zum Vorstellungsgespräch eingeladen wurde – für nächsten Mittwoch. Aber erst nach einem Quasi–Vorstellungsgespräch am Telefon, das bestimmt eine halbe Stunde lang dauerte. Wahnsinn. Und ich war doch nicht drauf gefasst und nichts! Der Typ hat absolute Profifragen gestellt, und ich habe mich, denk ich, wacker geschlagen, auch mit ein bisschen Humor, denn sonst hätte er mich wohl nicht nach M. eingeladen. Das war der zweite Hürdenlauf…

Gefühl sehr großer Freude – registriere, dass es nur relativ kurz anhält in dieser Euphorie und dann abklingt. Unbeständigkeit.

(Übe mich zurzeit in buddhistischer Denkweise.)

Samstag, 14. April

An Post kam nur die Wegbeschreibung von A.S.C.

An Literatur steht heute die „Einweihung“ auf dem Plan. Ich kann nicht mehr aufhören. Ich lese fasziniert, bis Jennie, Sophie und Nina kurz nach 18.00 Uhr alle auf einmal aufkreuzen. Nina hat alle Briefe auf unsere Annonce dabei, und zwei bleiben auch für mich übrig. Der eine hat sogar eine Internetadresse angegeben. Die werde ich mal checken. Sophie bekommt einen Anruf von einem Markus, zu dem sie Kontakt aufgenommen hatte, auf ihrem Handy. Sie ist enttäuscht, weil er so aufgeregt und unsouverän klingt. Jennie hat kein Handy mehr. Ich nutze mein Handy für eine SMS an Sebastian: „Möchte so gern tanzen – Frohe Ostern, I."

Wie immer wird er Jahre später antworten. Ein toller Abend mit Cat Stevens und Buena Vista Social Club, Champagner und Auratee, Käse, Tiramisu (Meisterin Sophie) und Tabuleh (Meisterin Nina).

Gegen 23.00 Uhr schwärmen sie wieder aus, ich spüle noch bis Mitternacht oder so und lese dann ewig lang im Bett „*Die Einweihung*" weiter. So was habe ich noch nie gelesen! Wenn es sich auch abstrus anhört und ich vieles nicht verstehe und mir keinen Reim drauf machen kann – ich habe den Eindruck, dass hier eine Menge Wahrheit drinsteckt! Es ist ein mystisch-biographischer Roman, der die altägyptische große Einweihung beschreibt sowie die Lehren des Hohepriesters Ptahotep. Es geht um die Gesetze des Universums (immerhin sind mir wenigstens einige bekannt), die menschliche Seele, die Gesetze von Karma und Reinkarnation. Dieses Mysterium der Einweihung fesselt mich bis nach Mitternacht.

Sonntag, 15. April

Wache gegen 11 Uhr auf. Schön tief geschlafen. Zum Frühstück gibt's Tiramisu und Tee. Dann lese ich weiter. Das Kapitel über den Baum der Erkenntnis ist faszinierend.

Ich erkenne an diesem Morgen:

Die Einstellung alles oder nichts ist dämlich. Traummann oder gar keiner. Wirklich dämlich, weil es kein „Alles" und kein „Nichts" gibt.

Im Alles ist das Nichts und im Nichts ist das Alles. So, wie sich mir etwas offenbart, ist es nicht. Denn es gilt auch, das zu erkennen, was sich nicht offenbart: die andere Hälfte.

Nichts ist so, wie es scheint!

Ich habe das Bedürfnis, Yoga zu machen und für den Rest des Tages in Gedanken zu versinken.

Der Typ aus der Annonce ist Yoga- und Tantra -Lehrer! Und da ist ein Seminarhaus, wo diese Begegnungen stattfinden. Bin irgendwie neugierig. Werde ihn kontaktieren – aber nach meinem Vorstellungsgespräch.

Dienstag, 17. April

Will heute die Route zu A.S.C. als Teststrecke vor dem morgigen Termin sicherheitshalber abfahren. Geschätzte Fahrtdauer: 1 h 20 min. Die Fahrt entpuppt sich jedoch als Katastrophe. Schließlich hat mich ein Taxi zumindest in die City gelotst, habe aber die Firma nicht gefunden. Vielleicht Scheinfirma? Fahre völlig entnervt heim.

Habe jetzt wütend die blöde Zugfahrkarte geholt. Wenn morgen der Bahnhof noch da ist, ich den Zug nicht verpasse, die Zielstation nicht verschlafe, der Zug nicht entgleist und ich nicht vom Blitz getroffen werde, werde ich wahrscheinlich das Vorstellungsgespräch wahrnehmen können.

Mittwoch, 18. April

Uah, 10.00 Uhr Vorstellungsgespräch. Bin aufgeregt und werde von den besten Wünschen begleitet:

SMS von meinem superlieben Chef, also Ex-Chef natürlich: „Liebe Isabell, wünsche Ihnen für heute viel Erfolg."

Versuche mich während der Zugfahrt auf mögliche Fragen einzustimmen.

Ich packe zusammen und suche meinen Weg aus dem Bahnhof. Fahre mit der S-Bahn weiter und finde auch direkt das Gebäude, in dem das Gespräch stattfindet. Habe noch 15 Minuten Zeit und drücke mich im Korridor herum, meine Gedanken sammelnd.

Dann melde ich mich an der Rezeption an. Werde unmittelbar später in ein Zimmer gebeten und bekomme einen Sprudel. Ich bete noch mal meine Fragen runter, die ich stellen möchte, wenn ich gefragt werde, ob ich noch Fragen habe: Wie sieht mein Arbeitsplatz aus – Gehalt – was sind meine konkreten Aufgaben (kein theoretisches Gesülze bitte!) – mit wem arbeite ich zusammen – können Sie mir bei der Wohnungssuche behilflich sein – wie sieht meine Einarbeitungszeit aus – meine Aufstiegschancen – Job-Rotation – Arbeitszeit?

„Guten Morgen“, begrüßen mich zwei junge Männer mit geübtem aufgeschlossenen Blick und aufgesetztem Sonnyboy-Lächeln. Die haben Seminare hinter sich wie „Denk positiv und alles ist möglich!“ Oder „Vom Glück, in sich selbst verliebt zu sein“, oder „Manipulieren, aber richtig…“ Und das sind die Personalmanager! Ach nee. Ist das ein Witz? Diese jungen Schnösel? Die wollen mir was erzählen?

Das Interview verläuft gut, die Fragen sind easy. Ich komme mir leicht unterfordert vor und habe den Eindruck, dass sie mit meinen Gehaltsvorstellungen überfordert sind. Mehr in zehn Tagen. Nach 45 Minuten bin ich wieder draußen.

Überlege noch, durch die Stadt zu schlendern, habe aber keine so richtige Lust. Also trete ich die Heimreise an. Freu mich auf das Konzert heute Abend. Und Olaf holt mich ab.

Soneros de verdad a buena vista. Gerade als Olaf und ich vor der Halle Schlange stehen, ruft Jennie auf meinem Handy an. Wie's denn gelaufen ist? Sie ist mit ihrem Andreas in Berlin und berichtet, dass Nina ein frustrierendes Blind Date hatte (total verklemmtes Muttersöhnchen).

Das Konzert ist ganz gut, obwohl Olaf und ich uns mehr unterhalten als dem Konzert zu folgen und dafür einen Anschnauzer vom Hintermann kassieren. Danach unternehmen wir noch einen Abstecher in die Salsakneipe, in der alle wie irre tanzen. Gegen 2.00 Uhr fährt er mich nach Hause.

Donnerstag, 19. April

Grundstimmung: Weite Traurigkeit. Ja, sie fühlt sich weit an, nicht tief. So weit wie ein Ozean. Manchmal weine ich noch, wenn ich an Klaus-Peter denke. Vielleicht ist er doch mein Spiegel.

Habe beim Zähneputzen wie aus heiterem Himmel folgende Erkenntnis: Ich wollte mich noch nie wirklich binden!! Oder besser: Ich wollte schon, aber immer diese Bindungsangst!

Werde heute Abend jedenfalls diesen Jonathan anrufen, er hat einen so schönen Brief geschrieben, und an den wilden Tantra-Heinz habe ich eine SMS geschickt: „Würde dich gern mal kennenlernen. Isabell.“ Gemeint habe ich: Würde dich gerne mal auf den Leim führen.

Date mit dem Tantra-Irren ausgemacht. Morgen 16.00 Uhr auf dem Marktplatz. Er wollte sich mit mir im Schwimmbad treffen. Das sei so schön, getragen zu werden, meinte er gedehnt. Ich antwortete cool und kurz, ich bevorzuge ein Treffen im Trockenen. Er muss irre sein! Zweites Date, Sonntag, 16.00 am Kino, mit Jonathan. Ganz angenehme Stimme.

Freitag, 20. April

Am Ende des Tals der Tränen stehen immer die Berge des Glücks.

Ich hoffe, dass ich bald die Berge des Glücks sehe. Im Moment fühl ich mich allerdings eher im Tal des Jammers. Da hinein passt auch die Begegnung von vorhin:

Heinz. Er kam etwas später zu dem verabredeten Treffpunkt. War mir gleich nicht sympathisch. Obwohl er alles versucht hat! Bringt mir eine Rose zum Date mit. Finde ich nett, aber nicht doch übertrieben? Er scheint angetan von mir zu sein. „Rattenfänger“, denke ich. Ich bin aber keine Ratte! Er weiß nicht, dass ich nur herausfinden möchte, ob mein analytischer Verstand wieder Recht hat. Nämlich dass er auf Annoncen antwortet, um an Kunden für seine zweideutigen Seminare zu kommen. Meiner Meinung nach ist er da clever. Mein Verdacht bestätigt sich im Laufe des Gesprächs, und ich fälle bald mein vernichtendes Urteil über ihn: Nicht vertrauenswürdig. Sein Gesicht ist grob, und die Mundpartie mit den schlechten Zähnen erinnert mich an ein Schwein. Die Nase auch. Ja, ehrlich, sorry, aber ist so! Bin froh, als ich mich endlich verabschieden kann. Ich könne mich ja mal melden, grinst er mich an. Ja, vielleicht, lächele ich höflich. Und ergreife die Fluchtvariante.

Zu Hause gehe ich eine Broschüre durch mit Meditationsseminaren im Allgäu. Ich denke, es ist bestimmt gut, mal an so was teilzunehmen, zumal ich ja dieses Meditationsbuch gelesen habe.

Sonntag, 22. April

15.55 Uhr

Noch fünf Minuten bis zum Date. Die warte ich im Auto. Will nicht dämlich draußen rumstehen. Ich ärgere mich, dass ich überhaupt hier reingeraten bin. Habe keine Lust auszusteigen. So eine peinliche Situation! Ich nehme mir vor, demjenigen eine Chance zu geben – auch wenn er auf Anhieb nicht mein Typ ist. Was Hundertprozentiges gibt es sowieso nicht. Also, Isabell, nicht gleich abblocken!

So, jetzt muss ich aber doch raus. Ich gehe selbstsicher erhobenen Hauptes zu dem vereinbarten Treffpunkt vor dem Kino. Entdecke niemanden, der es sein könnte. Stiere gelangweilt in das Kinofenster. Dann steht er auf einmal da. Todernster Gesichtsausdruck, kein Lächeln. Das ist der erste Eindruck. Er ist zum Glück nicht so klein, wie ich befürchtet hatte. Hat klare, blasse, durchgeistigte Züge. Auf dem Weg zum Café unterhalten wir uns schon ganz nett. Das erste, was er sagt: „Es soll ja Frauen geben, die lesen sich die Briefe mit Freundinnen durch und machen sich darüber lustig!“ Na prima. Fängt ja gut an. Ich entgegne diplomatisch, dass ich mir so was schon vorstellen könne, und bemühe mich, mein Grinsen zu verkneifen. Sonntagnachmittag im Café bei Kaffee und Kuchen – wie furchtbar konventionell! Komme mir vor wie auf dem Präsentierteller. Mit Sahnehäubchen? Eins steht fest: So jemand habe ich noch nicht kennengelernt. Er erzählt davon, dass er sich in Individualpsychologie vertiefe, von Zen-Meditation, schneidet kurz seine gescheiterte Ehe an. Zwischendurch schäkert er mit der Bedienung, was mir sehr aufgesetzt vorkommt. Na ja, zu den Grundeckdaten, die man bei so einem Meeting ja abklopft, gehört natürlich auch die Frage nach meinem Job. Ich kläre ihn darüber auf, dass ich gerade wieder auf Jobsuche sei. Weiteres Gesprächsthema: was mir gefallen habe an seinem Brief, mit wie vielen ich mich noch treffe, ob ich verheiratet war, Kinder habe, welche wolle… Gegen 18.30 Uhr muss er aufbrechen, er habe noch einen „Auftritt“. Ob ich nicht Lust habe, noch ins Theater im Viertel nachzukommen? Nach kurzer Überlegung siegt meine Neugierde.

Ich muss natürlich wieder Hindernisse überwinden: Die Autobahnausfahrt ist wegen Hochwasser gesperrt, ich muss die nächste Ausfahrt nehmen, und habe von dort keinen Plan, wie ich ins Theaterviertel komme. An einer roten Ampel frage ich einen Taxifahrer nach dem Weg, und er ist so nett, mich zu lotsen; leider verliere ich ihn wieder und folge einem falschen. Irgendwann kann ich mich wieder orientieren. Endlich, Viertel nach acht, bin ich da. Da ist er schon am Trommeln. Ich stelle mich in dem kleinen Theater, das proppenvoll ist, ganz hinten hin und lasse alles auf mich wirken. Nach dem Stück geht er an die Bar, und ich geselle mich zu ihm. Er beschafft mir einen Sitzplatz. Und so beginnt ein netter Abend mit schönen Beiträgen: Gedichte (auch Jonathan trägt vor: der Inhalt ist schön – er trägt es nur nicht mit Liebe vor, finde ich), Musik (afrikanisches Trommeln, indisches ?? – keine Ahnung, habe das Instrument noch nie gesehen), Guru-Vortrag über Seths Weisheiten (peinlich, auch, wenn ich Seth nicht kenne), eine ätzende wissenschaftliche Abhandlung über Biomedizin, loriotreif, wie Jonathan meint, der mittlerweile dicht hinter mir sitzt, sein Kinn auch mal auf meine Schulter legt, sein Kopf sehr dicht an meinem, als er mir etwas ins Ohr flüstert. Die Leute werden unruhig, genervt, der Geräuschpegel nimmt zu, manche lachen, ich lese – zum Glück ist dieser Tisch mit Büchern direkt vor mir (Huna, Kräutertees, Gesunde Küche…). Endlich ist der Vortrag zu Ende, und das Klatschen entspringt wohl eher der Erleichterung. Später an der Bar wird es lustig – reine Situationskomik. Humor scheint er jedenfalls zu haben. Danach gehen wir in die Kneipe gegenüber. Ich will mich ihm gegenüber setzen, aber er setzt sich neben mich. Später kommen all die anderen aus dem Theater zu uns, verteilen sich um uns rum, und ich inmitten von Gesprächen über Hinduismus, Mantras, Yoga, Runen und ich weiß nicht mehr was noch alles. Jonathan betreibt Gesichts- und insbesondere Augenanalyse mit mir, und ich bin fasziniert, was er aus Augen, Falten, Ohren, Nase, und Schädelform so alles liest. Als er mich gesehen habe, habe er gedacht, ich sei eine starke Frau. (Achtung! Reizwort!). Er sehe aber auch, dass ich ein schwaches Nervenkostüm habe (Mist!), an meinen feingliedrigen Fingern erkennt er, dass ich sensibel bin, irgendwo sieht er auch, dass ich einen starken Willen und Durchhaltevermögen habe (ach ja, am Kinn) und intelligent bin (Stirn und Schädelform). Ich würde sagen, was ich denke, aber nachtragend sei ich nicht. Ich bin ziemlich perplex. Für den Anfang nicht schlecht! Aber was er kann, kann ich anders. Ich bitte ihn um sein Geburtsdatum und erstelle auf einem Bierdeckel sein numerologisches Profil. Daraus lese ich: starker analytischer Verstand, Macher, Unruhegeist, Ebene der Entschlossenheit stark ausgeprägt, Hang zu Esoterischem.

Er bejaht alles.

Heute bin ich in eine andere Welt eingetaucht. Der eine oder andere Grenzgänger hier scheint auch zu kiffen…

Um 2.00 Uhr löst sich alles auf. Jonathan gibt mir die Hand zum Abschied und meint, dass ich, da ich wohl die Misstrauischere sei, als Erste anrufen solle. Das finde ich toll. Er hat nur meine Handynummer und meinen Vornamen. Ich frage ihn, ob ihm das Probleme macht. Er sagt, früher hätte es. Heute nicht mehr. Er akzeptiere es. „Es bleibt dir wohl auch nichts anderes übrig", denke ich und lächele souverän mit zur Seite geneigtem Kopf.

Dienstag, 24. April

Erhalte eine SMS von Jo:

„Hallo, ich finde dich sehr nett, es war eine angenehme Erfahrung; wie fühlst du dich? Gute Nacht! Eine schöne Woche, Liebe Grüße, J."

War zuerst etwas ambivalent, was er wohl schreiben würde, als ich seine Nummer auf dem Handydisplay erkannte, aber das gefällt mir ganz gut. Könnte ihm noch antworten, aber mache es nicht. Warten lassen. Dämliche Datingregel. Vielleicht machen wir mal den Discofoxkurs zusammen – so als Einstieg. Wer weiß, welche Lektion er für mich bereithält und welche ich für ihn.

Sehr gute Kondition beim Laufen. Dieselbe Zeit wie vorher, und keine Seitenstiche.

O.k., ich schicke ihm gegen halb zehn eine SMS, die nicht mehr aussagt, als dass ich ihn auch sympathisch finde.

Werde noch meditieren.

In etwa zu diesem Zeitpunkt hörte ich auf, Alkohol zu trinken; ich hätte mir nie träumen lassen, dass ich mit Begeisterung Tee trinke…

Mittwoch, 25. April

Habe gut geschlafen (ohne Alk, ohne TV, ohne Träume), habe einen Seminarplatz für 6.–12. Mai im Allgäu. Der Vormittag vergeht mit Telefonaten, SMSen (Zusammentrommeln der Girls für morgen Abend zwecks Briefing für Samstag) wie im Fluge.

Mein Chef meldet sich mit dem Header

„Eine andere Realität"

Hallo, liebe Frau Serges,

Ich nehme mir mal ein paar Minuten, um mit Ihnen zu schäkern.

Der Herr Kollege erzählte mir von Ihrem gestrigen Telefonat und dass Sie gar nicht so sicher sind, ob Sie weggehen wollen. Haben Sie Ihren Wanderplan aufgegeben? Wie geht es Ihnen inzwischen? Haben Sie sich erholt von der Enttäuschung? Ich hoffe sehr, dass es Ihnen wieder gut geht!

Was halten Sie von einem Dinner for three (tête à tête à tête) am Donnerstag?

Ich freue mich schon riesig auf ein Wiedersehen!

Ph. D."

Ich antworte:

„Lieber Ph. D.!

Nein, ich habe meinen Wanderplan nicht aufgegeben, ich weiß nur noch nicht, in welche Richtung ich gehen soll!

Das Vorstellungsgespräch ist gut gelaufen, war mir danach aber überhaupt nicht mehr sicher, ob das mein Job ist. Und dafür alles hinter sich zu lassen, nee, dann muss es schon der richtige Job sein. Diese Woche werde ich erfahren, wie die Firma das sieht, eventuell folgt dann noch ein Gespräch. Oder auch nicht.

Habe mich mittlerweile auch in der Region beworben – umziehen werde ich aber auf jeden Fall. Habe mich auf Managementassistenz und Chef-Assi beworben. Ich lasse mir schon mal die Nägel wachsen. Spaß beiseite. Schlage vielleicht eine ganz andere Richtung ein. Ja, danke der Nachfrage, es geht mir so weit wieder ganz gut.

Muss über Dinner for three tete à tete à tete lachen (finde das Dächelchen für das e leider nicht), ja, freu mich auch schon so, Sie wiederzusehen, nur just in dieser Woche bin ich im Allgäu. Wie wär`s mit der Woche drauf?

Alles Liebe, see you, Isabell"

A.S.C. schickt mir eine Absage. Ich bin happy! Wahrscheinlich am meisten über meine Intuition. Ich hatte geträumt, dass es nicht klappt. Ich war nicht überzeugt von dem Job. Noch heute morgen habe ich über den Satz „Ich akzeptiere, dass mein Leben Ausdruck meiner Gedanken ist" nachgedacht und dabei überlegt, wenn dem so ist, wäre es nur logisch, eine Absage zu bekommen. Schicke die Fahrtkostenerstattung sowie die Seminaranmeldung weg. Damit wäre für heute wieder der Schreibkram erledigt.

Die andere Geschichte nimmt ihren Lauf:

„Würde dich gerne wiedersehen! Freitagabend? Freue mich!. J."

Ich beobachte mich. Es löst keinen Jubel aus. Vielleicht haben wir am Freitag ein vollkommen neues Bild voneinander, das nicht mehr passt.

Das kann alles sein. Heute Abend werde ich ihm schreiben, dass Freitag geht.

Donnerstag, 26. April

Kurz nach neun Uhr klingelt das Telefon. Die Firma aus H. Einladung zum Vorstellungsgespräch am zweiten Mai. Nicht schlecht!

Und dann ist da noch eine liebe SMS von Jonathan:

„Freue mich über deine SMS. Rufe morgen an, Absprache Treffen Freitag. Schlaf gut, träum was Schönes. Bis morgen. Alles Liebe, J."

Ich hatte die Nacht alles andere als schöne Träume…

Mache die Unterlagen fürs Arbeitsamt versandfertig, beantworte Mails, und schon ist es Viertel vor Zwölf, und ich sitze immer noch im Schlafanzug vor dem Computer.

Schöne, gesegnete Arbeitslosenzeit!!

„Hi Ph. D.,

Dinner for three am 14. 5. habe ich in meinen Kalender

eingetragen, Ort und Zeit können wir ja kurz vorher klären, wär schön, wenn Sie sukzessive erscheinen könnten, damit ich Sie in Ruhe erst mal kräftig umarmen kann! Haben Sie keine Angst!

Gott sei Dank kam heute die Absage aus M. – hat mich aber nicht überrascht, weil ich es a) schon geträumt hatte und b) eh nicht mehr überzeugt war.

Und jetzt geht's heiter weiter. Bin auf dem Yogi-Weg. Zwei Vorstellungsgespräche stehen noch aus. Ich genieße die Zeit ohne Job immer noch sehr… Vor allem ausschlafen können!"

Er antwortet:

„Ohayo Gosaimashta Serges-san!

sorry, ich weiß nicht ob Frau S. so zu übersetzen ist (– san heißt auf jeden Fall Herr … und das andere heißt Guten Morgen, aber das wissen Sie ja).

Ich muss sagen, Ihr Hang zum Fernöstlichen Nahkampf kam in der Firma gar nicht so zur Geltung!

Also ich pack das schon mit Ihrer Entwicklung. Ich stehe, staune, wundere mich und bewundere Sie und bin auf die nächsten Phasen gespannt. Schön, dass es bei Ihnen am 14. klappt. Dass wir getrennt auftauchen, ist nicht ganz sicher. Ich könnte mich aber auch vom Herrn

Kollegen trennen, und wir träfen uns dann `ne halbe Stunde früher (bei schönem Wetter am See, könnten uns kräftig drücken (ich habe überhaupt keine Angst) und ausquatschen und dann ins Restaurant? (Haben auch Sie keine Angst!)

Live aus „Big Brother“. Ich will raus hier!

Mit distinguiertem Yoga-Gruß, Ph. D.“

Ich muss herzhaft lachen und antworte:

„Surya Namaskar, dear Mr D.!

Sie sind echt göttlich! Habe so gelacht! Bin froh, dass Sie mit meiner Entwicklung nicht überfordert sind. Da kommt bestimmt noch einiges. Heute Morgen habe ich ein Vorstellungsgespräch in H. gekriegt, am 2. Mai. Als Büromieze (übersetzt: Managementassistentin). Könnte ich eine Zeitlang machen, um dann zu meiner wahren Berufung (die ich noch nicht kenne) voll und ganz überzugehen.

Ich bevorzuge auf jeden Fall die Seevariante, wenn es Ihnen Recht ist. Das wär toll! Ja ja, das Leben im Container ist schon harte Realität. Wenn ich könnte, würde ich Sie da direkt rausholen!

Mit vorzüglichem Sonnengruß (surya namaskar), Isabell“

Mittags Telefonat mit Jo. Er schlägt vor, in der Stadt essen zu gehen. Ja, schön. Er möchte mich abholen. Nein, danke. Er ist leicht pikiert. Das macht die Stimmung etwas gespannt. Er reitet auf meinem Misstrauen herum. Er registriere nur und mache sich seine Gedanken, sagt er. Er wäre nur aufgrund meiner SMSen von seinem Misstrauen etwas abgerückt. Ich sage, es gäbe nichts zu dramatisieren. Ich würde mich nur nicht mit jemandem, den ich ein paar Stunden kenne, ins Auto setzen. Ich merke, dass ihm das irgendwo gar nicht gefällt. Es fühlt sich dissonant an. Ich lasse mich nicht in etwas hineindrängen, nicht unter Druck setzen und mir nichts ins Hirn spucken. Ich bleibe ich – unvereinnahmt, selbst. Ich denke, er will *haben*. Das drängt mich in Abwehrposition. Wenn er keine Zeit hat, hat er keine Chance.

Den Abend verbringe ich mit den Girls. Sophie kommt schon um sechs Uhr, Jennie um sieben (wusste gar nicht, dass sie auch kommt), Nina um acht. Die Abwesenheit der einen wird immer dazu benutzt, sie zu analysieren, psychologisch zu durchleuchten und uns über unsere Scharfsinnigkeit, unseren Durchblick und Psychokenntnisse zu freuen. Als Außenstehende und Betrachter eines Problems gefallen wir uns alle besser, als mitten drin zu stecken.

Davon abgesehen hat das Treffen folgenden Sinn: Briefing wegen Ninas Date mit Sebastian am Samstag. Dass sich nur ja keine verplappert, und das machen die Weiber nur zu gern. Na ja, ich bin diesmal ja nicht betroffen. Wir machen aus, dass Nina Samstagabend in die Tanzschule kommt und ich ihr Sebastian vorstelle. Dann wollen wir uns alle um 23 Uhr in der Salsakneipe treffen. Die Girls entwickeln eine Wachhaltestrategie bis dahin. Ja und ich werde mich zurücklehnen können und die Begegnung Nina – Sebastian beobachten.

Gegen 21.00 Uhr erreicht mich eine SMS von Jo:

„Es war nett, deine Stimme zu hören. Finde diese Art, sich kennenzulernen, spannend. Schöne Zeit bis dahin. J."

Mein Kommentar: Er versucht die Kurve zu kratzen. Für mich passt die SMS nicht zu dem Telefonat. Die Mädels sehen das alles nicht so eng, als ich von meinem dissonanten Gefühl erzähle, bis ich mir selbst nicht mehr sicher bin, ob ich nicht alles zu eng sehe.

Wie dem auch sei, nett find ich die SMS ja schon. Werde aber nicht antworten.

Freitag, 27. April

Der Abend mit Jo war sehr schön. Wir waren in einem kleinen, gemütlichen türkischen Restaurant essen, es war lecker, wir haben uns gut unterhalten, haben viel gelacht, und ich habe das gesagt, was ich mir vorgenommen hatte: dass ich Interesse an ihm als Person habe, das so weit gehe, dass ich ihn näher kennenlernen möchte – aber ob es in eine Beziehung münde, sei total offen. Wie er das sehe? Entgegen meiner Erwartung sagt er, er sehe es auch so. Ansonsten fallen mir noch folgende Splitter ein:

Er habe sich den ersten Abend noch mal so durch den Kopf gehen lassen und habe sich vorgestellt, wie das wäre, wenn ich bei ihm zu Hause die Wohnzimmertür hereinkäme. Hm – und? Er hätte es o.k. gefunden! Ich weiß, was dahinter steht. Lässt man einen neuen Menschen in seine Alltagswelt? Wenn ja, wie fühlt es sich an? Lasse ich ihn an meinem Leben teilhaben – oder ist mir das unangenehm? Ich weiß nicht, ob mir das angenehm wäre. Aber ich äußere meine Bedenken nicht. Zu nett, dieser Abend.

Als später alles etwas philosophisch wird, erzähle ich ihm von meiner Erkenntnis, mit der ich ihm mein Misstrauen erklären möchte.

Ich sage: Nichts ist so, wie es scheint.

Er ist überrascht und nachdenklich.

Wir bleiben etwa bis Mitternacht in dem Restaurant. Zum Schluss fragt er: „Wann darf ich dich wieder sehen?“ Das finde ich süß!

Nächsten Freitag, antworte ich. Statt sich einfach nur darüber zu freuen, muss er mir gleichzeitig mitteilen, dass er dann wegen mir nicht so viele Patienten an diesem Tag annehme. Man müsse Prioritäten setzen! Ich hätte das nicht gesagt. Wär mir nicht wichtig gewesen. Es hat was von Wichtigtuerei, die mir zutiefst zuwider ist. Er fragt, ob ich noch was trinken gehen möchte, ich verneine, und so trennen wir uns. Kein peinlicher Abschied oder so. Nur Händedruck. Gott sei dank. Er hat mich nicht wieder nach meinem Nachnamen und auch nicht nach der Festnetznummer gefragt.

Samstag, 28. April

Am Nachmittag ruft er mich an. Ich habe eigentlich nie die Chance anzurufen, er kommt mir immer zuvor. Er kann einfach nicht warten, bis ich einen Schritt mache. Entweder schubst oder zieht er mich.

Anlass seines Anrufes waren zwei Dinge: Freitag gehe es erst ab 20.00 Uhr (ob mir das nicht zu spät sei?), ob ich vielleicht am ersten Mai Lust zum Wandern habe (lehne ab wegen Vorbereitung auf Vorstellungsgespräch), und er fragt, wie das mit dem Rauchen gestern Abend gewesen sei, ob ich mich eingeschränkt hätte (habe nur drei geraucht); ich verneine. Er wolle nämlich nicht missionieren, und dann kommt der Knaller: Er druckst herum, und schließlich bekennt er, dass er… *Geistheiler* sei!! Auch das noch! Ich raufe mir die Haare, wie gut, dass ich kein Bildtelefon habe. Gebe mich ungeschockt.

Er würde mir für Mittwoch 10.00 Uhr einen guten Gedanken für das Vorstellungsgespräch schicken. Mhm, ja. Wir verbleiben so, dass ich ihn Mittwochabend anrufe, wie es gelaufen ist.

Er fragt noch mal, wo ich das mit der Numerologie gelernt habe. Hat er das nicht behalten? Ich wiederhole, dass ich ein Buch darüber gelesen habe. Männer. Na ja, andere vergessen das Geburtsdatum – das ist schlimmer.

Es läge ihm noch was auf dem Herzen. Er sei ein bisschen im Dilemma, weil man ihm auch schon gesagt habe, dass er nicht in die Gänge komme – andererseits müsse er überlegen, mir nicht zu nahe zu kommen, aber es kämen eben manchmal spontane Reaktionen aus dem Herzen. Ich sage, das sei o.k. Wenn es aus dem Herzen komme, dann solle er es einfach machen – er werde an meiner Reaktion merken, ob es gewünscht ist oder nicht. Ich für mich halte mich für emanzipiert genug, selbst die Initiative zu ergreifen, wenn mir danach ist.

Habe Jos numerologisches Profil anhand des kompletten Namens analysiert. Ich mache mir meine Gedanken, dass auch jede Zahl (wie auch jeder Mensch) zwei Seiten hat – es gibt immer zwei Seiten einer Eigenschaft. Aber das geht aus dem Buch nur stellenweise hervor. Es kommt darauf an, welche Seite stärker ausgeprägt ist. Und so kann dieselbe Zahl in dem einen Fall positiv, in dem andern negativ sein!

Der Abend in der Tanzschule verläuft nicht ganz nach meinen Vorstellungen. Nina taucht mit Sophie als Tarnkappe auf, um Sebastian „rein zufällig" kennenzulernen. Noch alles nach Plan. Ich stelle die beiden einander vor. Sebastian gibt sich stumm und fordert auch keine der Mädels auf, weil er sich mir zu Treue verpflichtet fühlt (ist ja süß!). Er springt jedenfalls überhaupt nicht auf Nina an. Sie ist enttäuscht und schmeißt sich mächtig ins Zeug. Keinerlei Reaktion von ihm. Ich beobachte das Szenario mit wachsender Fassungslosigkeit.

So gegen Mitternacht ziehe ich mit Nina weiter in die Salsakneipe, um überschüssige Energie abzutanzen. Wir mischen uns einfach mit auf die Tanzfläche und tanzen zum ersten Mal Merengue. Richtig oder falsch, sei dahingestellt. Spaß hat's auf jeden Fall gemacht!

Sonntag, 29. April

Verbringe den ganzen Tag mit Lesen des „Cinderella Komplexes" von Colette Dowling auf der Suche nach *Befreiung*. Wovon, weiß ich nicht so genau. Komme theoretisch auch weiter:

Sie schreibt, dass Mädchen in der Kindheit oft durch die Fürsorglichkeit der Eltern daran gehindert werden, unabhängig und selbständig zu werden. Die tastenden Ansätze der Mädchen in Richtung Unabhängigkeit würden blockiert, aus der elterlichen Angst heraus, dass sich die Tochter in Lebensgefahr befände (auch ein Date kann da Lebensgefahr bedeuten).

So weit, so gut. Leider begleitet dieses Gefühl der Abhängigkeit von den Eltern die Mädels bis ins Erwachsenenalter – unauffällig natürlich. Und unglücklicherweise transportieren sie die kindlichen Verhaltensweisen mit hinein – natürlich, ohne sich dessen bewusst zu sein.

Das sieht dann in der Praxis so aus, dass die Frau glaubt, nur mit fremder Hilfe etwas erreichen zu können. Das kann sehr gut getarnt sein! Sie selbst würde das nämlich nie zugeben! Schließlich internalisiere sie die Vorstellung, dass sie den Herausforderungen des Lebens nicht allein gewachsen ist! Logischerweise muss ihr Partner die Qualitäten haben, die sie aus kindlichen Augen ihren Eltern zugeschrieben hat: er muss schützen, retten, helfen, starke Schultern haben…

Aber Männer sind auch nur Menschen, die mit ihren eigenen Unsicherheiten kämpfen!

Unabhängig *und* versorgt sein zu wollen, sei das gleiche wie mit angezogener Handbremse zu fahren (der Vergleich gefällt mir!).

Nun habe ja jeder das Bedürfnis, geliebt zu werden. Und je nach Intensität dieses Bedürfnisses mache es einen blind für Tatsachen: (fühle mich angesprochen!), nämlich dass nicht jeder Mann nett, vertrauenswürdig etc. sei, und so verliere man die Fassung, wenn sich jemand anders als erwartet verhalte. (Gruß an Klaus-Peter).

So weit so gut. Maja Storch bot Geduld als Lösung, mal schauen, was uns hier offenbart wird. Der Schlüssel ist DER GLAUBE AN SICH SELBST. AHA. Glaub ich etwa nicht an mich selbst, oder warum ist mir das passiert?! Freiheit und Unabhängigkeit könne einem niemandem geben – weder ein Mann, noch die Gesellschaft – man könne sie nur mühevoll selbst entwickeln. (Und WIE bitte schön?) Die wahrhaft befreite Frau ist die, die an sich selbst glaubt, mit beiden Beinen auf dem Boden steht und sich selbst liebt. Dann kann sie endlich auch andere lieben.

Irgendwas fehlt mir bei den Ausführungen, was ich nicht in Worte fassen kann. Irgendwas lässt mich jedenfalls auf irgendeine Weise unbefriedigt. So, als hätte ich das Problem an der Wurzel noch nicht erkannt. Da fällt mein Blick auf die Erkenntniskärtchen. Die liegen nun schon seit Tagen unangetastet da, als hätte ich Angst davor, dass sie mir etwas sagen wollen, wofür ich noch nicht bereit bin. Pah! Ich mische sie mutig (ohne sie wirklich ernst zu nehmen – es ist ja ein Kartenspiel!), breite sie mit der Rückseite nach oben vor mir aus und bitte um eine Karte, die mir mein gegenwärtiges stärkstes Problem verdeutlichen möge – so steht es in der Anleitung.

Schließlich, nach mehrmaligem Abtasten mit den Augen und einer gewissen Unentschlossenheit, entscheide ich mich für eine Karte – gespannt drehe ich sie um…und schaue auf das Bildchen: Ein einsamer Kamelreiter, der fernab eines Weges reitet; der Titel:

Unabhängigkeit. Der Untertitel: *Beziehung*.

Kurzbeschreibung: *Schlüsselkonzepte: Angst vor Gefühlen, vor dem Empfangen oder vor verbindlichem Engagement; Kompensation alter emotionaler Versklavung.*

Fasziniert lese ich weiter:

Unabhängigkeit als ungeheilte Reaktion auf ein gebrochenes Herz und Eifersucht… damit wollen wir einen schmerzlichen Zustand des Kummers, der Eifersucht oder des Verlustes kompensieren. Je unabhängiger wir sind, desto größer ist unsere Angst vor Intimität… denn diese würde die alten schmerzlichen Gefühle wieder aufsteigen lassen… ist ein Versuch, sich von schmerzlichen Gefühlen zu trennen. Unglücklicherweise nimmt sie uns aber alle Empfindungsfähigkeit und lässt uns nicht einmal die positiven Gefühle des Empfangens fühlen. So entspricht das Ausmaß unserer Unabhängigkeit dem Ausmaß unseres Kummers, der noch immer darauf wartet, von uns geheilt zu werden… Da unabhängige Menschen Angst vor menschlicher Nähe und dem Empfangen haben, werden sie versuchen, entweder tatsächlich oder gefühlsmäßig vor Situationen davonzulaufen, um auf diese Art das Problem zu „lösen"…

Wenn du diese Karte erhältst, dann ist dies eine Aufforderung an dich, dir anzuschauen, wie deine fehlende Verbindung zu dir selbst und zu anderen zu dem Problem geführt hat, das jetzt für dich ansteht. Erfolg in diesem Bereich bedeutet eine neue Ebene der Verbindung mit anderen. Er wird deine Bereitwilligkeit widerspiegeln, keine Angst vor schmerzlichen Gefühlen, vor deinen eigenen Bedürfnissen und den Bedürfnissen der anderen zu haben, sowie deine Bereitschaft, selbst den verborgenen Gefühlen so lange nachzuspüren, bis sie sich in positive verwandeln…

Der Schritt heraus aus der Unabhängigkeit hin zu wahrer, echter Partnerschaft jenseits von Ab- und Unabhängigkeit lässt Gefühle der Spaltung, des Machtkampfes schwinden und führt dich zu einem erfüllten Leben, das durch Intimität und Verbindung entsteht.

Das ist genau die Ebene, die ich gesucht habe... Aber ich verstehe sie nicht so ganz: Was meint er mit „meiner fehlenden Verbindung zu mir selbst"? Sollte ich „Angst vor meinen eigenen Bedürfnissen" haben? Kann ich nicht nachvollziehen: ... „den verborgenen Gefühlen nachspüren."

Muss mal drüber schlafen. Bin auf einmal sehr müde.

Montag, 30. April

Hexennacht und die Hexen gehen nicht aus. Sophie zu Hause, Nina geht mit Ex-Ex essen, Jennie wahrscheinlich in trauter Zweisamkeit mit Andreas, und ich mit Yoga und Cinderella-Komplex.

Außerdem scheinen die Hexen ihren Märchenprinzenglauben in diesem Jahr zu begraben:

Nina zeigt sich interessiert, mit dem steifen Harald, der noch bei seinen Eltern wohnt, auszugehen (so gar nicht ihr Typ);

Sophie hat mir erzählt, dass sie von „ihrem" Typus Mann, dem „Selbstdarsteller", Abstand genommen hat und den schüchternen Informatiker aus der Annonce ganz nett findet und ihn wiedersehen möchte; Andreas ist ja eigentlich auch nicht Jennies Typ, aber...!

Ja, und ich? Ich habe mich auch von meinem Traumprinzen verabschiedet – eigentlich müssten wir alle gemeinsam ein Feuer anzünden. Schade, dass mir das erst jetzt, um 22 Uhr, einfällt...

Habe SMS von Jonathan bekommen:

Habe unsere Gespräche sehr positiv empfunden. Wünsche dir schönen ersten Mai. Falls du spontan doch Lust auf gemeinsamen Spaziergang hast... anrufen. Alles Liebe J.

Mann, er drängelt!

Gedrängelt smse ich eine Stunde später zurück:

Ja, ich habe das auch so empfunden. Fühlt sich gut an. Liebe Grüße, I. (Habe den zweiten Teil zumindest ignoriert.)

Fühlt es sich wirklich gut an?

Die Girls haben mich auch gefragt, ob ich mit ihnen und ihren Dates an den Flughafen komme, da ist Tag der Offenen Tür. Wär ja schon lustig, sich das Chaos anzugucken. Mit Jo spazieren gehen wär vielleicht doch schön.

Ach, nichts da, ich bereite mich konzentriert auf Mittwoch vor. Habe heute schon die Firma gesucht – und gefunden! Ha! Von der Location her klasse. Fast in der Fußgängerzone.

Ich entschließe mich, noch ein bisschen im „Spirituellen Reichtum der australischen Ureinwohner“ zu lesen. Ich denke noch über die Aborigines nach und erinnere mich, etwas über Traumzeitstätten gelesen zu haben. Damit bezeichnen sie Orte, an denen sich Liederpfade kreuzen. Das waren ganz besondere Orte der Kraft mit einer ganz besonderen Energieausstrahlung, an denen sich Himmel und Erde vereinten, Plätze der göttlichen Inspiration, der Offenbarung und Umwandlung.

Der Aufstieg

Ich gehe mit meinem Schutzengel einen Berg hinauf. Der Aufstieg ist schwierig. Der Weg ist mir unbekannt, und ich bin aufgeregt. Ich weiß nicht, wo er hinführt. Es ist ein schöner, klarer Tag, die Sonne zeigt sich durch die Wolken, und es duftet nach Natur. Satte Farben umgeben mich, die Vögel zwitschern. Ich bin sehr auf den Weg bedacht, um nicht zu stolpern. Ich muss mich konzentrieren. Der Anstieg wird immer steiler, und ich komme allmählich aus der Puste. Mein Schutzengel hingegen schwebt förmlich mit einer Leichtigkeit neben mir, dass ich neidisch werde.

„Wann kommen wir denn an?“, möchte ich wissen.

Er antwortet nicht. Also starte ich nach einer Weile einen erneuten Versuch:

„Ich bin müde. Ich möchte das Gefühl haben, anzukommen. Irgendwo zu Hause zu sein. Verstehst du, was ich meine?“

Meine Worte stimmen mich ganz traurig.

„Ich habe immer nur das Gefühl, dass ich weiter muss und nirgendwo zu lange bleiben kann. Wenn ich wo bin, wo ich mich wohl fühle, finde ich das toll, aber nach einer Weile habe ich wieder den Drang, weiter zu ziehen, weil ich meine, das, was ich suche, noch nicht gefunden zu haben. Und ich kann dir noch nicht mal genau sagen, was ich suche! Es ist furchtbar. Es ist meist mit Abschied und Schmerz verbunden, manchmal auch mit Erleichterung, aber ich kann nicht anders! Glaube mir, wenn ich anders könnte, würde ich bleiben! Ich fühle mich dann so zerrissen. Es ist ein furchtbarer Zustand. Er ist so aufreibend. Er macht mich so müde. Ich habe den Eindruck, dass ich immer mit mir kämpfe. Das erschöpft mich unendlich.“

„Es ist eine Ursehnsucht des Menschen, einen Ort zu finden, an dem er zu Hause ist. Dort möchte er bleiben – am liebsten für immer. Doch nichts ist beständig, alles unterliegt dem Wandel auf dieser Erde. Und so weiß er auch, dass er sich ständig aufs Neue auf den Weg machen muss, um weiterzukommen. Aufbruch bedeutet auch, Altes hinter sich zu lassen, und das macht Angst, denn man weiß nicht, wie das, was vor einem

liegt, aussehen wird, wie es sich anfühlt ... und dennoch bricht der Mensch auf, denn er weiß, dass er sonst erstarren wird.

Du bist aufgebrochen. Du folgst einem inneren Drang, erfüllt von Unruhe und einer Vision, auch wenn sie noch verschwommen ist. Die Kraft deiner Vision wird dich an den Ort führen, an dem du ankommen möchtest.“

Ich bin jedenfalls froh, als wir wenigstens die Berghütte erreichen.

Da halte ich inne und genieße die wunderschöne Aussicht.

Hier ist alles klar, hier habe ich einen guten Überblick über die Täler, und ich kann weit blicken.

Schmetterlinge tanzen um mich und scheinen mich einladen zu wollen, es ihnen gleichzutun. Ich folge ihrer Einladung und laufe ausgelassen über die Wiese, die voller Blumen in den wunderschönsten Farben strahlt und atmet. Da breite ich meine Arme aus und bin für einen Moment lang einfach nur glücklich, dass ich bin.

Entspannt lasse ich mich auf den weichen Boden fallen und schaue fasziniert in die Wolken, wie sie dahinziehen, immer neue Bilder malend ... Stundenlang könnte ich einfach so daliegen und nur in den Himmel schauen... er ist so wunderbar weit... unbeschreiblich, dieses Gefühl!

„Du glaubst, ankommen ist irgendwo da draußen. Doch ich sage dir:

Was du im Außen suchst, wirst du in deinem Innern finden!

Du wirst es erkennen, wenn du ganz tief in dir, bei dir angekommen bist. Dann wird sich deine Unruhe legen. Dort bist du tiefer Frieden. Dort bist du frei und weit. Dort bist du eins mit dir und deiner Quelle. Dort wirst du nicht mehr mit dir kämpfen müssen. Dort wirst du stark und kraftvoll und voller Leichtigkeit sein.“

„Wie soll ich das erkennen, wenn ich nicht weiß, wie sich das anfühlt?“, frage ich.

„Dieses Gefühl hast du in Wahrheit nie vergessen. Du wirst so lange danach suchen, bis du es wiedergefunden hast. Bis du dort angekommen bist. Vertraue! Du wirst es erkennen.“

„Wie finde ich dorthin?“

„Auf welchem Wege du dorthin kommst, liegt in deiner Entscheidung. Du kannst immer wählen zwischen dem Weg der Schwere und dem Weg der Leichtigkeit, zwischen dem Weg der Begrenztheit und dem Weg der Weite, zwischen dem Weg der Angst und dem Weg des Vertrauens, zwischen dem Weg der Unruhe und dem des Friedens... Du magst den Weg

abwärts vom Regenbogen gehen oder ihn aufwärts steigen – du musst selbst erfahren, wie sich welcher Weg anfühlt. Diese Erfahrung kann nicht gelehrt werden.

Jeder Weg hält genau die Botschaft für dich bereit, die für dich zu diesem Zeitpunkt am wertvollsten ist.“

„Was soll denn gut am Weg der Schwere sein?“, hake ich nach.

„Du bist in die Dualität hineingeboren. Du kannst Leichtigkeit nur erkennen, wenn du weißt, wie sich Schwere anfühlt. Wenn du das Gefühl der Enge nicht kennen würdest, würdest du das Gefühl der Weite nicht erkennen. So bewerte und verurteile die Erfahrungen abwärts des Regenbogens nicht. Sie sind notwendiger Teil deiner Reise, um verstehen zu lernen, welche Gefühle und Handlungen dazu führen, dass du dich von dir selbst und deiner göttlichen Urquelle entfernst – um zu erfahren, womit du dich nicht wohl fühlst!

Wenn du dich abwärts vom Regenbogen befindest, so lerne, die Botschaft zu verstehen: Es ist wieder an der Zeit, dich mehr und mehr ins Licht zu stellen! Es ist Zeit, eine neue Wahl zu treffen!

All deine Gedanken, Gefühle, dein Verhalten, deine Beziehungen, deine Überzeugungen beruhen auf einer Wahl, die du einmal getroffen hast. Durch deine Wahl bestimmst du deine Erfahrungen.

Und so ist es notwendig, deine Wahl noch einmal zu überdenken, wenn sie dich daran hindert, glücklich zu sein.

Oft bist du dir deiner Wahl und der Beweggründe gar nicht bewusst.

Doch willst du dich für eine neue Wahl entscheiden, so musst du dir deiner alten Wahl bewusst werden. Dann ist es notwendig, innezuhalten und dir einen Blick zurück zu gestatten, damit du all das, was dich davon abhält, den Regenbogen aufwärts zu steigen, erkennen, dir anschauen und dich dann davon verabschieden mögest!

Erinnere dich, geliebtes Sternenblumenkind.

Irgendwann wirst du dich erkennen und dich lieben, wie oft auch immer du an dir gezweifelt hast.“

Ich bin sehr berührt, still und nachdenklich.

Er blickt auf die Berghütte. „Dort wirst du jemanden treffen, dessen Worte dich eher erreichen werden als meine. Dort wirst du sehr viel Wissen erhalten, das dir sehr dienlich sein wird. Doch wisse auch: Erst angewandtes Wissen ist höchste Weisheit.“

Ich bin neugierig. Wer wird das wohl sein?

VIII. Aufbruch – Die Suche beginnt

Irgendwann im Spätsommer

Ich sitze an dieser kleinen efeuumwachsenen Grotte im Garten. Die Luft ist lau, ein zarter Wind weht, und der Tag neigt sich dem Ende zu. Ganz still ist es, bis auf das Vogelgezwitscher. Schön hier, denke ich und lasse meinen Blick über das hinter mir stehende dreistöckige Haus schweifen, in dem ich meine Dachgeschosswohnung vor kurzem bezogen habe. Ich bin so begeistert von dieser Wohnung und stolz auf mich, dass ich sie allein gefunden und allein bezogen habe!

Morgens blöken die Schafe und die Vögel zwitschern. Die Leute in dem Haus sind sehr nett: ein junges Paar Parterre und ein älteres unter mir. Ich habe aus Bad und Küche einen wunderschönen Ausblick aufs Grüne. Da ich Vorhänge hasse, haben Unbekannte eventuell einen schönen Einblick… haha. Die Einbauküche, die schon vorhanden war, ist genial. Mit der hellen Verkleidung fügt sie sich farblich wunderbar in das holzgetäfelte Dachstudio. Das Schlafzimmer ist (noch von den Vormietern) blau tapeziert – ich hätte es nicht besser machen können (ich wahrscheinlich überhaupt nicht, habe noch nie im Leben tapeziert!). Da machen sich meine blauen Vorhänge (ja, o.k., im Schlafzimmer mag ich sie) und mein blau bezogenes Bett ganz wunderbar drin! Und die blau gepolsterten Stühle als Nachttischchen sozusagen! Das Bad ist groß, mit Wanne und Dusche. Mit genügend Platz auf dem Wannenrand, um Kerzen und Sektgläser abzustellen! Meine blaue Couch und mein roter Sessel mit Löwenpfötchen stehen stolz und selbstbewusst im Wohnzimmer. Über der Couch hängt *Der Kuss* von Gustav Klimmt und sorgt allein schon für romantisches Flair. Der Teppichboden ist braun, bringt meine Ahornmöbel nicht zur Geltung, leider, und soweit es geht, habe ich ihn unter einem großen Berber versteckt. Meine Essecke mit dem elterlichen Tisch sieht edel aus. Fehlt noch ein Teppich drunter. Habe mir eine kleine meditative Ecke mit den drei Zen-Kerzenständern und einer Yukkapalme eingerichtet.

Ich freue mich über meine Errungenschaft. Und jetzt habe ich auch endlich einen Laptop und kann meine ganzen Tagebucheintragungen nachholen! Meinen PC wollte ich nicht hier aufbauen, er würde das ganze Wohndesign versauen.

Mein Blick schweift ins Grüne, und ich lasse die letzten Wochen Revue passieren – mit gemischten Gefühlen.

Also: zwischenzeitliche Ereignisse:

1. Meditationswoche im Allgäu mit vielen Erkenntnissen
2. Riesenknatsch mit Jo
3. Kontaktaufnahme zu undurchsichtigem Latinotänzer Alex
4. Gesellschaftliches Highlight des Sommers: Sophies Geburtstagsparty

ad 1.):

Der Buddhismus beschäftigt sich seit 2500 Jahren (!) mit der Frage, wie Leid überwunden werden kann – ich mich erst seit jener Meditationswoche, aber immerhin!

Sieben Stunden Zugfahrt (ich hasse Zugfahren!) hatte ich auf mich genommen, um mich in Meditation und Achtsamkeit zu üben. Der Empfang war herzlich. Beim Einchecken „darf" man sich für soziale Aufgaben eintragen. Das einzige, was für mich übrig bleibt, ist Klo putzen. Na halleluja. Am ersten Abend läuft außer Abendessen und gegenseitigem „Beschnuppern" nicht viel. Schlafe in einem großen Schlafsaal mit noch drei Frauen. Die eine ist jünger als ich und mir sympathisch, die andere älter und mir nicht so sympathisch. Sie ist so… na, leidend-demütig, was mich aggressiv macht. Und wie sollte es anders sein, sie sitzt mir bei Tisch gegenüber! Die dritte ist jünger als ich und sehr verschlossen.

Das Programm ist straff:

6 Uhr aufstehen: ein unüberhörbarer Gong hallt durch die Korridore

6.30 – 8.00 Uhr: Meditation mit Yoga

8.00 – 9.00 Uhr: Frühstück

9.00 – 10.00 Uhr: Sozialer Dienst (also für mich Klo putzen, igitt)

Wenn ich mich beeile, kann ich mich noch für eine Zigarettenlänge draußen abseilen!

10.00 – 12.00 Uhr: Gehmeditation und Kontemplation

12.00 – 13.00 Uhr: Mittagessen

13.00 – 15.00 Uhr: zur freien Verfügung

15.30 – 18.00 Uhr: Meditation und Kontemplation

18.00 – 19.00 Uhr: Abendessen

20.00 – 22.00 Uhr: Meditation, auch mal gemeinsames Tanzen oder Singen.

Am zweiten Tag beginnt die Schweigemeditation, an die wir uns auch eisern halten. Selbst im Schlafsaal, als wir unter uns sind.

Gegen 22 Uhr liege ich meistens völlig geplättet im „Bett". Besser gesagt auf der Matratze auf dem Boden. Hätte nicht gedacht, dass Meditieren so anstrengend sein kann! Den anderen geht es zum Glück auch so. Für den Fall, dass jemand schnarcht, habe ich meine Ohrstöpsel mit und stöpsele sie rein prophylaktisch ein.

Und immer, bevor ich einschlafe, schalte ich heimlich mein Handy an (man soll schließlich keinen Kontakt zur Außenwelt haben!), um die Gute-Nacht-SMS von Jo abzurufen. Sie sind immer so schön, und ich freue mich jeden Abend drauf.

Am dritten Tag beschließe ich, morgens länger zu schlafen, und klinke mich erst zum Frühstück ein. Habe großes Schlafbedürfnis. Muss mich an das viele meditative Sitzen gewöhnen. Kann mich mal sehr gut, mal weniger gut konzentrieren, habe dann und wann gute meditative Erfolge. Nach dem Mittagessen nutze ich meistens die Zeit zum Spazierengehen und um heimlich eine zu rauchen. Manchmal telefoniere ich auch mit Jo. Eines Morgens bin ich aufgewacht und hatte die Vorstellung oder Vision oder was auch immer, dass er mit mir Schluss machen würde. Diese Vorstellung kam wie ein Blitz aus heiterem Himmel. Sie war einfach da, aber ich habe ihm nicht davon erzählt. Hat auch nicht in mein momentanes Bild gepasst. Das Essen ist großartig, die Köchin genial. Sie sieht mit ihrem frischen gebräunten Teint, ihren kurzen weißen Haaren und dem lieben runden Gesicht wie eine Waldfee aus. Na ja, etwas zu korpulent für eine Fee. Sie strahlt immer und ist gut drauf. Es gibt total leckere vegetarische Sachen, und ich habe einen irren Appetit.

Meine Kursleiterin ist bestimmt schon über 60 Jahre, sehr lieb, und was sie uns an Anregungen mitgibt, gefällt mir. Besonders die Kontemplationen. Über Begierde und andere Hemmnisse aus buddhistischer Sicht, die *dukkha*, das Leid, hervorrufen. Das Menschsein sei immer mit Leid verbunden. Um sich vom Leid zu befreien, brauche man Klarheit über die Hemmnisse, die zwangsläufig dazu führen.

Zum Glück gab's in der hauseigenen Bibliothek Kassetten mit diversen Kontemplationen, darunter auch die mit den fünf Hemmnissen.

Habe sie mir gekauft, damit ich mal öfter drüber nachdenken kann – habe einiges nicht verstanden, kann es also nur so wiedergeben, wie es bei mir angekommen ist. Sie heißen deshalb Hemmnisse, weil sie unsere Klarheit trüben, uns die Wahrheit nicht erkennen lassen und auf unserem Lebensweg viele Probleme schaffen! Das sind:

- Sinnengier (Anhaften). Das Gegenmittel dazu heißt, die Vergänglichkeit zu akzeptieren und loslassen (da bin ich doch schon Meisterin, oder?).
- Übelwollen, Ärger, Wut, Hass, Aggression.
  Ich frage mich, ob ich mir dieser negativen Gefühle immer so bewusst bin, oder ob sie nicht manchmal unterschwellig unerkannt vor sich hin brodeln und die Reaktionen bestimmen… Jedenfalls empfiehlt die Lehre, dass man Mitgefühl mit sich haben solle und erkennen möge, dass dieser Teil eben nur ein Teil von einem sei und nicht die ganze Persönlichkeit ausmache.
- Trägheit/ Mattheit/ Stumpfheit/ Starrheit des Geistes.
  Das kann einem vor lauter Betriebsamkeit widerfahren! Oft ist ein Mangel an einer echten Motivation der Grund, ein Mangel an Offenheit.
- Rastlosigkeit, Ruhelosigkeit, Unruhe, auch Gewissensunruhe (Ängste, Schuldgefühle), Ungeduld (mein Lieblingswort!)
  Ich glaube, auf dieses Hemmnis habe ich mich spezialisiert.
  Dagegen solle man seine Achtsamkeit ins Hier und Jetzt lenken, ohne immer auf das Ziel zu schauen. Freude am Augenblick empfinden. Was wir jetzt tun, ist das, was wir ernten. Na ja…
- Skeptischer Zweifel/ Zweifelsucht/ Kritiksucht und Selbstzweifel
  Das ist weit verbreitet, da es so klinge, als ob es etwas Gutes wäre. Was Intellektuelles. Buddha habe nur den „prüfenden Zweifel" für gut befunden. Der skeptische Zweifel hingegen sei nie zufrieden. Sich nicht für *eine* Sache entscheiden zu können sei ein Zeichen für diesen Zweifel. Wir sollen mal in uns gehen und uns fragen, woher die Zweifel kommen. Ich jedenfalls komme nicht weiter. Wie dem auch sei, laut buddhistischer Lehre rühre der Zweifel daher, dass wir Unvollkommenheit nicht akzeptieren können. Nie ist etwas gut genug. Das mag oft auch ein anerzogenes Misstrauen sein. Dem begegnet der Buddha mit „weisem Besinnen", Klarheit und der Prüfung auf „innere Stimmigkeit" (der Ausdruck hat mir gefallen). Nicht nur

der Verstand solle zur Prüfung eingesetzt werden, auch das innere Gefühl. Dieses Hemmnis hat mich am meisten angesprochen.

ad 2):

Riesenknatsch mit Jo. Tja, da muss ich wohl etwas weiter ausholen. Es hatte eigentlich alles sehr schön angefangen. An dem Wochenende, als ich aus dem Allgäu zurückkam, hat er mich zu sich nach Hause eingeladen.

Ich fand sein Domizil dank seiner ausgezeichneten Beschreibung direkt. Auf dem Hinweg frage ich mich, wie frau ihre Verliebtheit misst und komme zu dem Ergebnis, dass es Verliebtheitsabstufungen gibt, die in der Zahl der Schmetterlinge gemessen werden. Die Anzahl der Schmetterlinge wird mit ihrer Geschwindigkeit multipliziert (v = Anzahl der Flügelschläge x Anzahl der Umdrehungen/sec). Haha.

Er sitzt auf der Terrasse, als ich ankomme. Nettes Anwesen, kann man nicht anders sagen – schön eingerichtet – ungewöhnlich, aber gefällt mir. Er hat den Tisch toll gedeckt und drei Gänge vorbereitet. Drei rote Kerzen, zwei Teelichter in Yin und Yang Formen und diverse Figuren zieren den Tisch. Er erklärt mir die Bedeutung jedes einzelnen Teils:

- Da ist *Buddha* (oha, er scheint mich zu verfolgen!).
- Da ist der Fischer: *Laotse*.
- Eine Figur auf einem Liegestuhl, entspannt und genießerisch: *er*.
- Ein Strauß Blumen aus dem Garten: *für mich*.
- Bergkristalle: für Klarheit.
- Ein Glöckchen: für die Achtsamkeit
- und Muscheln (weiß nicht mehr, wofür die standen – es gab jedenfalls Nudeln!).

In der Küche schau ich ihm zu, wie er alles zubereitet, zu helfen ist nichts mehr. Er setzt das Nudelwasser auf und umarmt mich. Dann kocht das Wasser über und beendet die Umarmung. Wir lachen. Als er mich das zweite Mal umarmen und küssen will, klingelt der Wecker, dass die Zeit (für die Nudeln?) um ist. Das ist nun wirklich Woody-Allen-mäßig, und wir brechen in schallendes Gelächter aus… mindestens 10 Minuten – japs.

Die Zeit verrennt, wir essen lange, haben uns viel zu erzählen…, gehen anschließend durch die Felder spazieren – ewig lange, bestimmt zwei Stunden. Ich kann nicht mehr sagen, worüber wir alles geredet haben. Ich mag die Felder, sie sind so weit. Der Himmel ist in tollen Farben gezeichnet. Jo hat die Mundharmonika dabei und spielt mir einen Blues vor, den ich sehr mag. Nach dem Spaziergang möchte er, dass ich seine Widmung in dem Buch („Die kreative Partnerschaft“), das er mir schenkt, lese.

Hier ist sie:

„Liebe Isabell,

Schön, dass du da bist, und ich habe heute Morgen dafür gedankt, dass ich dich finden durfte. Es liegt an uns beiden, aus jedem Tag einen Höhepunkt zu machen! Auch Trauriges und schwierige Dinge können uns im Nachhinein Reife und Weiterentwicklung schenken, wir müssen nur zueinander halten und in der Gewissheit leben:. „Du bist gut genug, so wie du bist.“ Die Edelsteine und Qualitäten aneinander sehen, über Fehler und Schwächen reden und meditieren. Ich möchte dir eine Heimat schenken, wo du deine Geborgenheit und genügend Vertrauen findest. Wo du weißt, dass du auch Fehler machen darfst und trotzdem geliebt wirst. Nur so kannst du frei sein in der Partnerschaft und darfst sein, wie du bist. Vielleicht kann ich dabei auch eine Menge von dir lernen. Ich habe sehr viel Vertrauen zu dir entwickelt, fühle mich immer mehr angenommen und geliebt. Ich bewundere deinen wunderbaren Spirit. Entweder es passt, oder es passt nicht…

Ich würde mich sehr freuen, wenn wir gemeinsam versuchen, den Weg zu gehen. Ich fühle die Fülle, die ich brauche, die Tiefe bei dir. Ich bin bereit, mich fallenzulassen. Ich begrüße dich recht herzlich in meinem Herzen, ohne eine Erwartung oder Forderung.

Ich könnte dich sehr lieb haben, wenn ich mich fallenlassen darf. Ich warte auf deine Impulse. Ich habe viel Vertrauen zu dir.“

Eigentlich wunderschön – und doch stört mich etwas… es ist schwer in Worte zu fassen. Ich fühle mich irgendwie zerrissen: schwankend zwischen Begeisterung für ihn und einer gewissen Abwehrhaltung. Manchmal frage ich mich, ob ich mich da nicht in was hineinziehen lasse, ich bin mir gar nicht sicher, ob ich intensive Gefühle habe – die scheinen eher bei ihm zu sein.

Was den Konflikt zwischen uns verschärft hat, sind zwei Dinge:

Zum ersten hat er mir übel genommen, dass ich mir von ihm nur sehr wenig beim Umzug habe helfen lassen und eine Spedition beauftragt habe. Fühle mich dabei aber viel wohler, auch wenn’s teuer ist. Der Preis der Unabhängigkeit…

Er fing dann auch noch damit an, dass er sein großes Haus ja nicht allein für sich gebaut habe! Zu dem Zeitpunkt! Wo wir uns grade mal ein paar Monate kennen!

Weiter hat er mir übel genommen, dass ich die erste Nacht in meiner neuen Wohnung allein verbracht habe. Mir war das absolut klar: Das ist meine Höhle, und die erste Nacht gehört mir! Die weihe ich allein ein. Das ist symbolisch! Es war auch eine schöne Einweihung – mit Candlelight Dinner, einem Gläschen Rotwein und Dinner Jazz Musik. Ich fand das herrlich und war total zufrieden!

Einerseits möchte ich mich ja auf ihn einlassen und ihm vertrauen, andererseits brauche ich dieses Gefühl der Unabhängigkeit von ihm.

Zum zweiten haben wir uns beim Tanzen wahnsinnig gezofft.

Nun ja, das Tanzen hat ja eigentlich von Anfang an nicht so geklappt. Es wird für mich zur Tortur. Für ihn ist es ja schon eine. Ich mag seinen Tanzstil nicht besonders. Er tanzt sehr abgehackt, gar nicht fließend. Sein Führungsstil ist ausbaufähig, um es positiv zu formulieren. Ich bin wie immer froh, wenn es rum ist. Wir haben deshalb fast jedes Mal Krach. Und er ist da so überempfindlich! Aber jener Samstagabend war die Krönung.

Ich hatte mich aufs Tanzen gefreut. Jo rafft die Figuren nicht und krampft. Erkennt den Takt nicht. Braucht lange, um ihn zu finden. Ich werde ungeduldig. Er ist genervt, wenn unser Tanzlehrer es ihm noch mal erklärt und stöhnt an einer Tour. Ich bin zunehmend gereizt, weil ich mich gehemmt fühle – durch ihn. Und das zwei Stunden lang. Als es endlich vorbei ist, sage ich zu ihm an der Bar: „Du, ich weiß nicht, ob uns das auf Dauer Spaß macht." Was eine genial vorsichtige Formulierung meinerseits war, denn in mir *schrie* es: Ich habe keinen Bock mehr, mit dir zu tanzen! Was wir uns da abbrechen, ist kein Tanzen! Es reicht! Er reagiert extrem ablehnend und beleidigt, ich spüre seinen Minderwertigkeitskomplex, ich spüre die Mauer, ich bin entsetzt über seinen Blick. Ich werfe ein, dass ich lieber Salsa tanzen möchte, mit dem Hintergedanken, dass er das ja bestimmt nicht mitmacht. Dann wäre ich beim Salsa von ihm befreit. „Dann tanzen wir gar nicht mehr miteinander, Salsa kann ich nicht!", bellt er. Und ich hätte über ihn gelacht, und das könne er nicht leiden! Ich bin fassungslos. Jetzt reicht's! Da zeige ich gegen meine Natur eine Engelsgeduld mit allem und muss mir von dem Kerl sagen lassen, ich würde ihn auslachen! Nur weil ich mal unbegründet gelacht hatte – aber nicht über seine Ungeschicklichkeit – dafür habe ich viel zu viel Takt! Er ist unverschämt! Ich stelle das beleidigt richtig. Ziemlich verfahrene Sache. Fühl mich absolut dissonant. Wir brechen auf und verabschieden uns, ich bin noch auf einer Grillfete eingeladen. Er umarmt mich, was mir lächerlich gekünstelt vorkommt. Die Umarmung passt überhaupt nicht. Ich frage zaghaft: „Wollen wir den Ausflug morgen nicht sein lassen und uns nur morgen Abend sehen?“ Er antwortet beleidigt mit tödlichem Blick: „Deswegen?“ Da komme ich mir selber blöd vor – Deswegen. Kindisch. „Also o.k., bis morgen“, gebe ich klein bei und fühle mich mies.

Kurve desorientiert zu dieser Fete. Ich hätte es ja kaum für möglich gehalten, aber es war möglich! Der Abend ließ sich noch toppen! Da sagte mir nämlich jemand am späten Abend einfach ins Gesicht:

„Ich sehe dir an, dass du mit deinem Leben nicht glücklich bist“.

Dieser Jemand hieß Rolf. Es dauert eine Weile, bis diese Worte ihre Wirkung auf mich haben, aber sie scheinen tief zu gehen, und ich fange an zu weinen. So was Peinliches! Rolf meint, ich solle ruhig weinen, ich brauche es nicht zu verstecken. Das rührt mich noch mehr! Es sei doch nicht schlimm, da seien sie alle schon mal gewesen, ermutigen mich auch die anderen. Irgendwann nach Mitternacht gehe ich, weil die Tränen nicht versiegen wollen – immer wieder bricht es aus. Rolf hat mich eingeladen, doch mal zu ihm zu kommen – er legt Tarot-Karten. Werd's mir überlegen. Ich weine auf der ganzen Heimfahrt und noch stundenlang zu Hause. Schaue auf mein Handy. Da sind zwei SMSen von Jo:

„Tut mir leid. Der Tanzbär hat heute Mist gebaut. Dir den Spaß verdorben. Fühle mich beschissen. Habe dich sehr lieb. Tanze trotzdem sehr gerne. J.“

Schön, dass er's einsieht. Ich kann trotzdem unmöglich mit Jo morgen wegfahren. Will auch nicht. SMSe ihm noch in der Nacht, dass ich morgen allein sein muss – nicht nur deswegen.

Und es folgen eine Reihe nächtlicher SMSen, ich weine weiter und es piept andauernd:

1 Uhr: „Schade, habe mich so auf dich gefreut. Kann nicht schlafen, grübele. Willst du mir nicht sagen, was dich bedrückt? Bin gerne für dich da. Kann nicht mehr als sagen, dass es mir Leid tut. Möchte dich lieb drücken! Fühl mich jetzt gar nicht gut! Nutzt niemand etwas, wenn jeder herumhängt. Habe dich sehr lieb.“

Schön und gut, aber was ich an dir gesehen habe, gefällt mir ganz und gar nicht! Damit kann ich nicht!!! Soll mich in Ruhe lassen!

Eine Viertelstunde später:

„Versuche zu schlafen. Leide selbst am meisten, wenn ich jemandem wehtue. Vielleicht geht's dir morgen besser. Tröstet dich das ein wenig? J."

Nein, am nächsten Tag würde es mir überhaupt nicht besser gehen.

11.09 Uhr:" Wenn du dich heute gar nicht meldest, tust du mir sehr weh damit. Bin ganz ehrlich! Die Erdbeeren warten auf dich. Bin noch am Arbeiten. Geht mir beschissen. J."

Lass mich in Ruhe! Hach, der nervt! Setzt mich nur unter Druck! Fühl mich in die Enge getrieben!

Mir geht's echt nicht besonders gut. Die ganze Unzufriedenheit kommt hoch. Wie beseitigen, was machen? Ich fühle mich verloren, ich weiß nicht, wie es weitergehen soll. Beruf klappt nicht, Partnerschaft auch nicht. Bin wohl doch fürs Alleinsein geschaffen. Immer allein? Ja, geht wohl nicht anders. Habe kein Glück in der Liebe! Ich denke hauptsächlich über Jos Reaktion nach und was mich daran so geschockt hat. Die Gedanken kreisen immer wieder ums Tanzen. Ich weiß nicht, warum mir das Tanzen so wichtig ist. Habe das dringende Bedürfnis, vollkommen allein zu sein. Rückzug ist angesagt.

Fühle mich von Jo zu einer Antwort gedrängt und schreibe:

„Will dir nicht wehtun, kann es aber nicht ändern, dass ich mich als einzige Blockade fühle – kann jetzt nicht drüber reden."

Was darauf folgt, macht mich nur noch aggressiver:

„Du bist keine einzige Blockade. Du hast nur ein eingefahrenes Bild im Kopf. Du bist tief in deinem Innern so wunderbar, hast unendlich viel Licht. Ich glaube an dich. Ich liebe dich ohne Begrenzung, du, ja du bist es mir wert. Ohne Wenn und Aber. Ich habe genug geprüft. Gib mir doch eine Chance, dir zu beweisen, was meine Heimat des Herzens bedeutet. Sie ist gerade jetzt für dich da. Jetzt möchte meine Liebe dich erreichen. Das ist mehr, als immer ein guter Tanzbär zu sein. Wenn's eng wird, bewährt sich meine Liebe. Sende dir Licht und Liebe! Habe doch ein wenig Vertrauen! Den Text in Buddhas Reden haben wir wohl beide nicht verinnerlicht!"

Er musste diese Nachricht in Teilen verschicken, weil sie so lang ist. Was bildet der sich ein? *Er* hat geprüft, aber *ich* habe noch nicht genug geprüft! Es sieht ganz so aus, als wäre er gerade durchgerasselt! Habe keine Ahnung, was in Buddhas Texten steht! Ich brauche seine Liebe nicht! Da ist etwas, was mich abstößt!

Und so hadere ich mit mir, betreibe Ursachenforschung, komme nicht weiter. Da ist diese Sperre, die mich veranlasst, ihm folgende SMS zu schicken:

„Kann den Weg nicht weitergehen. Fühle eindeutige Sperre. Tut mir Leid. Können wir morgen Abend reden?“

Ich weiß nicht, was genau ich damit ausdrücken wollte. Wollte ich die Sache beenden? Ich glaube, ich war mir über die Bedeutung dieser SMS nicht im Klaren – oder besser nicht im Klaren darüber, wie das bei ihm ankommen würde.

Dann herrscht Funkstille.

Da ich so gar nichts von ihm höre, stellt sich mein schlechtes Gewissen ein. Am nächsten Tag schreibe ich ihm was, ich weiß nicht mehr genau was, aber es beinhaltet die Frage, wie es ihm geht. Und ich schicke noch folgende SMS nach:

„Bin selbst unendlich traurig, dass ich nicht weitergehen kann. Verstehe, wenn du die Nase voll hast.“

Kurze Zeit später klingelt das Handy. Ich gehe nicht ran – zu mulmiges Gefühl. Kurz darauf zeigt die Mailbox eine neue Nachricht an. Und die hört sich so an: Ich höre an seiner Stimme, dass er aufgeregt ist, so wie er spricht, aufgewühlt und kalt, und er klingt zutiefst verletzt, gemischt mit einer enormen Aggressivität und Schroffheit. Er schreit förmlich:

„Du willst wissen, wie es mir geht? Ich habe nicht geschlafen, ich habe Herzklopfen, ich habe weinen müssen – reicht dir das? Soll ich dir einen Brief mit meinem Herzblut schreiben? (Pause). So – das war's.“

Ich kann es nicht fassen. Entsetzlich. Bin zutiefst geschockt. Damit hätte ich nicht gerechnet. Was ist passiert? Zuerst diese liebetriefenden SMSen von Sonntag und dann das? Wo ist denn seine coole Therapeuten-Art? Bin wie leergesaugt. Liege im Bett, bleiern und schwermütig. Mir ist übel. So was von übel.

Nachmittags frage ich per SMS an, wann ich ihn anrufen kann. Die knappe Antwort kommt: „20.30.“

Pünktlich halb neun rufe ich ihn an. Bin relativ ruhig. Will versuchen, zu erklären und ihm seinen Zustand erträglicher zu machen. Unklar, was mein Ziel bei diesem Gespräch ist. Ich weiß es nicht. Alles unklar. Ihn ein bisschen besänftigen. Er soll wissen, dass ich nicht mit ihm gespielt habe. Will keine feste Beziehung mit ihm. Geht nicht. Ich kann nicht anders – warum auch immer…

Wir telefonierten zwei Stunden. Ich dachte, wir würden die Beziehung beenden. Er erklärt, dass ihn mein Rückzug wahnsinnig verletzt habe. Er habe meine SMS so interpretiert, dass ich quasi über Handy Schluss gemacht habe. Hm. Habe ich wohl auch unbewusst. Ich entschuldige mich, es sei nicht so gemeint gewesen, ich hätte nur Zeit gebraucht, weil ich mit bestimmten Dingen nicht klar käme – mit seinem Verhalten, seinen Reaktionen.

Und wenn ich es mir recht überlege, begann es danach, dass mein Vertrauen zu ihm einen Knacks und ich den Eindruck bekam, dass ich es mit zwei grundverschiedenen Persönlichkeiten zu tun hatte – auch wenn wir uns wieder versöhnt haben.

Ich war mächtig stolz auf mich, als ich an jenem Tag über meinen Schatten sprang und zu Jo fuhr – zwecks Aussprache. Er hielt einige Erkenntnisse für mich bereit:

„Ich habe mir so meine Gedanken über dich gemacht. Ich sehe in dir drei Frauen. Die eine ist die Feurige, Spritzige. Die zweite ist die Launische und die dritte die Ängstliche, die keine Nähe zulassen kann. Wehe, Mann kommt ihr zu nahe!"

Er sagte: „Zwei kämpfen immer miteinander" – und da fing ich an zu weinen. Als ob er den Nagel auf den Kopf getroffen habe, setzte er eine Reaktion in Gang. Ich schluchzte und wendete mich ab. Er umarmte mich die ganze Zeit, erzählte auch von seinen Gesichtern: dem Verkrampften, dem, der vor Ablehnung Angst hat – und dem Freien. Ich fand das toll, dass er mir das so offen erzählte, und konnte nicht mehr aufhören zu weinen.

„Dann wein doch, lass dich doch fallen, ich fang dich auf, ich trag dich ein bisschen", sagte er liebevoll.

Stunden vergingen, ich saß mit einem nassen Handtuch auf meinen Augen da (er hatte keinen Waschlappen) und empfand das Gespräch unglaublich erleichternd.

Zu Hause dachte ich über alles nach. Ich weiß jetzt, was mich beim Tanzen bei Jonathan so geschockt hat. Ich weiß jetzt, warum mir das Tanzen so wichtig ist. Beim Tanzen will die Freie allein sein, ohne die

Ängstliche. Da kann sie sich dem Rhythmus, dem Fluss, hingeben. Die Ängstliche blockiert immer den Fluss. Und sie hat zumindest beim Tanzen draußen zu bleiben!

Bei Jos verkrampftem Tanzen und in seiner Reaktion war ich wieder mit meinem verhassten Anteil konfrontiert. Meine erste Reaktion war: Nein, damit kann und will ich nicht leben! Ich hasse diese Reaktion! Das Verkrampfte und Beleidigte! Dort, wo er sich beim Tanzen nicht fallen lassen kann, kann ich mich vielleicht woanders nicht fallenlassen? Aber ich glaube gar nicht, dass ich mich nicht fallen lassen kann! Er hat es so formuliert: Das Tanzen würde eine gewisse Nähe zulassen, sei aber unverbindlich.

Als ich fuhr, bedankte er sich für mein Vertrauen und meine Liebe. Er sei dankbar, dass wir uns so nah gekommen seien, dass wir vielleicht beide rechtzeitig viel gelernt haben, vor allem aber sei unsere Liebe gewachsen.

Das sind Momente, in denen ich mich ihm sehr nahe fühle. Dieses Gefühl hielt ein paar Tage an, bis es wieder einem anderen Gefühl den Vorrang gab. Da ist nämlich die andere Seite von diesem Mann, der von einer Minute auf die andere himmelhochjauchzend und dann wieder zu Tode betrübt sein kann. Ich fand heraus, woran das lag: jedes Mal, wenn er sich in irgendeiner Weise zurückgestoßen fühlte, zeigte er mir dieses Gesicht, das ich nicht sehen wollte: Wenn ich nicht bei ihm übernachten wollte, wenn ich ihn meinen Eltern nicht vorstellen wollte…

Seine SMSen, die ich am Anfang so wunderbar fand, machen mich allmählich aggressiv. Sie sind so überschwänglich und so verliebt, dass ich mich unwohl fühle. Fast Rosamunde Pilcher-mäßig! Und immer öfter passen sie für mich nicht zur Wirklichkeit.

Und wie er mich in der Öffentlichkeit umarmt und küsst! Neulich beim Stadtfest, wo ich mich mit den Girls getroffen habe. Es war mir so peinlich! Also ich habe bestimmt nichts gegen eine Umarmung und einen Kuss in der Öffentlichkeit, aber in dieser Intensität finde ich es einfach furchtbar unangenehm! Ich Feigling sage es ihm nicht, weil er dann bestimmt eingeschnappt wäre. Ich habe das Gefühl, dass er immer fordernder wird, was mich aggressiv macht.

Allmählich wird es kühl hier unten. Ich werde mal wieder reingehen… Ach ja, den Job habe ich übrigens nicht gekriegt. Hat mich ziemlich gefrustet.

Ich bin hin und her gerissen. Männer! Nur Aufregung und Ärger! Liegt es an mir oder einfach daran, dass er nicht der richtige Partner ist? Vielleicht muss ich ja erst durch andere Beziehungen „wachsen“, um für meine ach so ersehnte „wahre“ Beziehung reif zu sein? Dieser Gedanke ist sehr beruhigend. Und was ist die „wahre Beziehung“? Die „wahre Liebe“?

Ich denke ja immer noch, wenn ich eine Partnerschaft beginne: Das muss er sein! Der Prinz! Und dieses Denken kriegt kein Frauenbuch aus mir raus! Das sollte ich vielleicht besser lassen. Er ist möglicherweise nur ein kurzfristiger Wegbegleiter. Aber zu sagen hat er mir bestimmt etwas, und ich ihm, sonst wären wir uns nicht begegnet. Vielleicht bin ich nicht aufmerksam genug?

So langsam fühle ich mich in der Beziehung jedenfalls immer unwohler. Die Diskussionen kreisen immer um dasselbe: Die Näheproblematik. Wir haben eben unterschiedliche Nähebedürfnisse. Diese dauernden Diskussionen empfinde ich als zermürbend, und ich fühle mich unausgeglichen – aus dem Gleichgewicht, und das ist für mich ein absolutes Alarmzeichen.

ad 3) :

Da hat es richtig gut getan, ein bisschen zu flirten.

Es geschah, als ich eine Küchenmaschine kaufen wollte. Ich stand etwas ratlos vor den verschiedenen Maschinentypen, als ein sehr netter Verkäufer mich ansprach, ob ich zurechtkäme. Er ist dunkelhaarig und auch sonst schwarz gekleidet. Etwas größer als ich, schlank, etwa in meinem Alter. Er empfiehlt mir die Krupps, die ich dann auch kaufe. Er fragt: „Und Sie wollen bei dem heißen Wetter Kuchen backen?“ Ich erkläre, es sei gerade ein Termin ausgefallen, und so hätte ich Zeit, mein Küchenequipment zu vervollständigen. Er hakt nach, was ich denn mache. Ich erzähle – um dem Beruflichen auszuweichen –, dass es ein Termin mit einem Nachmieter war. Er erkundigt sich nach der Wohnung, da ein Freund von ihm eine suche. Wo ich jetzt eine neue habe? Das ganze finde ich nicht aufdringlich, und so plappere ich drauflos. Irgendwie kommen wir aufs Tanzen. Er sei ein leidenschaftlicher Tänzer, mit Vorliebe fürs Lateinamerikanische. Jetzt werde ich aber aufmerksam! Erzähle, dass ich einen Salsa Workshop machen will. Und dass ich Standard tanze – es stellt sich heraus, dass er in derselben Tanzschule wie ich tanzt! „Sind Sie in einem Single- oder Paarkurs?“, will er wissen.

„Paar", antworte ich. „Mit Ihrem Freund?" Ich bejahe. „Brauchen Sie denn für lateinamerikanisch einen Partner?" „Ja!", rufe ich begeistert. Und so tauschen wir die Handynummern. Ich schäkere, dass ich beim ersten Kuchen in der neuen Wohnung an ihn denken würde. Er schmunzelt: „Nur an mich denken… nicht einladen?" Na ja, er hat es irgendwie netter gesagt. Und als er gerade seine „Midlife Crisis" ansprechen will, kommt eine Kundin. Da rausche ich ab, mit seiner Handynummer in meiner Tasche.

Ich bin gespannt, ob Alex auf meine SMS antworten wird:

„Hey Alex, ich kann immer noch kein Salsa tanzen, habe Krupps noch nicht ausprobiert, aber bin immerhin in neuer Wohnung. Wer bin ich?"

Habe ein bisschen ein schlechtes Gewissen Jo gegenüber, zumal sich immer noch nicht die Gelegenheit geboten hat, ihm überhaupt von Alex zu erzählen – wittere unangenehme Eifersuchtsszene. Beruhige mein Gewissen damit, dass ich es ihm zu gegebener Zeit, falls ich wirklich mal mit Alex tanzen gehen sollte, schon beichten werde. Wieso eigentlich „beichten"? Ich möchte doch nur schön tanzen. Und mit Jo kann ich das nicht.

Am nächsten Tag hatte ich einen Termin bei Rolf.

Ich komme eine Stunde zu spät an, da ich mich verfahren habe. Ich brauche ein Navigationssystem! Tolle Villa. Unbeschreiblich. Verwunschener Teich und Garten. Seine Freundin gibt in der Küche gerade einer Katze eine Energiebehandlung. Ich tue so, als fände ich alles normal und es würde mich nicht im geringsten irritieren. Wir haben uns nur einmal auf der Grillparty gesehen, aber sie umarmt mich, als würden wir uns schon ewig kennen, und ich spüre ihre Energie. Nur ihr Äußeres mag ich nicht so. Ihre Augen sind nicht klar, ihre Haut nicht rein und recht korpulent ist sie auch. Ihn mag ich eher.

Sie sagt, es gäbe keine Zufälle, auch nicht, dass ich mich verspätet hätte. Ihr hätte jemand abgesagt, und das sei ein Zeichen, dass sie mir eine Energiebehandlung anbieten soll! Ich bin zurückhaltend. Was ist das? Was kommt da wieder Unerklärliches auf mich zu? Sie erklärt, wenn sie das mit mir mache, sei ich offener für das, was Rolf mir sagen würde, und ich würde dann alles erst verstehen.

Hm. Sehr geheimnisvoll. O.k. Also lege ich mich auf eine Liege und sie beginnt. Ich spüre überhaupt nichts. Nach einer Weile bittet sie mich, etwas über mich zu erzählen. Also erzähle ich kurz die Dreh- und Angelpunkte der letzten vier Monate. Dann merke ich auf einmal, wie es warm wird. Die Wirbelsäule entlang. Sie diagnostiziert: „Dein Energiefluss ist blockiert, der Kopf zu und das Scheitelchakra dreht in die falsche Richtung. Deshalb nimmst du Informationen falsch auf. Du bist wie eine „Tanzpuppe", die drauf wartet, dass eine Melodie eine Saite in dir zum Klingen bringt – und dann geht der Deckel wieder zu!" Tanzpuppe – jetzt werde ich aber hellhörig! Wie meint sie denn das?!

Danach gehe ich in Rolfs Zimmer. Ich frage, wonach es duftet. Es folgt eine Aufzählung, von der ich nur „Angelika" behalte. Die Sitzung beginnt. Ich mische die Karten. Es würde drei Stunden dauern. Meine Gedankengänge bestätigen sich erfreulicherweise: dass ich dabei bin, mich aus alten, verkrusteten Strukturen zu lösen und alte Verhaltensmuster zu durchbrechen. Folgende Stichworte sind mir in Erinnerung geblieben (hätte ein Diktiergerät mitnehmen sollen!): Es ging um Offenheit, Vertrauen, Bereitschaft für ein Wagnis; Mut, zu sich selbst zu stehen; Freiheit, Unabhängigkeit, Kreativität, großes Potenzial; Möglichkeit für einen Quantensprung!

Hemmender Einfluss sei die Angst, ich sei aber auch fördernden Einflüssen ausgesetzt: ich sei zum ersten Mal auf dem Weg, auf meine innere Stimme zu hören! „Du bringst sehr gute Voraussetzungen mit, um deinen neuen Weg zu gehen", meint er augenzwinkernd. „Sieh und nimm die Energien an, die von außen auf dich zukommen!"

Zu einer Karte liest er vor: Spannungen in Beziehungen können für alle Beteiligten fruchtbar werden, wenn die Andersartigkeit der Partner erkannt und respektiert wird. – Hm, ja, da ist was dran! Fällt aber teilweise sehr schwer!

Als Affirmation soll ich mir jeden Tag sagen:

„Ich finde den Kontakt, den ich jetzt brauche."

Die letzte Karte prägt sich mir ein: Sie besagt, dass man sich als Ganzes akzeptieren lernen muss – mit den positiven und den negativen Seiten. Es gilt, an den positiven zu arbeiten (indem ich auf meine innere Stimme höre!) und die negativen dadurch zu minimieren – es gehe weniger darum, die negativen Eigenschaften zu lieben.

„Wer Veränderungen nicht will, will das Leben nicht. Sag ja zur Veränderung – zu dem begonnenen Werk! Das hilft, Zweifel zu überwinden! Der Tiger, ein Symbol der Angst, versucht immer wieder, dich zu hemmen. Streiche „Ich kann das nicht" aus deinem Vokabular. Du bist im Begriff, dich von der Raupe zum Schmetterling zu verwandeln!", beendet er die Sitzung.

Als ich mich auf den Heimweg mache, fühle ich mich wohl und aufgebaut und bestätigt. Ob ich mir ein Buch über Tarot kaufe?

ad 4):

Sophies Geburtstagsparty war für mich der Knaller des Sommers.

Die „Killerbienenpaarformation" war folgende:

Sophie mit Markus aus der Annonce

Ich mit Jo (auch aus Annonce!)

Jennie mit Andreas (nicht aus Annonce)

Ninas Annoncen-Neueroberung Werner.

Wir fanden Werner alle sympathisch, aber Ninas Typ ist er wohl eher nicht, da sie nicht auf Rockerklamotten und Piercing und NO Alk steht. Nichtsdestotrotz hat sie ihn in alkoholisiertem Zustand auf dem Balkon geknutscht, und wir haben es alle gesehen!

Höhepunkt dieser Party war der von Jo und mir konzipierte „Killerbienenblues", den Jo auf seiner Bluesharp vortrug.

Und das ging so:

Szenario: Abdunklung, Kerzen.

Intro: Faschingsmarsch auf Bluesharp (Jo).

Es kommen auf die Bühne: Nina + Isabell mit Bananen in Colthaltung in der Hand.

Einleitung (Nina):

Sehr geehrte Damen und Herren,

Sie hören nun die Geschichte der Killerbiene Sophie, die ausschwärmte, um das Leben kennenzulernen. Wir können hier unmöglich in der Kürze der Zeit ein vollständiges Bild dieser komplexen, metamorphorisierenden Biene abgeben, sondern nur einige Etappen beleuchten (Spot on).

Chor (Nina, Isabell, Jennie): Summ summ summ…

Vortrag (Isabell): gemischt mit Percussion (Jo)

Killerbienen sind gefährlich, ihr Verhalten manchmal unerklärlich (Trommelwirbel)

Auf den ersten Blick normal
auf den zweiten katastrophal
und auf den dritten – für so manchen –
eine Qual!

Chor: *Bienenstich ist lecker, doch gefährlich – Killerbienen – die sind unerklärlich!*
Ein besonderes Exemplar dieser Rasse
ist unsre Sophie – einfach klasse!!

Ist hilfsbereit zu jeder Zeit –
ob Nina kreischt, ob Jennie schreit,
mit Rat und Tat steht sie uns bei
bei Arbeitssuche, Job und Allerlei…

Sie weiß, was sie will,
und macht's doch anders –
wen wundert's?
Eine Killerbiene kann das!

Mit Spülmaschinen hat sie's nicht,
Ordnung ist 'ne lästige Pflicht,
Sie liebt das Chaos –
wer von den Killerbienen nicht??

Chor: Bienenstich ist lecker, doch gefährlich – Killerbienen – die sind unerklärlich!

Kennt von Blues – Serenade bis Tango Eskapade
alle Schritte
und verpasst auch manchem Typen Tritte.

Mag Tom Jones und Rosenstolz,
steht auf Heavy Metal, doch nicht auf Männer aus Holz!

Sie erklimmt Berge leicht und locker,
das haut uns alle noch vom Hocker –
souverän seilt sie sich wieder ab
und hält so manchen Typ auf Trab.

Chor: Bienenstich ist lecker, doch gefährlich – Killerbienen – die sind unerklärlich!

Tags im Büro brav und bieder –
doch nachts erkennt sie keiner wieder:

Dann schwärmt sie raus,
sucht sich ihre Opfer aus.

Als Heavy-Metal-Biene taucht sie unter,
kommt von ihrem Trip nicht runter!

Hüllt sich gern in schwarzes Leder
– da erkennt sie nicht ein jeder!

Chor: Bienenstich ist lecker doch gefährlich – Killerbienen – die sind unerklärlich!

Jetzt baut sie sich ein schönes Nest,
in dem sich prima feiern lässt,

Lädt Männer ein zum Gaumenschmaus,
was dann passiert – wer hält das aus?

Sind wir doch alle einmal ehrlich:
Killerbienen sind gefährlich!

Und die Moral von der Geschicht: (RAUNEN)
Trau keiner Killerbiene nicht!

Das Publikum jodelte. Danach musste Jo aber unbedingt noch loswerden, was ihn wohl unheimlich wurmt: Dass sein Brief durch acht Frauenhände ging. Ja, also die Moralbotschaft wollte er den Killerbienen unbedingt überbringen! Natürlich poetisch schön verpackt, aber nicht ohne Appell!

Um kein Drama zu inszenieren, habe ich ihn wenigstens so weit gekriegt, diese Peinlichkeiten unter Ausschluss der männlichen Öffentlichkeit – in Sophies Schlafzimmer – vorzutragen. Denn Markus wäre davon ja auch betroffen, und er weiß von dieser Gemeinschaftsannonce gar nichts! Andreas könnte eventuell ahnen, wo Jennie noch so überall mitmischt. Na ja, aber so bleibt's ja weiterhin ein gut gehütetes Geheimnis.

Doc war übrigens auch da, baggerte mich den ganzen Abend an, was mir in Jos Gegenwart nicht recht war, und Jo versuchte mich zu knutschen, was ich in der Öffentlichkeit hasse, zumal wir uns an dem Abend gar nicht so toll verstanden haben.

Außerdem gab's noch ein paar neue Gesichter: Eine Arbeitskollegin von Nina und eine Arbeitskollegin von Sophie.

Kulinarisch und promillemäßig war alles klasse. Wenn es auch die Nerven strapaziert, einen Freund zu haben, so gibt es doch eindeutige Vorteile: So muss man z. B. nicht selbst Auto fahren. (Zynische Isabell!)

Nun ja, wie auch alles sei, die Erlebnis- und Erfahrungswelten der einzelnen an diesem Abend waren wohl sehr unterschiedlich, wie aus einer SMS von Nina am nächsten Tag hervorgeht:

„Weekend überstanden? Habe gestern mit Jennie und Sophie telefoniert. Ich glaub, die waren auf einer anderen Party. Was die mir so erzählt haben, was da abging…"

Ja, also in meiner Rekapitulation muss das so gewesen sein:

- Werners Erlebniswelt: Wow, sie knutscht mich – Sie will mich!! Ich versuche über Nacht zu bleiben!
- Ninas Erlebniswelt: Ich habe jetzt Bock zum Knutschen, das heißt aber noch lange nicht, dass du bei mir übernachten kannst!
- Sophies Erlebniswelt: Ninas Arbeitskollegin versucht, sich an Markus ranzuschmeißen! Die ganze Zeit presst sie ihre Brust raus und weicht nicht von seiner Seite!

Ich bekam nur am Rande mit, dass Sophie sich im Bad eingeschlossen hatte und vor Wut heulte. Jennie und ich konnten sie dann doch noch beruhigen. Ich bekam die Eifersuchtsszene wohl deshalb nicht mit, weil ich mit Doc flirtete.

Die Erlebniswelt von Ninas Arbeitskollegin: Ich bekam ein Küchengespräch mit, in dem sie sich bei Nina über Sophies Arbeitskollegin aufregte: Die würde ja wohl schamlos mit Markus flirten – ob das Sophie nicht kränken würde?

Woody Allen-mäßig, oder?

Das war der Sommerrückblick. Mittlerweile ist es Nacht geworden, während ich noch schreibe. Wenn ich mir alles noch mal so durchlese, muss ich sagen, ich habe – zumindest aus buddhistischer Sicht – diesen Sommer kein Hemmnis ausgelassen!

Ich denke über die Tarot-Sitzung bei Rolf nach. Der Tiger versucht immer wieder mich zu hemmen, hat er gesagt. Die Message war: Sei bereit für einen Neuanfang, vielleicht sogar für einen Quantensprung. Ich erinnere mich an den *Narren* im Tarot, der schon mit einem Fuß über dem Abgrund steht. Wage den Sprung, auch wenn die Angst dich immer wieder einzuholen versucht. Vertraue der Stimme deines Herzens … meine Gedanken schweifen weiter zum Regenbogen.

Genial! Ich muss diese Karte bei Rolf gezogen haben! Die mit dem Tiger! Und dann die Passage über den Regenbogen! Wie sich doch alles ähnelt; bei den Aborigines wird der Regenbogen als ein Bote der Götter gesehen, als ein Zeichen der göttlichen Allmacht oder kosmischer Kräfte, damit der Mensch, bei all seinen ablenkenden Aktionen, die geistige Welt nicht vergisst. Der Mensch, der vom geraden Weg abgekommen ist, sucht nach dem Regenbogen, um der Wahrheit und dem Sinn des Lebens näher zu kommen.

Und dann sehe ich plötzlich einen Zusammenhang zwischen den sieben Farben des Regenbogens und den sieben Chakras – zumindest finde ich diesen Gedankengang interessant. Auch den Chakras sind ja Farben zugeordnet. Irgendwie freue ich mich über diese Erkenntnis.

Werde jetzt schlafen gehen und versuchen, mir den wunderbaren Traum von neulich in Erinnerung zu rufen. Es war ein Stimmungstraum, wie ich es nenne. Bisher habe ich nur ganz wenige getroffen, die wussten, was ich damit meine. Als Kind hatte ich meinen ersten: Ich fühlte, dass ich am Strand saß. Es war ganz still. Ich sah mich nicht, aber ich blickte durch meine Augen. Keine Handlung, nur ein Gefühl. Das Gefühl, das ich als Kind in diesem Traum hatte, war absolute, unbeschreibliche Zufriedenheit und Ruhe und In-sich-Sein, verbunden sein, in Frieden sein… Wie soll ich ein Gefühl mit Worten beschreiben, wofür ich gar keine Worte kenne? Doch es hat mich so beeindruckt, dass ich es nie wirklich vergessen habe… vielleicht ist alles, was ich tue, Ausdruck meiner Suche nach diesem Gefühl. Dieses Gefühl war perfekt. In diesem Gefühl hatte ich keine Sehnsucht mehr. In diesem Gefühl… war ich. Ich war dieses Gefühl.

Und dann dieser Traum. Der Traum von Weite.

Ich wachte von diesem wunderschönen Stimmungstraum auf und dachte: Das musst du dir merken, das musst du behalten, du musst dich daran erinnern können! Ich war aufgewacht, weil ich durch und durch beeindruckt war.

Es war so: Ich bin von einem Gefühl der unendlichen Weite erfüllt. Das ist ein wunderbares Gefühl. Dieses unbeschreibliche Gefühl der Weite, des Nicht-Beengtseins – ich nehme meine körperliche Begrenzung nicht wahr! Ich bin absolut hingerissen, weil mir das Gefühl in meinem Tagesbewusstsein fremd ist. Aber es ist so wunderbar! Ich sehe einen großen Blumengarten – es sind Tausende von roten und weißen Blumen darin. Und die Zahl der roten wurde immer größer.

Doch auch in dieser Nacht würde es mir nicht gelingen, dieses wunderbare Gefühl zurückzurufen.

Die Berghütte:

1 Ein Ausflug in die Wissenschaft vom Kosmos

„Guten Tag, Isabell“, begrüßt mich eine Stimme. Sie gehört zu einem Mann, dessen Alter schwer zu schätzen ist. Er wirkt zumindest sehr jugendlich. Er ist schlank, trägt ein beigefarbenes Hemd und eine weiße Hose. Sein zurückgekämmtes Haar ist an den Schläfen leicht ergraut, sein Bart fast weiß. Seine blauen Augen sind umrahmt von vielen Fältchen, und sie blicken mich aus seinem leicht gebräunten Gesicht freundlich und zugleich durchdringend an. Er hat eine markante Stirnfalte zwischen den Augenbrauen, die mir besonders auffällt. Ich mag ihn auf Anhieb und lächele ihn zaghaft an. „Woher kennen Sie meinen Namen?“, frage ich ihn. „Ich habe auf dich gewartet. Komm und setze dich!“, fordert er mich statt einer Antwort auf. „Wie konnten Sie wissen, dass ich komme?“, frage ich erstaunt. „Ich wusste es doch selbst nicht!“ Er lacht. „Dein Höheres Bewusstsein hat dich hierher geführt. Du bist ihm nur gefolgt.“ Aha...? Seine Stimme ist angenehm und klar. Erwartungsvoll blicke ich ihn an. Ich fühle mich leicht unwohl, weil ich die Situation nicht einschätzen kann und nicht weiß, was auf mich zukommt. Das macht mich nervös. Doch er strahlt etwas aus, das mich bald ruhiger und konzentriert werden lässt. Es ist das Gefühl, verstanden und angenommen zu sein.

Er lächelt mir aufmunternd zu. „Du beschäftigst dich zurzeit mit deinen inneren Mustern. Ich bin da, um dir bei deinen Überlegungen einige Impulse zu geben. Du gehst doch gerne analytisch an ein Problem heran, nicht wahr?“

„Ja“, erwidere ich, ohne zu zögern. Woher weiß er das alles??

Wir setzen uns im Schneidersitz einander gegenüber auf ein Bärenfell. Er gießt uns Tee ein, schaut mich an, als würde er durch meine Augen in die Tiefe meiner Seele blicken, und beginnt:

„Du bist hier, weil du dich auf einer Entdeckungsreise zu einer Erkenntnis befindest. Alle, die hierher kommen, haben eine tiefe Ver-

zweiflung, eine tiefe Hilflosigkeit erlebt. Sie haben eine Erfahrung gemacht, die sie ins tiefste Mark getroffen hat, und die extremes seelisches Leid hervorgerufen hat: eine Grenzerfahrung. Ihre Ängste haben einen Höhepunkt erreicht. Sie befinden sich auf einer Gradwanderung: Sein oder Nichtsein. Sie fragen sich, worin der tiefere Sinn dieser schrecklichen Erfahrung bestehen soll. Nun, eine solche Grenzerfahrung taucht meist am Ende einer langen Entwicklung auf, und sie hat den Sinn, dich in Kontakt mit deinem tiefsten Inneren zu bringen! Sie ist der spontanste und unvorhersehbarste Weg zur Entdeckung deines wahren Selbst!"

Ich bin ziemlich irritiert. Aber nun wird mir klarer, was er am Anfang sagte: dass mich mein Höheres Bewusstsein hierher geführt habe...

„Alle, die hierher kommen, werden erkennen, dass alle Erfahrungen von Schmerz und Leid in den zentralen Themen des Vertrauens, der Verbundenheit und des Selbstwertes liegen. Jede Beziehung, jede Freundschaft, jede Vorstellung von dir selbst dient dazu, dich mit deinen Überzeugungen von Verlassenheit und Getrenntheit, von mangelndem Vertrauen und mangelndem Selbstwert auseinanderzusetzen und zu versöhnen. Der Zeitraum, den du für deine Heilung benötigst, hängt von deiner Bereitschaft ab, dich diesen ÄNGSTEN zu stellen."

Ich erinnere mich an den Tiger...

„Lass uns einen Ausflug in die Wissenschaft vom Kosmos machen. Ich möchte dir ein wichtiges kosmisches Prinzip erklären und dein Weltbild einmal von einer anderen, sehr interessanten Seite beleuchten!

Die Erde umkreist in bestimmtem Rhythmus die Sonne, bewegt sich um sie herum. Gleichzeitig dreht sich dabei die Erde um ihre eigene Achse, führt also eine Eigendrehung aus. Hier haben wir das erste kosmische Gegensatzpaar: Die Schwerkraft und die Fliehkraft. Die Schwerkraft hält die Welt zusammen, sie strebt nach der Mitte, während die Fliehkraft nach außen flieht, in die Weite. Beide Kräfte sind notwendig, um die kosmische Ordnung zu erhalten. Nur die Ausgewogenheit zwischen den Gegensätzen garantiert die gesetzmäßige Ordnung des Universums. Würde eine Bewegung ausfallen oder überwiegen, würde das ins Chaos führen.

Du bist also in eine Welt hineingeboren, die aus Gegensätzen besteht."

So weit kann ich ihm folgen und frage mich, was das mit mir zu tun hat?

Er fährt unbeirrt fort: „Stellen wir uns einmal vor, die Erde würde nicht mehr um die Sonne kreisen und würde nur noch die Drehung um die eigene Achse vollziehen, so würde sie aus der Grossen Ordnung ausbrechen und nur noch ihr eigenes Gesetz leben.

Gäbe hingegen die Erde ihre Eigendrehung auf, würde sie nur noch um die Sonne kreisen und sänke von der Planetenstufe auf die eines Trabanten, eines Mondes herab."

Er macht eine Pause. „Verstehst du jetzt, worauf das ganze hinausläuft?"

Es dämmert mir.

„Hätte die Erde keine Schwerkraft, so würde sie nur der Fliehkraft unterliegen und aus der Bahn gezogen werden, vielleicht mit anderen Weltkörpern zusammenstoßen. Würde sie andererseits nur der Schwerkraft gehorchen, hätte das ebenso chaotische Folgen.

Und nun nehmen wir einmal an – was eigentlich sehr nahe liegt – dass der Mensch als winziges Teilchen des Universums auch dessen Gesetzmäßigkeiten unterworfen sei. Und nicht nur, dass er ihnen unterworfen sei, sondern dass er sie selbst in sich trage."

„Ich verstehe. Die Eigendrehung der Erde entspricht vielleicht dem Wunsch nach Selbstentfaltung? Und die Bewegung um die Sonne... könnte bedeuten, nicht der Mittelpunkt zu sein, sich zurückzustellen... sich einzuordnen ... sich einfügen in ein größeres Ganzes?"

„Genau. Und weiter entspräche der Schwerkraft der Wunsch nach Dauer und Beständigkeit, der Wunsch festzuhalten; und der Fliehkraft der Wunsch nach Veränderung, nach Erweiterung, und damit auch sich ablösen wollen... loslassen...

Das ist das Prinzip der Polarität, der Gegensätzlichkeiten. Die Gegensätze ergänzen sich und ermöglichen erst die Ordnung – sei es im Kosmos oder im Leben eines Menschen. Denn der Mensch ist nichts anderes als ein kleiner Kosmos.

Doch die Ordnung kann nur gewahrt werden, wenn die Gegensätze in einem Gleichgewicht stehen.

Dieses Gleichgewicht ist nie statisch, es muss immer wieder hergestellt werden!

In immer neuem Gewand durchziehen diese Gegensätze das ganze Leben und wollen in immer neuer Weise beantwortet werden.

Wir haben also folgende Gegensatzpaare: das Streben nach Ich-Entfaltung mit dem Gegenstreben nach Zugehörigkeit, ein Teil des Ganzen sein zu wollen; und als zweites Gegensatzpaar ist der Wunsch nach Beständigkeit, Kontinuität und Sicherheit mit dem entgegengesetzten Drang nach Veränderung, nach Neuem.

Und nun nähern wir uns dem eigentlichen Thema, den Ängsten. Denn zu jedem Streben oder Drang gehört die ANGST vor dem Gegenstreben.

Angst ist etwas zutiefst Menschliches. Jeder hat diese Ängste, in unterschiedlicher Ausprägung und in unterschiedlichen Facetten. Jeder hat seine Ängste entwickelt, durch die Erfahrungen, die er gesammelt hat – in Kindheit, Jugendzeit, bis hinein ins Erwachsenenalter. Und so ist auch jeder „auf seine Art in der Welt". In eurer Kultur gilt Angst als eine Schwäche, die man nur ungern zugibt. Doch alles, was in dir ist, hat seinen Sinn, und alles darf sein. Deine Angst möchte dir sagen, dass es an der Zeit ist, deinen Weg zu ändern. Dort, wo dein größtes Problem ist, dort, wo du am meisten leidest, vielleicht auch krank bist, da ist dein Schatz verborgen. Wenn du ängstlich bist, frage dich, auf welchen Schatz dich diese Angst hinweisen möchte, statt dich wegen deiner Angst zu verachten."

Hm... das ist in der Tat eine komplett neue Sichtweise.

„Denke einmal darüber nach, auf welche Art DU in der Welt bist! Das ist deine Aufgabe für heute."

Er macht eine Pause, führt meine Hände zusammen und umschliesst sie mit den seinen.

„Es ist schon spät, Isabell. Lass uns morgen weiterreden."

„Wie lange werde ich hier bleiben? Ich muss doch zurück!"

„Mach dir keine Sorgen. Du wirst drei Tage hier sein, aber nach irdischer Zeitrechnung ist es nur eine Nacht."

Ich verstehe nichts. Warum verstehe ich so vieles nicht?

Er führt mich zu meinem Zimmer und wünscht mir eine gute Nacht. Ich bedanke mich und lasse meinen Blick umherwandern. Es ist ein kleiner türkisfarbener Raum, in dem mein Bett steht. Auf den Fensterbänken liegen Muscheln, ich habe einen wunderschönen Blick auf den Seerosenteich in dem wilden Garten und die Berge. Ein Windspiel lässt seinen glockenklaren Klang erklingen. Ich öffne das Fenster und atme die frische Bergluft ein. So vieles habe ich heute erfahren, über so vieles muss ich nachdenken. Auf welche Art bin ich in dieser Welt? Ich erinnere mich an diesen seltsamen Traum, in dem ich vor einem Spiegel tanze. Aber als ich in den Spiegel schaue, sehe ich Klaus-Peters Gesicht. Was sollte der Traum bedeuten? Warum fällt er mir jetzt ein? Ich nehme mir vor, darüber nachzudenken, doch als ich unter die wohlig-kuschelige Bettdecke krieche und mein Kopf kaum auf dem Kissen ruht, werde ich in einen erholsamen, tiefen Schlaf weggetragen.

2 Der Blick in den Spiegel

Ich sitze auf dem Bärenfell, bereit, den lehrreichen Ausführungen dieses Mannes zu lauschen. Ich bin sehr gespannt, was er mir heute erzählen wird.

„Bist du mutig genug, einen Blick in den Spiegel zu werfen?“, beginnt er. Ich atme tief durch. „Ich denke schon“, antworte ich leicht nervös.

„Beziehungen sind deine Chance, dich selbst zu erkennen, denn sie spiegeln dir in vielen bunten Facetten dich selbst in den verschiedensten Teilaspekten. Wenn du Mut hast, in diese Spiegel zu schauen, können sie dir wertvolle Erkenntnisse über dich schenken. Wenn du jedoch die Augen verschließt, so glaube nicht, dass sie nicht mehr da sind. Im Gegenteil, sie werden immer deutlicher und stärker werden, bis du endlich auf sie aufmerksam wirst, bis du endlich bereit bist zu erkennen, welche Botschaft die jeweilige Beziehung für dich bereithält und welche Muster ihr zugrunde liegen. Jeder Mensch wird im Laufe seines Lebens vor die Aufgabe gestellt, diese Spiegel zu entschlüsseln, um Stück für Stück zu seinem wahren Ich zurückzufinden.“

Ah, deshalb hatte ich diesen Traum, dämmert es mir. Dennoch will ich es nicht so sehen – Klaus-Peter als mein Spiegelbild?

„Dein Höheres Bewusstsein hat es dir schon gesagt: Du siehst ihn deshalb im Spiegel, weil er dein Spiegelbild ist! So wenig wie er für dich erreichbar war, so wenig bist du für andere erreichbar. Klaus-Peter war nicht bereit, sich zu binden und ein Risiko einzugehen. Wie ist das mit dir? Bindungen empfindest du schnell als Zwang, wenn du über die erste Verliebtheit hinweg bist. Du hast ihm vorgeworfen, sich emotional nicht binden zu können, er selbst hat sich als „Entwurzelter“ bezeichnet. Wer entwurzelt ist, hat keine Bindung. Hast du nicht Angst vor Bindung?“

„Ich bin mir nicht bewusst, dass ich Angst vor Bindung habe. Ich habe nur noch nicht den Richtigen gefunden!“, entgegne ich.

„Dann lass es mich anders formulieren: Welcher Art waren deine letzten Beziehungen?“

Ich lasse sie im Geiste Revue passieren. Na ja, das waren kurzfristige, teilweise sehr intensive, aber wechselnde Beziehungen.

„Dein Lösungsversuch des Konfliktes zwischen deiner drängenden Sehnsucht und der Angst vor zu großer Nähe ist: Unverbindliche, leicht zu lösende Beziehungen. Du möchtest Nähe und läufst gleichzeitig davor weg."

Nun ja, so habe ich das noch nicht betrachtet...

„Bist du damit glücklich?"

Ich stöhne. Ja und nein, denke ich. Manchmal geht es mir damit gut, und manchmal nicht.

Er fährt fort: „Du weichst der Nähe aus und bist distanziert, aber dahinter steckt, deine tiefe Sehnsucht nach Nähe, Vertrauen, nach Lieben und Geliebtwerden. Diese ganz tiefe, unerfüllte Sehnsucht macht dich manchmal so traurig – wenn du es zulässt. Wenn du ganz tief in dich gehst und dein Herz versuchst zu spüren – bist du mit deiner Lösung wahrhaft glücklich?"

Schließlich gestehe ich es mir mit einem tiefen Seufzer ein: Nein. Nicht wirklich.

„Dann ist es Zeit, eine NEUE WAHL zu treffen!

Wage es, zu vertrauen!

Wage ein Stück Hingabe, wage dein Herz ein Stück zu öffnen. Lasse zu, Verbundenheit nicht nur als Einengung und Gefahr zu erleben, sondern sieh auch die andere Seite. Wie könnte die aussehen?

„Sie KÖNNTE auch sehr schön sein, Sie könnte... Geborgenheit, Wir-Gefühl, Vertrautheit bedeuten ... Kraft ...", überlege ich.

Das hört sich gut an! WAGE ES EINFACH. Was kann dir passieren?"

„Viel!", protestiere ich. Er weiß doch, was mir passiert ist!

„Was zum Beispiel?", hakt er nach.

„Ich habe Angst, meine Freiheit und meine Unabhängigkeit zu verlieren! Mich zu verlieren!"

„So wie damals mit Klaus-Peter? Da hast du dich in einer Extremsituation erlebt, die wiederum in dir die Angst verstärkt hat, dass Hingabe für dich Sichausliefern bedeutet, Kontrollverlust, Ich-Aufgabe bis hin zum Verschlungenwerden in dem anderen. Am Schluss warst du ein kleines Mädchen, das jeden Halt verloren hatte und dessen Leben von diesem Mann und seiner Zuneigung abhing. Weg waren deine Überlegenheit, deine kühle Distanz, deine Unnahbarkeit, und auch dein Selbst-Bewusstsein! Du willst nie wieder erleben, dass ein Mann so viel Macht über deine Gefühle hat. Aber wer hat ihm diese Macht gegeben?

Hast du deine „Schwerkraft" nicht selbst freiwillig aufgegeben und dich „aus der Bahn ziehen" lassen?

„Ja, ich habe tatsächlich geschwebt...", blicke ich gedankenverloren zurück.

Aus deiner Sicht hast du dich in einer Niederlage erfahren. In Ohnmacht, in Abhängigkeit. Da möchtest du nie wieder hin. Was hat dich deiner Ansicht nach dorthin gebracht?"

„Ich weiß bis heute nicht genau, wie das passieren konnte!", antworte ich aufgewühlt.

Er lacht. „Ja, deshalb bist du ja hier! Du bist hier, um dir all der unbewussten und verdrängten Dinge bewusst zu werden, die dich davon abhalten, wahrhaft du selbst zu sein und wahrhaft zu lieben! Du bist hier, um eine neue Wahl zu treffen!

Hier geht es darum, dass du trotz all deiner Ängste dem Leben vertrauen sollst. Riskiere es! Anders wirst du weder dich noch die Welt kennenlernen!

Das, Isabell, ist deine Aufgabe auf diesem Stück des Weges. Du sollst lernen, deine Angst zu überwinden. Nicht, sie zu verdrängen.

Wenn du das erkannt hast, wird das dein wahrer Sieg in der Niederlage sein.

Denke in Ruhe darüber nach, was dich davon abhält, wahrhaft zu lieben."

3 Aufdeckung des Dilemmas

„Ich kenne Ihren Namen noch gar nicht", durchbreche ich das Schweigen.

„Namen sind für euch wichtig, wir haben hier andere Erkennungsmerkmale. Du erkennst mich an meiner Energie."

Das ist neu. O.k., er will seinen Namen nicht preisgeben. Damit kann ich leben. Kann ich sogar sehr gut verstehen! Ging mir nämlich auch schon so! Möchte nur wissen, woher er meinen Namen weiß.

„Wie meinen Sie das, an der Energie erkennen?", hake ich nach.

„Du hast mich gesucht, weil ich eine Energie bin, die mehr kopfgesteuert ist. Die hat im Moment einen besseren Zugang zu dir als eine andere Energieform. Meine Energieform ist stark, aber nicht so warm. Sie ist rational. Auf dieser Etappe des Weges suchst du diese Erfahrung, doch es wird eine nächste Stufe geben, auf der du dich wieder anderen Energien zuwenden wirst. Du bist zu mir gekommen, weil ich in deiner momentanen Sprache spreche. Doch erkenne auch, dass nicht alles in Worte fassbar ist. Nicht alles ist rational erklärbar. Nicht alles geht durch den Verstand: Der Glaube nicht, Vertrauen nicht, und Liebe nicht."

„Gut. Also ich komme nicht weiter. Was hält mich denn davon ab, wahrhaft zu lieben?", beginne ich, rational an unser letztes Gespräch anknüpfend.

„Zum einen dein Wunschdenken. Du projizierst all deine Gefühle, Wünsche und Sehnsüchte in den anderen.

Wunschdenken verleitet dazu, Dinge so zu sehen, wie du sie sehen möchtest, weil sie anders zu schmerzhaft wären.

Wunschdenken gepaart mit Ungeduld ist eine besonders starke Kombination!

Das ist dein unbewusster Schutz. Er erleichtert dir, jemandem dein Herz zu öffnen – doch indem du idealisiert, brauchst du dem anderen, wirklichen Menschen nie nahe zu kommen, nur dem erträumten. Bis du eines Tages deine Bewunderung verlierst. „Der andere hat dich enttäuscht." Das ist dein Trick!

Doch die Sehnsucht nach Hingabe und Bindung, die ja auch zu deinem Wesen gehört, wird unterdrückt, staut sich auf und entlädt sich in einer Weise, über die du keine Kontrolle hast – das ist bei Klaus-Peter passiert.

Die Enttäuschung, die zwangsläufig aus der Aufdeckung der Illusion resultiert, wandelt sich in Wut, die du unbewusst gegen dich richtest.

Letztendlich hat dein Wunschdenken dazu geführt, dass du dein Selbstwertgefühl verloren hast, und erst dadurch hast du dich verloren! Das war der selbstzerstörerische Bann! Darin besteht dein heimlicher Verrat an dir selbst! So hast du erfahren, dass dieser Schutzmechanismus sehr destruktiv ist.

Erkennst du jetzt, dass das Drama in deiner Reaktion bestand und nicht in der Tatsache an sich?"

Ich bin zu verwirrt, um einen klaren Gedanken zu fassen.

„Diese Erfahrung hat mich so in meinem Vertrauen in mich und meine Intuition so erschüttert…!"

„Das ist der Teufelskreis eines jeden Konfliktes. In Wahrheit ist es nicht der Konflikt selbst, sondern die Schutzmechanismen um diesen Konflikt herum, die zum Kernproblem werden. Man sieht durch die unbewussten Konflikte die Wirklichkeit nicht so, wie sie ist, sondern verzerrt durch einen vom Konflikt getrübten Filter. Das führt zu Fehldeutungen. Und das wiederum hat dich in deinem Glauben an dich selbst erschüttert.

Lass mich dir deine Situation an einem Beispiel verdeutlichen:

Stell dir vor, du sitzt in einem Zug; auf dem Nachbargleis steht ebenfalls ein Zug; dann fährt einer der Züge. Du schaust aus dem Fenster und weißt im ersten Moment nicht, ob dein Zug oder der auf dem Nachbargleis sich bewegt. Es dauert ein bisschen, bis du dich orientiert hast.

Macht dieses Bild nicht deine innere Situation sehr deutlich? Du weißt manchmal nicht, ob das, was du fühlst, wahrnimmst, denkst oder dir vorstellst, nur in dir selbst existiert oder auch draußen. Du hast dich gefragt, ob du eine Zerrung in der Wahrnehmung hattest, dir alles nur eingebildet hast. Das hat dich gefühlsmäßig stark verunsichert. Deine Wahrnehmung war wirklich verzerrt, da du nur einen Teil wahrgenommen hast, nämlich den, den du sehen wolltest! Es ist, wie wenn man nur die von der Sonne angestrahlte Seite des Halbmondes für existent hält, die andere Seite aber leugnet."

Das kommt mir bekannt vor... so hat es schon einmal mein Schutzengel versucht mir zu erklären...

„Um es auf einen Punkt zu bringen: Wenn Gefühl und Verstand nicht zum einheitlichen Erleben verschmelzen, scheint Gefühl manchmal nur möglich, wenn du den Verstand ausschaltest. So kannst du in deiner Gefühlstraumwelt leben- wie eine Traumtänzerin. Wenn der Verstand wieder als Orientierung gerufen wird, passt nichts mehr zusammen."

„Ja, aber was kann ich denn ändern, damit mir das nicht mehr passiert?!"

„Es gibt da nur einen Weg heraus, doch der setzt Nähe voraus:

Indem du den anderen dazu befragst, ihm deine Unsicherheit und Angst mitteilst. Oder noch einen Schritt weiter:

BINDUNG beseitigt Zweifel und zeigt, ob eine Beziehung aufrichtig ist! Wenn eine Beziehung nicht aufrichtig ist, wird sie nicht lange bestehen, und ein wahrer Partner kann in dein Leben treten. So paradox es für dich klingen mag – Bindung kann das heilen, wovor du am meisten Angst hast.

Und nun kommen wir auf eine tiefere Ebene:

Bewusst oder unbewusst hast du die Entscheidung getroffen, den Teil von dir abzuspalten, der dich deiner Meinung nach in den Konflikt bringt, der dich Abhängigkeit und Ohnmacht fühlen lässt.

Und so kommen wir wieder zu unserem Ausgangspunkt, dem

Wunschdenken. Wunschdenken ist nichts anderes als eine unvollständige Wahrnehmung, die darauf gründet, dass du dich selbst nicht vollständig, nicht ganzheitlich wahrnimmst. Eines der kosmischen Gesetze besagt: Wie innen, so außen.

Deine äußere Realität ist unwirklich geworden, weil du dich von deinen wirklichen inneren Bedürfnissen, den Bedürfnissen deiner Seele, abgeschnitten hast – aus Angst, mit deinem wahren ICH, deinen wahren Gefühlen, deiner hingebungsvollen Seite in Berührung zu kommen.

Die Suche nach diesen verlorenen Anteilen – ich nenne sie Puzzleteile – ist allen Menschen, die den Weg der Selbsterkenntnis gehen, gemeinsam. Jeder Mensch hat irgendwann in seinem Leben die Chance, sich auf die Suche nach seinen verlorenen Puzzleteilchen zu begeben: Auf die Suche nach all den verdrängten oder verleugneten Anteilen, um wieder ganz und heil zu werden. Es mag klingen wie ein seltsames Spiel, und dennoch ist es die Wahrheit. Das ist der Weg, der zu wahrer innerer

Befreiung führt, und es ist der einzige Weg, der den geheimnisvolle Bann des Konflikts lösen wird."

„Und wie soll ich diese Puzzleteile finden?"

„Indem du eine NEUE WAHL triffst: Du kannst dich dafür entscheiden, dich wieder mit deinen innersten Bedürfnissen, deinen wahren Seelenimpulsen zu verbinden! Du kannst dich für volle Lebendigkeit entscheiden! Du kannst dich entscheiden, dich aus deiner Seelenfestung zu befreien! Du kannst dich dafür entscheiden, die Angst vor deinem wahren Selbst zu überwinden!

Dann erst wird dein Weg weitergehen."

4 Die größte Lektion

Ich versuche, für mich dieses „Wahre Selbst“ zu definieren, doch es bleibt im Nebulösen stecken und mein Gedankengang wird bald unterbrochen.

„Alle, die hierher kommen, befinden sich in einem Konflikt, der ihnen die Kraft raubt. Sie spüren, dass da etwas ist, das ihnen nicht gut tut, und sie möchten sich davon verabschieden, um glücklich zu werden. Sie sind bereit, sich mit sich auseinanderzusetzen. So wie du auch.

Konflikte, ob körperlich oder seelisch, sind immer ein Weg der Selbsterkenntnis. Sie dienen dazu, dich zu deinem Wahren Selbst zurückzuführen, wenn du die Weisheit besitzt, ihre Botschaft zu verstehen. Konflikte, die dir nicht bewusst sind, drängen so lange an die Oberfläche, bis du sie nicht mehr ignorieren kannst, weil deine Reaktion auf sie zu stark ist“, fährt er fort. Sein Ton und seine Sprechmelodie haben etwas Meditatives, und ich schließe meine Augen, um durch nichts abgelenkt zu sein.

„Jeder Konflikt kann geheilt werden. Doch um ihn zu heilen, musst du ihn erkannt haben.

Solange ein Konflikt nicht aufgelöst ist, bist du in ihm gefangen und ziehst immer wieder das gleiche Muster an, sei es in Beziehungen oder in anderen Situationen, weil du auf einer tiefen, unbewussten Ebene deine Glaubenssätze, deine Überzeugungen hast, die die Erfahrungen, die du machst, anziehen!

So ist es an der Zeit, das Verborgene aufzudecken, denn es enthält dichte und schwere Energie, die dich auf dem Weg der Leichtigkeit, des Lichts und der Liebe blockiert.

Und nun lass die folgenden Worte tief in deine Seele dringen:

All deine Erfahrungen des Schmerzes dienen einzig und allein dazu, dich auf den Pfad der wahrhaften Liebe zurückzubringen.

Du erinnerst dich an die Ängste? Als Schutz gegen deine Angst vor Nähe versuchst du, die größtmögliche Unabhängigkeit zu erreichen. Auf niemanden angewiesen zu sein, niemanden zu brauchen, niemandem verpflichtet zu sein. Deshalb brauchst du die Distanz, lässt nie-

manden zu nahe kommen oder lässt dich nur begrenzt mit ihnen ein. Wagt es jemand, die Distanz zu überschreiten, fühlst du dich bedroht und in deiner Unabhängigkeit gefährdet. Und dagegen wehrst du dich. Aber damit drehst du dich um dich selbst, was dich mehr und mehr in die Isolation, die Getrenntheit treibt. Eigentlich hast du doch genau davor Angst!

Erkenne, dass die Unabhängigkeit nur dein Versuch ist, dich von schmerzlichen Gefühlen zu trennen!"

„Die Puzzleteilchen.!", schießt es mir durch den Kopf.

„Wenn du das erkannt hast, kannst du den nächsten Schritt wagen: Den Schritt hin zu wahrer, echter Partnerschaft, zu einer wahren Verbindung, in der es nicht mehr um Ab- und Unabhängigkeit und um Machtkampf geht. Ist es nicht das, was du dir sehnlichst wünschst?"

„Ja, schon! Aber es geht nicht!", bleibe ich standhaft.

„Es geht deshalb nicht, weil Unabhängigkeit in deiner Überzeugung nur erreichbar ist, wenn du wahre Nähe nicht zulässt. Dein Bedürfnis nach wahrer Nähe hast du bislang wahrlich meisterhaft geleugnet, damit du aus jedem Kampf als Siegerin hervorgehen konntest! Du erinnerst dich an die verlorenen Puzzleteilchen? Doch Liebe ist kein Kampf. Liebe ist frei von Macht und Kontrolle. Liebe, wenn sie tief aus dem Herzen kommt, ist nicht an Bedingungen geknüpft. In diesen Teil deines Herzens hast du noch niemandem Einlass gewährt. Und nun schau mutig hin: Was ist Liebe für dich?"

Das ist eine Frage! Darüber könnte ich stundenlang nachdenken. Das ist gar nicht so leicht zu beantworten. Obwohl mir eine Menge Idealvorstellungen einfallen…

„Ist sie bislang nicht selbstbezogen gewesen und hing davon ab, wie weit der andere deine Bedürfnisse erfüllt hat?

Beziehungen, die auf Bedürfnissen gründen, sind immer abhängige Beziehungen. In all deinen Beziehungen hast du etwas gesucht, was dir keiner geben konnte: du hast immer außerhalb von dir selbst nach Bestätigung deines Wertes gesucht. Du suchtest irgendjemand, irgendetwas oder irgendein Ereignis, das dir Glück bringen sollte, aber es war nie von Dauer und oft enttäuschend.

Und so hast du weitergesucht. Immer hast du irgendwas vermisst. Du konntest selbst nicht sagen was. Du hieltest Ausschau nach deinem Retter, nach deinem Traumprinzen.

Erkennst du nicht, dass du dich selbst in eine Abhängigkeit bringst, wenn du glaubst, in dem anderen etwas zu finden, was du scheinbar nicht hast? Was bist du dann ohne den anderen? Wirst du nicht immer Angst haben, den anderen wieder zu verlieren? Wird das nicht immer wieder in einem Macht- und Kontrollspiel enden? Kennst du die nicht schon zur Genüge?"

Diese Gedanken sind grauenhaft. So habe ich das noch nie gesehen. Welche Vorstellung von Liebe habe ich da die ganze Zeit gelebt? Es ist zu furchtbar, um wahr zu sein.

„Nein!", bäume ich mich auf.

Da nimmt er sanft meine Hände in die seinen und sagt sehr leise:

„Isabell, es ist sehr schmerzhaft, dich all dem zu stellen. Das, was du jetzt siehst, tut weh. Doch der einzige Weg aus dem Schmerz heraus ist der Weg hindurch. Das, was du siehst, bist nicht wahrhaft DU. Sieh es dir an, um dich von diesem Teil von dir zu verabschieden. Bist du bereit?"

Ich brauche eine Zeit, um mich wieder etwas zu fangen. Dann nicke ich.

„Gerade jetzt befindest du dich wieder in einem solchen Machtkampf. Es ist dir nicht bewusst!

Der Mann, der jetzt in dein Leben getreten ist, verhilft dir zu einigen hilfreichen Erkenntnissen über dich. Dir wird dein Konflikt so richtig klar werden. Da, wo er sich bemüht, besonders liebevoll und zärtlich zu sein, da wirst du den Rückzug antreten und ihn abrupt zurückstoßen. Du schaltest ab, ziehst dich wieder auf dich selbst zurück und bist nicht mehr zu erreichen.

Du hast versucht, diesen Teufelskreis zu durchbrechen, und das war eine heilsame Erfahrung. Aber immer wieder wird seine Liebe bei dir Aggressivität und Rückzug auslösen. Er ist mit deiner Rückzugsreaktion überfordert, denn DAS ist wiederum sein Thema. Doch wir wollen hier nicht darüber reden, was ER lernen muss. Du sehnst dich nach unaufdringlicher Zuneigung und empfindest ihn als zu vereinnahmend.

Statt annehmen zu können, was er dir anbietet, bekommst du Angst, abhängig zu werden und ihm zu Dank verpflichtet sein zu müssen. Das ist dir bekanntlich ein Gräuel. Er hat ein starkes Nähebedürfnis, vor dem du dich schützen „musst". Deshalb wehrst du auch seine Zeichen der Zuneigung teilweise ab – du weißt nicht, wie du sie beantworten sollst, sie sind dir eher peinlich. Du schwankst zwischen Liebe und Hass, wertest Gesten der Zuneigung ab, analysierst, zweifelst. Du hast eine gute theoretisch-abstrakte psychologische Kombinationsgabe, die dir dafür unendliche Möglichkeiten bietet. Aus deiner Sicht hast du die Wahl, entweder dich zurückzunehmen oder ihn zu hassen. Du wirst deine Entscheidung treffen.

Und nun werde ich dir etwas sagen, was dich sehr überraschen wird, weil es dir nicht bewusst ist:

Die Angst vor Bindung rührt letztendlich von der Überzeugung her, dass man selbst nicht gut genug ist. Demzufolge kann es ein anderer auch nicht sein. Da wären wir bei der Angst vor dem eigenen Wert.

WARUM bist du es dir nicht wert? Warum zweifelst du an dir?"

Ich habe keine Antwort. Ich kann das alles auch nicht so sehen.

„Liebe Isabell, an einer Frage kommst du auf dieser Etappe des Weges nicht vorbei. Diese Frage lautet: Liebst du dich selbst?

Das ist die zentrale Frage, mit der ich dich in den Schlaf entlassen möchte. Vielleicht helfen dir die folgenden Anregungen ein wenig, für dich eine Antwort zu finden:

- *Kannst du offen zeigen, wie es deinem Innersten zumute ist? Kannst du es fühlen und benennen oder musst du lange darüber nachdenken?*
- *Was machst du mit Gefühlen, die dir nicht angenehm sind? Spürst du ihnen nach oder verdrängst du sie?*
- *Verachtest du dich für Gefühle wie Schwäche, Unsicherheit, Hilflosigkeit?*
- *Bist du mehr bemüht, die Erwartungen anderer zu erfüllen als auf deine eigenen Bedürfnisse zu achten?*
- *Kennst du deine wahren Bedürfnisse?"*

Ich stöhne.

„Dies ist eine Lektion, die, wenn du sie erkennst, dein ganzes Leben verändern wird. Es ist eine der größten und machtvollsten Lektionen im Leben eines Menschen. Glaube nicht, dass du sie über Nacht lösen wirst. Aber denke darüber nach. Denke über DEINE unbewussten negativen Glaubenssätze und Überzeugungen nach!

Ahnst du nun, worum es auf dieser Etappe geht?

Es geht darum, deinen wahren Selbstwert wieder zu entdecken!

Der wahre Selbstwert bezieht seine Kraft und Stärke aus deiner inneren Quelle – deinem heiligen Ort in dir, der mit dem Göttlichen verbunden ist. Dieser Teil ist in dir.

Und erinnere dich: Du bist hier, um eine neue Wahl zu treffen.“

5 Abschied

„Na, du kleine Traumtänzerin, wie hast du geschlafen?“, erkundigt er sich beim Frühstück.

„Danke, gut“, lächele ich, „aber ich glaube, ich muss noch lange über all das, was Sie gesagt haben, nachdenken.

Ich weiß auch gar nicht, wie ich das alles so umsetzen soll... aber ich bin froh, dass mir einige Dinge bewusst geworden sind.

Dafür danke ich Ihnen!“

„Das war Sinn und Zweck dieser Etappe. Du wirst deinen Weg finden, wie du die gewonnenen Erkenntnisse Schritt für Schritt, in deinem Tempo, umsetzen wirst.

Nur was dir bewusst ist, kannst du auch loslassen.

Wenn du die Vergangenheit loslässt, wirst du neue Ziele und neue Richtungen entdecken.

Das Loslassen befreit dich von all dem, was dich daran hindert, du selbst zu sein- es befreit dich von all den Ängsten deines Egos.

Erinnere dich: All deine Erfahrungen von Schmerz und Leid wurzeln in den zentralen Themen des Vertrauens, der Verbundenheit und des Selbstwertes.

Überdenke deine bisherigen Überzeugungen. Erinnere dich an deine neue Wahl!

Sei mutig, dich von dem zu befreien, was dir Schmerz verursacht, dich traurig macht oder in irgendeiner Weise herabsetzt oder sogar leugnet, wer du bist.

Doch dein Wunsch muss stark genug sein, das loszulassen oder zu verändern, was nicht deinem höchsten Wohle dient und somit auch nicht zu dem höchsten Wohle aller sein wird.

Dein Weg wird dich an die Orte führen, die dir das am deutlichsten zeigen werden, was für dich zum jetzigen Zeitpunkt am dringlichsten ist – auch wenn du es vielleicht nicht so sehen magst.

So gehe in Vertrauen und im Bewusstsein, dass alles geschieht, weil sich alles in dir verwandeln möchte, bis du mehr und mehr durchlichtet bist. Dann wirst du zu deiner wahren Seelenheimat zurückfinden.

Nimm dankbar alle Herausforderungen und Gelegenheiten an, denn sie bieten dir die Chance zu Wachstum, tiefem Verstehen und zum Sprengen einiger unnötiger Begrenzungen!"

Das hört sich nach einer unendlichen Geschichte an, denke ich.

Er lächelt. „Habe Geduld mit dir. Im Moment hast du zu viele Ängste in dir. Alles braucht seine Zeit, alles folgt seinem Rhythmus. Man darf die Festung um sein Wahres Selbst nicht zu früh stürmen. Irgendwann wirst du diesen Schutz nicht mehr brauchen. Irgendwann kommt die Zeit, da wirst du erkennen, dass dir nichts passieren kann."

Diese Worte rühren mich. Wie schön wäre es, wenn es stimmen würde: es kann mir nichts passieren...

So verabschiede ich mich, atme tief durch und bin bereit zu gehen.

6 Das Tal im Nebel

Ich bin etwas ratlos, welchen Weg ich einschlagen soll. Soll ich den Berg weiter hinaufgehen oder lieber bergab? Wohin führt der Weg nach oben? Wo wird da die nächste Berghütte sein? Den Weg hinunter kenne ich und kann ungefähr abschätzen, wie lange ich dafür brauche. Ich fühle mich überfordert. Schon wieder Entscheidungen treffen. Warum weigert sich hier jeder, mir zu sagen, welchen Weg ich gehen soll! Ich habe mir in den letzten Tagen weiß Gott den Kopf über mich zerbrochen und möchte einfach nur mal ein bisschen abschalten. Ich überlege hin und her, und schließlich entscheide ich mich für den Weg, der ins Tal führt. Er scheint sicherer und vertrauter.

Irgendwie habe ich ein leicht flaues Gefühl – und weiß nicht warum. Vielleicht hat es ja auch nichts zu bedeuten. Die Bergluft tut jedenfalls gut.

Aber der Abstieg geht bekanntlich in die Knie. Nach einer Weile bekomme ich auch ein heftiges, unangenehmes Ziehen in den Nacken-Schulter-Bereich auf der linken Seite, wahrscheinlich vom angestrengten Runterschauen auf die Beschaffenheit des Weges, auf Hindernisse und kleine Krabbeltiere! Mein Kopf ist so voll, dass ich ihn am liebsten irgendwo abgeben würde – ich wette, mein Gang wäre dann wesentlich leichtfüßiger!

Ich komme an einem plätschernden Bächlein vorbei und mache Rast.

Und da passiert das Seltsame:

Für den Bruchteil einer Sekunde durchfährt mich wie ein Blitz der Fetzen einer Vorstellung: Ich kenne diesen Bach, ich war hier schon, ich weiß auch, dass ich mit jemandem hier war, ich sehe nicht mit wem, aber ich spüre, dass ich mich mit dieser Person wohlgefühlt habe- ich muss auch in dieser Berghütte gewesen sein- in rasender Geschwindigkeit taucht der nächste Fetzen auf: Das Leben ist ganz einfach – überhaupt kein Mysterium! Und ich erkenne das für den Bruchteil einer Sekunde – ich habe auch die Erklärung dafür glasklar vor Augen, und ich lächele, weil es so einfach ist – und ich mir immer viel zu viel Gedanken gemacht habe! Und im nächsten Moment ist diese Erklärung wieder wegge-

wischt. Ich habe nur noch eine ganz vage Erinnerung, dass eben eine tolle Erkenntnis in mir war, aber der Inhalt ist weg. Zurück bleibt ein beruhigendes Gefühl, aber auch eine gewisse Fassungslosigkeit. Immer und immer wieder versuche ich mir diesen Gedanken zurückzurufen, aber je mehr ich es versuche, umso mehr entgleitet mir alles.

Es war ein ganz anderes Gefühl als sonst: es war mehr als nur rationales Verstehen, es war wirkliche ERKENNTNIS! Das kam nicht nur aus dem Kopf – dieses Gefühl, wirklich alles durch und durch begriffen zu haben!!! Ich kann den Unterschied deutlich spüren! Ich bin es bisher gewohnt, etwas aufzunehmen, es zu analysieren, und danach entweder anzunehmen oder zu verwerfen. Doch DAS war so ANDERS ... ich kann es nicht in Worte kleiden.

Ich muss versunken sein, denn ich komme erst wieder in die Realität zurück, als ich eine kühlende Berührung auf meiner Stirn spüre. Ich schaue auf. Da ist ja mein Schutzengel!

In dem Moment überkommt mich eine Leichtigkeit, die mich bemerken lässt, wie extrem kopflastig ich doch bin. Denn so fühlt sich mein Zustand „normal" nicht an. Ich genieße diese Leichtigkeit des Kopfes, die mit einem Gefühl der Weite verbunden ist.

Er schaut mich an und sagt: „Auf dem Weg der Selbsterkenntnis sollst du das Wesen hinter allem Sein erkennen. Erkenntnis ist mehr als Wissen, weil sie aus einer höheren Bewusstseinsebene kommt. Erkenntnis bedeutet, die Dinge mit neuen Augen zu sehen – sie so zu sehen, wie sie wirklich sind.

Jede Erkenntnis ist wie ein Lichtstrahl, der dich erhellt – auch wenn es nur für Sekunden ist. Und sei gewiss, dass sie dich verändern wird, auch wenn du glaubst, dich nicht mehr an sie erinnern zu können. Sie ist nur an einer Stelle deines Bewusstseins abgelegt, die du im Moment nicht erreichen kannst, doch sie ist niemals verloren.

Es ist Zeit für dich aufbrechen, du hast noch eine weite Strecke vor dir. Sieh", und er zeigt ins Tal hinab, „Nebel zieht auf."

„Ja gut, dann lass uns weitergehen".

Er blickt mich ernst an. „Den letzten Teil des Abstiegs hast du beschlossen allein zu gehen, Isabell."

„Was? Du kommst nicht mit mir?", rufe ich entsetzt. „Nie im Leben habe ich beschlossen, allein weiterzugehen. Wie um alles in der Welt kommst du denn darauf?"

„Du hast es einmal beschlossen. Und so wird es sein. Du hast dir deine Lernaufgaben ausgesucht und ebenso, wie und wem du sie lösen möchtest.

Deine persönliche Erfahrung ist die beste Möglichkeit, die Wahrheit herauszufinden und der schnellste Weg zum eigenen Wachstum, auch wenn er wie eine Sackgasse scheinen mag.

Du erinnerst dich? Nichts ist so wie es scheint.

So gehe mutig durch den Nebel, in dem Wissen und dem Vertrauen, dass er dich reinigen wird und dass die Einsamkeit einem Sinn dient."

Also setze ich meinen Weg alleine fort. Ich verstehe nicht, warum mein Schutzengel an dem Fluss zurückgeblieben ist. Er hat so in Rätseln gesprochen... Seine Worte gehen mir immer und immer wieder durch den Kopf.

Ich versuche, nicht panisch zu werden, als der Nebel dichter wird und die Dämmerung naht. Ich versuche, Vertrauen zu haben.

Welche Erfahrung soll ich hier sammeln? Je länger ich durch dieses Tal gehe, umso unsicherer werde ich. Ich möchte hier raus, aber irgendwie finde ich keinen Weg! Der Nebelschleier nimmt mir die Weitsicht, und ich wanke zwischen Verzweiflung und Hoffnung, dass sich ein Ausweg finden möge. Bloß keine Sackgasse, denke ich. Bald kann ich an nichts anderes mehr denken. Ich versuche, mir die Erkenntnisse der Berghütte in Erinnerung zu rufen, doch es will mir nicht gelingen. Es ist, als ob sich der Nebel auch um mich gelegt hätte.

Und so ging ich dahin, ins Tal des Nebels. Ich hatte meine Wahl getroffen, ohne mir dessen bewusst zu sein.

IX. SACKGASSEN

Meine neueste Errungenschaft: ein neuer Job. Eine Bewerbung hat doch gefruchtet: Also ich hatte zwei Vorstellungsgespräche bei dieser Firma, bei der ich mich beworben hatte, und um es kurz zu machen, ich hab den Job. Jubeln kann ich allerdings nicht darüber. Die Konditionen sind o.k., aber das heutige Gefühl in der Autowerkstatt gibt mir zu denken (in die musste ich übrigens deshalb, weil mir einer drauf fuhr! Ich bin unschuldig!!):

Da fragte mich also der Sachbearbeiter, als er das Formular für die Versicherung des Schadensverursachers ausfüllte, was ich beruflich mache. Ich sagte ohne zu zögern „Sekretärin". S-e-k-r-e-t ä r-i-n hallt es in meinen Gehirnwindungen nach, damit verknüpft das Gefühl der Selbstverleugnung, ja, so empfinde ich das! In diesem „öffentlichen" Bekenntnis erkannte ich, wie sehr es mich wurmte, das zu sagen! So was Banales! DAS wollte ich nie!! Wozu mein Studium? Und jetzt Tipse mit total lächerlichem Anforderungsprofil. „Wo?", holt er mich aus meinen Überlegungen. Ich nenne die Firma. „Telefon auf der Arbeit?" Ich antworte, ich hätte noch Urlaub, und gebe ihm meine private.

So, ja, da wären wir also in einem Lebensabschnitt, in dem wir mal Sekretärin spielen. Wer weiß, was ich in meinem nächsten Abschnitt bin. Vielleicht Bäckereiverkäuferin. Oder Prostituierte. Oder Druidin. Jetzt eben mal Tipse. Komischerweise erinnere ich mich an eine Szene aus dem Schulalltag. Damals unterhielt ich mich mit Sophie, was wir einmal werden wollten. Typischerweise konnte ich nicht sagen, was, dafür aber sehr genau, was nicht: „Alles, nur keine graue Maus in irgendeinem Büro." Bingo. Da wären wir also. Ich hab`s gepackt.

Und jetzt kommt es: Ich krieg einen Leihwagen mit dem verdammten Kennzeichen KP 58! Klaus-Peter, Baujahr 58. Hm. Zufälle gibt's ja keine, gell? O.k., Klaus-Peter, dann denk ich mal heute an dich, wenn ich diesen Wagen fahre. Hoffentlich unfallfrei.

Privat scheine ich auch dem Sog des dunklen Sumpfes ausgesetzt zu sein. Jos Nähe- und mein Distanzbedürfnis schaffen eben Probleme:

Letztes Wochenende kam ich Sonntag nach einer Wandertour mit Jo gegen 19 Uhr nach Hause. War vier Stunden mit ihm unterwegs, mit kurzer Kaffeepause. Wir hatten eine ätzende Diskussion den ganzen Weg über. Er mit Oberlehrerton und so. Na ja. Was ich für Vorschläge hätte, wie es weitergehen solle. Mit dieser Frage bin ich ehrlich überfordert. Es lastet zuviel Druck auf allem, ich habe den Eindruck, dass es besser wäre, mal Abstand voneinander zu haben. Nein, das lehnt er ab. Reibt mir unter die Nase, dass er nächste Woche einschließlich Sonntag eh ausgebucht sei. Auch dass sich eine Kollegin für ihn interessiere. Versuche, sich interessant zu machen? Ich springe nicht darauf an. Es ist mir auch zu blöd, jetzt meinerseits „aufzufahren". Ich werfe ihm vor, dass er immer Anerkennung brauche und dauernd gelobt werden wolle. Das kann ich nicht verstehen, weil ich nur durch meine Augen blicke und es da diese Anerkennungssucht nicht gibt. Sie macht mich aggressiv. Wer sich selbst liebt, muss sich doch nicht immer von anderen bestätigen lassen, denke ich mir. Er gab zu, dass bei ihm die Anerkennung ein Thema sei, und bei mir die Kontrolle. Tief in meinem Innern hätte ich diese Liebe, aber ich könne sie nicht zeigen, meint er. An diesem Punkt bin ich nicht ehrlich ihm gegenüber, denn ich antworte nur in Gedanken: Ich weiß, dass ich diese Liebe sehr wohl zeigen kann, ich weiß nur nicht, warum ich sie dir nicht zeigen kann. Die einfachste Erklärung, die ich aber zu diesem Zeitpunkt nicht zulasse, ist die, dass ich ihn möglicherweise nicht so sehr liebe! Er sagt, ich sei zu stolz, ihm meine Gefühle in meinem Innersten zu offenbaren, und er wirft mir vor, ich ließe ihn in seiner Schwäche – dem Tanzen – allein. Ich entgegne wie immer, dass er das Tanzen total dramatisiere und ich nur die Wahl hätte, mich entweder seinen Bedürfnissen anzupassen, d.h. meine aufzugeben, oder meine Bedürfnisse zu leben. Ich habe mich jedenfalls entschieden, nicht weiter mit ihm zu tanzen. Und das nimmt er mir ganz übel.

Das Tanzen sei für mich deshalb so wichtig, weil ich da meine Kontrolle oder ein Stück davon aufgeben könne. Ich weiß, dass ich mich in irgendeiner Hinsicht total verkrampfe und irgendwas nicht loslassen kann.

Zu meinem Distanzwunsch meint er: Ich könne mich nicht zurückziehen und die gleiche Zuneigung von ihm erwarten. Aha, hier geht es um Macht! Na, wer ist stärker?

Ich überlege mir, wie es weitergehen soll. Vielleicht sollte ich in dieser Situation zu ihm sagen: „Ich komme da allein nicht raus, ich würde mir gerne von dir helfen lassen." Aber wie ich mich kenne, werde ich so was nur unter Hypnose sagen.

Wache mit dem typischen Sackgassengefühl auf: demotiviert, frustriert und lustlos. Sehe die Sackgasse förmlich vor mir: bedrohlich, verhängnisvoll und unausweichlich.

Genau wie mein erster Arbeitstag nächsten Montag. Bezweifele, dass ich je aus dem Bett komme, irgendwas verstehe etc. Leichte Panik würde ich diagnostizieren – wechselt aber auch mit Zuversichtsphasen, die durch Kleinigkeiten wieder getrübt werden; so konnte sich mein zukünftiger Chef jedenfalls heute ad hoc nicht mehr an mich erinnern, als ich ihn wegen der vereinbarten Betriebsbesichtigung noch vor meiner Einstellung anrief. Vielleicht zieh ich mir ja noch ein paar Vokabeln rein, so was wie Endlosschnecke und Schlitzwandbohrer, damit ich nicht gar nichts verstehe, wenn ich dort anfange. Vielleicht sollte ich mich auch nicht verrückt machen? Wäre froh, wenn mir jemand mein Regal befestigen könnte. Da muss ich bestimmt bis Sonntag warten. Dann könnte ich meine Bücher einräumen, und im Schlafzimmer würde es nicht mehr aussehen wie auf einer Baustelle, mit Umzugskiste und so. Mache mir intensive Gedanken, wie ich alles regeln soll, wenn ich wieder arbeite – und vor allem früh aufstehen muss!

Zwischenzeitlich hat Nina auf einem Fest Hans kennengelernt. Nachteil: Er wohnt 200 km weit weg. Kann natürlich auch ein Vorteil sein.

Hm, hier der Weekend-Report von Nina:

„Hi Schatzi,

hatte Super-Wochenende mit gutem Sex. War alles schwarz vor lauter Schmetterlingen – Zitat Hansi. Also nun mal der Reihenfolge nach:

1. Samstagmorgen drei Stunden Frisör, sehe wieder ordentlich aus, nur noch a bisserl blöder, ich meine blonder.

2. Hans kam 14.00 Uhr an, hatte ihm zum Glück beim letzten Besuch Wohnungsschlüssel gegeben, da er da schon 30 Minuten vor der Tür warten musste, denn auch diesmal kam ich zu spät.

3. Hab Samstagabend Kartoffelauflauf gezaubert (nichts Besonderes), aber Hansi war hin und weg vom Essen.

4. Sind „danach" ins Stiefelbräu ein paar Bierchen zischen.

5. Haben dann Sonntagmorgen verpennt, Sophie klingelte uns 10.00 Uhr per Telefon aus Tiefschlaf.

6. Zum Brunch mit Sophie, Jennie und Andreas. Wir kamen verspätet gegen 12.00 Uhr an, da Hans morgens so lange braucht, bis er gestylt ist.

7. Man kann ihn nun mal nicht hetzen, er duscht ewig, dann bügelte ich seine Hose, da sie ihm zu verknittert war, dann musste er noch seine Schuhe putzen (brachte sogar Putzmittel selber mit, als ob ich so was nicht auch hätte!) – er wollte eben einen guten Eindruck machen, kam sich vor wie bei einem Vorstellungsgespräch. Aber er ist immer so langsam und eitel bzgl. seines Äußeren.

8. Sophie ging gerade, als wir ankamen. Mit Jennie und Andreas unterhielten wir uns gut bis 14.00 Uhr. Jennie fragte Hans über seine Polizeiarbeit aus.

9. 14.30–18.00 Uhr war ich mit H. auf der Welt der Familie, anschließend im Alex.

10. Zu Hause ging's im Bett rund, mittendrin ein Läuten an der Haustür. Bin natürlich nicht dran, obwohl man von außen sah, dass im Schlafzimmer Licht ist. Hoffentlich hat man uns nicht auf der Straße gehört – wäre peinlich.

11. Wir sind dann gleich eingepennt, 23.00 Uhr wieder wach geworden und haben dann noch bis 1.00 Uhr einträchtig brav nebeneinander sitzend Zeitung aufm Sofa gelesen.

12. Heute Morgen musste ich früh weg, Hans machte sich später fertig. Saß dann im Treppenflur fest, da Haustür abgeschlossen und sein Schlüssel von meiner Wohnung in seinem Auto vor der Tür lag.

13. H. erreichte mich nicht zur Rettung, da ich bereits im Meeting war und bei Handy Akku leer.

15. Schlaues Kerlchen: Er rief aus dem Fenster einen Fußgänger, warf ihm die Autoschlüssel runter, und der holte dann aus dem Auto Wohnungsschlüssel und sperrte von außen Haustür auf.

Bin nächstes Wochenende in K., werde wohl Freitagabend abdüsen.

Jetzt bist du wieder up to date.

Grüsse an Jo, er kann mir auch mal ein paar Massagetricks beibringen. Natürlich in deiner Anwesenheit, damit da nichts passiert….

Bussi, N"

Donnerstag, 27. September

Schöner Home-Day heute. Das muss man in Anbetracht der Freiheitsberaubung zelebrieren! Das heißt: bewusst ausschlafen (Wecker auf 6 Uhr stellen, ihn abstellen, genüsslich weiterpennen und dabei denken: noch bin ich frei!). Halb zehn aufgestanden, Brokkoli gedünstet, feines Käse-Sahne-Tomaten-Sößchen dazu gemacht, Hirse und Rhabarberkompott gekocht. Wahnsinn, gell? Hat alles sehr fein geschmeckt. Könnte ich mir für 'ne Party merken. Jo rief an, er hat heute viele Patienten. Wie es mir ginge? Bla. Und sonst?, fragte er zweimal, bis ich hörbar genervt aufbrauste, dass wir ja wohl ein Problem hätten. „Welches?", fragt das Unschuldslamm. Welches? Ich hasse das, wenn er nicht schaltet. Stellt er sich blöd oder was? Ich solle es mal nicht dramatisieren. Hä? Das sag ich doch immer! O.k., ich werde es wohl bis auf weiteres erst mal verdrängen. Obwohl dieser andere Teil in mir genau weiß:

Wichtig für dich ist, auch negative Gefühle und Stressgefühle einfach als solche zu akzeptieren und zu durchleben, ohne sie zu betäuben.

16.30 Uhr

Höre James Asher und male. Asher mit seinen hypnotischen Rhythmen, die von den Aborigines und afrikanischen Stämmen inspiriert sind. Auf der Innenseite des Covers ist Pemulwuy, der Regenbogenkrieger, abgebildet. Er war ein Aborigine, der furchtlos die Menschenrechte verteidigte und zum Symbol des Kampfes gegen Gewalt wurde. Sein Name bedeutet ‚Erde', und als Beschützer der Erde ging er in die Geschichte ein. Irgendwie fasziniert er mich.

Endlosschnecke, Bohrrohr, Schlitzwandgreifer, Geröllboden – ich guck immer mal in die Mappe, die mir die Firma mit freundlicher Genehmigung zur Einarbeitung mitgegeben hat. Kann mich tatsächlich noch an die Vokabeln erinnern. Gutes Zeichen!

Freitag, 28. September

O je….! Heut morgen kein glasklarer Kopf! Wahrscheinlich schwirren noch Rauchschwaden durch die Gehirnwindungen und lähmen den Gedankenfluss! Treffen auf Restalkohol und verbinden sich mit ihm zu einer Giftwolke! Werde nie mehr Allohol trinken, immer nur Tee.

Sonntag, 30. September

Das ist ein sehr schöner Tag mit Jo. Er ist ganz harmonisch, wir gehen spazieren, er lädt mich zur Feier meines „letzten Tages in Freiheit“ zu einem tollen Mittagessen in einem schönen Ambiente ein, und danach massiert er mich ganz toll. Er ist wirklich lieb und sehr verständnisvoll, dass ich leicht aufgeregt vor morgen bin.

Er zeigt auch Verständnis, als ich am frühen Abend aufbreche, weil ich mich den restlichen Abend allein auf morgen einstimmen möchte. Ich bin erleichtert, dass er nicht zickt. Und so fahre ich, wie in Watte gepackt, mit diesem wohligen Massagegefühl nach Hause, lege mir die Kleidung zurecht, mache die Kaffeemaschine startklar, koche Tee, bereite Proviant vor und liege früh im Bett. Kann auch sofort einschlafen.

1. Woche:
Das Grauen hat einen Namen – Stanzel & Söhne

Dienstag, 2. Oktober

Gott sei Dank ist morgen Feiertag! Mein Erholungsbedürfnis nach zwei Arbeitstagen ist bedenklich. Der Einstieg in das Arbeitsleben ist schlicht und ergreifend nur mit einem Wort treffend zu beschreiben:

Scheiße!

Sollte das der Kontakt sein, den ich jetzt brauche? Kann man bei Affirmationen was falsch machen?

Um es zusammenzufassen:

1. Auftritt am ersten Arbeitstag unbeabsichtigt eine halbe Stunde zu spät – war erst um 8 Uhr da. Der Personalchef klärte mich auf, dass es um 7.30 Uhr losgeht. Ausbeuter! Peinlich! Noch früher kann ich unmöglich aufstehen – mein Wecker hat schon um Viertel vor sechs geklingelt! Werde Yoga-Übungen und mentale Einstimmung sein lassen müssen, ebenso wird zum Frühstück nur ein Müsliriegel drin sein.
2. Heute zweiter Anlauf pünktlich. 5.30 Uhr aufgestanden, erstaunlich ohne Kopfweh und auch nicht benommen. Dank Abschwellgel und stundenlangem Auflegen von kaltem Waschlappen aufgrund stundenlangen fassungslosen Heulens über die neue Arbeitssituation

konnte ich durch die Äuglein gucken – sah aber schon mitgenommen aus. Wer so früh aufstehen muss, darf auch beschissen aussehen. Habe durch Befolgen obiger Maßnahmen eine Viertelstunde eingespart. Ich bin eine andere Route gefahren und habe nur die Hälfte der Zeit gebraucht. Zeitverlust allerdings durch entferntere Parkmöglichkeit und damit verbundenes Laufen bzw. Stolpern im Dunkeln zur Firma. Also kein Zeitgewinn! Fahre 7 Uhr los. Vielleicht kann ich noch eine Viertelstunde einsparen, indem ich mich nicht mehr kämme und nicht mehr schminke.

3. Einarbeitung durch zwielichtige Person in fortgeschrittenem Alter, angeblich hört sie Anfang nächsten Jahres auf. Mir erscheint sie nett, bin aber von jedem vorgewarnt worden – seltsam.
4. Zeit zieht sich wie Kaugummi – ist furchtbar. Sitze nur blöd rum und habe keine wirkliche Aufgabe.
5. Hab den gestrigen Abend mit Flennen, Weizen, Rauchen und Kopfweh verbracht. Habe Jonathans Ermutigungstraining, in dem er Seminarleiter ist, abgesagt. Schickte ihm eine SMS, dass „ich mir die Kanne gebe". Er fand das vulgär. Ich erwiderte trotzig, mir sei eben danach. Ging um 21 Uhr ins Bett, konnte aber erst in den frühen Morgenstunden ein bisschen einschlafen. Entsetzlich!

Heute 17.00 Uhr zu Hause. Um mich ein bisschen aufzumuntern, koch ich mir was Feines: Semmelknödel in Käsesahnesauce mit Ingwer und Paprika, scharf! Jo hat gerade angerufen. Er habe Frust! Pause. „Patienten?", frage ich. Pause. „Auch", meint er gedehnt. Ob ich ihm die Würmer aus der Nase ziehen müsse, erwidere ich genervt. Na ja, offensichtlich sind wir beide frustriert von der Arbeit und müde. Eine gute Kombination für aufschlussreiche Telefonate. Ich sagte, er müsse nicht vorbeikommen (protz!), vielleicht wäre es ja besser, wenn wir uns erst morgen sehen würden. Er: „Ich weiß nicht, ob wir uns morgen sehen." Hä? Und wie er das gesagt hat! Er gehe mit seinem Vater wandern – ich würde ja nicht so ziehen. Na dann viel Spaß! Ich bin in der Tat saumüde, will morgen ausschlafen und ganz gemütlich frühstücken mit dem Körnerweck und dem leckeren Käse, den ich mir vorhin gekauft habe! Kann mich sehr gut allein beschäftigen. Könnte malen und Yoga machen und allein spazieren gehen. Und Sonntag war so harmonisch mit ihm. Soll einer die Männer verstehn.

Mittwoch, 3. Oktober

19.30 Uhr

Jo ist weg. Wir hatten nur Knatsch. Waren spazieren und haben auf dem Rückweg nicht mehr miteinander gesprochen. Weil ich leicht gereizt gefragt hatte, ob er mich auf die Palme bringen wolle, als er wieder von „die Kanne geben“ anfing. Echt zermürbend das Gespräch, das dann bei mir bei Kaffee und Ingwertee folgte. Bis er damit rausrückte, dass er Abstand brauche, um seine Gefühle zu überdenken. Na also.

Jetzt sitze ich da, gefasst, mit einem Diebels, James Asher und Zigaretten. Und mach die Coole. Ich werde Nonne. Ich fang nie wieder in meinem ganzen Leben was mit Männern an. Ich werde nicht heulen, weil ich erst gestern mit verheulten Augen auf die Arbeit kam. Er sagte, er habe nicht damit anfangen wollen, weil halt alles zusammenkäme, mit der Arbeit und so. Ach, was soll's. Starke Frauen haut doch so was nicht um. Tagsüber erledigen sie gewissenhaft und souverän ihren Job, und nachts heulen sie heimlich ins Kissen! In mir bleibt ein Gefühl zurück, das ich kenne. Das Sackgassengefühl.

Er hat eben angerufen. Er war verzweifelt und hat geweint. Ich war cool. Ich war beruhigt durch den Anruf. Ich war innerlich gerührt. Ich freute mich. Er konnte seine Gefühle ausdrücken. Ich hätte ihn nicht angerufen. Ich habe da meine Schranken. Ich mache so was mit mir selber ab. Ich würde nie verzweifelt bei ihm – wer auch immer – anrufen. Diese Schwäche würde ich mir nicht zugestehen.

Ich weiß nicht, woran es liegt, dass ich zurzeit wirklich unnahbar bin. In der letzten Zeit zumindest. Ich weine jetzt doch, und es ärgert mich maßlos. Kann doch morgen nicht schon wieder mit verheulten Augen auf die Arbeit kommen! Muss abschalten.

Kriege das Telefonat nicht aus meinem Kopf. Er hat gesagt, dass er merke, dass da viel Energien in mir seien, die sich nicht entfalten könnten. Ich bejahte. Ich habe sie selber dicht gemacht, erwiderte ich. Aber ich weiß nicht, wie ich sie wieder freisetzen kann. Das macht mich unendlich traurig. Ich werde jetzt auf Tauchfahrt in die Gewässer der Beladenen und Märtyrer gehen und eine Stange Tempos mitholen!

21.00 Uhr

Tauche wieder auf. Ich möchte mich mit all dem nicht mehr auseinandersetzen! Ich bin müde vom Kämpfen.

Freitag, 5. Oktober

15.30 Uhr gefrustet zu Hause. Ha! Da ist ja noch ein Rest Crémant! Esse Frühlingsrollen mit Salsasauce und lege mich bis halb sieben hin. Jo hat sich für 22 Uhr angemeldet. Ich fahre in den Getränkemarkt, da ich nichts mehr habe, um mir die Kanne zu geben! Hm, das Oktoberfestbier schmeckt lecker. Fange an zu flennen und kann mich bis jetzt – fast 22 Uhr – nicht mehr beruhigen. Weltschmerz. Aber dazu wenigstens super Musik. HJ der Schatz hat mir unzählige CDs gebrannt. Und eine besser als die andere. Schreibe E-Mail an PH.D. (Frust Mail) und HJ (Dankmail). Rufe Mail von Nina ab:

„Hi Babe,

Was ist denn los mit dir? Stress im Job? Hab auch Stress mit Hans.

Er war gestern da. Wir hatten unangenehmes Gespräch über meine Vergangenheit. Wieso ist es nicht möglich, einfach von vorne anzufangen und seine Vergangenheit zu vergessen? Das gab jetzt schon den zweiten Knick in der Beziehung.

Dann musste ich ihn auch noch gestern Nacht ins Krankenhaus bringen, da er einen Gichtanfall im Fuß bekam. Wir saßen dann zwei Stunden dort fest, bis die Infusionen durchgelaufen waren.

Ich fuhr ihn im Rollstuhl rum, da er nicht gehen konnte. Heute Morgen ging es dann wenigstens so weit, dass er heimfahren konnte.

Prost und Bussi, Krankenschwester Nina“

Samstag, 6. Oktober

Oh what a night!

Er kam gegen 22.30 Uhr. Er hatte gesagt: „Spätestens 22 Uhr“, und traf mich in einem Zustand an, den man wohl mit „Sich-gehen-Lassen“ bezeichnet. Verheult und beschwipst. Eine gute Kombination. Er war aber selber so müde, er hat, glaube ich, gar nichts gemerkt. Wir haben auf der Couch gelegen und HJs CD gehört. Dann sind wir ins Bett. Gegen fünf bin ich dann mit Kopfweh wach geworden, hatte keinen Platz in meinem Bett, er lag zu nah bei mir, ich hatte zuwenig Kopfkissen, er hatte alles verschwitzt. Ich hasse das! Ich bin aufgestanden, habe ein Aspirin eingeworfen und überlegt, ob ich auf der Couch weiterschlafen soll. Bin dann doch zurück und wohl noch mal eingeschlafen. Irgendwann ist er frühmorgens gefahren, hab's im Halbschlaf registriert.

Ich bin gegen 11 Uhr aufgestanden, habe in Ruhe gefrühstückt, gespült, die verschwitzte Bettwäsche abgezogen, habe es aber nicht geschafft, einkaufen zu gehen. Werde vielleicht noch Bücher ins Regal einräumen.

Anruf von Jo. Hört sich so beschissen an, wie eben alles im Moment ist. Er ist ausgebucht bis 19.00 Uhr. Das ist gut. Da kann ich mich ja genügend mit mir beschäftigen. Und mich auf die Suche nach meinem verlorenen Mittelpunkt begeben. Ich kann spazieren gehen, malen, bei meinen Eltern vorbeifahren. Er hat vorgeschlagen, heute Abend in die Sauna zu gehen, ich hab aber wegen Erkältung abgelehnt. Er rufe heute Abend noch mal an. So ein kurzes Telefonat hatten wir noch nie.

Fahre gegen 20.00 Uhr zu Jo. 23 Uhr verabschiede ich mich wieder – von allem gesättigt, um es positiv zu formulieren. Dazwischen liegt ein gemeinsames Abendessen, gespickt mit Diskussionen. Ich kann mich nicht mehr erinnern, welche Bemerkungen er machte, als ich die Treppe hinunterging, ich habe sie einfach wortlos ignoriert.

Bin jetzt jedenfalls unheimlich erleichtert und glücklich, in meinem frisch bezogenen Bett allein zu liegen.

Und auf einmal fällt mir dieser Traum ein, den ich hatte. In diesem Traum erklärte mir jemand auf eine Art und Weise, wie ich sie noch nie erfahren hatte, alle Fragen, die ich mir bisher gestellt hatte! Und alles war so logisch und so klar! Und so verblüffend! Aber so sehr ich mich auch bemühe, mich zu erinnern, der Inhalt dessen, was mir gesagt wurde, ist wie von einem Nebelschleier umhüllt. Es waren so wichtige Erkenntnisse, die extrem hilfreich wären, wenn ich mich noch daran erinnern könnte, das weiß ich! Warum darf ich die Träume nicht behalten, warum? Mühsam beginne ich mit der Rekonstruktion: Es hatte mit Mustern zu tun – das war wichtig! Wenn ich mich daran erinnern könnte, würde es mein ganzes Leben zum Positiven verändern! Das darf nicht wahr sein, dass ich die Puzzleteile nicht mehr zusammenkriege! Der Traum erklärte meinen bisherigen Weg, es ging darum, bestimmte Dinge zu erkennen und aufzulösen. An ein Bild aus dem Traum kann ich mich noch relativ gut erinnern: Ich ging einen Berg hinauf. Während ich gehe, kann ich es nicht sehen, aber dann kommt – wie in einem Film – ein Kameraschwenk mit einer Luftaufnahme, und ich werde zum Beobachter. Aus dieser Perspektive sehe ich nun, dass dieser Berg mehrere Plateaus hat. Auf jedem Plateau gibt es eine Hütte. Ich glaube, ich dachte, ich sei auf dem Gipfel des Berges, als ich an einer Hütte ankomme. Ich weiß nicht, die wievielte Hütte das war, aber es war jedenfalls nicht die letzte.

Und in dieser Hütte erkannte ich die Ursache für sämtliche Verhaltensweisen und Muster. Ich verstand mich zum ersten Mal wirklich und hatte großes Mitgefühl mit meinen Schwächen, weil ich sie zum ersten Mal nachvollziehen konnte! Ich sah, dass alle bisherigen Wege notwendig gewesen waren, um mich auf ein Ziel hinzuführen. Aber was war dieses Ziel? Ich kann mich nicht mehr erinnern! Mir waren dort meine Beziehungen klar geworden – es war alles so erstaunlich und neu gewesen. Alles hatte in dieser Berghütte einen Sinn gehabt… Aber an eins kann ich mich auf einmal doch erinnern: Jeder Mensch hatte in diesem Traum die Aufgabe, diesen Sinn zu entdecken. Und jeder Mensch wird mit den gleichen Grundthemen konfrontiert – nicht nur ich. Das war sehr beruhigend. Ich dachte nämlich, dass ich allein all diese Probleme hätte. Aber in diesem Traum war es eindeutig: Jeder hat sie. Aber sie äußern sich unterschiedlich, und das hatte irgendwie mit diesen Plateaus zu tun.

2. Woche:
Das Grauen hat einen Namen – Stanzel & Söhne

Montag, 8. Oktober

5.30 Uhr

Ich liebe diesen Wecker. Ich liebe den Gedanken, für diese Firma aufzustehen. Rise and shine! Heute gibt's zum Frühstück Tomatensaft mit Pfeffer. Hätte ich Tabasco, würde ich's reinschmeißen. Gut gegen Kater. Heute fiel Schminkmanöver mangels Lust kürzer aus, gekämmt hab ich mich aber noch. Fällt in dem Geisterladen eh nicht auf.

7.30 Uhr

Isabells Einmarsch auf dem Firmengelände. Stechkarte registriert anerkennend meine Pünktlichkeit. Mache Chefi meine Aufwartung, wie jeden Morgen. Er fragt, wie das Wochenende war. Ich bin ehrlich und erwidere, ich hätte es verschlafen. „Wann ham Se denn vorher aahngefange?", – fragt er mit blankem Entsetzen in seinen Augen über mein Schlafbedürfnis. Man muss dazu erläutern, dass Chefi schon um 6 Uhr im Büro ist und es vielleicht so um 19 Uhr oder später verlässt. Außerdem steht er um vier Uhr auf und schiebt erst mal den Mist auf seinem Gutshof rum. Und hat immer eine gesunde Gesichtsfarbe! (im Gegensatz zu mir zurzeit). Unglaublich.

Ansonsten hab ich heute Faxe verschickt – das Faxgerät kann mich nicht leiden, es druckt mir nie einen Sendebericht. In diesem Familienbetrieb wird übrigens sehr auf Sparsamkeit geachtet. Auch das Faxgerät ist immer im Sparmodus. Todsünde – ich lasse das Licht im dunklen Faxkämmerchen brennen.

Im TB (Technischem Büro) habe ich die Post mangels Personengedächtnis nicht ganz korrekt verteilt, was für Verwirrung sorgte. Habe außerdem die ehrenvolle hochgeistige Aufgabe gehabt, Mappen zusammenzustellen und Werbematerial wie Kappen und Kulis zu zählen. („Und? Wie viel Kappn hamma denn?“, kam andauernd von meinem nervenden Gegenüber.) Ich habe Schwierigkeiten, mich an den Ton von Frau Bauer zu gewöhnen („der blöde Arsch, die dumme Sau“ sagt sie gerne, wenn sie sich über jemand ärgert – denke wehmütig an meinen edlen Chef Ph.D. zurück und fühle mich in eine Welt versetzt, die ganz und gar nicht meine ist!).

Heute trinke ich zum letzten Mal aus dieser versifften Büro-Teekanne. Habe eine Mücke im Trichter entdeckt! Und im Tee schwimmen immer Fremdpartikel rum! Von der Glühweinaktion von vor 20 Jahren, erklärte sie mir. Das hätte die Teekanne nie verkraftet.

Ich auch nicht. Ab morgen nehme ich wieder meine Thermoskanne mit. Sitze dumm rum und lausche pseudo-interessiert dem unstrukturierten Gebrabbel von Frau Bauer, das man hier „Einarbeitung“ nennt. Es gibt so gut wie nichts zu tun. Mein Beschäftigungsdrang nötigt mich zur Eigeninitiative: Ich könnte ja die Weihnachtsliste mit Geschenken in eine Tabelle übertragen, die man als Datenquelle für Serienbrieffunktion nutzen könnte? Sie hat nämlich nur eine unstrukturierte Auflistung. Passt zu ihr. Fühle mich hoffnungslos unterfordert. Habe auch eine Vokabelliste begonnen:

Meißel – chisel, Endlosschnecke – continuous flight augur, Muffenteil, Nippelteil – hä?, Konusring, Schuh, Zahn, … schon zwei Seiten. Könnte genauso gut vietnamesisch sein.

Heute ging ich an einem Büro vorbei, da stand „Schreibzimmer“ dran. *Schreibzimmer!* Vorsintflutlich! Passt alles zusammen: die knarrenden Böden, die alten Möbel, die versiffte Teekanne, die Menschen hier (so sieht man wohl aus, wenn man immer um halb acht anfängt), der Sparmodus, der Ton und die Umgangsformen (O-Ton Frau Bauer: „Hallo Herr Schmitt, warten Se mal… bleib ma dran“ – also eine Mischung von Sie und Du – , das sei der Jargon hier, erklärte sie mir auf meine zögerliche Frage). Chefi kümmert sich nicht um mich. Muss mal sein Geburtsdatum unter die numerologische Lupe nehmen. Drei Vierer spricht auf jeden Fall schon mal für einen gewissen menschlichen Schwierigkeitsgrad…

Smse an meinen Ex-Chef:

„Oh Gott, ist der Job grausam!! Will wieder zu Ihnen!

Eine frustrierte I.“

Mittwoch, 10. Oktober

Sehr schwerer Kopf. Immer nur so sechs Stunden Schlaf. Bin um mindestens ein Jahr gealtert seit dem 1. Oktober…

16.30 Uhr Rückzug in meine Frauenhöhle. Gott sei Dank, der Tag ist überstanden. Ich hab Feierabend! Jetzt geht es um sinnvolle Freizeitgestaltung! Putze die Küche, räume das Schlafzimmer auf, in dem noch die Bücherkiste steht, und räume selbige in das noch nicht arretierte Regal von Ikea ein, das ich selbst zusammengebaut habe! Sammle meine Kleider ein und hänge sie auf. Sauge durch und wische alle Böden. Lese zwischendurch Jennies Karte aus dem Urlaub in Frankreich. Höre Eva Cassidy und rauche erst mal eine. Rufe meine Mails ab, die ich beim Lesen gedanklich kommentiere. Ganz liebe Mail von meinem Ex-Chef, von HJ und Nina.

In dieser Reihenfolge:

„Liebe I.

Oh Gott, was ist denn passiert?“ – Kommentar I.: Ich habe eine falsche Entscheidung mit dem Job getroffen!

„Das ging aber schnell mit dem Frust! Ich wollte, ich könnte Ihnen helfen.“ – Kommentar I.: Ja, wär schön!

„Lassen Sie mich wissen, wie ich vielleicht doch helfen kann.“ – Kommentar I.: Grübel

Es tut mir Leid, dass ich Ihnen vor meinem Urlaub nicht mehr schreiben konnte. Sie wissen ja, wie das bei mir ist: schöner Plan für den letzten Tag, Punkt für Punkt abarbeiten, dann kommt dies und das noch hinzu, und schwupp ist schon Feierabend, meine Frau ruft an: „Was, noch nicht unterwegs? Jetzt aber schnell, wir warten schon!" Aber am 1.10. habe ich ganz fest an Sie gedacht und mir gewünscht, dass Sie in ein nettes Umfeld hineingeraten!“ – Kommentar I.: Ich weiß nicht, wie ich dieses Umfeld beschreiben soll, aber es ist alles andere als nett!

„Vielleicht ist der Anfang ja auch nur so schwer, weil man so orientierungslos ist? Oder Sie müssen einfach parallel schon mal die Äuglein nach was anderem aufsperren?“ – Kommentar I.: Fürchte letzteres.

„Das Wetter in den Bergen ließ nur einen Flug zu, der hatte es aber in sich! Ich würde Ihnen gerne das Video davon zeigen. Es zeigt ein haarsträubendes Manöver, bei dem ich fast abgeschmiert wäre. Meine Hand war schon am Auslöser für den Rettungsschirm, aber ich war Gott sei Dank hoch genug (etwa 1840 m), als es passierte, so dass ich schätzungsweise um die 300 m hatte, um mich wieder zu fangen. Danach bin ich dann noch zwei Stunden geflogen, und gegen Ende war ich ziemlich durchgefroren, wäre dann noch fast in eine Wolke gelutscht worden. Der Aufwind war so extrem (8 m/sec), dass alle mir geläufigen Methoden nichts nutzten. So musste ich dann zur Steilspirale greifen, die ich nicht mal ansatzweise vorher geübt hatte. Dabei stellt man den Schirm auf das eine Ohr/Ende (rechts oder links) und wirbelt dann um den Schirm herum in Spiralen dem Erdboden entgegen. Der Vorgang ist aerodynamisch einwandfrei, der Schirm prall gefüllt, gut lenkbar, nur kann man die Orientierung verlieren, man sieht unten nur noch einen Punkt, um den sich alles rasend schnell dreht und das Blut kann einem aus dem Kopf gedrückt werden. All das schoss mir durch den Kopf, aber es gab keine Alternative, also versuchte ich es, und schließlich merkte ich, wie mir die Wangen unters Kinn gezogen wurden und die Drehgeschwindigkeit rapide zunahm.

Ich bin jedenfalls mit 11 m/sec etwa 100 m tiefer gekommen, wo dann der Aufwind nicht mehr so schlimm war, und bin von da aus dann in den Landeanflug übergegangen, bei dem ich auf gleicher Höhe, von der ich gestartet war, gelandet bin. Ich war vielleicht erleichtert, wieder feste, warme und duftende Erde unter mir zu haben!“ – Kommentar I.: Oh Gott!

„Die Steilspirale habe ich nicht filmen können, weil die Kamera nach dem ersten „Fullstall“ in meiner Jacke verschwand. Aber immerhin bin ich froh, dass ich sie fliegen kann. Manche Flieger bezeichnen sie als das Geilste, das man überhaupt machen kann, weil man nie sonst solch hohe Zentrifugalkräfte erfährt.“ Kommentar I.: Können Sie mich mal mitnehmen?

„Ich wünsche Ihnen einen guten Wochenanfang und hoffe, dass ich bald von Ihnen höre! Ihr PHIL D.“

Kommentar I.: Wenn ich nicht versumpft bin.

„Hi I.,

freut mich, dass ich dir mit den CDs zum richtigen Zeitpunkt den richtigen Gefallen tun konnte. Hoffe, du hast dich in der Zwischenzeit wieder gefasst.“ Kommentar I.: Nein!

„Man darf auch so einen langweiligen Job nicht so eng sehen, ist bestimmt nur eine Zwischenstation.“ Kommentar I.:

Aber auch eine Zwischenstation muss man erst mal überleben!

„Gestern war ich wieder Pilze suchen, bin dabei von der Leiter gefallen und habe mich verletzt! Ist natürlich Quatsch, habe lediglich aus Versehen ins Messer gegriffen und musste im Krankenhaus an der Hand genäht werden. Die Pilze waren trotzdem gut, habe ca. 2 kg gefunden.“ Kommentar I.: Oh Hans-Jürgen!

„Versuche die nächsten Tage deinen Job einfach etwas lockerer zu sehen, besser langweilig als ein unnötiger Stress, oder?“ Kommentar I.: Sollte man meinen, aber dem ist nicht so!

„Also Augen zu und durch! Drück dir trotzdem die Daumen.“ Kommentar I.: Danke.

„Schönes Wochenende noch.“ Kommentar I.: Kannst du vergessen.

LG, HJ

„Hi Isabell, alte Saufnase, halt die Ohren steif. Nina.“ Kommentar I.: Prost!

Zwischenbilanz zweite Woche: bis jetzt noch nicht geflennt. Großer Fortschritt gegenüber der ersten Woche, wo ich jeden Abend meinen Frust ertränkt und jeden zweiten geflennt habe. War schon anstrengend.

Gestern war Daddys Geburtstag, und ich bin gegen 19 Uhr mit einer selbst hergestellten vegetarischen Quiche und Geschenk zu den Eltern gefahren. Da hab ich eigentlich – natürlich unter Daddys besorgten Blicken – eindeutig zu viel Bier getrunken.

Jetzt ist es 19.40 Uhr. Warte auf irgendeine Message von Jo, die nicht kommt. Ich habe schon mehrmals angerufen, SMSen geschickt, und er meldet sich nicht. Gutes Training für mich. Fühle mich nicht besonders, weil ich nicht weiß, was los ist, und genauso ging es ihm ja mit mir auch schon öfter. Ich werde also geduldig warten, heute Abend nicht mehr anrufen und leicht unruhig und säuerlich ins Bett gehen. Und zwar früh!! Vorher werde ich noch die Haare waschen, spätestens um 21.00 Uhr. Statt dämlich rumzuwischen, hätte ich auch Yoga machen und meditieren können.

Ich muss mich erst mal wieder mit dem Job befassen. Bin so komplett aus meiner Mitte und habe total mit mir zu tun. Die Tatsache, dass Jo schweigt, lässt mich über alles Mögliche nachdenken. Aber ich kann mich ihm nicht mitteilen. Ich kann seine Reaktion verstehen und bin ihm noch nicht mal böse. Und so sitze ich hier vor meinem Laptop, hellwach, mit tausend sentimentalen Gedichten im Kopf, die ich nicht zu Papier bringen werde.

Donnerstag, 11. Oktober

„Beim Nippel ist die Schraube in der Mitte“, höre ich meinen Chef sagen, als ich im TB sitze und einen Ordner einsortiere. Toll, denke ich. Das ist jetzt mein Umfeld. Die Chefsekretärin meinte, ich solle mich von Frau Bauer nicht schikanieren lassen, als ich sie in deren Auftrag um Milch und Zucker bitte.

Decken wir den Mantel des Vergessens über den Rest der Woche…

3. Woche:
Das Grauen hat einen Namen – Stanzel & Söhne

Dienstag, 16. Oktober

Oha, ein Auftrag von Chefi: Hirschkäfer scharf machen! Aha. Ich traue meinen Ohren nicht. Ich bekomme zehn digitalisierte Bilder von den Käfern auf einer CD, mal einzeln, mal im Kampf miteinander zu sehen, mit dem Auftrag, die Bilder nachzubearbeiten. Wie das wohl mit meinem Arbeitsbereich zusammenhängt? Ich lasse die Zusammenhänge dahingestellt und mache Lucanus, Scarabäus, Elata, Chepra und wie sie alle heißen, „scharf“, mit einem speziellen Tool im Bildbearbeitungsprogramm. Dabei kommt es besonders darauf an, die Antennen so klar wie möglich herauszuarbeiten. Es ist wahrlich hochinteressant, wie vielfältig diese Antennenformen sind: So arbeite ich mich schnell ein und lerne, dass es borstenförmige, fadenförmige, perlschnurartige, gesägte, keulenförmige, lamellenförmige und pfriemförmige (!) Antennen gibt! Bei Männchen und Weibchen sind die Antennen unterschiedlich ausgeprägt (wie im wahren Leben ...). Es gelingt mir bei allen, nur Cassandra bleibt undeutlich, weil die Vorlage miserabel ist. Das erkläre ich meinem Chef, der daraufhin durch das TB brüllt: „Heinz, kannschd du mo es Cassy scharf mache?" Alles grölt.

Muss mich echt konzentrieren, dass ich die Viecher beim Einfügen in die Pass-Datei nicht durcheinander bringe. Bin streckenweise abgelenkt durch diverse Männer, die in mein Büro kommen und mir einen Vortrag halten, bei dem ich versuche, mein Desinteresse höflich einzupacken. Als Neuling kann man sich nicht so viel erlauben, das hab ich in meiner bisherigen Laufbahn schon gelernt.

Erkenne nach diversen Gesprächen, dass ich mich hier in einem Drei-Fronten-Krieg befinde: mit Chef, der mich gar nicht wollte, mit dessen Ehefrau, die eifersüchtig ist (Backgroundinfo von Bauer) und mit Frau Bauer, die mit ihrer Ablösung in Persona konfrontiert ist.

Mann, gibt es im Seriendruck nicht die Funktion, zwei Leerzeichen in eins zu verwandeln?

Freitag, 19. Oktober

Ernstfall! Frau B. hat Urlaub, eine Woche! Das öffnet mir ungeahnte Möglichkeiten der Horizonterweiterung, z. B. durch die Lektüre von John Gray: *Männer sind anders, Frauen auch!*

Nun darf ich zum ersten Mal das Telefon selbst abnehmen und lausche neugierig den Stimmen, die da drin sind: ein Knäuel von sehr muffeligen „Gesprächspartnern", die meist nur lapidar den Chef verlangen. Die Akzente, kombiniert mit undeutlichem Sprechen, geben mir Rätsel auf, und ich muss mindestens zweimal nach Namen und Firma fragen, damit ich ordentlich durchstellen kann. Der Hammer ist der Hongkong-Chinese, der, ohne seinen Namen zu nennen, einfach nur „*The boss*" in die Muschel knurrt ,mit einem Unterton, der keinen Zweifel daran lässt, dass es ihm zu blöd ist, mit einer Frau zu reden.

Als erstes aber krieg ich einen Kontrollanruf von Frau B. und danach von ihrem Sohn! Wo seine Mutter sei? Ich zwitschere freundlich, sie habe Urlaub. Ach ja, das habe er ganz vergessen! War doch wohl abgekartet! Mein Chef kriegt es mit und fragt gedehnt: „War das der Bauer ihr missratener Sohn?“ Ich entgegne ladylike, ob er missraten sei, wisse ich nicht.

Ich bekomme einen neuen „Käfer-Auftrag“. Ob er nebenher noch Förster ist oder so? Und ich lege wieder den Scharfmacher-Filter drüber. Denke an meine Zeit zurück, in der ich anspruchsvolle Plakate entworfen und eine ganze Flyergeneration kreiert habe. Versuche, meinen Abstieg mit Fassung zu tragen.

Wie von der besorgten Frau B. instruiert, bringe ich meinem Chef vormittags zwei Tassen Tee mit je zwei Stück Zucker und einen Obstteller. Komme mir dabei ziemlich lächerlich vor.

Ich überlege mir, dass die Firma mich auf Dauer wie ein Schwamm aufsaugen wird und ich mir hier meine Identität nicht erhalten kann.

Abends 20.30 Uhr kommt Jo. Er ist anders als sonst. So gefällt er mir ganz gut. Gutgelaunt und erotisch. Nur weiß ich nicht, was ich von diesem Umschwung halten soll. Ich schaue ihn etwas ungläubig an. Ich habe das Gefühl, dass irgendwas nicht stimmt, aber ich denke nicht weiter drüber nach und genieße den Abend.

Wochenende, 20./21. Oktober
Samstag

Fahre abends zu Jo. Als ich komme, hat er drei Weizen in sich, die auch schon ihre Wirkung zeigen. Ich schiebe die Frühlingsrollen, die ich mitgebracht habe, in den Backofen, dazu gibt's Salsa Dip und Mango. Er sagt Dinge wie: „Ich will dich ganz und nicht halb“, mit einer gewissen Verzweiflung, die mich berührt. Ich sage nichts dazu. Als ob mir die Kehle zugeschnürt sei.

Sonntag ist von der nächtlichen Intensität nicht mehr viel da. Wir frühstücken zusammen, und mittags treffen wir Alain, einen Afrikaner. Wir holen ihn zu Hause ab und gehen zusammen spazieren. Ich verstehe ihn so gut wie nicht, er redet schlecht und sehr schnell. Aber irgendwie finde ich ihn nett. Auf dem Rückweg kehren wir in eine Kneipe ein, Jo lädt uns zum Essen ein, aber Alain will nur sein Bier trinken. Schließlich fängt er an zu weinen. Ich weiß nicht warum, weil ich ihn ja nicht verstehe, aber er tut mir sehr Leid in dem Moment.

Da Alain kein Auto hat, wird er auch wieder heimgebracht. Ich denke über Alain nach. Er kommt aus Ostafrika, aus irgendeiner Lehmhütte, ist unglücklich verheiratet, hat zwei Kinder und demnächst keinen Job mehr. Zwei Sätze von ihm blieben mir in Erinnerung (zwei der wenigen, die ich verstanden habe): Als er mich fragte, was ich mache, sagte ich: „Sekretärin". Und er trocken: „Muss auch sein" – und für einen Moment verlor meine beschissene Situation ein bisschen von ihrer Dramatik. Ich musste lachen. Dafür war ich ihm irgendwie dankbar.

Alain erzählte auch von einem Buch, das er schreiben wolle. Ich erzählte, ich sei auch an einem dran. „Worüber?", fragte er. Und ich versuchte zusammenzufassen: Es sei der Versuch einer humoristischen Sichtweise des Alltags – durchzogen von spirituellen Einsichten. Er sagte: „Bleib dran." Und das ermutigte mich einfach.

Jo und ich reden noch ein bisschen über unsere Eindrücke, und dann fahre ich nach Hause. Er fragt mich: „Wie fühlst du dich jetzt?" Ich sage: „Es war ein schönes Wochenende, gut!" Eine Woche später sollte das in einem anderen Zusammenhang noch mal eine Rolle spielen.

4. Woche:
Das Grauen hat einen Namen – Stanzel & Söhne

Mittwoch, 24. Oktober

7.00 Uhr

Ich habe am Auto vorne rechts einen Platten entdeckt. So was Plattes noch nie gesehen. Was tun? Wen anrufen? Gehe wieder hoch in meine Wohnung, rauche eine, dann fällt mir ein, welche Werkstatt ich anrufen kann. Viertel nach sieben sind sie natürlich noch nicht da. Halb acht erreich ich sie. Um halb neun kommt einer vorbei, der den Reifen aufpumpt, so dass ich wenigstens bis zur Werkstatt fahren kann. Rufe meinen Chef an und frage, ob ich mit dem Taxi kommen soll, da es ansonsten später werde. „Nää, Vormittag reicht." Na Gott sei Dank. Ganz meiner Meinung. Ist ja eh nichts zu tun. Räume in der Zwischenzeit meine Küche auf und sammle die herumliegenden Kleider auf. Was für sinnvolle Dinge man doch morgens tun kann!

Dann werde ich besinnlich. Ich bin gestern Nacht vielleicht mit einem Platten über die Autobahn gerauscht, ich muss 1000 Schutzengel gehabt haben! Wie anders könnte der heutige Tag sein! Ich könnte im Krankenhaus liegen, verletzt, entstellt, tot sein! Wen würde ich zurücklassen, was würde ich zurücklassen, wäre es das, was ich im Leben gewollt hätte? Ich denke mir, es ist wirklich Zeit, was aus meinem Leben zu machen. Und diesen Job zu kündigen. Besser natürlich, wenn die mir kündigen.

In der Werkstatt stellen sie fest, dass ich einen Glassplitter im Reifen hatte. Mordversuch demnach ausgeschlossen. Kleiner Scherz am Rande. Weiterhin stellen sie fest, dass es sich um Winterreifen handelt. Hm. Was bedeutet, dass ich im Sommer mit Winterreifen gefahren bin. Innerlich fällt mir die Kinnlade runter, mache nach außen eine coole Miene. Sie müssen auch den Reifen vorne rechts tauschen, da ich nicht mit unterschiedlichen Profilen fahren kann. Macht 100 Euro. In Anbetracht dessen, was alles hätte passieren können, ist das wirklich nichts. Halb zehn treffe ich auf der Arbeit ein, Guillotine schwingt schon.

Chef ist nett, sagt zu meiner Reifenpanne lächelnd in mein aufgelöstes Gesicht: „Es gibt Schlimmeres." Außerdem sagt er am Telefon zu jemand über mich: „Sie ist noch schöner als ihre Stimme." Das haut mich um – so was aus seinem Munde!

Jo reagiert auf meine SMSen bzgl. Reifen nicht, was ich ziemlich unerhört finde, deshalb rufe ich ihn an. Oh, er habe sie tatsächlich nicht verstanden. Fragt, ob ich heute Abend bei ihm vorbeikomme. Ich sage zu und frage mich beim Auflegen, was man bei meiner SMS über platte Reifen missverstehen kann?

Der, der die Handtücher in den Büros auswechselt, ein kleiner unattraktiver Typ, flirtet wie immer mit mir: „Ich denk an Sie", sagt er wie so oft beim Hinausgehen, und das finde ich nett. Aber wer weiß, wie und wann er an mich denkt, und vielleicht ist das gar nicht so nett und würde mir überhaupt nicht gefallen?! Alles im Bereich des Möglichen.

12 Uhr Mittagspause. Da es mich absolut nicht in die rein männerbesetzte Kantine zieht und ich da auch kaum jemand kenne, bleibe ich wie immer alleine im Büro. Das ist öde, aber immerhin ist Frau B. nicht da, und allein das macht die Mittagspause erträglicher.

Der Nachmittag verläuft wie immer ereignislos und mit Däumchendrehen. Fühle mich wie eine Gefangene, die auf ihren Freigang wartet.

Das kann's doch nicht sein, bei aller Geduld, jeden Tag die Zeit abzusitzen und auf den Moment zu warten, wo der Zeiger auf 16.15 Uhr rückt!

Jo ist komisch reserviert, als ich zu ihm komme. Ich finde es nett, dass er Salat gemacht hat. Unser Gespräch während des Essens ist zäh. Ich habe keinen Nerv, ihn zu fragen, was los ist. Also übergehe ich seine miese Stimmung. Bald ist es für mich auch schon wieder Zeit aufzubrechen. Als ich gehe, sagt er: „Pass auf dich auf!“, und ich: „Du auf dich auch“. Und jetzt kommt's: Er: „Das mach ich, so gut ich kann.“ Das verursacht in mir ein absolut ungutes Gefühl. Ich frage ihn halb lachend, um meine Unsicherheit zu verbergen: „Wie meinst du das?“, und bekomme keine Antwort. Ich verbinde das sofort mit dieser Frau, von der er in den letzten Tagen erzählt hat. Dass sie eventuell Interesse an ihm habe. Um ihn zu ärgern, reagiere ich darauf absolut cool und unbeteiligt. Er begleitet mich noch nicht einmal hinaus. Seine Umarmung ist reserviert, eher kühl. Freitag sollte ich erfahren, was der Hintergrund war.

Ich bin wütend und genervt und fasse noch auf der Heimfahrt den Entschluss, heute Abend Alex anzurufen.

Ich erreiche ihn auf dem Handy. Er sagt, er brauche unbedingt eine Tanzpartnerin. Er rufe mich noch mal an.

Na also, denke ich triumphierend.

Donnerstag, 25. Oktober

4.00 Uhr morgens

Jetzt geht *das* los! Kann noch nicht mal die Zeit, die mir zum Schlafen zur Verfügung steht, ausschöpfen! 1000 Gedanken rasen durch meinen hellwachen und klaren Kopf. Erinnere mich an einen Traum. Alex kam drin vor. In diesem Traum war er nicht gut für mich. Eindeutig nicht gut. Ich kann mich an keine Handlung erinnern, nur an dieses Gefühl: nicht gut.

Alex hat sich gestern Abend nicht mehr gemeldet. Werfe den Zettel, auf den er damals im Geschäft seine Handynummer geschrieben hat, in den Müll. Ich renne ihm doch nicht nach!

Schalte mein Handy ein. Eine Message blinkt im Display. Von Jo, nachts halb zwei (!): „Hab viel nachgedacht. Wünsche dir einen guten Tag mit Licht, Liebe, Kraft.“ Immer dasselbe. Theorie und Praxis. Frühstücke und überlege, was ich darauf antworten kann. Feststeht, dass mich diese SMS wütend macht.

Schreibe zurück: „Aha. Worüberauchimmer. Ich auch. Wish U the same 4 U.“ So! Zackig!

Überlege, ob ich noch eins draufsetze: „Actions speak louder than words“, aber ich lasse es lieber.

7.10 Uhr auf dem Weg ins Grauen. Meine Hirnzellen sind recht aktiv und verwandeln sich in einen erkenntnisreichen Gedankenstrom! Erkenne, dass ich mich in der Firma total klein mache. Ich bin da überhaupt nicht selbstbewusst und werde langsam, aber sicher irgendwann nicht mehr die sein, die ich bin! Ich kann da nicht länger bleiben. Ich weiß nicht genau, was da mit mir, in mir passiert, so eine Erfahrung habe ich noch nie gemacht – fest steht nur, dass es mir absolut nicht gut tut. Beschließe, in der Firma nicht mehr kleinlaut und vorsichtig zu sein.

Und bei Jo bin ich auch nicht selbstbewusst! Habe mich gestern so verloren und klein bei ihm gefühlt. Ich fühle mich mit ihm nicht mehr wohl, das muss ich mir eingestehen. Vor mir taucht das Bild von gestern Abend auf, als er doch noch rauskam, lachte und mir fröhlich zuwinkte, als ich schon im Auto saß. Das hat nun für mich überhaupt nicht gepasst. Die Maske – so empfinde ich ihn manchmal. Vielleicht hat er aber auch einfach nur gemerkt, dass es mir nicht gut ging, und kam dann doch noch runter? Gut, ich hatte auch nicht die glänzendste Laune, sie konnte sich aber nicht besser entwickeln, weil ich an ihm abprallte.

Werde mich heute Abend in den elterlichen Schoß zurückziehen und mich aufpäppeln lassen. Sehnsucht nach Mama und Papa.

7.30 Uhr im Büro. Na, was lesen wir heute?

Ha! 9.50 Uhr Anruf von Alex auf meinem Handy. Er will in den Samstagskurs in meiner Tanzschule. Na also, toll! Das machen wir doch glatt!

Stanzel & Söhne scheint auch Taubstumme zu beschäftigen. Auf dem Klo wollte ich wie üblich in das rechte, sah nicht, dass besetzt war, und rüttelte an der Tür. Als ich es registrierte, lachte ich und entschuldigte mich für mein Versehen. Ich vernahm keinen Ton! Sie sagte nichts! Gibt's das? Ist doch alles nicht normal hier, oder?!

Wieder im Büro checke ich mein Handy. Jo hat sich noch nicht gemeldet. Ich bin total verunsichert, ich weiß nur, dass ich nicht anrufen werde!

„Das Schweigen der Männer“ könnte man es in Analogie zum *„Schweigen der Lämmer“* nennen. Eine Frau darf nicht versuchen,

einen Mann zum Reden zu bringen, bevor er von sich aus dazu bereit ist. Er ist wohl in der introspektiven Phase, wie das im Fachjargon genannt wird.

Dann meldet er sich doch: „Wie geht es dir? SMS klang komisch."

Eins steht fest: Kommunikation klappt überhaupt nicht. Ich antworte:

„Danke, sehr bescheiden."

Prompt kommt zurück:

„Sag mir, was du dir wünschst, was du brauchst."

Ich antworte genervt:

„Ist das ein Spielchen? Das brauche ich zurzeit nicht."

Einige Zeit später:

„Wieso bist du beleidigt?"

Komme mir bei Jo vor wie ein Spielball. Ist kühl bis abweisend, schickt dafür liebe SMSen. Frau darf die nur nicht in die Praxis übertragen wollen. Daran wird sie scheitern.

Ich mach jetzt hier diesen blöden Vertrag fertig. Mir fehlen die Worte, um die SMS zu beantworten. Bin außerdem zum Zusammenbrechen müde. Kann nicht verstehen, dass er das alles anders wahrzunehmen scheint. Mache mir für Diskussion demnächst Gesprächsnotizen. Zeit genug für solche Überlegungen hab ich hier ja en masse:

- Werde ihm sagen, wie ich alles im Moment empfinde: Ätzend!
- Werde den Samstagabend nicht mit ihm verbringen (Protz!).
- Werde ihm sagen, dass es mir wehtut, wie das im Moment mit uns läuft – sein Verhalten ist mir ein Rätsel, unsere Kommunikation funktioniert überhaupt nicht!

Mein Chef unterbricht meine Aufzeichnungen und fragt mich, wie man diese und jene Vorlagen anders gestalten könne. Er legt mir auch eine Kleinigkeit zum Bearbeiten hin: zwei Mappen eintüten und Anschreiben verfassen. Dann ruft dieser Hongkong-Chinese an, nennt wie immer nicht seinen Namen und verlangt den Chef. Ich erwidere kurz angebunden und mit abweisendem Ton, dass mein Chef telefoniere, ich würde ausrichten, dass er angerufen habe und knalle auf, ohne seine Antwort abzuwarten. Ha, das war zackig! Das tut gut!

Ich will Ritter! Ich lebe im falschen Zeitalter!!

Als mein Chef fertig telefoniert hat, gehe ich zu ihm und verkünde mit leicht ironischer Schwingung in der Stimme, dass der überaus nette, höfliche, freundliche Soundso angerufen habe, der es noch nicht einmal nötig habe, seinen Namen zu nennen. Mein Chef sieht mich mit großen Fragezeichen in den Augen an und meint nur gedehnt: „Die sinn all so!" Ich rausche angewidert ab, und meine Worte hallen laut durchs ganze Büro: „Wie furchtbar!" Er hat soeben meine Befürchtungen ausgesprochen.

Der Vormittag neigt sich der Mittagspause zu. Ich würde gerne rausgehen und dieses Gefängnis mal für 20 Minuten verlassen. Mein Spiegelbild sagt gnadenlos: Du siehst aus wie gekotzt, und ich nicke. Das Problem ist nur: Mein Chef geht in die Mittagspause, das Telefon ist dann auf mich umgestellt. Wer nimmt dann die Anrufe entgegen? Es kommen zwar kaum welche, aber es wird viel Wert darauf gelegt, dass für den Fall jemand da ist. Ich muss aber hier raus! Also frage ich ihn, ob ich das Büro verlassen darf. Er hat eine geniale Lösung: Ich dürfe meine Mittagspause ausnahmsweise eine halbe Stunde später machen, wenn er zurück sei. Ja! Das ist total lieb! Ich bedanke mich.

12.00 Uhr

Er rät mir, wenn mich jemand darauf anspräche, solle ich mich auf die „ausdrückliche Genehmigung vom Chef" berufen. Ich kann es mir zwar nicht vorstellen, aber ich werde mindestens 5 – in Worten: fünf – Mal dumm angemacht! Ich erwähne hier nur drei Kommentare: Erstens: Der Pförtner: „Machen Sie jetzt Pause?", ruft er irritiert und ungläubig, als ich meine Stechkarte drückend an ihm vorbeimarschiere. Zweitens: Die Thusnelda aus der Buchhaltung: „Ich hann gedenkt, Sie gehn hemm!" (Hochdeutsch: Ich dachte, Sie gehen nach Hause!) Drittens: Sekretärinschnepfe mit erhobenem Zeigefinger: „Ei was hammir dann do für Middachspausezeide? Das losse ma awa net inreisse!" (Übersetzung: Ja, was haben wir denn da für Mittagspausenzeiten? Das lassen wir aber nicht einreißen!), posaunt sie, als ich bei ihr nach Faxen für meinen Bereich Ausschau halte. Ich wollte süffisant-ironisch erwidern, das entscheide immer noch der Chef, aber ich dachte, damit reiße ich ihn nur rein, und das hat er nicht verdient. Also lächele ich nur ein bisschen provokativ.

Zwischendurch verleihe ich meinem wachsenden Frust und meiner abnehmenden Toleranzschwelle gegenüber dieser Firma per SMS an Doc Ausdruck: „Hier bleib ich nicht mehr lange."

Er antwortet prompt: „To cut a long story short – the same holds true for William Pooh."

Das ist sein Spitzname. Wow, wie gepflegt und korrekt er sich ausdrückt! Also, das ist bestimmt der zehnte Job innerhalb eines Jahres, den er wieder kündigt!

Am Nachmittag komme ich in meiner Lektüre unbeobachtet um einiges weiter, stöbere durch die Laufwerke, Internetverbindung gibt's leider nicht. Es ist so trostlos hier. Und ich kenne niemand, mit dem ich sprechen könnte. Alle sind so komisch. Bestimmt tausendmal schau ich auf die Uhr, bis der Zeiger tatsächlich gnädigerweise auf 16.15 Uhr rückt.

Auf der Heimfahrt denke ich ans Tanzen, ich freu mich aufs Flirten!

Aber die Grundstimmung insgesamt ist: Feeling wounded and wasted (so was sang einer im Radio vorhin): verwundet und ausgelaugt. Im Englischen hört sich's besser an.

Fahre zuerst beim Metzger vorbei und kaufe Rollbraten, den Mutti extra für mich machen will. Komme zu Hause an und schaffe es dann grade noch so in mein Bett. Bin so hundemüde. Entschuldige mich dafür. Eltern sind zum Glück verständnisvoller als Partner. Tauche gegen halb sieben wieder auf, etwas erholt, und lade ein paar Päckchen meines Frustes ab. Es ist einfach schön, zu Hause zu sein.

Eine Stunde später breche ich auf und verbringe den Rest des Abends mit Grübeln und dem Gefühl, in einem unerträglichen Zustand zu sein, der wohl nur durch Vollnarkose gedämpft werden würde. SMSe nach einem Weizen an meinen Ex-Chef, dass ich frustriert sei, woraufhin er zurückschreibt:

„Essen Sie Schokolade: enthält Glückshormone (oder wie wär's mit einem Date?) Kisses, Ph.D."

„Mit Ihnen? I."

„Würde gerne, aber diese Woche leider nicht möglich."

„O.k. Vielleicht ein andermal."

„ Hoffentlich. Ph.D"

„Bis bald. I."

Ziemlich keck von mir, muss ich zugeben! Macht aber ungeheuren Spaß! Rufe meine Mails ab: Oh, Ph.D.!

„Liebe I. diese Woche ist doch Frau B. in Urlaub. Geht es Ihnen da nicht ein bisschen besser? Bringen Sie doch mal einen gepflegten Stil in den Laden. Ich meine, die Missionare sind ja auch nicht in den Dschungel gegangen, weil es ihnen da besonders gefallen hätte. Die haben halt ihre Aufgabe darin gesehen, gute Menschen aus den Wilden zu machen ☺. Würde Ihnen eine derartige Einstellung helfen, einen tieferen Sinn in Ihrer Aufgabe zu sehen und damit eine Befriedigung zu verspüren? Blöder Scherz, vergessen Sie's! Ich wünsche Ihnen jedenfalls, dass Sie den morgigen Tag auch noch gut überstehen und dann ein schönes Wochenende haben werden. Vielleicht gibt es ja ein tolles Angebot in der Zeitung!

Auf dass Sie bald in das zweite Leben nach unserem gemeinsamen wechseln können! Ciao und liebe Grüße, Ph D."

Witziger Ansatz, mich als Missionarin zu sehen. Ja, bei den Wilden bin ich wirklich… Mit Jo nicht gesprochen. Nur Gute-Nacht-SMS.

Führe dann noch einen Kampf mit mir, den ich verliere. Schreibe Alex um 23 Uhr eine SMS: Wollen wir noch telefonieren? Er hat möglicherweise versucht mich zu erreichen und ist nicht durchgekommen. Er ruft prompt zurück. Ob er mich später zurückrufen könne? Ich verneine, da sei ich nicht mehr aktuell. Cool, cool von mir! „Wollen wir uns morgen Abend mal in der Tanzschule treffen?", reagiert er prompt. Also endlich, warum nicht gleich?

Gehe ins Bett und grüble weiter. In dieser Nacht nimmt mein Wunsch, den Job hinzuschmeißen, Formen an. Ich frage mich, wie es so weit mit mir kommen konnte. Wie? Was läuft hier schief? Ich weiß nur, ich muss da raus. Mir geht es so schlecht. Und dann habe ich einen Geistesblitz:

Es war die vierte Berghütte! Es hatte mit Selbstverleugnung und Unterdrückung von Gefühlen zu tun! Und es ging um Selbstliebe! Allmählich wird mir einiges klarer: Ich bin hier rein geraten, damit ich erkenne, dass ich mehr wert bin! Wenn ich mich nicht aufgeben will, muss ich da raus!

Die andere Stimme in mir verdonnert mich allerdings dazu, noch auszuharren, zumindest bis Jahresende, falls sich alles doch noch bessern sollte. Sollte ich beruflich vielleicht eine ganz andere Richtung einschlagen? Wenn ja, welche?

Freitag, 26. Oktober

Seit 3.30 Uhr wach gelegen. Geh jetzt wirklich auf dem Zahnfleisch. So kann's nicht weitergehen.

Chef ist doch da, obwohl er gestern seine Abwesenheit wegen einer Dienstreise ankündigte. Er weiß es noch nicht. Will am Wochenende noch mal in mich gehen – hab aber soeben enthusiastische SMS an Ph.D. geschrieben: „Hurray – werde kündigen".

Heute morgen SMS von Jo: „Hab gesoffen… Buch geplant". Ja, so sieht also ein Problemabend bei Männern aus. Sie saufen – aber wenn Frau das macht, ist es „nicht schön" und vulgär! Und er plant ein Buch! Wo er doch überhaupt keine Energie dafür hat! Also ein reiner Gespinste-Abend, an dem er sich selbst ein bisschen glücklich gemacht hat. Ist doch o.k. Und an mich gedacht hat er auch. Werde ihn per SMS fragen, ob wir uns heute Abend sehen.

Treff mich mit Alex um 19 Uhr zum Tanzen. Jippiee! Ein Lichtblick in diesem Sumpf der Trostlosigkeit! Da müsste ich um 22 Uhr zu Hause sein – aber da werde ich keine Lust mehr zum Reden haben. Und dann werden wir uns Samstag nicht sehen, und schon ist die Kacke am Dampfen!

Mein Chef fragt nach einem seiner Mitarbeiter. Woher soll ich denn wissen, wo er ist! Also entgegne ich ratlos, er habe sich nicht bei mir abgemeldet. Er: „Ich wääß. Der muss privat was reeschele. Wäss net, was der widda fia privahde Scheisse hat." (Hochdeutsch: Ich weiss. Der muss privat was regeln. Weiss nicht, was der wieder für private … Schwierigkeiten hat). So redet man doch nicht als Chef, oder?

Aus schlechtem Gewissen schreibe ich 8.20 Uhr eine SMS an Jo: „Hey Johnny, du Säufer, wollen wir uns heut Abend sehn? 22 Uhr? I."

Habe eiskalte Hände, die nicht warm werden wollen. Leicht schlecht ist mir auch.

10 Uhr: „Treffen gerne – aber lieber 21 Uhr. Jo"

Nee, nee Junge, da hast du Pech gehabt – sonst bist du doch auch so spät dran? Antworte: Bin aber erst 22 Uhr zu Hause.

Zwei Stunden später kommt sein knappes „O.k."

Und ausgerechnet jetzt, wo mein Entschluss gedeiht, hier das Handtuch zu schmeißen, bemüht sich mein Chef! Wie lang guck ich mir das an? Werd ich jetzt wankelmütig, weil er mal zwei Sätze mit mir geredet hat?

13.00 Uhr

Das TB verlässt pünktlich den Stall. Rennen wie die Tiere aus dem Pferch, niemand sagt tschüss, als sie an meiner Tür vorbeigehen. Ächt ätzend hier. Null Umgangsformen.

Und ich muss noch zwei (!) Stunden hier absitzen. Dann werde ich mich ins Bett knallen. Einkaufen geh ich dann wohl morgen. Mutti hat angerufen, ich solle doch zum Rollbratenessen kommen. Muss aber erst mal schlafen.

Lese unbeobachtet das Kapitel: „Männer sind wie Gummibänder. Pendeln zwischen Nähe und Autonomie." Danach muss ich ein Mann sein.

14 Uhr SMS von meinem Ex-Chef:

„Liebe I., das müssen Sie mir erklären! Wie um alles in der Welt ging das jetzt so schnell? Ich fliege am Sonntag nach Lissabon und komme Freitagabend zurück! Ph.D."

Und was will er mir damit sagen? Ich antworte:

„Melden Sie sich mal, wenn Sie zurück sind? I."

Ph.D. antwortet: „Kann ich mich auch noch Freitag spät melden? Ihre Entscheidung ist o.k.! Congratulations and kisses, Blondie!"

Oh Gott… ich schreibe zurück:

„Ich werde erst noch kündigen – Ad 2: Ich sag dazu jetzt besser nichts– thanks for kisses, I."

Auf der Heimfahrt folgen weitere SMSen von Ph.D.:

„Na gut, dann erst mal ein schönes Wochenende und liebe Grüsse, Ph.D."

Ich: „Ich geh jetzt erst mal ins Bett."

Er: „Ich sehe schon: auch Blondies brüten vor Entscheidungen! Schlafen Sie gut, ciao."

Ich: „Danke. Diesen Klarblick kenne ich nicht von Non-Blonds. Hugs & Kisses, I."

Abends 19 Uhr ist Tanzen mit Alex angesagt. Ich bin rechtzeitig in der Tanzschule, von ihm keine Spur. Also stelle ich mich an die Theke und warte. Ist das aufregend! Obwohl ich mir natürlich einrede, dass es nicht aufregend ist! Wahrscheinlich ist es auch deshalb aufregend, weil Jo bestimmt nicht begeistert wäre, wenn er das wüsste! Der Touch des Verbotenen! Lächerlich, rücke ich mir meinen Kopf zurecht, soweit kommt's noch, dass ein Mann mir sagt, was ich nicht tun darf! Eine Viertelstunde zu spät kommt der Herr an – in Begleitung eines anderen Typen. Ich lächele Alex an und kommentiere gleichzeitig seine Verspätung. Ich schaue ihn mir an: Ich hatte ihn in ganz anderer Erinnerung: schlanker, vor allem das Gesicht war schmaler! Dann geht das Tanzen los. Mein Tanzlehrer kennt Alex und hat mir bestätigt, dass er ein guter Tänzer ist. Ich kann es nach dieser Übungsstunde auch bestätigen! Ich finde es einfach toll, mit ihm zu tanzen! Er hat super Führungsqualitäten!

Nach der Übungsstunde sitzen wir noch bei einer Apfelschorle beieinander, bis ich mich zeitlich unter Druck fühle und kurz vor 22 Uhr aufbreche. Kaum bin ich zu Hause, habe noch mein verschwitztes Shirt an, das ich mir grade über den Kopf ziehen will, klingelt Jo.

Er kommt geladen herein, läuft wie ein wildes Tier herum und giftet mich an: „Wo kommst du jetzt her?" „Ich war tanzen", antworte ich cool und ziehe mir ein frisches T-Shirt an. Das habe er geahnt! Mit wem denn? Wo ich den hergezaubert habe? Ich hätte also die ganze Zeit jemand in der Rückhand gehabt und es ihm verschwiegen! Er fühle sich hintergangen und was weiß ich nicht noch. Das lasse er sich nicht bieten! Ich höre ihm fassungslos zu. Dreht er durch? Ab und zu werfe ich in eine Verschnaufpause ein, dass er wohl übertreibe und dramatisiere – ich war mit jemand anders tanzen – na und? Aber ich rede gegen eine Wand.

Nebenbei erfahre ich den Grund für seine Laune am Mittwoch: Er hatte die Einladung zur Weihnachtsfeier erhalten, und der ganze „Tanzkrampf" sei bei ihm wieder hochgekommen.

Na dann prost.

Er wirft mir vor, dass ich nicht über meine Gefühle rede. Ich von mir aus würde zum Beispiel nie sagen, wenn mir etwas gut gefalle – wie letzten Sonntag, als wir mit Alain unterwegs waren. Immer müsse er fragen, nie würde ich ihn ermutigen! „Du brauchst immer Lob und Anerkennung, du hast Komplexe!", entgegne ich wütend. Vielleicht fand ich ja den Sonntag gar nicht so toll? So ergibt eins das andere…

Irgendwann fährt er in aufgewühltem Zustand weg und lässt mich in einem ebensolchen zurück.

Ich halte das alles nicht mehr aus.

Der heilige Kreis

Immer noch wandere ich allein in diesem Nebeltal. Ich fühle mich so entsetzlich verloren und kraftlos. Schließlich nehme ich meinen Mut zusammen und bitte um Hilfe.

Und da taucht sie aus dem Nebel auf, diese Frau. Sie trägt ein langes grünes Gewand, das mit zahlreichen Ornamenten verziert ist. Sie hat schulterlanges, glattes braunes Haar und ist von einer herben Schönheit, die auf den ersten Blick nicht so erkennbar ist. Die Schönheit und Liebe strahlt sie durch ihre Augen aus. Sie hat etwas Wildes und Edles zugleich.

„Willkommen", sagt sie zu mir und umarmt mich. Ich schaue sie mit großen Augen an. Wer sie ist, frage ich nicht, fast alle auf diesem Weg machen da so ein Geheimnis draus. Aber mit Sicherheit weiß sie, wer ich bin. Ich habe aufgehört, mich darüber zu wundern.

„Wo bin ich hier?", frage ich sie.

„Hier bist du an einem Ort angelangt, an dem du vielen Suchenden begegnen wirst. Manche haben sich verirrt, manche haben ganz bewusst dieses Tal gewählt. Sie sind auf der Suche nach sich selbst, nach Zugehörigkeit und nach ihren Wurzeln, nach Heilung und Erkenntnis. Dieses Tal heißt Awenon, benannt nach dem Fluss Awen. Folge mir!"

„Wohin führt dieser Weg?", denke ich, als ich so mit ihr dahinwandere, erleichtert, dass ich nicht mehr allein bin und zutiefst dankbar, dass meine Anrufung erhört wurde!

„Diese Reise führt dich zur Entdeckung der Schönheit und Heiligkeit allen Lebens. Du wirst an einen Ort kommen, wo du die Berührung durch die Götter spürst", antwortet sie.

Aha, sie kann Gedanken lesen. Aber auch das wundert mich zu diesem Zeitpunkt wenig. So gehen wir eine ganze Weile, bis wir durch einen Torbogen schreiten. Dahinter offenbart sich unverhofft eine andere Welt:

Der Nebel ist wie weggeblasen, und trotz Dämmerung erkenne ich eine saftige, sanfte, grüne Landschaft mit vielen alten ehrwürdigen Bäumen und einem großen blauen See. Mein Erstaunen ist grenzenlos. Ehrfurcht erfüllt mich.

„Sei heute Nacht in unseren Kreis aufgenommen. Sei willkommen und setze dich zu uns“, lädt sie mich ein.

Wir gehen auf eine große Eiche zu, um die herum ein Kreis von Zuhörern sitzt, unterschiedlichen Alters und sehr unterschiedlichen Aussehens, Männer und Frauen, die andächtig auf etwas zu warten scheinen. Ich entdecke einen freien Platz und lasse mich nieder. Mein Blick schweift in die Runde. Kenne ich jemanden? Nein, die Gesichter sagen mir nichts, erkenne ich. Schade.

Die Frau, die mich hierher geführt hat, muss die Führerin sein, denn sie geht in die Kreismitte, segnet die Speisen und Getränke, dann wird ein großer, runder Laib Brot im Kreis herumgereicht, dazu ein köstliches Getränk in einem Trinkhorn – Honigwein.

„Verehrte Göttin, verehrter Herr des Lichts, ich bitte Euch um den Segen für das Brot und das Horn“, beginnt sie das Ritual. Sie reißt ein Stück des Laibes ab, legt es auf die Erde, und gießt einen Schluck Wein an dieselbe Stelle mit den Worten: „Mögen diese Gaben dem Land, der Mutter Erde und den anwesenden Geistern geopfert sein.“

Dann schreitet sie den Kreis mit ausgestrecktem Finger im Sonnensinn ab – und da geschieht das Unglaubliche: Ich sehe, dass der Kreis in silberblaues Licht eintaucht. Welch ein prächtiges Farbenspiel! Bin ich hier bei Zauberern? Ich fühle mich wie in einer Luftblase, außerhalb von Zeit und Raum, frei von Sorgen und vollkommen geborgen. Eine Fackel hüllt die Landschaft in warmes Licht, denn die Nacht naht. Der Mond steht klar am Himmel.

Sie verbeugt sich in die vier Himmelsrichtungen, dann beginnt sie:

„Wir bitten Euch, segnet diesen Ritus im Namen der Götter! Ihr Ahnen und geistigen Führer, seid eingeladen in unseren Tempel!“

Sie verbeugt sich in die vier Himmelrichtungen und ehrt Erde im Norden, Luft im Osten, Feuer im Süden und Wasser im Westen.

Danach fordert sie uns auf, uns die Hände zu reichen.

Das ist mir unangenehm, Fremden die Hand zu reichen, und zwar lange zu reichen. Zum Glück sind sie nicht kalt, registriere ich erstaunt. Und so strecke ich meine Hände aus, nach links – berührt meine Hand die einer blonden Frau, etwa in meinem Alter – wir lächeln uns kurz leicht verlegen an – und meine rechte berührt die Hand eines Mannes, dessen Alter schwer zu schätzen ist. Seine Hand ist sehr warm, und irgendwie beruhigt mich das.

„Lasst uns in die Stille gehen", beginnt sie mit einer sehr angenehmen Stimme.

„Sitze ruhig und entspannt. Werde innerlich so ruhig, dass du zuhören kannst. Öffne deine Sinne für alle Eindrücke!

Lausche dem Rauschen der Blätter, dem Lied des Windes, den Klängen der Natur, nimm den Duft der Blumen, der Bäume und der Erde wahr, atme das Blau des Sees, das Grün des Grases und das Goldgelb der Sonne ein, lass dein Bewusstsein in deine Füße gleiten und spüre, wie deine weißen Wurzeln in die Erde hinein wachsen, so wie die des Baumes, weiter und tiefer, bis in ihr orangefarbenes warmes Innere. Fühle, wie tief verwurzelt du bist, und nimm die frische Energie der Erde dankbar in dich auf. Kannst du spüren, dass du gehalten und getragen wirst? Nun steige mit deiner Aufmerksamkeit deinen Körper entlang nach oben, bis in deinen Kopf. Spüre, wie sich dein Geist dem Geist des Göttlichen zu öffnen beginnt, nimm diese Verbindung dankbar an und lass dich von Awen durchströmen... nimm wahr, wie du weit und unbegrenzt und frei wirst wie ein Vogel, der hoch in den Lüften schwebt, wie du eins wirst mit allem, was ist. Du bist ein Teil der Unendlichkeit. Gib diesem Gefühl Raum, sich zu entfalten... und nun spüre das Gleichgewicht zwischen Himmel und Erde in dir... in deiner Mitte, und lass dich von der Kraft, die nun aus der irdischen und der göttlichen Quelle in dich strömt, ganz erfüllen, ausfüllen und dich beleben. Atme tief in deine Mitte. Dort ist deine Ruhe, deine Kraft, dein Gleichgewicht.

Es ist Zeit, über das, was wir erreicht haben, nachzudenken. Das Element Wasser ist jetzt stark, denn wir stehen im Westen unseres heiligen Kreises und versuchen, die Geheimnisse des Gleichgewichts zu verstehen.

Wir haben uns an diesem Fluss Awen versammelt. Awen ist in allen Lebewesen. In eurer Welt, aus der ihr kommt, unterscheidet ihr zwischen dem Natürlichen und dem Übernatürlichen. Hier ist diese Unterscheidung bedeutungslos, denn beide Welten sind die Personifikation von Awen und miteinander verbunden. In eurer Welt wird die „andere Welt" zumeist geleugnet. Awen entspringt aber einer unteilbaren Quelle, aus dem sich alles Leben speist – das physische und nicht-physische, die körperliche und die geistige Welt. Wenn das Gleichgewicht zwischen beiden Existenzen verzerrt wird oder sogar verloren geht, so wirkt sich das auf beide Welten aus – die Auswirkung kann sehr zerstörerisch sein.

Ich werde versuchen, es euch zu erklären:

Unsere sichtbare Welt ist eine Widerspiegelung der spirituellen Welt – etwa so, wie sich eine Landschaft in einem See widerspiegelt. Die Reflexion kann niemals perfekt sein, und sie ist auch immer etwas verzerrt – genauso ist die physische Welt nur ein kleiner Ausschnitt der spirituellen Welt. An einem ruhigen Tag bildet sich die Landschaft relativ klar unter den kleinen Wellen auf dem Wasser ab; doch je rauer das Wetter wird, umso weniger wird die Landschaft erkennbar. Das Ungleichgewicht wird deutlich.

Jeder hier im Kreise hat ein Stück seines Gleichgewichts verloren – jeder auf seine eigene Weise. Deshalb habt ihr hierher gefunden.

Je mehr das Gleichgewicht verloren geht, umso weniger passen die materielle Welt und die spirituelle zusammen. Awen ist in seinem Fluss gestört. Die Wahrheit jedoch liegt darin, dass alles in beiden Welten miteinander verbunden ist. Alles ist eins.

Doch ihr seid auch hier, um ein weiteres Geheimnis des Gleichgewichts zu erfahren: Gleichgewicht muss immer wieder hergestellt werden. Es ist nie statisch. So freundet euch mit dem Ungleichgewicht an, auch wenn der Zustand der Stabilität angenehmer ist. Doch auf die Dauer bringt er euch nicht weiter.

Wir Druiden sprechen von „kreativem Ungleichgewicht". Wann immer Gleichgewicht in unserem Kreis zu Stagnation führt, tritt der Hohepriester hervor und gibt uns eine Information, die uns alle verwirrt und unser bisheriges Glaubensverständnis herausfordert, um es neu zu überdenken und um uns von der begrenzten Sichtweise, die wir vorher hatten, zu befreien, damit wir das Universum mit neuen Augen in neuem Licht sehen können. Seht ihr, der Mensch kann die Wahrheit nur in begrenzten Schritten erfassen. Wenn das Plateau erreicht ist und der abwärts führende Bogen beginnt, muss eine neue Erkenntnis angeboten werden, damit der Mensch sich weiterentwickeln kann und nicht stillsteht. Deshalb wird jeder einzelne von euch, gleich auf welcher Stufe er sich befinden mag, erfahren, dass seine Glaubenssätze, wie kostbar oder wahr oder wirklich sie ihm auch erscheinen mögen, an einem bestimmten Punkt erschüttert und zerstört werden, damit er eine größere Wahrheit annehmen kann. Lasst dann Awen fließen, indem ihr einfach anerkennt, dass keine einzelne Wahrheit wirklich ist, sondern lediglich ein Schritt auf dem Weg über den See hinaus in den Ozean, in den Awen fließt. Kreatives Ungleichgewicht ist deshalb der Schlüssel, der jede Tür öffnet, an die ihr kommt; es ist der Atem der Schöpfung, der euch trägt, während ihr von einem Stein zum nächsten, von einer Erkenntnis zur nächsthöheren, hüpft; es ist die Antwort, wenn ihr euch aus Sackgassen und Widerständen befreien wollt.

So ist es für euch an der Zeit zu erkennen, dass in euch die Quelle ist, die euch eure Verbindung wiederentdecken lässt – die Quelle, die die Spaltung im Geist heilt. Dann kann Awen wieder fließen. Er ist die Quelle der Inspiration und Kreativität.

Je länger ihr hier verweilt, desto mehr werdet ihr euch selbst erkennen, eure Kreativität, aber auch eure Blockaden und Verletzungen. Hier lernt ihr, dass ihr fest verwurzelt und gesegnet seid. Euer Geist wird sich von diesem heiligen, sicheren Ort aus auf die Suche nach der Göttlichen Inspiration machen, nach Awen, der Körper und Geist durchströmt.

Bedenkt auch: Es gibt nicht nur den Weg um den Rand des Kreises, sondern auch Wege durch die Mitte, und jeder Weg ist ein Tor zu den tieferen Mysterien. Eure persönliche Reise hat euch hierher geführt, und durch ein Tor seid ihr bereits gegangen.“

Dann geht sie zu jedem einzelnen und spricht leise zu ihm. Endlich ist sie bei mir. Ich bin sehr gespannt, was sie mir kundtun wird.

„Und dir gebe ich etwas auf den Weg, worüber du noch eine ganze Weile nachdenken wirst:

Was du glaubst, das du wert bist, bestimmt, wie dein Leben aussieht.“

Sie lächelt voller Güte und fügt sanft hinzu:

„Nimm liebevoll an, wo du in deiner Entwicklung momentan stehst. Akzeptiere dich ganz!“

Das rührt mich. Sie bemerkt es und bleibt noch eine Weile neben mir sitzen, wundervolle Ruhe und Wärme ausstrahlend. So kämpfe ich mit den Tränen, und sie hält meine Hand.

„Warum rührt mich das so?“, frage ich sie mit einem Kloß im Hals. Statt einer Antwort schaut sie mir tief in die Augen, und was auch immer es ist, was da rüber kommt, es fühlt sich gut an. Ich fühle mich absolut angenommen. „Nichts hält dich auf deiner Reise so sehr auf wie das Gefühl, nicht würdig zu sein.“

„Aber die meiste Zeit stolpere ich nur rum! Ich verirre mich und lande in Sackgassen! Und...“, werfe ich ein. Da unterbricht sie mich sanft:

„Allein deine Absicht, diesen Weg zu gehen, wird sehr bewundert. Sie ist lobenswert und gut. Du bist großartig! Du musst dich nicht klein machen! Wenn du deinen Selbstwert erkannt hast, wird diese Wahrheit deine Perspektive und den Sinn deines Seins vollkommen verändern! Du wirst mit neuen Augen sehen. Erinnere dich an den Sinn des Ungleichgewichts! Du trägst alle Gaben in dir, Isabell."

Dann erhebt sie sich wieder, geht zum nächsten und flüstert auch ihm etwas zu. Als sie mit allen im Kreis gesprochen hat, geht sie in die Mitte zurück. Ich ahne, dass das Ende des Rituals naht.

„Ihr werdet nun bald in eure Welt zurückkehren. Geht in dem Bewusstsein, dass dieser Ort jederzeit für euch zugänglich ist. Wann immer ihr wollt, seid ihr hier willkommen. Es ist der Ort eurer eigenen Kraft, euer eigener heiliger Kreis, eure Verbundenheit."

Bevor sie den Kreis öffnet, dankt sie und verabschiedet uns mit den Worten: „Möge die Welt erfüllt sein von Liebe, Frieden und Harmonie."

Zuerst ertönen sie ganz im Hintergrund, dann werden sie immer lauter: Die Trommeln. Ich weiß nicht, wie ich diesen Rhythmus beschreiben soll, aber er hat etwas Erdiges, Dynamisches und zum Tanzen Einladendes. So beginnen wir, uns nach dem Rhythmus zu bewegen, jeder auf seine Weise. Allmählich vergessen wir, dass uns jemand beobachten könnte, und sind ganz in uns – in unserer Mitte. Meine anfangs zaghaften Bewegungen werden freudiger, ausgelassener und freier, und ich schwinge ganz im Trommelrhythmus. Manche tanzen paarweise, andere laufen quer durch die Mitte des Kreises – jedenfalls da, wo sie vorhin noch war –, manche führen einen Tanz um den Kreis herum auf, wieder andere verharren an einer Stelle. Ich zunächst auch. Dann erweitere ich meinen Bewegungsradius und gebe meinem enthusiastischen Gefühl nach, das mich zu anderen führt.

Bald wird das rhythmische Trommeln leiser und leiser, einer nach dem anderen verschwindet, als ob er sich in Luft auflöse, ich sehe die Frau im grünen Gewand nicht mehr.

Von dem Kreis ist bald nichts mehr zu sehen. Nur ein ganz zarter, silberblauer, magischer Glanz scheint noch darüber zu liegen.

X. Scheidewege: Auf der Suche nach dem verlorenen Mittelpunkt

Sonntag, 28. Oktober

Wow, jetzt kommen wir zur Sache. SMS von Jo 14.00 Uhr:

„Möchte einen Brief persönlich abgeben."

Das ist wohl die Antwort auf die Funkstille gestern.

Ich: „Abschiedsbrief?"

Er: „Wann möglich?"

Ich: „Abschiedsbrief, ja oder nein?"

Er: „Du liest…Denkst nach. Handelst dann aus deinem Herzen. Aus Abschied kann auch Neuanfang, Reife, Entwicklung entstehen!"

Damit kann ich echt nichts anfangen. Was meint er jetzt? Bin aufgewühlt. Da kann nur ein Anruf Klarheit bringen. Also wähle ich seine Nummer. Superkalte abweisende Stimme. Er meine es genauso, wie er es geschrieben habe. „Dann sag mir doch, ob es ein Abschiedsbrief ist!", insistiere ich. Er kontert: „Das liegt an dir! Willst du den Abschied? Dann komm her, hol deinen Krempel, hol dir den Brief ab und mach damit, was du willst!", bellt er ungehalten. Dann wiederum möchte er vorbeikommen. „Ich bin heute nicht aufnahmefähig", blocke ich meinerseits in weiser Voraussicht auf ergebnislose Endlosdiskussionen. „Ich bin noch genau in der negativen Schwingung wie am Freitag. Ich habe meine Gedanken noch nicht abgeschlossen. Ich bezweifele, dass das was bringt, wenn wir uns heute sehen." Dann solle ich mich melden. Er beende jetzt das Gespräch.

So was muss ich mir nicht bieten lassen, dass ich mir vorkomme wie ein kleines Mädchen! Nein, wirklich nicht! Fühle mich in die Enge getrieben.

Abends kommt er unangekündigt und gegen meinen Wunsch vorbei und überreicht mir eine Tüte mit meinen Toilettensachen, die ich bei ihm gelassen habe, und einen Brief. „Das ist ja wohl eindeutig", kommentiere ich, „da brauche ich den Brief ja gar nicht zu lesen." Das läge an mir. Ich beginne den Brief zu lesen. Es ist verletzend. Am Schluss wünscht er mir alles Gute. Ich analysiere den Brief als Abschiedsbrief.

Ich sage auch, dass ich es nicht gut gefunden habe, dass er trotzdem vorbeigekommen sei, ich hätte es für besser gehalten, ein paar Tage vergehen zu lassen. Aber er habe es ja unbedingt durchsetzen müssen, und ich könne heute Abend nicht anders reagieren. Ich schließe aus allem, dass die Kommunikation zwischen uns überhaupt nicht klappt. Was da alles Gemeines im Brief steht – nur der Schluss ist rührend. Er bewegt mich, als ich mir alles noch mal durchlese, als er weg ist.

Er zieht seine Jacke an, während ich auf der Couch sitze und ihn kühl von dort aus beobachte. Er schaut mich an. Ich schaue zurück.

Er sagt: „Mach's gut." Ich sage nichts. Die Tür geht zu.

Ich bin allein. Was für ein Abschied! Das war's dann. Endgültig. Zack. Da ist nichts mehr zu kitten. Ich werde ihn nie mehr anrufen. Nie. Ich hasse ihn!

Kann morgen in dem Zustand unmöglich zur Arbeit. Danke, Schätzchen. Murphy schlägt zu. Wie im Februar. Job (bald) weg, Mann weg. Der Kreis schließt sich. Ich drehe mich im Kreis. Ist ja eine tolle Bilanz. Und wo bin ich in diesem Kreis? Jedenfalls nicht in der Mitte. Wie stabilisiert man sich, wenn einen die Zentrifugalkräfte nach außen geschleudert haben? Warum passiert mir das?

5. Woche:
Das Grauen hat einen Namen – Stanzel & Söhne

Montag, 29. Oktober

Beantrage Urlaub. Wird genehmigt, halleluja.

Grauenhafte Nacht verbracht. Mit Alptraum, in dem ich wahnsinnige Angst vorm Fallen hatte:

Ich befand mich auf einem Spielplatz und musste aus einer enormen Höhe von einer Rutsche runterkommen. Die Angst vor der Tiefe raubte mir den Atem. Ich hatte solche Angst vor dem Fall. Warum auch immer, es blieb mir nichts anderes übrig, als zu springen. Dieses Gefühl, wie sich der Magen senkt, der Angstschweiß, ich erlebte es wie bei vollem Bewusstsein. Schließlich sprang ich. Ich erwachte in einem weißen Zimmer. Es sah aus wie in einem Krankenhaus. Ich konnte mich nicht bewegen, da ich auf einer Liege an Händen und Füssen gefesselt war. Ich rief um Hilfe. Ich wollte mich befreien. Doch ich war zu schwach.

Dann endlich kamen Menschen in weißer Kleidung an mein Bett. Bei näherem Hinsehen traute ich meinen Augen nicht: Es waren Kinder, in weißen Arztkitteln, mit bösen Augen. Sie pumpten mir was in die Schläuche, die in meine Adern an der Hand und an den Füßen führten. Ich wehrte mich dagegen, die Schläuche taten weh. Und ich schrie fassungslos: Das kann nicht sein, ihr seid ja Kinder!

Und dann wachte ich schweißgebadet auf, immer noch mit Schmerzen an Händen und Füssen. Zwei Schlaftabletten genommen. Viel wach gelegen. Mir fiel ein, dass ich mal geträumt hatte, dass er Schluss machen würde. Bin beeindruckt von dem Wahrheitsgehalt meiner Träume.

Als ich nachts im Bad war, habe ich gesehen, dass er seinen Rasierapparat mitgenommen hat. Als Gegenreaktion nehme ich sein Bild aus dem Rahmen auf dem Sekretär. Lege seine gesammelten Briefwerke zum Outsourcen zurecht.

Fühl mich sehr mies. Da wären wir wieder – am Scheideweg. Und Scheiden tut bekanntlich weh, auch wenn ich im Moment nur Wut empfinde.

„Aus Abschied kann auch Neuanfang, Reife, Entwicklung entstehen“. Hoffe, dass nun alles Schlechte, was ich je getan habe, auf mich zurückgekommen ist und ich neu anfangen kann. Aber wahrhaftig.

Was ist Scheiden anderes als ein Abschied von dem, was nicht mehr wahr und gut für mich ist?

Hab zum Glück Baldrian gekauft. Überlege, Jo einen anderen Brief zu schreiben. Ich kann seine Verhaltensweise sogar nachvollziehen! Mal sehen, vielleicht fang ich heute noch damit an.

Gegen 18 Uhr kommt Lilo, und wir trinken zwei Fläschchen Sekt. Notwendige Verdrängungsmaßnahme! Sie meint zu Jos Brief, Jo müsse immer gehätschelt werden. Sein Brief sei absolut blöd.

Sophie ruft an. Sie gibt zu bedenken, ein Abschiedsbrief könne durchaus auch ein Schrei der Verzweiflung sein, hinter dem alles andere als ein gewünschter Abschied stehe.

Nina ruft an und meint, ich müsse mir überlegen, ob ich die Beziehung wirklich fortsetzen wolle, und danach agieren. Ja, genau das ist der Knackpunkt. Ich weiß es nicht. Ich bin nicht überzeugt. Ich möchte aber auch eine Chance nicht einfach wegwerfen. Ich sage, ich hätte meinen Stolz. Wenn mir jemand meinen Krempel zurückgebe, würde ich ihm nicht nachlaufen. Sie meint, manchmal sei Stolz nicht angebracht.

Mach da draus was. Drei Freundinnen, drei Meinungen.

22.15 Uhr ins Bett, um weiterzugrübeln. Wie kann man durch diese Welt gehen, ohne dass einem andauernd das Herz gebrochen wird? Wie? Wenn man sich öffnet, wird man wieder verletzt!

Dienstag, 30. Oktober

Heute und morgen Urlaub, Donnerstag Feiertag, Freitag Brückentag: Zeit zum Wundenlecken! Ich fühle mich relativ gut heut morgen nach zehn Stunden alptraumlosen, tiefen Schlafes. Werde weiter über Jo bei einem Spaziergang nachdenken. Termin bei Frisör geholt. Wenn es Frau schlecht geht und ihr Ego angekratzt ist, soll sie sich verwöhnen. Also hab ich ausgiebig gebadet und eine Gesichtsmaske aufgetragen. Werde jetzt mit dem Brief anfangen. Es fließt aus meinem Kopf. Kopf, nicht aus meinem Herzen.

Also beginne ich:

„Lieber Jo,

Du hast mir einmal geschrieben: „Auch Trauriges und schwierige Dinge können uns im Nachhinein Reife und Weiterentwicklung schenken, wir müssen nur zueinander halten.“ Wenn du uns noch eine Chance hättest geben wollen, hättest du mir meine Sachen nicht zurückbringen dürfen – zusammen mit einem Brief, der eindeutige Abschiedspassagen enthält. Über die Konsequenz dieser Gesten warst du dir wohl im Klaren. Du weißt genau, was du tust. Du lebst in dem Bewusstsein von Ursache und Wirkung. An dieser Stelle hast du die Entscheidung getroffen und mich aus deinem Leben rausgeworfen. Vielleicht hat mir diese Erfahrung noch gefehlt.

Ich habe deinen Brief mehrmals gelesen und versucht, das, was dahinter steht, zu verstehen. Aus meiner Sicht hast du im (Jäh-) Zorn gehandelt, aus tiefer Verletzung und im Affekt. Ich habe versucht, das nachzuvollziehen, und irgendwie kann ich es auch. Wo Hass ist, war auch Liebe, und die zweifele ich nicht an. Du interpretierst in den Freitagabend viel zu viel rein. Es sollte kein Affront gegen dich sein, wenn ich mit jemand anders tanze, sondern eine Quelle der Aufmunterung für mich. Theoretisch hattest du ja nichts dagegen, dass ich z. B. einen Salsakurs mache. Ich weiß nicht, warum du jetzt so durchgedreht hast. Für mich steht die Reaktion in keinem Verhältnis. Ich kenne aber dieses

Durchdrehen und kann es bis zu einem gewissen Grad nachvollziehen. Ich wollte dich nicht kränken. Aber es war ja wohl „nur" das i-Tüpfelchen, wie aus deinem Brief hervorgeht.

Und dann werden in dem Brief noch mal all die alten Geschichten aufgewärmt, angefangen bei der Annoncenstory. Dinge, die ausdiskutiert, erklärt, bereinigt waren – für mich. Für dich offensichtlich nicht. Ich möchte hier nicht noch mal alles erklären, ich denke, es ist auch unnötig. Was du damit wahrscheinlich eigentlich zum Ausdruck bringen möchtest, ist, dass du Verständnis für mich gehabt hast, das ich dir aus deiner Sicht nicht entgegenbringe. Ich habe zu wenig Geduld mit dir beim Tanzen. Dann akzeptier doch einfach mal deine Schwäche da – du bist in so vielen anderen Dingen stark! Das Tanzen kann man doch aus der Beziehung ausklammern, wenn es eben nicht klappt! Für dich war das allerdings ein Zeichen mangelnder Liebe meinerseits. Wie oft habe ich versucht dir zu vermitteln, dass ich dich als Person nicht herabwürdige, wenn ich sage, dass ich mit dir nicht gut tanzen kann. Du konntest es nur persönlich nehmen und warst demzufolge verletzt. Ich habe mich so bemüht, dich in diesem Punkt nicht zu verletzen. Es sieht so aus, als könntest du keine Kritik vertragen. Niemand kann in allem gut sein. Ich bin es nicht. Und du auch nicht!

Wie oft hast du in deinen Briefen beteuert, wie gut es dir tut, dass ich dir mein Vertrauen entgegenbringe. Jetzt stellst du mich als jemand hin, der das nie gemacht hat, dir keinen Einblick in sein Innenleben gewährt. Es ist, als würde ich mit zwei verschiedenen Persönlichkeiten kommunizieren.

Ich möchte nicht, dass dieser Brief im Zorn geschrieben ist. Und deshalb möchte ich dir noch folgendes sagen:

- Ich habe deine Liebe nicht angezweifelt, nur im letzten Teil waren für mich die SMSen nicht mehr nachvollziehbar; ich habe mich verletzt, ungeliebt und allein gefühlt – genau wie du.
- Ich habe mich bei dir – abgesehen vom letzten Teil – geborgen und wohl gefühlt und bin auch streckenweise aufgetaut.
- Ich danke dir dafür, dass du auf mich eingegangen bist,
  für die Einsichten, die du mir über mich vermittelt hast,
  für den spirituellen Austausch mit dir,
  für deine Liebe, deine Geduld,
  deine liebevollen Briefe und deine Zärtlichkeit.

Ich bedaure die vertane Chance. Vielleicht wird irgendwann der Negativfilm, der zurzeit in uns abläuft, positiv belichtet – mit all den schönen Erfahrungen, Gefühlen, Erlebnissen, die dann hinter uns liegen werden. Im Moment scheint es nicht möglich. Wir sind beide so konsequent, dass wir uns loslassen, wenn wir uns nicht glücklich fühlen.

Ich konnte an jenem Sonntagabend nicht anders reagieren, das war zuviel für mein Ego. Ich musste diese coole Fassade aufbauen. Es spiegelte nicht mein Innerstes wider.

So danke ich dir, dass du mich ein Stück meines Weges begleitet hast, und wünsche dir alles Gute für deinen Weg. – I."

Mir fällt ein, dass ich gleich am Anfang in einer Krisensituation von seiner Reaktion abgestoßen war. Der berühmte erste Eindruck sollte sich bestätigen. Er warf die Schatten voraus, überlege ich. Nehme mir vor, beim nächsten Mann mehr auf meine spontanen Reaktionen zu achten und sie ernst zu nehmen!

Gegen halb zehn smse ich an meinen Ex-Chef: „Wo sind Sie?" Wenig später schickt er eine SMS, dass eine Mail unterwegs sei.

Gegen 22.04 Uhr gehe ich ins Bett. SMSe ihm: „Noch keine Mail. Gute Nacht und schöne Träume, I."

Er: „Die hab ich bestimmt – von Ihnen! Mail abgeschickt! Gute Nacht!"

Mittwoch, 31. Oktober

Bis 6.30 Uhr gut geschlafen. Blick in den Spiegel: Happy Halloween! Rufe E-Mail von Ph.D. ab, man beachte die Uhrzeit gestern Abend (gesendet: 22.04 Uhr)! Telepathische Verbindung?

Er gibt einen schönen Reisebericht, erzählt von seinem Vortrag, bedankt sich, dass ich an ihn denke. Beschreibt Sonnenauf- und Untergänge und dass er sich über meine SMS gefreut habe. Er schreibt auf Englisch: „Ich muss zugeben, es ist ein sehr gutes Gefühl zu wissen, dass du manchmal an mich denkst, und es macht mich sogar ein bisschen glücklich, wenn ich das sagen darf."

Hm… bin ich aufgeregt, verwirrt, begeistert?

Ich habe Jos Zahnbürste noch in meinem Spiegelschrank entdeckt. Sofort weggeschmissen.

8.30 Uhr: mache jetzt Yoga. Beruhigt die Nerven.

Rufe zu Hause an. Erzähle, dass Jo Schluss gemacht hat. Besorgte Stimme von Daddy: „Aber sonst geht's dir gut?"

Ich weiß jetzt wirklich nicht, was ich darauf antworten soll, außer mit einem nachsichtigen Lächeln, das man durchs Telefon nicht hört.

Nachmittags kaufe ich im Esoterikladen Räucherwerk, bekomme als Lesezeichen Ariel, den Engel der Liebe geschenkt (!).

Ich schreibe jetzt den Brief auf Elefantenpapier.

22.15 Uhr fertig. Über fünf Seiten.

Fühle mich danach ruhiger, wieder etwas mehr in meiner Mitte. Ich werde, wie auch in den vergangenen Nächten (außer Sonntag), gut schlafen können.

Mir fällt mein Traum ein. Die Angst vor dem Fall. Ich hatte Angst vor der Tiefe, ich wollte nicht springen (halte an etwas fest? Ego hält an etwas fest? Woran?) und sprang schließlich doch, in Todesangst – aber ich landete in einer Falle: Da gab es nicht die ersehnte Befreiung, sondern Fesseln und Schmerzen! Und das verstehe ich nicht! Ich wollte mich befreien, aber ich war zu schwach! Die Kinder waren stärker als ich! Wie absurd! Ionesco-reif!

Je länger ich über den Traum nachdenke, desto klarer wird er, zumindest in Teilen:

Ich halte an alten Verhaltensweisen fest (will nicht springen) – warum bin ich eigentlich noch in diesem Job, wo ich doch genau weiß, dass es nicht der richtige für mich ist und mich runterzieht? Das habe ich alles schon erkannt. Und dennoch halte ich daran fest. Aus Angst, zumindest finanziell sichere Pfade zu verlassen! Aus Angst, einen ganz neuen und unbekannten Weg ohne Sicherheiten zu gehen. Den Weg des Herzens zu gehen. Aber das ist so ungewohnt! Was macht mir denn wirklich Freude, wo ist mein Herz ganz dabei? Womit fühle ich mich leicht und frei? Wohin führt mich meine tiefste Sehnsucht? Es fällt mir schwer, in mich hineinzuspüren, weil für mich der Verstand oberste Priorität hat. Wie oft habe ich mir darüber schon Gedanken gemacht. Und immer wieder verdränge ich diese Frage, indem ich in eine neue Falle springe: Jobfalle oder Beziehungsfalle. Oder beides gleichzeitig. Ich glaube, auf dieser Etappe des Weges habe ich eine sehr wichtige Aufgabe zu lösen, um den Regenbogen aufwärts steigen zu können. Ich möchte etwas tun, wo sich meine Kreativität entfalten kann, wo ich mich ganz einbringen kann, und es soll mir dazu dienen, selbständig leben und arbeiten zu können.

Etwas, das mich und andere bereichert, begeistert, erfüllt und glücklich macht. Kreativität ist ganz wichtig…

Aber der Verstand hat tausend Aber parat, um weiterhin auf dem alten Weg zu bleiben. Ich erinnere mich an die Tarot-Sitzung bei Rolf. Der Tiger versucht, dich zu hemmen, sagte er. Das einzige Gegenmittel heißt Vertrauen in den Fluss des Lebens und Mut zur Veränderung.

Khalil Gibral schrieb, dass Vertrauen eine Oase des Herzens sei, die die Karawane des Denkens nie erreichen könne.

Ich erinnere mich an eine Fürbitte, die ich als Kind einmal in der Kirche hielt: Die Überschrift lautete: Ein Talent hat jeder… und das ist ein Geschenk Gottes.

Der Traum hatte eine wichtige Information: Ich war zu schwach, um mich zu befreien. Ich muss meine Quelle der Kraft wiederfinden. Und die ist in mir – wahnsinnig gut versteckt, scheint mir.

Donnerstag, 1. November

Zeit zum Nachdenken. Mir fallen die Erkenntniskarten von Chuck Spezzano ein. Vielleicht bringen die mich ja des Rätsels Lösung näher, warum ich in diesem Traum in der Falle gelandet bin. Ich breite sie auf dem Teppich aus und ziehe drei Karten:

Die erste für das momentane Problem (was mich hemmt),
die zweite für die Wurzel des Problems (Weg zur Verwandlung),
die dritte für das aus der Wandlung hervorgehende Geschenk.

Bin sehr gespannt. Dann decke ich auf:

1. Schuld
2. Dunkle Geschichte
3. Fülle

Aha. Dann mal der Reihe nach. Wird ja spannend. Schuld? Als mein Problem? Kann ich nicht nachvollziehen! Ich lese:

Schlüsselkonzepte: Selbstangriff, Rückzug, Wertlosigkeit, Leben in der Vergangenheit, Angst vor dem nächsten Schritt, Kontrolle.

Schuld sei ein Zeichen dafür, dass die Vergangenheit versucht, die Gegenwart zu lenken und zu kontrollieren. Schuld könne durch vielerlei Dinge ausgelöst werden, beispielsweise durch Gefühle des Versagens, durch in der Vergangenheit erfahrene *Gefühle der Unwürdigkeit…*

„Nichts hält dich auf deinem Weg so sehr auf wie das Gefühl, nicht würdig zu sein“, schießt es mir durch den Kopf.

Wenn wir Schuldgefühle haben, dann lassen wir uns immer wieder Formen der Selbstbestrafung einfallen (Stanzel?). *Schuldgefühle haben den Zweck, uns vor dem Voranschreiten und dem nächsten Schritt zu „schützen“.*

Wenn wir anderen Menschen die Schuld zuweisen, so wollen wir sie dadurch kontrollieren. Entweder werden wir anderen gegenüber aggressiv (Jo!), *oder wir ziehen uns zurück und richten durch Minderwertigkeitsgefühle und ein negatives Selbstbild die Aggression gegen unsere eigene Person… als eine Form des Selbstangriffs gehört die Schuld zu den extrem selbstzerstörerischen Konzepten, denn sie führt dazu, dass wir uns vom Leben und aus Beziehungen zurückziehen* (so wahr ich hier sitze!). *Und durch diesen Rückzug können wir keinen Erfolg haben.*

Wie du diese Karte nutzen kannst:

Wenn du diese Karte erhältst, so bist du aufgefordert, das anzuschauen, aufgrund dessen du dich schlecht fühlst. Finde heraus, wo du dich wegen deiner Schuldgefühle selbst angreifst oder bestrafst oder andere dies für dich tun lässt. Du bist aufgefordert, diesen Fehler zu berichtigen, anstatt im Kreislauf der Selbstbestrafung und der Schuldgefühle haften zu bleiben… Solange wir in diesem Kreislauf gefangen sind, kann das Problem niemals verstanden, geheilt oder vergeben werden. Wenn wir uns in dieser Weise selbst angreifen und verurteilen, werden wir unweigerlich auch andere verurteilen. Wenn wir jedoch uns selbst befreien, befreien wir auch unsere Mitmenschen.

Wenn du heute diese Karte erhältst, so ist dies eine Aufforderung an dich, in Betracht zu ziehen, der Welt eines der größten Geschenke zu machen, das du ihr geben kannst – dich.

Statt einem Fehler ein Denkmal zu errichten, lerne die Lektion, berichtige den Fehler, erkenne deine Unschuld, und mache den nächsten Schritt nach vorne.

2. Der Weg zur Verwandlung: Dunkle Geschichte

Schlüsselkonzept: Negative Drehbücher, die wir schreiben und die unser Leben beherrschen oder beeinflussen.

Dein ganzes Leben lang erzählt dein unbewusster Geist Geschichten, um von seiner Reise zu sprechen. Er spricht in Symbolen, Archetypen und Mythen. Das liegt daran, dass das Erzählen von Geschichten in unserer Natur liegt und wir durch unser Leben eine Geschichte erzählen. Wir können aber auch Geschichten vom Tod erzählen. Bei den von uns erzählten negativen Geschichten kann es sich um eine der folgenden Hauptkategorien handeln: Tragödie, Schuld, Vergeltung, Märtyrer, Seifenoper, Alptraum, Opfer, Gebrochenes Herz, Außenseiter/Unabhängiger Mensch, Angst und Wut.

Spezzano empfiehlt, sich ein paar Fragen zu seiner Lebensgeschichte zu stellen. Die erste ist:

Wenn mein Leben ein Buch wäre, welchen Titel hätte dann dieses Buch?

Hm – das ist sehr schwer. Habe das Gefühl, dass mein bisheriges Drehbuch von Abspaltung, Trennung und Isolation handelt, verbunden mit dem Gefühl des Nicht-Dazugehörens, des Nicht- Dazupassens, oder mich nicht an einem für mich bestimmten Ort zu befinden. Ich habe das Gefühl des Lebens zwischen zwei Welten – nicht von dieser und nicht von jener Welt zu sein.

Ein Titel fällt mir so spontan nicht ein.

....wenn du diese Karte gezogen hast, dann weißt du, dass eine dunkle Geschichte dich auf die eine oder andere Art und Weise in die Falle lockt. (Aha! Traum!)

Mit welcher Absicht sollte ich eine dunkle Geschichte gewählt haben? Bemerkenswert finde ich da eine Anregung:

Welchen Teil deiner selbst gelingt dir dadurch zu verstecken? Welche Gabe oder welche Gelegenheit bleibt dadurch verborgen? Du kannst deine dunkle Geschichte durch eine Entscheidung verändern, und zwar indem du die Kraft deines Geistes einsetzt, um eine neue Wahl in Bezug auf das, was du willst, zu treffen und ganz fest bei deiner Entscheidung zu bleiben .

Den Zugang zu der „dunklen Geschichte“ kann ich jedoch noch nicht finden. Ich vermute, er liegt im Unbewussten.

Bitte dein höheres Bewusstsein um Hilfe, damit deine dunkle Geschichte in eine wahre und authentische Geschichte verwandelt werden kann, eine Geschichte, die von dir handelt und davon, wie du dich selbst wahrhaftig gibst. Du hast die Möglichkeit, eine glückliche Geschichte, eine Liebesgeschichte, eine Heilungsgeschichte, eine Heldengeschichte, eine Abenteuergeschichte oder eine spirituelle Odyssee zu wählen.

3. Das aus der Wandlung hervorgehende Geschenk: Fülle

Schlüsselkonzepte: Reichhaltigkeit, Dankbarkeit, Wertschätzung, Bereitschaft zu empfangen, zu geben und voranzuschreiten.

Fülle handelt nicht nur von Geld, sondern von Reichhaltigkeit in allen Bereichen, auch der Lebensqualität. Nimm die Fülle heute als dein naturgegebenes Geschenk an. Alles Gute will dir heute gegeben werden, wenn du nur bereit bist, es anzunehmen. Dein Empfangen wird dir ermöglichen, auf einer wesentlich höheren Ebene zu geben, was dir dann wiederum weiteres Empfangen auf einer noch höheren Ebene erlaubt. Und somit werden du und alle Menschen in allen Bereichen vorankommen.

… über all das werde ich wohl noch länger nachdenken müssen…

Freitag, 2. November

Was war heute?

Viel nachgedacht. Über die Karten. Beziehungs- und Jobfalle. Weitere Erkenntnis: Ich fühle mich in dem Job so schlecht, weil da meine Kreativität abgetötet wird! Das bringt mich aus meiner Mitte! Das blockiert den Fluss!

Stanzel & Söhne ist jedenfalls ein Kapitel im Buch meines Lebens (und nicht das einzige dieser Art), das davon handelt, wie ich mich selbst wahrhaftig verleugne und quäle. Dunkle Geschichte… Kämpfen Raupen eigentlich auch so mit sich, bevor sie zum Schmetterling werden?

Mir fällt ein Satz von Ionesco ein, der ungefähr so geht: *Wir sind der Meinung, dass wir Erfahrungen machen, aber in Wirklichkeit machen die Erfahrungen uns.* Und vielleicht sind die Erfahrungen, die mich gerade machen, notwendig, damit ich endlich meine Quelle der Kraft entdecke. Damit ich endlich aus dem Teufelskreis ausbreche. Damit ich endlich zu mir komme. Damit ich ein anderes Drehbuch schreibe. Damit ich diese und jene Welt vereine – vielleicht ist das das Geheimnis des Gleichgewichts…

Ich habe auf der Innenseite eines Teepäckchens eine Geschichte gelesen:

Es gibt einen Stamm in Ost-Afrika, in dem wahre Nähe schon vor der Geburt gepflegt wird. Dort wird das Geburtsdatum eines Kindes nicht von der Geburt an gerechnet, auch nicht vom Tag der Empfängnis, wie in anderen Kulturen, sondern von dem Tag an, an dem der Gedanke an ein Kind zum ersten Mal in der Mutter erscheint. Wenn sie sich dessen bewusst ist, ein Kind mit einem bestimmten Mann zeugen zu wollen, geht sie allein in den Wald und setzt sich unter einen Baum. Dort hört sie auf die Stille, bis sie das Lied des Kindes hören kann, welches sie bekommen möchte. Dann begibt sie sich zurück in das Dorf und singt ihrem Mann dieses Lied vor, damit sie es beim Liebemachen zusammen singen können. Dadurch laden sie das Kind ein, sich mit ihnen zu verbinden. Nachdem das Kind empfangen wurde, singt sie es ihm vor. Dann bringt sie es den alten Frauen und Hebammen des Dorfes vor, damit das Kind während des Geburtsvorgangs mit diesem Lied begrüßt wird. Danach lernen auch alle anderen Dorfbewohner das Lied ihres neuen Stammesmitglieds und singen es ihm vor, wenn es gefallen ist oder sich verletzt hat. Es wird auch in schönen Situationen gesungen, bei Ritualen oder bei Initiationen. Das Lied wird Teil der Hochzeitszeremonie, wenn das Kind aufgewachsen ist, und am Ende des Lebens, wenn sich seine Verwandten und Freunde um das Totenbett versammeln, wird dieses Lied zum letzten Mal gesungen.

Das Lied des Lebens – das ist ein sehr schönes Bild für die Aufgabe des Lebens, die jedem von uns in die Wiege gelegt wurde. Die Melodie ist in uns, und dennoch fällt es so schwer, sie zu erkennen und ihr zu lauschen, ihr zu vertrauen und zu folgen…

Samstag, 3. November

Abendprogramm mit Alex: Da der Tanzunterricht wegen einer Veranstaltung, die wir beide wieder mal nicht mitgekriegt haben, ausfällt, gehen wir in eine Kneipe was trinken und beschließen, später in die Disco zu fahren. Ich bin recht verschlossen während des Gesprächs, ich schaue ihn mir an und beobachte. Aber er verkauft sich gut. So wie er Dinge verkauft, verkauft er auch sich, würde ich später einmal denken. Gegen 21 Uhr brechen wir auf, um zu seiner Ex-Freundin zu fahren. Er sei zum Essen eingeladen und könne ruhig jemand mitbringen. Seine Ex ist aber unangenehm überrascht, dass er ohne Vorwarnung jemanden mitbringt. Ich entschuldige mich für den Überfall und lande in einer Chaos-Wohnung. Es ist doch immer interessant, in andere Wohnungen zu platzen! Ich quäle mich mehr oder weniger durch den Abend, das einzig Prickelnde ist, dass ich neben Alex auf dem Sofa sitze und unsere

Knie sich berühren. Ich drängele, zum Tanzen aufzubrechen. Endlich verabschieden wir uns.

Das Tanzen mit ihm ist toll! Irgendwann fragt er mich, ob wir an die Bar gehen. Ich folge ihm. Und lande mit ihm auf einem Sofa. Dort nimmt er meine Hand und küsst mich. Ich lasse es zu. Halb neben mir stehend, halb dabei. Weiß nicht, was ich davon halten soll. Bin im Konflikt. Aber genieße es auch.

Drei Uhr morgens liege ich verwirrt in meinem Bett.

6. Woche:
Das Grauen hat einen Namen – Stanzel & Söhne

Montag, 5. November

Fühle mich geborgen in den Umwerbungen durch meinen Ex-Chef und Alex. Wobei wir das Spiel mit den zehn kleinen Negerlein ja kennen.

9.00 Uhr im Büro: Meine Laune und meine Abgrenzung sind noch ganz gut. Hab gesunde Gesichtsfarbe – das kommt eventuell von zu heißem Duschen heute Morgen. Hm.

Habe meinem Chef heute den Vorschlag gemacht, nur halbtags zu arbeiten oder drei Tage in der Woche mangels Arbeitsvolumen. Er hat abgewehrt. Er wolle das morgen klären. Mehr Zeit war nicht. Wenigstens weiß er jetzt Bescheid.

Abends: Toll: ich hab's geschafft, in die Sauna zu gehen! Mir was Gutes zu tun! Hab drüber nachgedacht, was ich tun kann, damit sie sich von sich aus von mir trennen:

- Mich selbst über die Sprechanlage ausrufen lassen?
- Meinen Mülleimer auf den Schreibtisch stellen und mit „Eingang" beschriften?
- So oft wie möglich hüpfen statt gehen?
- Ein Moskitonetz um meinen Schreibtisch spannen?

Dienstag, 6. November

Acht Stunden Schlaf. Aber immer noch müde – wohl zu viel Toxi-Dingsbums. Entweder durch Sauna oder durch Weizen leicht gestörter Flüssigkeitshaushalt! Nach Wettlauf mit der Zeit zwei Minuten vor Fall der Guillotine (7.28 Uhr) die Stechkarte gedrückt. Der neue Parkplatz, den ich mir erkämpft habe, um nicht immer im Halteverbot zu stehen, ist echt eine Herausforderung. Die Parklücke ist sehr eng, außerdem ist dieser Parkplatz inmitten von Hühnerhöfen nicht beleuchtet, und ich habe gerade so viel Platz, um mich aus dem Auto zu quetschen. Vielleicht sollte ich durch den Kofferraum aussteigen?

9.00 Uhr

Ich flippe hier aus. Hab die Weihnachts-Datei mit der Kundendatei abgeglichen und bin in den Adressen nur auf Inkongruenzen gestoßen. Hab Frau B. etwas entnervt gebeten, die Datei auf Korrektheit zu überprüfen, was sie jetzt auch bereitwillig tut. Brav!

Jetzt erzählt sie mir dieselbe Story zum zweiten Mal. Zeitabstand: weniger als eine Stunde. Ich ertrag's in Anbetracht ihrer Gedächtnisschwäche, über die sie mich ja aufgeklärt hat.

Voll das Irrenhaus hier. Mein Chef hat heute wegen Besuch aus England keine Zeit für mich. Also weiß ich nicht, ob er sich was mit mir überlegt hat.

Dann werde ich zum Check beim Betriebsarzt geladen. Es dauert nicht lange, und wir sind beim Gespräch übers Tanzen. Er betreibt eine Art Tanzlokal, ich könne ja mal im Internet schauen. Zu Labor- und EKG-Werten solle ich in seine Praxis kommen. Das kann er vergessen. Aber ich nicke brav. Für Stanzel & Söhne lasse ich keinen Tropfen Blut!

Er fragt, ob ich rauche. Ich bejahe. Er meint, ohne Filter rauchen sei gesünder. Aha? So einen Tipp hab ich von einem Arzt auch noch nicht bekommen. Eben alles etwas anders hier… Dann werde ich ab und zu mal Javanse rollen!

Habe Frau B. vom gestrigen Gespräch mit meinem Chef erzählt. Will ja keine Aktionen hinter ihrem Rücken tätigen! Als Chefi genervt von der ganztägigen Besprechung um 16 Uhr zurückkommt, frage ich vorsichtig: „Sie hatten bestimmt noch keine Zeit, sich Gedanken zu machen?“ Er: „Nee. Aber morgen.“ Er habe die Nacht kaum geschlafen. Ich bedaure ihn anstandshalber.

Der Besuch aus England fragt mich anerkennend, woher ich so gut Englisch könne. Ich lächele: „I studied it for quite a while.“ Er verabschiedet sich höflich (oh Gott, tut das gut!).

Abends komme ich auf die geniale Idee, meine selbst gemalten Bilder an die Deckenlampenarchitektur zu hängen. Sieht stark aus! Sehr ungewöhnlich!

Gegen 20 Uhr ruft Alex an. Langes Gespräch über eine Stunde, das ich als tiefsinnig empfinde. Über seine Einsamkeit, Beziehungen, seinen Job, in dem er sich genauso verloren fühlt wie ich mich. Er beendet das Telefonat, nachdem mein Akku andauernd piepst, mit den Worten: „Ich würde dich jetzt gern einfach nur knuddeln." Ich antworte ehrlich: „Ich dich auch."

Mittwoch, 7. November

Höre meinen Chef am Telefon sagen: „Moorje, kannsch dich widda hienlehe, ich hammisch vaweeehlt!" (Übersetzung ins Hochdeutsche: Guten Morgen, du kannst dich wieder hinlegen, ich habe mich verwählt). Darüber muss ich lachen.

11.00 Uhr

Es gibt Veränderungen! Ich werde mehr einbezogen und darf die Anrufe von jetzt an alleine entgegennehmen! Ich solle vor nächster Woche nicht mehr von der Diskussion um halbtags anfangen, meint Frau B. Sie würde sich jetzt zurückziehen, man solle ihr nicht nachsagen, dass sie klammere. Und nach dem Fax schaue sie jetzt.

Auch das noch. Sie werden kooperativ.

Mir fliegen noch Gesprächsfetzen mit Alex im Kopf rum. Hab ihm vorhin eine SMS geschrieben: „Liebe Grüße von Irrenhaus zu Irrenhaus."

Er schreibt zurück: „Da hast du recht. Würde jetzt gerne mit dir spazieren gehen und reden. Du bist goldig. Ganz liebe Grüße, Alex.

Ich: „Es regnet! Und du bist süß!"

Der Vormittag geht ausnahmsweise mal schnell rum. Welch außergewöhnliche Erfahrung. Überlege, wo ich meine Dateien ablegen soll. Am besten in das Verzeichnis „S. auf Stanzel & Söhne". Die Sekretärin oben hat das Verzeichnis „M auf Stanzel & Söhne". Also ich würde da an ihrer Stelle jedes Mal abkrachen, wenn ich das jeden Tag lesen müsste. „M auf Stanzel & Söhne" bekommt natürlich eine ganz andere Dimension, wenn man weiß, dass sie mit einem der Söhne ein Verhältnis hat. Widert mich an, die Vorstellung. Überhaupt widert mich die Vorstellung von Sex im Moment an. Liegt bestimmt an der Firma. Die tötet alles ab.

15.00 Uhr

Sie hat mir eben – versehentlich? – den Stecker von meinem PC rausgezogen! Hat ihn angeblich mit dem Stecker von der Kaffeemaschine verwechselt! Jetzt sind die ganzen Neuerungen aus der Adressdatei weg! So eine Kacke! Ich könnte platzen! Mache nach außen auf total cool und bitte sie, sich beim nächsten Mal beim Steckerrausziehen etwas mehr zu konzentrieren. Sie entschuldigt sich auch. Ich denke, dass ich sie irgendwann umbringen werde!

Donnerstag, 8. November

Heute Morgen hat Madonna im Radio gesungen: *Your heart's not open, so I must go:* dein Herz ist nicht offen, also muss ich gehen… Erkenne zum ersten Mal den spirituellen Gehalt dieses Songs. Ganz phantastischer Text! Ich muss auch gehen – von Stanzel & Söhne weg… dieser Gedanke wird immer stärker.

Ph.D. hat mir gemailt: „Wünsche Ihnen einen schönen Tag!"

Er ist auf dem Weg nach London. Immer, wenn er von zu Hause ausbüchst, denkt er an mich. Die klassische Affären-Story.

8.00 Uhr kommt Chefi aus der Werkstatt, steckt den Kopf in unser Büro und begrüßt mich. Eben hatte ich einen Anruf auf dem Display mit Vorwahl 089. Münchener Nummer. Mir wird flau. Ich muss an Klaus-Peter denken. Das Telefon klingelt heute Morgen oft. Nehme vorwiegend Bestellungen auf: Muffenteile und Nippel, aber ohne Nasen bitte schön. Ich fühle mich so verloren!

Mittags ziehe ich mich völlig entnervt in einen Besprechungsraum auf dem Flur zurück. Natürlich dauert es nicht lange, bis ich Gesellschaft kriege – sie will aber nur eine rauchen, weil „ihr" Raucherzimmer zurzeit von einem Wirtschaftsprüfer in Beschlag genommen ist. Ich versuche, das Beste aus der Situation rauszuholen, und frage sie, ob ich eine mitrauchen kann. Small Talk mit ihr ist etwas schwierig, da ich ihr nicht richtig in die Augen schauen kann, weil das eine immer so zuckt. Sehr irritierend.

Ob ich schon am Montag kündige…? …überlege ich beim genüsslichen Zug an meiner geschnorrten Zigarette. Der Personalchef hat mich vorhin ganz hasserfüllt angeschaut. Oder hab ich mir das nur eingebildet? Die Zeit vergeht zäher, als ein Schnitzel sein kann. Oh Gott, erst 15.10 Uhr. Wär die Alte bloß weg… Halte es mit ihr nicht mehr aus und verziehe mich unter Vorwand in das TB, wo ich ungestörter träumen kann. Dort führen alle Privatgespräche und trinken Kaffee. Lautes Gähnen aus einer Ecke. Bin entsetzt über die Sitten hier.

Alex hat angerufen. Wir haben uns für 20.30 Uhr auf dem Parkplatz vor der Tanzschule verabredet. Freue mich!

Abends habe ich Magenschmerzen, Schulterschmerzen und fühle mich extrem unwohl. Alex sagt ab. Ihm sei schlecht. Da muss ich ja fast lachen. Er habe sich wohl den Magen mit einer Frikadelle verdorben. Vielleicht kocht er mal was für uns nächsten Mittwoch, schlägt er vor. Da habe er frei. Ich antworte: „Vielleicht“.

Versinke in einem Gefühl der Übelkeit. Müde, lustlos, beengt, traurig, angewidert. So fühlt es sich am zweiten Scheideweg dieses Monats an. Warum bin ich hier? Und ich erinnere mich:

Ein Scheideweg ist nichts anderes als eine Aufforderung, sich für einen neuen Weg zu entscheiden! Ein Scheideweg führt mir die Grenzen meines alten Weges vor Augen! Und die Grenze ist erreicht!

Fasse definitiv den Entschluss, dass ich morgen zum letzten Mal in dieser Firma sein werde. Mir geht es da zu schlecht. Das kann ich mir nicht antun. Keinen Bock mehr auf Selbstverleugnung! Und mit dem Treffen dieser konkreten Entscheidung verliert sich meine Übelkeit, und es fühlt sich in mir nicht mehr so eng an. Egal, was mir für Nachteile aus dieser Entscheidung entstehen werden – sie spielen keine Rolle mehr.

Ich bin bereit für den nächsten Schritt.

Freitag, 9. November

8 Uhr, im Büro: Habe meinem Chef einen Zettel geschrieben: „Kann ich Sie unter vier Augen sprechen?“, weil er am Telefonieren war. Und heute muss ich es ihm sagen: Dass ich nicht bleiben werde!

Er nickt: „Später.“

Mittlerweile 10 Uhr. Notfalls leg ich ihm die Kündigung auf den Tisch – in die Posteingangsmappe. Heute werde ich auf jeden Fall zum letzten Mal hier sein, ermutige ich mich. Mir wird von den lauten Geräuschen hier schlecht. Ich passe hier nicht hin! Außer Alex und Lilo kann das niemand verstehen! Mir wird von den Gesichtern hier schlecht.

Es ist 14 Uhr, und er hat noch keine Zeit gehabt!! Gut, ich bin so höflich und warte bis 15 Uhr. Das ist das letzte Mal.

Also wenn ich um 15 Uhr hier rauskomme, feiere ich erst mal meine Freiheit und Unabhängigkeit und schlafe aus…

Oh, ich darf ein Fax wegschicken! Das letzte, denke ich mir.

Ich kriege eine unglaubliche Wut auf Jo, weil er mich mit der Jobdramatik nie verstanden hat!

Die SMS von Alex geht runter wie Öl: „Hallo I., ich hoffe, es geht dir gut. Es geht immer weiter. Ich kann dich verstehen. Freue mich auf morgen Abend. Liebe Grüße, Alex."

Der Brief liegt jetzt auf seinem Tisch. Ich habe noch immer keine Rückmeldung vom Chef. Zerreiße aufgewühlt über so viel Gleichgültigkeit mir gegenüber DIN-A4-Blätter in vier gleichgroße Schmierzettel. Bestimmt 50 Stück. Beschäftigungstherapie.

14.50 Uhr: Ich beruhige mich: Das wird das letzte Mal so sein, dass ich mich so fühle. Wenn ich um 15 Uhr dieses Gefängnis heute verlasse, bin ich entfesselt!

15 Uhr gehe ich entnervt zum Chef. Er telefoniert. Ich gehe vor seinem Büro auf und ab. Endlich legt er auf. Schaut mich an: „Ich habe das schon gemerkt, dass Sie sich hier nicht wohlfühlen." Offensichtlich hat er meinen Brief gelesen.

Ein Händedruck besiegelt das Ende meiner sechswöchigen Odyssee in eine Erfahrung, die mir die Augen öffnete für das, was nicht gut für mich ist, und für das, was ich wirklich brauche und was mir wirklich wichtig ist. Vielleicht wäre mir das anders nicht bewusst geworden… wer weiß das schon.

Ich gehe.

Ich bin frei.

Ich lächle, als ich das letzte Mal am Pförtner vorbeigehe und *Auf Wiedersehen* sage und *Auf Nimmerwiedersehen* denke.

Ich steige in mein Auto und verspreche ihm, dass es hier nie wieder parken muss. Ich kaufe Champagner. Lese auf der Heimfahrt noch eine verliebte zweideutige SMS von Ph.D. Bin selig darüber.

Zu Hause lege ich den Champagner kalt. Feiere meine wiedergewonnene Freiheit. Sie fühlt sich so schön an. Wie ein Stück Himmelsgewölbe… Geschafft.

Tanze stundenlang ab und lasse meiner Freude freien Lauf.

Irgendwann falle ich in den erholsamen Schlaf einer Befreiten.

Die Regenbogenbrücke

Die Sonne bahnt sich ihren Weg durch die Wolken, wie ich weiter durch das Tal wandere. In einiger Entfernung höre ich einen reißenden Fluss. Ich folge diesem Rauschen, bis ich den Fluss erkennen kann. Am anderen Flussufer sehe ich bewaldete Bergrücken, und inmitten einer dieser Berghügel auch ein Schloss, das im Nebel liegt. War ich hier nicht schon einmal? Ich weiß es nicht genau, doch mit jedem Schritt wird mir klarer, dass ich an dieses Schloss muss. Es muss doch eine Brücke geben, die hinüberführt...

Für kurze Zeit ergießt sich ein heftiger Regenschauer, und gleichzeitig bricht die Sonne durch: Fasziniert beobachte ich das Naturschauspiel. Ein wunderschöner Regenbogen entsteht am Himmel! Und dieser Regenbogen ist genau ... über eine Brücke gespannt! Ich habe den Regenbogen gefunden! Da erkenne ich: Das ist die Regenbogenbrücke, von der der Regenbogenkrieger gesprochen hat! Mein Herz jubelt und ich beschleunige meinen Schritt.

Endlich! Mein Gefühl der Erleichterung und Freude ist grenzenlos – es gibt keinen Zweifel, dies ist der richtige Weg. Die Zeichen sind eindeutig.

Als ich atemlos vor der Brücke ankomme, sehe ich, dass sie nicht geradlinig, sondern in Form eines Bogens über einen breiten Fluss führt. Etwa auf der Mitte der Brücke bleibe ich stehen und schaue hinunter, und da erkenne ich schlagartig, dass ich einmal von diesem Fluss mitgerissen worden bin. Damals habe ich auch dieses Schloss gesehen; da sind die Klippen. Es ist sehr beruhigend, das heute aus einer höheren Perspektive zu betrachten, denke ich, und folge weiter der Brücke, mein Auge fasziniert auf den Regenbogen richtend, der immer noch in den schillerndsten Farben leuchtet. Am anderen Ufer angekommen, entdecke ich einen Weg, der bergauf führt.

Da vernehme ich eine Musik aus der Ferne – sie hat eine männliche Schwingung, das spüre ich. Sie ist sehr angenehm und mir irgendwie vertraut. Sie ist kraftvoll, erdig, geheimnisvoll und ruhig. Sie wird immer deutlicher und rückt näher ... und da erblicke ich ihn: meinen

Regenbogenkrieger! Hoch zu Ross, mit einem zweiten, weißen Araber am Zügel an seiner Seite, kommt er auf mich zugeritten.

Ich erinnere mich, dass er mir einmal gesagt hatte, dass sich unsere Pfade kreuzen würden.

Er lächelt mir zu und fordert mich auf: „Steig auf! Der Weg ist lang zum Kristallschloss“. Er hilft mir auf das edle Pferd, das ich respektvoll begrüße, und so treten wir gemeinsam die Reise an.

So reite ich dahin, geborgen in dem Wissen, dem Regenbogen zu folgen, endlich auf dem richtigen Weg zu sein…

„Jede deiner Reisen hat dich dem Regenbogen ein Stück näher gebracht und dein Bewusstsein angehoben – Stufe um Stufe. Für uns ist der Regenbogen ein Symbol des Initiationsweges, ein Sinnbild der Vereinigung des Menschen mit dem Göttlichen. Die sieben Farben und Stufen des Regenbogens entsprechen den sieben großen geistigen Bewusstseinsebenen. Dieser Teil deiner Reise ist ein Meilenstein auf deinem Weg der Einweihung, der dich jenseits der Brücke in die endlose Weite der inspirativen Weisheit führen wird. Das Schloss, das wir bald erreichen werden, wird auch „das Schloss im Nebel“ genannt, und es wird nur für diejenigen sichtbar, die den aufrichtigen Wunsch nach Wahrheit, Ganzheit und Heilung verspüren. Jahrhundert für Jahrhundert suchen Menschen dieses Schloss auf, und sie verlassen es wieder, erfüllt von ihrer wahren Bestimmung, die sich danach entfalten wird.“

Wow – bin ich aufgeregt!!

Der letzte Teil des Weges ist etwas schwierig, der Pfad ist steil und schmal, so dass wir hintereinander reiten müssen. Auf der Anhöhe angekommen, hängen noch einzelne Nebelschwaden tief über den Feldern, die Luft ist feucht. Und da liegt es in prachtvoller Schönheit vor uns: Das Kristallschloss. Er steigt ab.

„Meine Aufgabe ist hier beendet. Hier wirst du deinen Weg alleine fortsetzen“, sagt er zu mir, nimmt etwas aus seiner Satteltasche und überreicht es mir. Es ist eine wunderschöne Blume. „Nimm sie als Zeichen des Vertrauens, des Friedens und der Klarheit. Sie gibt dir die Fähigkeit, dich sicher inmitten der Dunkelheit zu fühlen. In eurer Sprache nennt man sie „Amaryllis“. Habe keine Angst. Diese ist eine der letzten großen Prüfungen, und ich weiß, dass du sie bestehen wirst.“

„Was ist das für eine Prüfung?“, frage ich und atme den Duft der Blume ein.

Er berührt meine linke Schulter und verabschiedet sich mit den Worten: „Dieses Schloss hat viele Räume. Deine innere Stimme wird dich in die Räume führen, die für deine Heilung wichtig sind. Dann wird sich alles von selbst ergeben. Geh in dem Vertrauen, dass alles, was geschieht, seinen Sinn, seinen Grund und seine Zeit hat.

Je mehr du bereit bist, dich der Dunkelheit zu stellen, desto reiner und klarer wird dein Lied erklingen.“

Dann reitet er davon. Ich blicke ihm lange nach, bis er nicht mehr zu sehen ist.

Der Garten

Der Weg zum Kristallschloss führt durch einen großen Garten.

Ich schreite durch einen Torbogen, fröhlichem Kinderlachen folgend – wo kommt das her?

Bald darauf entdecke ich sie.

Als mich die Kinder sehen, kommen sie lachend und neugierig auf mich zu gerannt, sie begrüßen mich und bewundern mein Pferd. Ob sie mal darauf reiten dürfen? Wo ich her komme? Wie ich heiße? Wen ich suche? Unglaublich, sie haben keinerlei Angst vor dem Pferd! Was mich am meisten fasziniert, ist ihre Art, in der Welt zu sein. Sie sind so offen, vertrauensvoll und voller Liebe. Sie nehmen mich auf, als ob ich schon immer hier gewesen wäre. „Vorurteilsfrei“, denke ich. Das ist es. Und bedingungslos. Ich bin einfach da, genauso wie sie da sind. Ich gehöre einfach dazu.

Das öffnet mein Herz. Ich merke es daran, dass ich es spüre. Ich spüre mein Herz. Es ist nicht angenehm. Es tut zum Zerreißen weh.

Es tut so weh, dass glaube, es nicht ertragen zu können. Die Kinder spüren meine plötzliche Trauer. Ich setze mich auf einen Baumstamm und kann meine Tränen nur mühsam zurückhalten. Schließlich sollen sie mich nicht weinen sehen. „Was hast du?“, fragen sie mich. „Ach, nichts“, antworte ich, mir verlegen die Nase schnäuzend. „Du weißt, dass das nicht wahr ist“, kommt prompt als Antwort. Was sind das hier für Kinder? Anscheinend kann man ihnen nichts vormachen!

„Na gut“, lenke ich ein, „ich bin traurig, aber ich weiß nicht genau, warum“. Sie nicken.

Und da ist es der Blick eines kleinen Mädchens, der mich in meine Kinderwelt zurückversetzt – mit einer Wucht, die einen Staudamm sprengen könnte. Mit einer unglaublichen Verzweiflung und einem bohrenden Schmerz in der Herzgegend wird mir schlagartig klar, was mich so traurig macht: Hier sehe ich, was ich verloren habe, vor langer, langer Zeit, mit jedem Jahr ein bisschen mehr davon… von der unbefangenen Freude, von der absoluten Offenheit, von dem Urvertrauen, von dem glückseligen Strahlen, von der himmlischen Geborgenheit…

Hier gibt es nichts von alldem, womit ich in meiner Erwachsenenwelt kämpfe: Hier gibt es keine Maske, keine Unsicherheit, keine Befangenheit, keine Süchte, keine Zwänge, hier fühle ich mich einfach geborgen und wohl – wie ein Kind im Garten Eden.

Und ich bedaure zutiefst den Verlust dieser kindlichen Unschuld, den Verlust meines Vertrauens, den Verlust meiner natürlichen Sicherheit, meines natürlichen Selbst-Bewusst-Seins, meiner natürlichen inneren Schönheit.

Ich bedaure zutiefst meinen Austritt aus diesem Paradies, meinen Eintritt in das schonungslose Erwachsenentheater mit all seinen Rollenspielen und Kostümen, die ich so oft gewechselt hatte, dass ich nicht mehr wusste, wer ich war, geschweige denn, wohin ich wollte.

In diesem Moment wünsche ich mir nichts so sehr, wie in diesem Märchenland bleiben zu dürfen – in diesem kindlichen Garten der Glückseligkeit, wo das Leben weit und offen ist…

Da kommt genau dieses kleine Mädchen auf mich zu, es ist blond und hat wunderschöne blaue Augen.

„Bist du Isabell?", fragt es mich.

„Ja", antworte ich verwundert.

„Dann soll ich dir etwas sagen", lächelt es mich an.

„Was denn?" Ich schnäuze mir erneut die Nase.

„Ich soll dir sagen, du sollst das, was du hier wiedergefunden hast, mitnehmen!"

Ich stutze und kann im ersten Moment gar nichts sagen.

„Wie meinst du das?", frage ich nach. „Wer hat dir das denn gesagt?"

Das Mädchen wiederholt nur: „Das sollte ich dir sagen. Du sollst das, was du hier wiederfindest, mitnehmen."

Zart berührt es mit der Hand meine Brust und fügt leise hinzu: „In deinem Herzen."

Gerührt über diese Botschaft frage ich: „Wer bist du?"

Statt einer Antwort sieht es mir mit festem Blick in die Augen: „Du warst lange nicht hier. Wo warst du die ganze Zeit?"

Ich weiß beim besten Willen nicht, was ich antworten soll. Wahrscheinlich verwechselt es mich. Ich bin zum ersten Mal an diesem Ort. Oder sollte ich doch schon einmal hier gewesen sein? Unmöglich.

Es setzt sich neben mich, lächelt mit leicht zur Seite geneigtem Kopf und sagt: „Ich bin froh, dass du gekommen bist. Ich habe dich vermisst."

Oh, ich komme mir so albern vor, dass ich bei diesen Worten schon wieder weinen muss. „Weinen ist doch in Ordnung!“, meint es so voller Mitgefühl, dass ich schließlich wieder lächeln kann. Irgendwie fühle ich mich diesem Kind sehr nahe.

„Komm doch mal wieder öfter“, fährt es fort und zieht mich an der Hand, so dass ich aufstehe und ihm folge. „Ich zeig dir was“, springt es davon. Es stellt mich zwei Wichteln vor, einer wunderschönen Elfe in einem rosa Kleid und einer Fee. Es hat mir auch genau den Unterschied zwischen einer Elfe und einer Fee erklärt. Es ist so ausgelassen wie ein junges Fohlen. Es freut sich an jeder Blume, riecht daran, fordert mich auf, das gleiche zu tun, und macht mich fortwährend auf kleine Wunder aufmerksam – es genießt die Schönheit und Fülle, die es umgibt. Dann trällert es vergnügt: „Ich zeige dir jetzt mein Lebkuchenhaus. Es ist an einem Wasserfall!“ Ich bin neugierig.

„Willst du mir noch nicht verraten, wie du heißt?“

„Weißt du es immer noch nicht?“, fragt es mit großen Augen, um dann etwas zu sagen, das mein Herz für eine Sekunde still stehen lässt. Es antwortet:

„Ich bin Isabell.“

Das Schloss

Ich stehe vor dem Kristallschloss. Eine Treppe führt zum Eingang, den zwei mächtige Säulen schmücken. In der Eingangshalle plätschert ein großer Brunnen mit Edelsteinen. Der Boden ist mit einem riesigen Kristallmosaik in Kreisform verziert. Ich erkenne verschiedene Symbole und Zeichen. Eine wunderbare leise Musik erklingt durch die Wandelgänge. Der Schliff der Kristalle ist in jedem Gang anders, bemerke ich, und wenn die Sonne darauf scheint, bricht sich an ihnen das Licht, und sie glitzern in den wunderschönsten Farben. In den Gängen befinden sich zu beiden Seiten Türen, die geschlossen sind. Nein, nicht alle Türen sind geschlossen, manchmal kann man auch in einen Raum hineinschauen. In einem der Räume, die offen sind, befindet sich eine riesengroße Bibliothek.

Der Regenbogenkrieger sagte: „Deine innere Stimme wird dich in die Räume führen, die für deine Heilung wichtig sind.“

So gehe ich weiter, bis ich am Ende des Ganges angelangt bin, und kann mich immer noch nicht entscheiden, wo ich eintreten möchte. Da sehe ich eine Wendeltreppe, die hinunter führt. Ich folge ihr. Hier unten sehen die Gänge aus wie oben, denke ich. Schließlich bleibe ich vor einer Tür auf der rechten Seite des Ganges stehen.

Ich glaube, diese Tür ist es. Sie hat sehr dickes, ungeschliffenes milchiges Glas. Sie lässt sich schwer öffnen. Als ich mich dagegenstemme, gelingt es mir, in den Raum zu gelangen.

Er ist ziemlich dunkel, so dass ich nicht alles erkenne. Ich nehme auf einem weißen Kissen in der Mitte des Raumes Platz.

Da spüre ich, wie sich auf einmal eine Klammer auf meine Brust legt, ich atme sehr flach. Ich möchte wieder gehen, doch ich bin mit einer Schwere in dieses Kissen gepresst, dass es mir unmöglich ist aufzustehen. Was soll das hier? Bin ich vielleicht doch im falschen Raum? Selbstzweifel und Angst überkommen mich.

Da vernehme ich eine Stimme: „Sei gegrüßt und willkommen, Isabell. Du bist sehr mutig, hier einzutreten, und der Lohn dafür wird nicht ausbleiben. Dies ist der Raum, der entscheidend zu deiner Heilung beitra-

gen wird. Dies ist der Raum deiner negativen Glaubenssätze und Wertvorstellungen. So höre genau hin, und überprüfe, ob sie für dich noch ihre Richtigkeit haben. Lasse die Stimmung auf dich wirken. Nimm sehr genau wahr, wie du dich hier fühlst. Es ist wichtig. Alle Hilfe steht für dich bereit."

Nach einer Weile entstehen verschwommene Schwarz-Weiß-Bilder vor meinem geistigen Auge, die ich nicht deuten kann.

Dann verschwinden sie wieder. Noch ehe ich einen Gedanken fassen kann, meldet sich eine andere Stimme – sie ist hart, und die Worte, die sie formt, kenne ich nur zu gut:

„Sei stark! Sei stark! Zeig keine Schwäche!" Immer eindringlicher wird die Stimme, bis sich andere Stimmen darunter mischen: „Sei kontrolliert!", ertönt ein Befehl, und kurz darauf eine andere: „Mach es den anderen recht!"

Dann höre ich meine eigene Stimme: „Ich muss stark sein!" Immer und immer wieder höre ich das, bis ich dagegen anbrülle: „Nein! Ich will das nicht mehr!"

Doch die Stimmen lassen sich nicht zum Schweigen bringen:

„Ich muss es anderen recht machen!"... „Ich muss mich schützen"... „Ich darf nicht hinterfragen!" – „Ich darf nicht fordern!" – „Pass dich an!" – „Andere gefährden meine Freiheit!" – „Ich darf nicht vertrauen!" – „Ich darf nicht hinterfragen!!" – „Nimm deine Bedürfnisse nicht so wichtig!" – „Du bist nicht gut genug!" – „Ich kann das nicht – ich schaff das nicht..."

Unter all diesen schrecklichen Stimmen ist noch eine, im Vergleich zu den anderen recht schwach und undeutlich, bis es mir gelingt, mich ganz auf sie zu konzentrieren, indem ich die anderen ausgrenze. Da verstehe ich: „Bestrafe dich!"

Weinend halte ich mir die Ohren zu und presse hervor: „Nein! Hört auf! Wofür soll ich mich bestrafen?"

Wieder dauert es lange, bis ich sie unter all den Stimmen hören kann: „Für all deine Fehler!"

Und dann wird es stumm um mich.

Schwere liegt in der Luft. Ich fühle mich eng und bedrückt.

Das war doch alles nicht wirklich wahr, oder?

Ich muss hier raus. Ich will das nicht mehr. Da ist es, als ob mir jemand unter die Arme greife und mich aus dem Raum führe, in einen hel-

len, frischen, violett strahlenden Raum, erfüllt von einem wunderbaren Duft, der mich an etwas erinnert...

Hier gibt es als einzige Sitzgelegenheit einen Kristallsessel, der mit Edelsteinen verziert ist. Ich bin unschlüssig, ob ich dort Platz nehmen soll.

Da vernehme ich eine Stimme: „Warum zögerst du, dort Platz zu nehmen? Es ist dein Platz."

So setze ich mich leicht befangen in den Kristallsessel. Bald darauf durchflutet eine Welle der Wärme mein gesamtes Rückgrat. Ich fühle mich stark und kraftvoll und in Einklang mit mir.

„Hier hast du die Möglichkeit, deine Glaubenssätze zu verändern. Es ist dein Raum. Hier kannst du alles verwandeln, so dass es dich unterstützt, mehr und mehr du selbst zu sein.

Lass jetzt all die Ideen kommen, du selbst zu sein, so zu sein, wie du gerne leben möchtest, das zu leben, was du gerne leben möchtest... erfolgreich du selbst zu sein, das zu erschaffen, was du gerne erschaffen möchtest... lasse deine Bilder entstehen, wo du lebst, was du arbeitest, wen du liebst, was dich glücklich macht, was dich inspiriert, nimm alles wahr, Farben, Klänge, Gefühle, Duft – lass es dich ganz erfüllen und sich in dir ausdehnen..."

Ich lächle, denn was ich sehe und fühle, ist sehr schön, und die zarte Melodie eines Liedes, das ich höre, dringt tief in mein Herz. Hier bin ich frei von Angst und Zweifeln und Zerrissenheit. Hier ist alles leicht. Hier fühle ich mich erfüllt von tiefem, innerem Frieden, sicher, geborgen und innerlich frei. Schwerelos und doch verwurzelt, verbunden, unbegrenzt, wahrhaftig... ganz, ewig... Hier darf ich sein, was ich bin. Hier darf ich sein, wer ich bin. Hier darf ich sein, wie ich bin. Hier weiß ich, was ich brauche, um glücklich zu sein.

„So ist es gut. Und nun nimm wahr, wie du diesen Ort der Kraft in deinem Raum entdecken kannst, was dich genau dahin bringt, wohin du möchtest in deinem Leben – um dein wahres Selbst zu leben, jeden Tag... Schau dich noch einmal um und behalte diesen Raum in Erinnerung, mit all den Bildern, die du gesehen hast, all den Gefühlen, die du gespürt hast, mit all den Erkenntnissen, die du gewonnen hast. Werde wieder die, die du bist! Lerne wieder zu dir und deinen wahren Gefühlen zu stehen! Dich klein zu halten dient dieser Welt nicht. Jeder ist geboren, um die Größe Gottes, der in jedem lebt, zu verwirklichen!

Nimm all das mit in dein Tagesbewusstsein, all die Botschaften, in dem Wissen, dass du jederzeit hierher zurückkehren kannst."

Ich verlasse auch diesen Raum wieder, erfüllt von Zuversicht und einem anderen wunderbaren Gefühl, das sich mit Worten nicht beschreiben lässt.

Ich folge dem Gang ein Stück weiter, bis ich vor einer neuen Tür stehe. Sie ist verschlossen. Ich öffne sie und trete ein.

Es ist ein Raum, der in den wärmsten Rot-, Orange- und Gelbtönen erstrahlt. Diesmal erklingt eine weibliche, sphärische Stimme:

„Willkommen in diesem Raum, Isabell. Dies ist der Raum der Beziehungen. Du hast bemerkt, dass die Tür verschlossen war. Nun, da du zu mir gekommen bist, werde ich dir helfen, sie zu öffnen.

Lass dir sagen, es ist nicht notwendig, Rollen zu spielen, die nicht mehr zu dir gehören. Bisher hast du gekämpft – du hast erfahren, dass das schmerzhaft für dich selbst und für andere war. Erkenne, dass diese Zeit notwendig war, doch hast du durch dein Verhalten viel Schmerz und Leid an dich gezogen, und der Kampf machte dich hart. Das gilt für sehr viele Frauen in deiner Welt.

Doch nun kommt die Zeit, wo du deine Seele entfalten darfst. Erlaube es dir endlich! Nichts ist verloren, nichts war falsch, alles war notwendig, dies alles gehörte zu deinem Entwicklungsplan! Solange du nicht zu deiner inneren Stärke stehst, wird kein dir ebenbürtiger Partner in Erscheinung treten, und du wirst weiter in Enttäuschung und Verachtung des anderen Geschlechtes leben. Wahrhafte innere Stärke braucht keine Machtspiele, um sich zu beweisen.

Achte auf dich, Seele, und prüfe, wem du dein Geschenk der Liebe gibst. Prüfe deine Motivation. Wisse dich zu schätzen. Wie kannst du einen wahrhaften Partner finden, wenn du nicht du bist? Kehre zurück zu den Bedürfnissen deiner Seele, kehre zurück in deine Heimat. Lass das Vergangene ohne Groll hinter dir. Der nächste Raum wird dir dabei helfen. Ein Engel wird dir zur Seite stehen".

So verlasse ich diesen Raum und wandle den Gang weiter entlang, bis ich an eine Tür komme, die geöffnet ist. In diesem Raum fließen die schönsten Blau- und Grüntöne, die ich je gesehen habe, zusammen: ein kraftvolles Königsblau, ein klares Türkisblau und ein sattes, tiefes Grün. Als ich eintrete, kann ich die Präsenz des Engels fühlen. Es ist eine kraftvolle und zugleich sanfte Energie, die mich rührt. Hier fühlt es sich an, als ob alle Härte von mir abfällt und ich werde ganz weich und offen.

„Sei willkommen, Isabell. Ich bin der Engel der Vergebung, und ich werde dir helfen, alle Schuld loszulassen, damit du dir selbst vergeben kannst. So spüre meine Anwesenheit. In diesem Raum ist all die Energie vereint, die du zu deiner Heilung benötigst. In diesem Raum ist die unendliche Kraft. So lasse sie auf dich wirken. Lasse sie größer und intensiver werden und sich ausdehnen in jeder Zelle deines Körpers, damit jede Zelle sich daran erinnern kann, wenn sie es gebrauchen kann."

Ich lege mich auf ein weiches Fell auf dem Boden. Ich atme tief durch und entspanne mich. Bilder tauchen auf. Bilder von Situationen, in denen ich mich immer noch schuldig fühle, obwohl es schon so lange her ist! Das war mir nie bewusst! Ich weine, weil ich anderen wehgetan habe. Eine Schwere überkommt mich – eine Schwere, die ich nicht mehr will.

Da höre ich seine Stimme: „Bist du bereit, dir zu vergeben?"

„Wie soll ich das tun?", frage ich.

„Vertraue auf die göttliche Kraft, die dich befreit und segnet. Bist du bereit, deine Schuld loszulassen?"

Und da sprudelt es in mir, eine Gedankenflut überkommt mich, und wenn ich versuchte, sie in Worte zu kleiden, würden es diese sein:

„Ich vergebe mir für all die negativen Gedanken des Nicht-wert- und Nicht-würdig-Seins, die ich je über mich gedacht habe;

ich vergebe mir für alle Worte und Taten, die Ausdruck dafür waren, dass ich mich nicht liebte;

ich vergebe mir alle Verletzungen, die ich mir selbst zugefügt habe;

ich vergebe mir für alles, womit ich mich selbst im Unwissen gestraft habe;

ich vergebe allen Personen, die eine Rolle dabei spielten, dass ich die negativen Glaubens- und Verhaltensmuster entwickelt habe, denn auch sie wussten es nicht besser; und sie haben das ihnen Mögliche getan;

ich vergebe mir in dem Wissen, dass ich zu allen Zeiten das mir Mögliche getan habe;

ich vergebe mir alle Schuld, die ich mir selbst gegeben habe.

Ich verstehe, dass nun die Zeit gekommen ist, alle negativen Muster und Glaubenssätze loszulassen, ***jetzt****, und ich verpflichte mich, von nun an mich zu achten und zu lieben. Ich nehme meine Verantwortung mir gegenüber voll und ganz an.*

Ich erlaube mir, mich zu entfalten, mich zu lieben, und mich wertzuschätzen.

Ich bin bereit, das göttliche Geschenk anzunehmen.“

Und erneut erklingt die Stimme:

Geliebte Tochter der Sonne und des Mondes,
sei frei und lache,
spüre die göttliche Gnade
und erinnere dich,
wie schön und heil du bist,
und wisse,
Vater Himmel
hält seine schützende Hand über dich
und Mutter Erde
trägt und nährt dich.

Geliebte Tochter des Lichts und der Liebe,
erinnere dich
deiner Stärke und deiner Kraft
und schreite mutig voran,
der Morgenröte entgegen.
Erinnere dich
deiner Weisheit,
lausche dem friedvollen Lied in deinem Innern
und folge der göttlichen Lichtspur des Regenbogens
zu der Quelle allen Seins.

XI. Im Labyrinth der Gefühle

Samstag, 10. November

Ich will nicht aufstehen... hab so schön geträumt! Ich fühle mich so wohl, zuversichtlich und leicht! Habe Angst, diese Gefühle zu verlieren, sobald ich mich bewege. Setze beim Duschen meine Gedanken über die Träume fort. Das war wichtig...

Ich muss jetzt erst mal einen Rundruf starten und alle informieren, dass das Grauen ein Ende hat! Und Ph.D. per Mail stolz meine Befreiungsaktion schildern! In allen Einzelheiten!

Eine halbe Stunde später: Eltern waren nicht begeistert. Wie es jetzt weitergehe? Ob ich schon die heutigen Stellenanzeigen gelesen habe? Nein! Und ich habe auch überhaupt keine Lust, sie zu lesen. So ein Trauma will erst verarbeitet sein!

Sophie klärt mich arbeitsrechtlich auf. Das wäre natürlich nicht so gut, dass ich gekündigt hätte.

Nina erreiche ich bei der Wahl zwischen einem roten und einem schwarzen BH in einer Umkleidekabine irgendwo in der Stadt. „Schon wieder gekündigt?" Mache sich im Lebenslauf nicht so gut! „Wäre es nicht vielleicht doch besser gewesen, noch abzuwarten?", fragt sie. Ich seufze und rate ihr zu dem roten BH.

Tja, da scheine ich mit meiner Freude alleine dazusitzen. Auch gut.

Freue mich jedenfalls aufs Tanzen. Da kann ich mich so richtig austoben!

19.00 Uhr

Ach, wie schön, dass es jemand gibt, der mich auch noch beim einzigen, was mir zur Zeit Spaß macht, fertig macht: *Alex*.

Er meint, ich würde nicht gut tanzen heute Abend. Das dämpft meine gute Laune, zumal ich seine Kritik nicht berechtigt finde. Während des Übungsabends setzt er noch eins drauf und tanzt statt mit mir mit anderen Frauen! Auf meinem Beobachtungsposten verfolge ich das Szenario aus dem Blickwinkel mit Pokerface. Schließlich kommt der Herr an meinen Tisch. Und jetzt kommt's: Er spricht kaum mit mir! Sitzt einfach nur da und spricht n-i-c-h-t-s! Auf meine Frage, was los sei, bekomme ich keine Erklärung. Mehrmals starte ich den Versuch, ihn aufs Parkett zu ziehen, doch er bockt. Und warum bleibe ich blöde Kuh sitzen – über eine Stunde lang – und warte drauf, dass sich seine Stimmung bessert? Ich bin innerlich zutiefst empört, wie mich jemand so behandeln kann! Als er nach einer Stunde immer noch keine Anstalten macht, mit mir aufs Parkett zu gehen, ziehe ich entschlossen meinen Mantel an und will gehen. Meine Toleranzgrenze ist erreicht.

Da bittet er mich zu bleiben.

Ich hänge meinen Mantel wieder an die Garderobe.

Die zweite Kampfrunde ist eingeläutet!

Er geht tatsächlich gnädigerweise mit mir aufs Parkett, entschuldigt sich mehrmals für sein Verhalten. Es tue ihm Leid.

Das stimmt mich wieder etwas versöhnlich. Das Tanzen macht auch Spaß, allerdings nicht lange. Er verabschiedet sich nämlich bald darauf abrupt. Was soll das jetzt wieder?

Dritte Kampfrunde: Ich tanze aus Trotz mit noch ein paar anderen Männern, gerate dabei unverhofft an einen Discofoxprofitänzer, der mir in physischer Hinsicht den Rest gibt; dann verabschiede auch ich mich und genehmige mir als Gute-Nacht-Trunk noch einen Batida Orange. Und mit ihm spüle ich auch einen bestimmten Gedanken hinunter – falls ich ihn jemals in irgendeiner benebelten Stimmung gehabt haben sollte…

Sonntag, 11. November

Also ich glaube, ich muss mich mal sortieren. Was war das für ein „Kampf in der Arena“ gestern Abend? Warum hab ich das mit mir machen lassen? Das war eindeutig eine Machtprobe! Und warum? Was wollen wir uns beweisen? Und mir wird klar, dass, falls ich jemals so was wie einen Anflug von Verliebtheit für ihn empfunden haben sollte, das nur ins Chaos führen wird. Die entscheidende Frage ist: Brauche ich das noch? Die entscheidende Antwort lautet: Nein!

Meine Mail-Abfrage bringt folgendes von Ph.D:

„Liebe Frau S.,

ich muss sagen, es fällt mir immer schwerer, Sie so zu titulieren. Ich sehe uns schon eher als Freunde denn als ehemalige Arbeitskollegen. Habe am Wochenende in der Zeitung gelesen, dass Karlsberg einen Public Relation Manager sucht – das wär doch was für Sie! Bewerben

Sie sich doch mal! Ich bin gespannt, ob Karlsberg die Chance erfasst, die Sie ihnen bieten! Wenn Sie dann den Job kriegen, können Sie Ihren Haustrunk – so heißt das Kontingent, das die Mitarbeiter gratis mitnehmen dürfen – als Medizin betrachten. Gegen die Kopfschmerzen kann man unbedenklich eine 500er Aspirin je Liter dazugeben.

Wie hat denn Ihr Chef reagiert, als Sie kündigten? Hatte er Sie nur eingestellt, um was Schönes um sich rum zu haben? Ich blick da nicht ganz durch.

Diese Woche war ziemlich heavy mit Besprechungen, Aufsichtsrats-Sitzung und französischer Delegation. Was machen Sie? Viel Spaß und gute Erholung!

Ihr Ph.D."

Ich antworte ihm:

„Hallo, lieber Ph.D.,

wenn Ihnen das schwer fällt mit der Anrede, das lässt sich ja ändern. Ich muss heute noch schmunzeln, wenn ich mich an ein Gespräch ganz am Anfang meiner Zeit bei Ihnen erinnere. Ich habe Sie in meinem Auto mit zur Kongresshalle genommen (weiß nicht mehr, was da war), jedenfalls – da ich so ein Geograf bin – fragte ich Sie: Können Sie mich lotsen? Und Sie sagten: Ja, gerne, Philipp!

Und ich wiederholte noch mal leicht verdutzt meine Frage, die Sie offensichtlich falsch verstanden hatten. Was müssen Sie von mir gedacht haben? Aber es hat sich ja alles aufgeklärt. Also, im Prinzip könnten wir schon lange per Du sein. Aber das kann man nachholen.

Hört sich ja attraktiv an mit Karlsberg – besonders die Sache mit dem Haustrunk.

Ich hab übrigens ein Geschenk für Sie. Das hängt hier aber schon länger. Es hängt von Ihnen ab, ob es ein Geburtstags-, Weihnachts-, Oster- oder sonst was für ein Geschenk wird!

Ich wünsche Ihnen noch einen schönen Ausklang des Wochenendes, I.S."

Montag, 12. November

19 Uhr klingelt das Telefon. Mutti. Ob ich den Tag gut überstanden habe? Hm. Ich versuche mich zu erinnern. Ich habe einen Umhang aus Papier für die Deckendielenleuchte gebastelt, damit man nicht sieht,

wie hässlich sie ist, das Geschenk für meinen Ex-Chef verpackt und das Kärtchen dazu geschrieben. Habe meinen Wohnzimmertisch, den Sekretär und die Küche aufgeräumt und im Bad gesaugt. Vorbereitungen für einen gefährlichen Besuch: Phil!

Und das kam so: Mittags schickte er mir eine SMS, dass er mir eine Mail geschickt habe. Gespannt lese ich:

„Hallo, liebe I.

Ja, das war 'ne peinliche Situation im Auto, als ich Sie falsch verstanden habe. Ich bin dafür, uns zu duzen, und sehe, dass Sie auch nichts dagegen haben. Das will ich dann aber wirklich nicht per E-Mail machen, sondern persönlich, wenn das in nächster Zeit machbar ist. Ich bin vielleicht kompliziert, gell?

Und das mit dem Geschenk habe ich natürlich auch nicht vergessen, sondern wartete eigentlich darauf, dass Sie mich einladen würden, um es mir zu geben. Und Sie warteten wahrscheinlich drauf, dass ich – proaktiv – wie ich das Wort hasse! – werde und mich selbst einladen würde. Das schaff ich doch nicht!

Um gleich ein Rendez-vous zu verabreden: Sollten Sie den Mittwochnachmittag noch nicht verplant haben, wäre es mir eine große Freude, Ihre Wohnung bewundern zu dürfen, das Du zu verankern und vieles mehr. Dann würde Ihr Geschenk also doch ein Geburtstagsgeschenk werden. Bitte lassen Sie es mich wissen, wenn das geht – am besten mit Wegbeschreibung und Adresse. Wenn nicht, dann besteht bei beidseitigem Willen mit Sicherheit die gute Chance, das in nächster Zeit zu terminieren.

Dann hoffe ich mal, Sie am Mittwoch zu sehen!

Ihr PhD“

Anbei ist ein Bildchen, auf dem zwei niedliche Figuren auf der Wiese liegen, mit der Sprechblase: „Schön, dass es dich gibt!“ Super!

In der Entzückung, in der ich bin, schreibe ich zurück:

„Hallo, lieber Ph.D,,

vielen Dank für das süße Bildchen! Musste echt schmunzeln. Ja, Rendez-vous am Mittwoch geht. Ich freu mich, fang heute dann schon mal mit der Renovierung an und treffe Vorbereitungen für den Zupfkuchen!“

Anbei schicke ich ihm die Wegbeschreibung mit.

Er antwortet:

„Subbi, ich freu mich riesig! Danke für die Einladung. Kuchen brauchen Sie nicht extra für mich zu backen! Renovierung besser nach Besuch! Soll doch kein Stress sein! Wegen Ankunftszeit melde ich mich noch mal von unterwegs, schätze aber, dass es doch halb vier werden wird! Bis dann! Liebste Grüße, Phil"

Ich bin so aufgeregt. Er kommt! Ich öffne einen Crémant und spiele sämtliche Spielfilmvarianten mit Phil und Isabell als Hauptdarsteller durch – es reicht von Liebesdrama über Eifersuchtstragödie bis Komödie. Alle Varianten haben Aussicht auf Kinoerfolg, finde ich… bis das Telefon mich wieder in die Realität zurückholt.

Mutti fragt noch mal: „Hast du den Tag gut überstanden?" Ich sage „ja" und erzähle ihr alles Mögliche – nur nicht das.

Später am Abend klingelt es noch mal, aber ich habe keine Lust zum Reden. Höre Eva Cassidy und mein Lieblingslied: „Somewhere over the rainbow". Nachdem ich nach zwei Jahren endlich die Repeat-Taste von dieser superteuren *Bang und Olufsen*-Fernbedienung gefunden habe, mache ich auch ausgiebig davon Gebrauch!

> Irgendwo über dem Regenbogen, irgendwo da oben, da gibt es ein Land, von dem mir mal jemand in einem Wiegenlied erzählt hat… da ist der Himmel blau und die Träume, die man träumt, werden tatsächlich wahr… eines Tages werde ich dort aufwachen, und die Wolken werden hinter mir liegen, Sorgen werden schmelzen wie Zitronenbonbons, und dort wirst du mich finden… irgendwo über dem Regenbogen…

Und an diesem Abend frage ich mich, wie mein Land da oben, irgendwo über dem Regenbogen, wohl aussieht, und ich male es mir in den schönsten Farben aus. Da gibt es ein Kristallschloss. Da bin ich ruhig. Da bin ich glücklich und in Frieden mit mir. Wer mich da wohl finden wird? Das weiß ich nicht, aber ich weiß auf einmal, dass ich meinen neuen Job nicht in der Zeitung finden werde…

Dienstag, 13. November

14.00 Uhr

Fahre einkaufen für heute Abend und morgen Nachmittag: Pizzas, Apfelstrudel und Vanilleeis. Crémant und Zigaretten. Ich hab gestern zu viel gequalmt. Muss heute mal halblang machen.

News von Nina und Jennie:

„So 'n Mist,

hab 'nen steifen Hals, wenn es nicht besser wird, gehe ich nachher zum Arzt. Hatte gestern Abend Streitgespräch mit Hans, komplizierte Sache, die ganze Geschichte artet in Beziehungsstress aus. Ich befürchte, auf Dauer klappt das so nicht.

Wäre es möglich, unser Treffen, das am 24.11. geplant war, auf diesen Samstag zu verschieben? Bis wie viel Uhr geht denn dein Tanzkurs? Lass doch mal die Übungsstunde ausfallen, und wir gehen 20.00 Uhr zum Thai oder so. Sophie wollte Tisch reservieren.

Bussi, N die Gestresste"

„Hallo Isabell,

scheinen kein Glück zu haben, uns telefonisch zu treffen? Warst du gestern Abend nicht zu Hause, oder wolltest du deine Ruhe? Habe von Nina in Kurzformat gehört, dass definitiv „Schluss" mit Jo? Beendigung des Jobs? Was ist los? Wie geht's dir? Wegen Treffen der Mädels in dieser Woche: Donnerstag kann ich leider nicht, da „Umtrunk" mit Arbeitskollegen auf dem Programm steht – doch wie wär's mit Freitagabend – nur wir Mädels zum Quatschen? Bin heute Abend ab 18:30 h zu Hause – ruf doch mal an. Gruß Jennie"

Aha, du warst das gestern Abend!

20 Uhr trudelt mein Ex-Tanzpartner Sebastian ein. Er bringt eine Flasche Chardonnay mit (12,5 %), ich taue zwei Pizzas auf – so isst man heute! Ein unterhaltsamer Abend, wobei ich nicht mehr genau sagen kann, worüber wir uns eigentlich unterhalten haben, bis Sebastian vom Wein total geplättet ist, einsilbiger wird, nur in den Seilen bzw. im Sessel hängt und sekundenweise abtaucht! Ich mache mir Sorgen – vor allem, weil ich überhaupt nichts merke.

Außerdem frage ich mich, wieso ich mal ansatzweise verliebt in ihn war. Er ist nett, aber mehr ist da nicht. Ich glaube, es war meine Ungeduld, die mich damals alles hat schöner sehen lassen…

Gegen 23 Uhr fährt er, nachdem er mehrmals bejaht hat, dass er tatsächlich noch fahren kann. Na dann.

Vor dem Zubettgehen erreicht mich noch eine SMS von Ph.D aus Bonn:

„Hi I., ich bin am Ziel meiner Träume angekommen und lege Hand an meinen Vortrag. Bitte zünden Sie eine Kerze für mich an und drücken Sie mir die Daumen."

Das wühlt mich ziemlich auf!! Das ist nicht gerade eindeutig! Das ist so – na – vertraut! Ich bin so aufgeregt, dass ich Baldrian nehmen muss. Irgendwie kann ich es noch gar nicht fassen, dass er, einst mein supergenialer Chef, den ich verehrt habe, mir so viel Aufmerksamkeit schenkt und wir beide auf dieser Gefühlsebene kommunizieren! Ich antworte: „Das werde ich tun. Ich versuche zu schlafen und freue mich auf morgen."

Interpretiere ich vielleicht in alles zuviel hinein? Vielleicht denkt er sich ja nichts dabei? Und wenn doch? Was dann? Und wenn nicht? Will jetzt nicht denken.

Mittwoch, 14. November

Kaum aufgewacht, schon Herzklopfen beim alleinigen Gedanken an das heutige Event: Ph.D. kommt!

Ich hab einen Herzschlag wie ein Marathonläufer und eiskalte Hände. Der Countdown läuft. Irgendwie bringe ich die Zeit mit sinnvollen Aktivitäten wie Aufräumen rum, bin unkonzentriert, zerstreut und vor allem in Erwartung von etwas, das ich mir nicht auszumalen wage. Ich wünsche es mir und fürchte es zugleich.

Sebastian meldet sich. Ob er gestern gut nach Hause gekommen sei, frage ich besorgt. Ja, aber er habe heute krank machen müssen.

Ich kann mir einen Lachanfall nicht verkneifen.

Nachmittags schickt Phil mir eine SMS, dass er bald da sei. Ich kann nicht mehr denken. Ich hoffe nur inständig, dass alles richtig laufen möge… Wenn ich selbst nur wüsste, was ich wollte!

Wenige Zeit später klingelt es an der Tür. Kurzer Herzstillstand – dann werfe ich die Kaffeemaschine und den Backofen mit dem Apfelstrudel drin an. Eile zur Tür. Ich höre, wie er die Treppen hochkommt. Ich rufe von oben: „Hallo!" und höre ihn lachen. Ich sehe sein Gesicht vor lauter Gepäck kaum: Ein Riesenstrauß orangefarbener Rosen verdeckt ihn. Ich lache und bitte ihn herein. Wir begrüßen uns mit Küsschen auf die Wangen, er stößt sich den Kopf an der etwas tief hängenden Lampe (mit dem neuen Papierumhang), überreicht mir Blumen und Pralinen und stellt seinen Aktenkoffer in die Ecke. Ich bitte ihn, seinen Mantel abzulegen. Dann packt er auch eine Flasche Crémant aus. Oh Gott! Der Crémant sei zum Anstoßen auf das Du – mit diesen Worten überreicht er mir die Flasche. Gekühlt ist er jedenfalls schon. Ich versuche ebenfalls cool zu bleiben und mache Small Talk mit ihm, während ich nach einer Vase für die Rosen suche: Wie sein Vortrag und seine Reise war? Ich hole zwei Gläser, er bewundert in der Zwischenzeit meine Wohnung. Dann stoßen wir auf das Du an. Aber wie!! Aber hallo! Ich bin so irritiert, wie er mich küsst, dass ich mich nach dem Kuss cool meinem Apfelstrudel zuwende, als sei nichts gewesen. Was soll ich sonst machen? Darauf war ich nur unbewusst vorbereitet! Wie soll ich mich verhalten? Als Ablenkungsmanöver bitte ich ihn, sein Geschenk zu suchen. Er spielt das Spielchen mit und „entdeckt“ es dann über dem Esstisch hängend. Packt es vorsichtig aus. Es ist ein Paraglider aus Stahl, mit einem selbst gebastelten Kärtchen dran, in dem ich ihm viel Glück und alles Liebe wünsche. Er findet das toll.

Ich richte die Teller mit Apfelstrudel und Vanilleeis an. Wir üben das Du. Geht erstaunlich gut, als hätten wir uns schon immer geduzt! Er merkt wohl meine Zurückhaltung und geht auf die Distanz meinerseits ein. Zeigt mir noch eine CD von seinem Urlaub. Bewundert meinen Laptop. Dann ziehen wir vom Esstisch in Sessel- und Sofaecke um: er brav auf dem Sessel, ich auf dem Sofa. Keine Rückfälle. Er ist ganz brav. Ich merke schon, dass er irgendwie enttäuscht ist. Gegen 18.30 Uhr bricht er wieder auf und vergisst seinen Aktenkoffer. Kommt noch mal hoch. Abschied mit Küsschen auf die Wange. Wie bei der Begrüßung.

Das, was dazwischen war, bleibt im Nebel.

Ich lasse mich auf die Couch sinken und trinke den Rest Champagner. Komme mir irgendwie blöd vor. Verflixt! Ich habe gespürt, dass er enttäuscht war, und dennoch hat er nichts gesagt. Hab ich mir was vorgemacht? Hat er sich was vorgemacht? Was habe ich eigentlich erwartet? Oh Verwirrung, lass nach!

Donnerstag, 15. November

„Hallo, liebe I. Danke für den schönen Abend! Hast du dich davon erholt? Ich hoffe, ich war nicht zu anstrengend. Mir gingen danach noch so einige Gedanken – uns betreffend – durch den Kopf. Ich hoffe, ich finde die Gelegenheit, das mal zu strukturieren und dir in geeigneter Form mitzuteilen.

Ich wünsche dir einen schönen Tag und viel kreative Energie.

Ich habe dir gar nicht gesagt, dass du toll aussiehst! Phil“

Aha, er ist auch verwirrt... ich bin nur gespannt, wie er das alles sieht. Ich nehme ein Bad, werfe Sophies Energy-Perlen als Badezusatz rein, stelle alles voller Kerzen und tauche dann unter. Ah, tut das gut! Überlege, wie ich alles sehe.

Da fällt mir eine Episode aus meinem letzten Traum ein:

Es war sehr seltsam, wie in einem Schwarz-Weiß-Film. Da waren zwei schwarze Frauen. Die eine ließ sich von einem Stümper tätowieren und durchlitt Höllenqualen, ihre Freundin, die sie dazu überredet hatte, konnte das Szenario nicht mehr ertragen und musste den Raum verlassen. Sie weinte, weil sie sich Vorwürfe machte, ihre Freundin da hingebracht zu haben – sie hätte statt zu heulen ja auch was tun können, denke ich weiter.

Was soll das bloß bedeuten? Phil meldet sich nochmal:

„Hallo noch mal!

Nicht zu aufgewühlt von meinem Baggern? Mögen die Rosen noch lange deine Wohnung schmücken! Phil“

Doch, ich bin noch sehr aufgewühlt!!

Freitag, der wievielte?

Doc ruft an und bestätigt unser geplantes Treffen am Sonntag, 19 Uhr, in unserer Stammpizzeria. Kaufe mir in der Parfümerie zwei Lippenstifte und ein edles Duschgel von Laura Biagotti für Sophie, noch ein nachträgliches Geburtstagsgeschenk. Telefoniere lange mit Sophie, die mir frustriert von ihrem Wasserschaden in ihrer neuen Eigentumswohnung erzählt. Außerdem hat sie einen potentiell romantischen Abend mit ihrem Markus versiebt, indem sie fluchtartig seine Wohnung verlassen hatte – ohne ihm den wahren Grund zu nennen: Durchfall!! Ich lache und sage, das ließe sich bestimmt bei Gelegenheit aufklären.

Denke an Phil.

Samstag, 17. November

Was haben Männer und Wolken gemeinsam?

Wenn sie sich verziehen, kann es ein schöner Tag werden.

Was mir an diesem Tag in Erinnerung bleiben wird, ist

1. die Tanzstunde an sich:

Die war heute echt gut. Der Macho war gut in Form. Der Tango war göttlich. Da hat alles gestimmt. Für Zuschauer muss es eine wahre Augenweide gewesen sein. Er achtet ja immer auf Zuschauer; ich nicht; wenn ich tanze, bin ich versunken. Da gibt es nur ihn und mich auf dem Parkett. Hm, bei anderen ist das eben anders... Ich hab eine Bluse durchgeschwitzt! Und

2. Jos Erscheinen nach der Tanzstunde:

Ich sitze zwischen Alex und Axel auf dem Sofa, als ich ihn hereinkommen sehe. Ein Alptraum wird wahr. Ich kann es nicht leiden, wenn ich mit einem Ex konfrontiert werde – ich konnte das noch nie leiden! Am liebsten wäre es mir, wenn sie sich, nachdem wir uns getrennt haben, in Luft auflösen würden! Das hatte er offensichtlich nicht getan. Und was kommt jetzt? Alex sieht meinen Gesichtsausdruck und fragt, was los sei? Ich raune mit Blick auf Jo durch die zusammengepressten Zähne: „Es kann sein, dass es jetzt Trouble gibt – mein Ex-Freund ist da." Aus welchem Grund sollte es eigentlich Ärger geben? Na ja, einen gewissen Unberechenbarkeitsfaktor gibt es immer. (Man soll nicht von sich auf andere schließen, ich weiß!) Alex hat den Arm etwas um mich gelegt – (ich ließ es jedenfalls zu, warum auch immer – war wohl angenehm oder so). Jo kommt auf unseren Tisch zu. Er nimmt Axel den Platz weg (spricht für gewisse Aggressivität) und setzt sich neben mich, reicht mir die Hand, die ich verdutzt ignoriere, aber eigentlich will ich ihm nicht meine verräterisch kalte Hand geben. Da er nichts sagt, frage ich ihn, warum er da sei. Zum Tanzen, sagt er mit aufgesetzter Fröhlichkeit. Ob er mit mir sprechen wolle? Ob wir an die Bar gehen sollen?, entgegne ich. Nein, das, was er mit mir zu sprechen habe, könne er auch ruhig hier mit mir besprechen. Aha. Ich weiß nicht – was kommt jetzt? Nichts! Er verschwindet kurz in den Tanzkurs, kommt aber bald wieder an die Theke, wo er lachend ein Getränk bestellt.

Ich denke, mein Gott, wie muss es in ihm aussehen, ich hätte das nicht bringen können, ich hätte es mir nicht angetan. Schließlich meint Alex, ich solle doch mal zu ihm an die Theke gehen. Das tue ich. Warum ich ihm nicht die Hand gegeben habe, er wüsste nicht, was er mir Schlimmes angetan hätte? Ich antworte, ich sei nur verdutzt gewesen. Er möchte, dass wir uns wie normale Menschen begrüßen und auch miteinander reden, ob das möglich sei? Ich besänftige ihn: „Ja, natürlich“, und lege meine Hand auf seinen Rücken. Ich glaube, ich habe ihn auch umarmt, und er mich. Er bedankt sich für den Brief. Dann gehe ich wieder zu meinem Platz zurück. Alex meint, das sei doch kein übler Typ, und wenn eine Sache beendet sei, müsse man denjenigen ja nicht behandeln wie den letzten Dreck. Man merke, dass da noch Gefühle seien, bei ihm und bei mir. Das finde ich sehr einfühlsam von ihm. Ich sehe, dass Jo zahlt. Ich versetze mich in Jo, wie ätzend es sein muss, sich von mir, eingekeilt zwischen zwei Männern, zu verabschieden. Und deshalb verlasse ich die Gemeinschaft zwischen Axel und Alex und gehe zu ihm. „Möchtest du mir etwas sagen?“, fragt er. Ich schüttele den Kopf. „Ich habe nur gesehen, dass du gehst, und wollte mich verabschieden.“ Ich frage ihn noch aus Höflichkeit, wie denn sein Tanzkurs laufe, ob er jemanden habe. Nein, nur Frauen, die nicht tanzen können! Er erzählt es seinem innerlich aufgewühlten Zustand entsprechend mit Witz verdeckt, damit es so klingt, als sei er gut drauf. Ich weiß, dass ich ihn liebevoll angeschaut habe, mitfühlend und verständnisvoll. Ich berühre noch mal seinen Arm als Abschiedsgeste; er sagt, ich hätte ja seine Telefonnummer – und dann geht er.

Was soll das mit der Telefonnummer?

Dann brach Alex auf, und ich auch, um die Girls beim Thai zu treffen. Als ich mit Alex auf den Parkplatz gehe, meint er, ich solle mal schauen, ob er noch dastehe, er hätte keinen Bock auf ein blaues Auge. Ich muss schallend lachen bei der Vorstellung und male mir insgeheim aus, wie sich Jo und Macho-Alex ein Duell liefern, während ich zu Phil flüchte! Wär doch filmreif, oder?

Treffe als vorletzte bei den Girls ein, mit Geschenk für Sophie. Nina ist mit verheulten Augen mit Hansi da, Jennie sonnenbankgeröstet mit Andreas, Sophie mit Durchfall und Markus, und ich als einziger Single! Ätzend! Ich hasse das! Nicht immer, aber heute Abend!

Würde gerne mit Phil hier sitzen, aber das wird wohl nie möglich sein. Verheiratete Männer kann man samstagabends nicht zum Essen mit Freundinnen ausführen.

Nach zwei Stunden kommt endlich das Essen, nachdem Nina und ich uns bei der Geschäftsführung beschwert haben – aber da hat schon keiner mehr von uns Hunger. Der Kellner beschwichtigt uns mit Engelszungen – mit Erfolg: Alle außer Jennie geben Trinkgeld. Und dann kann ich die Meute tatsächlich dazu überreden, mit in ein Tanzlokal zu gehen. Ich will nur meinen Adrenalinpegel runterkriegen. Ich registriere, dass Nina langsam genervt ist, weil sie lieber mit Hansi allein sonst wo wär, aber der unterhält sich blendend mit Andreas. Wie immer: die Frauen wollen tanzen und die Männer reden. Darf nich wahr sein. Hier ist auch keiner, mit dem ich gerne tanzen würde. Also trinke ich noch einen Campari. Schließlich gehen wir alle zusammen gegen zwei Uhr. Ich bin nicht im Geringsten müde und spiele sämtliche Szenen dieses Abends noch mal durch. Jo tut mir leid, Alex irritiert mich immer wieder, und Phil… ich weiß nicht, ich muss mit ihm über alles reden. Ich will das alles nicht so unklar stehen lassen.

Und da habe ich auf einmal die Erklärung für diesen seltsamen Traum: Die beiden schwarzen Frauen – meine Schattenfiguren! Die Frau, die sich tätowieren ließ, blieb da, weil sie stark war. Sie hielt es aus. Die andere war die Schwache, die das Leid nicht ertragen konnte – aber sie war nicht schwach, weil sie Gefühle hatte, sondern weil sie nichts gegen das Leiden unternahm. Statt dessen zog sie sich zurück und fühlte sich schuldig. Das Tätowieren war ein Symbol für die Selbstzerstörung, die die vermeintlich Starke erduldete.

Das war ich! Die eine, die sich selbst quält, und die andere, die still leidet, nichts sagt, nichts tut, sich schuldig fühlt und sich zurückzieht. Bingo. Ich bin geschockt.

Ich stehe gerade wieder vor der Entscheidung, mich selbst zu quälen. Mit Phil.

Sonntag, 18. November

Mein Handy piept. Es ist eine SMS von Jo:

„Wünsche dir alles Liebe. Viel Licht. Bin eine Woche weg. Warum konntest du nicht einfach sagen, dass du mich gerne behalten möchtest?“

Jetzt bin ich platt. Er hat alles falsch verstanden! Ich nehme an, er ist auf einem Seminar. Warum ich das nicht sagen konnte? Weil es nicht so ist! Weiß nicht, was ich machen oder zurückschreiben soll. Bin schon fast etwas ärgerlich, dass er alles so zu seinen Gunsten interpretiert. Ich fasse es nicht. Drehen alle am Rad? Hat hier jeder Selbstbewusstsein, nur ich nicht?

Ich antworte nicht.

19.30 Uhr treffe ich mit halbstündiger Verspätung in der Pizzeria ein. Er sitzt fein rausgeputzt (ganz ungewöhnlich!) einsam an einem Tischchen und erinnert mich ein bisschen an Catweazle. Seine Haare sind länger geworden, und seine Koteletten lockig. Sieht witzig aus, und ich muss lachen. Kann ihn mir gut im weißen Kittel mit Reagenzglas kurz vor einer Explosion vorstellen. Doc! Jedenfalls ist es bei ihm auch nur eine Frage der Zeit, wann er kündigt. Ich schenke ihm ein Bild von Ninas letzter Sommerparty, auf dem er im Vordergrund sitzend ein Glas Bier (was sonst) zum Prosten hält, der Blick leicht getrübt, und im Hintergrund umringen ihn lauter lachende Frauengesichter, rechts neben ihm sitzend ich. Er nennt das Bild: Don Kebab und seine Halloween Crew, und darüber lachen wir uns halb strack. Außerdem stellt er fest, dass wir beide – vielleicht aufgrund des hohen gemeinsamen Kebabgenusses vor Jahren – möglicherweise unter den Spätfolgen leiden. Das Symptom sei Kündigungszwang. Da folgt die zweite lang anhaltende Lachwelle.

23 Uhr bin ich leicht beschwipst wieder zu Hause und falle erschöpft in mein Bett.

Dienstag, 20. November

„Ich werde kommen, dich anfallen, dich ins Bett werfen, in dich eindringen, du wirst frieren, schwitzen, zittern, beben! Viele Grüße von deiner Grippe!“

Leider ist es nur mein lieber Ex-Kollege Olaf.

Rufe meine E-Mails ab und fürchte, dass ich in diesem Jahr nicht mehr zur Ruhe komme:

Eine Mail von Philip! Aufgeregt lese ich zum wiederholten Male diese Passage:

„…Zu den Gedanken, die ich mir nach unserem Nachmittag gemacht habe: Aus meiner Sicht haben wir vorher mächtig geflirtet per SMS und E-Mail. SMSen wie „ich versuche zu schlafen“ am Abend vor unserem Treffen haben ihre Wirkung nicht verfehlt. Also kurz und gut, all das habe ich in den falschen Hals gekriegt und war deshalb etwas forsch, aber ich habe ja auch noch die Kurve gekriegt, ohne etwas kaputt zu machen, so hoffe ich jedenfalls sehr!

Jedenfalls ging mir das durch den Kopf, und ich sagte mir, dass SMS- und E-Mail-Flirt doch verdammt gefährlich sind, weil sie sich jenseits der Sinneswahrnehmung abspielen und offensichtlich wenig mit der Wirklichkeit zu tun haben.

Wie hast du das denn erlebt? Möchtest du mir das sagen?

Für heute muss ich leider Schluss machen. Ich wünsche dir noch einen schönen Nachmittag. Liebe Grüße, Phil"

Ich bin erleichtert, dass er so offen darüber spricht. So kann ich ihm auch meine Gedanken offen mitteilen. All meine Gedanken der vergangenen Tage, die ich versuche zusammenzufassen:

„Ja, unsere SMSen und Mails waren mächtig flirtig, und deshalb hab ich in der Tat am Vorabend geschrieben, dass ich versuche zu schlafen, eben weil es so war – ich war aufgeregt und konnte nicht schlafen. Also das hast du nicht in den falschen Hals gekriegt. Wir waren dann doch zurückhaltend (oder besser ich), weil ich nichts kaputt machen will. Weder unsere Freundschaft, die mir viel bedeutet, noch deine Ehe.

Was hätte ich mit dir? Es kann doch nur eine Affäre sein, oder? Und ich fürchte, dass das mein Herz nicht verkraftet. Ich werde es eine Zeitlang als Affäre sehen können, und dann wird es mich umbringen. Ich möchte niemals wieder teilen. Das hatte ich schon.

Glaube mir, wie gerne hätte ich mich an jenem Mittwoch fallen lassen. Mein Verstand hat es boykottiert. Hätte ich es getan – könnte diese Zuneigung, Liebe, was auch immer es sein mag, jemals frei und unbelastet sein? Könnte ich mich da jemals sicher und geborgen fühlen? Es tut mir Leid, aber die Rolle der Geliebten reicht mir nicht. Auch wenn es schwer fällt, auf diesen kleinen Ausschnitt der Glückseligkeit zu verzichten. Es ist ein rosaroter Seifenblasentraum, und der macht mich nicht wirklich glücklich.

Wie siehst du das denn? Welche Chance gibst du dir und mir? Oder was stellst du dir vor?"

All das werde ich ihm schreiben. Bin schon ein bisschen stolz auf mich, dass ich so mutig bin! Und ich überlege weiter, dass ich diese Art von Drehbuch kenne. Ein Drehbuch, das von Verletzung, Zweifeln, Vorwürfen und Eifersucht handelt. Ich will es aber nicht mehr, auch wenn es sehr weh tut, nein zu sagen. Es ist besser so. Anders würde ich ihn irgendwann verachten, weil er mich enttäuschen würde. Und obwohl es so klar ist, fällt es mir unendlich schwer, mich von dem alten Drehbuch zu trennen. Denn da ist sehr wohl ein tiefes Gefühl für ihn.

Philipps Antwort würde meine Überlegungen bestätigen:

„Liebe Isabell

Du hast so Recht! Und letztlich ist es gut, dass du einen klaren Kopf behalten hast. Danke für deine offenen Worte.

Ich bin etwas verwundert über mich selbst, dass ich das Thema so offen anschneiden konnte, und total überrascht, dass du auch so offen damit umgehen kannst. Ich bin uns beiden dankbar für die schnelle Klärung, was ich wirklich ernst meine.

Ich habe auch im Vorfeld darüber nachgedacht, wie sich unsere Freundschaft weiter entwickeln würde, bin zu keinem Ergebnis gekommen und habe mir gesagt, was kommen soll, das kommt – so oder so, ob du dich dagegen stemmst oder nicht. Ist natürlich reichlicher Quatsch, sicher kann man was tun, wie du mir gezeigt hast. Die Wahrscheinlichkeit, dass du Recht behalten hättest mit deinen Befürchtungen, ist sehr hoch, deshalb nochmals danke und Hochachtung für das starke Geschlecht der Killerbienen!

Lass uns Freunde bleiben und stark genug sein, Weitergehendes abzuwehren. Es wird unserer Beziehung gut tun!

Ich werde jetzt nach Hause fahren und morgen nicht ins Büro kommen. Werde mich mit einem neuen Computer von ALDI trösten. Ich wünsche dir einen schönen Abend. Phil“

Ich kann nicht genau sagen, was das für ein Gefühl war, als ich diese Mail las. Natürlich war sie die Bestätigung, dass ich richtig gehandelt und gedacht hatte. Und dennoch war da diese tiefe Trauer – vielleicht die Trauer darüber, etwas zu suchen, was so schwer zu finden ist. Diese ungestillte Sehnsucht, die ich versucht habe zu begraben, damit der Schmerz erträglich ist. Gary Moore tut das Seine, dass ich im Blues versinke. Wann würde dieser Blues aufhören?

Vielleicht, wenn ich auf meine wahren Gefühle höre;

vielleicht, wenn ich meinen wirklichen Bedürfnissen erlaube zu *sein*;

vielleicht, wenn ich aufhöre, es anderen recht machen zu wollen;

vielleicht, wenn ich wage, nein zu sagen;
vielleicht, wenn ich beginne zu fordern;
vielleicht, wenn ich meine Ungeduld gezähmt habe;
vielleicht, wenn ich die Beziehungstür wieder öffne;
vielleicht, wenn ich meine innere Stärke entdeckt habe;
vielleicht, wenn ich gelernt habe, mich selbst zu lieben –
Ich weiß es nicht. Wer weiß das schon?

Da kommt eine SMS von Philipp:

„Überlege, ob ich alles in meinem Leben richtig mache. Höre Enya."

Gerne würde ich ihm schreiben: Dann mach es anders!

Doch diese Entscheidung muss er selbst treffen. Und so antworte ich nur zurückhaltend:

„Schweres Gedankengut. Das kann nur einer beantworten: du. Höre Gary Moore. Alles Liebe, I."

Ich glaube, ich brauche eine Auszeit.

Donnerstag, 6. Dezember

18 Uhr fahr ich mit Nikolausmütze geschmückt zu Nina: Nikoläusinnentreff. Jennie ist schon da, Sophie kreuzt nur ganz kurz auf. Wir beschenken uns mit Nikoläusen und machen uns über Ninas Büffet her, angefangen von Plätzchen über Käseplatte bis Tabuleh. Wir trinken Rotwein, der furchtbar schmeckt, und ich schlage vor, ihn mit Ei und Zucker aufzupeppen, was wir dann auch tun.

21 Uhr fahren wir in die Disco. Santa Claus Nightfever! War ätzend.

Freitag, 7. Dezember

Philipp schreibt:

„Hallo, liebe Isabell! Der Anfang der Woche war gekennzeichnet durch Besprechungen, die ich dazu nutzte, meinen PC platt machen zu lassen, nicht ohne die Daten von C: nach D: zu sichern! Was aber auch nichts nutzte, weil die doofen Praktikanten D gleich mit gelöscht haben!

Gestern war ich auf einem Kongress. Es hat mir sehr gut gefallen, die Trainer waren sehr kompetent. Ich war um 19.30 Uhr zu Hause. Bin auf einen schönen Spruch gestoßen:

Le coeur a des raisons que la raison ne connait pas. Alles Liebe von Philipp“

Hm, ja… der Spruch gefällt mir auch sehr gut: „Das Herz hat Gründe, die der Verstand nicht kennt.“

Ich antworte:

„Lieber Philipp, wie furchtbar mit deinem PC! Ich kann gut nachempfinden, wie du dich fühlst. Da kommt doch der Killerinstinkt bei den dämlichen Praktikanten hoch!

Hab jetzt Kopfweh, da ich zwei Stunden an meiner Stellungnahme für das Arbeitsamt geschrieben habe. Von Karlsberg gibt`s nichts Neues, sie sollen auch zur Hölle fahren, irgendwann heirate ich dich und brauche nicht mehr zu arbeiten – war ein Witz!

Der Spruch ist sehr schön. Dazu ist mir was eingefallen, siehe Anhang. Ich weiß nicht genau, was ich dir eigentlich damit sagen will. Das hat auch nicht mein Verstand geschrieben, sondern mein Herz.

Alles Liebe und bis bald, Isabell“

Im Anhang würde er dieses Gedicht von mir finden:

Ach lass mich heute noch
meinen rosaroten Seifenblasentraum
tanzen
eine Jupitersonate
in hellblauem Moll singen.
Lass mich heut noch
einmal
den zarten Duft des weißen Blütenzweiges
atmen,
schon morgen
wird sich sein Hauch von Ewigkeit
verflüchtigt haben.
Sei nicht traurig
Versuche nicht
ihn in süßen roten Kirschsaft zu tauchen:
sein Duft wird ein anderer sein.
Weck mich morgen nicht zu früh.
Tritt leise auf:
Ungeduld stört den ruhigen Schlummer der
Erwartung.

Sonntag, 9. Dezember

„Hallo, meine Liebe,

ich verspreche dir für den Fall, dass wir heiraten würden, ich würde dich auf Händen tragen, und du bräuchtest nicht mehr zu arbeiten in der rauen, kalten Welt! Aber auch ich tät nicht mehr arbeiten wollen, müsste ich dich doch alleine lassen und das den ganzen Tag. Ich glaube, besser ist es, wir heiraten doch nicht. Wo soll das noch hinführen! Wir könnten uns sicher eine Zeit lang von Luft und Liebe ernähren, was sicher auch schön ist, aber auf die Dauer? Vielleicht fällt mir noch was Besseres ein…

Jedenfalls habe ich noch gestern Abend deine Mail vorm Schlafengehen geöffnet, und dein Gedicht hat mir so gut gefallen, dass ich schon wieder nicht einschlafen konnte.

Dass du überhaupt in Schlummerposition mir zuliebe gegangen bist, dafür danke ich dir. Das ist mehr, als ich erwartet habe. Natürlich muss ich mir darüber im Klaren werden, was es mir wert ist, dich zu erreichen. Ich müsste den Preis dafür bezahlen, und zwar mit allem, was mir bislang etwas bedeutet hat.

Liebe Isabell, ich bin noch nicht beim Resumée angekommen, leider aber muss ich jetzt unterbrechen. Die Pflicht ruft. Ich werde mich morgen wieder melden (am Mittwoch fahre ich (allein) nach Brüssel).

Ich wünsche dir einen erfolgreichen, gelassenen, kreativen, atmosphärisch liebevollen Tag. – Danke für alles, dein Phil“

Verbringe den Tag mit Lesen über die Aborigines, Weihnachtskarten schreiben, einem angenehmen, liebevollen Gefühl, wenn ich an Phil denke, und die Planung der Feiertage – ein Alptraum für Singles! Also der 24. ist klar, da bin ich bei meinen Eltern. Wie wär’s mit einer vorweihnachtlichen X-mas Party mit den Girls am 23.? Super-Idee. Silvester ist auch noch unklar. Jennie und Andreas möchten auf eine große Silvesterparty, Sophie und Markus ist eher nach kleinem, vertrautem Kreis, Nina macht alles von Hans und seiner Zehe abhängig. Jedes Jahr das gleiche – außer in einem Punkt: Die Typen wechseln.

Mittwoch, 19. Dezember

Phil hat mir letzte Woche angeboten, ihn auf einer Dienstreise zu begleiten. Habe nach innerem Kampf abgelehnt. Er hat es natürlich akzeptiert und war mir auch nicht böse.

Aber ich war traurig, und um meine Sendepause wenigstens halbwegs zu erklären, schrieb ich einfach nur, dass es mir zurzeit nicht so gut ginge. Seine Antwort rührt mich dermaßen, dass ich über sein liebevolles Verständnis mir gegenüber meinen Tränen freien Lauf lasse. Er schreibt:

„Guten Morgen, liebe Isabell,

warum geht es dir nicht gut? Gibt es einen aktuellen Anlass, oder ist es mehr deine generelle Situation, die dich nicht befriedigt? Wenn ich versuche, mich in deine Situation zu versetzen, sehe ich Folgendes:

Ich stelle mir vor, du fragst, wie es bei dir weitergehen soll, und das macht dich unruhig. Und es gibt zurzeit keine konkreten Perspektiven. Du fühlst dich vielleicht sogar zur Passivität gezwungen. Vielleicht tragen auch der bevorstehende Jahreswechsel und die Weihnachtszeit zu dieser Depression bei? Man würde sich doch gerne am Ende eines Jahres beim Rückblick sagen, ja, das Jahr war für mich ein gutes oder es hat mich weitergebracht oder so… Und das kannst du dir nicht bestätigen? Liege ich da richtig? Nun ja, vielleicht stimmt das letztere auch, das Jahr hat sicherlich schlecht angefangen mit deiner Kündigung.

Dann hast du lange privatisiert, hast die Zeit sicherlich auch genießen können, bist auf Selbstentdeckungsreise gegangen. Sind das keine Erfolge, dass du in dir Talente entdeckt hast, dass du neue Wege ausprobieren konntest, manche vielleicht nach Erprobung abgehakt hast? Die Zeit oder Motivation dazu hättest du vielleicht unter anderen Umständen gar nicht gehabt.

Aber das musst du selbst beurteilen, wie viel dir das wert ist und zu welcher Bewertung du unterm Strich kommst. Wenn ich jetzt mal meine Sicht dazusteuern darf, so denke ich, dass kein Grund zur Panik besteht! Du hast eine gute Ausbildung, sogar mehrere, hast ein gutes Auftreten, hast Berufserfahrung, bist intelligent und blond – wo hat man das sonst noch?, bist auch über deine Haarfarbe hinaus äußerst hübsch und attraktiv, kannst tanzen wie eine Göttin und fällst nicht auf jeden Mann rein, will heißen, du hast bereits Lebenserfahrung. Dazu kommt, dass du auch enge persönliche Freundschaften pflegst, die dir helfen, das ein oder andere Problem auszudiskutieren. Also, du hast einen Sack voller Talente, die es nur optimal einzusetzen gilt.

Beruflich wäre meine warme Empfehlung, dass du dich auch außerhalb umsehen solltest, damit du erstens deinen Marktwert ermitteln kannst und zweitens dich auch nicht mehr unter Wert zu verdingen brauchst.

Persönlich würde ich es sehr bedauern, wenn du wegziehen müsstest, aber das soll nun wirklich kein Argument sein. Ich kann dir keine Zukunft geben, das hast du richtig erkannt, und ich muss es dir und mir auch schmerzlich eingestehen. In dem Augenblick, in dem ich dies schreibe, durchziehen mich ein Schmerz und ein Sehnen, dass ich es am liebsten wieder ungesagt machen wollte, aber es hat keinen Sinn zu leugnen.

Deshalb wünsche ich dir auch, dass du bald den Partner deiner Träume finden mögest, der es gut mit dir meint, der dich würdigt und deiner würdig ist und der dein Niveau teilt. Ich weiß nicht, warum, aber ich denke dabei unwillkürlich an Männer, die älter sind als du, vielleicht weil jüngere weniger bindungsfähig sein könnten, weil sie dir an Lebenserfahrung und emotionaler Tiefe unterlegen sein könnten, weil sie dir vielleicht auch nicht genug Rückhalt geben können? Die Gefahr bei älteren Männern (siehe mich) ist natürlich, dass sie verheiratet sind, bloß eine Affäre wollen und dafür das Blaue vom Himmel lügen. Oder, was ganz schrecklich wäre, an Übergänger zu geraten, die Zeit hatten, ihre persönlichen Macken zur Perfektion zu treiben, ohne sich mit Partnern darüber auseinanderzusetzen.

Das sind so meine Überlegungen, die ich dir einfach nur mitteilen möchte. Wenn ich mich dabei aufs Glatteis bewege, tu ich es aus tief empfundener Zuneigung zu dir und deshalb ohne doppelten Boden.

Es wäre schon überraschend, wenn ich mit allem richtig läge. Davon gehe ich nicht aus, aber mich würde interessieren, wie du darüber denkst und zu welchen Schlüssen du für dich gekommen bist, was deine Pläne angeht. Vielleicht hast du mir ja auch etwas zu sagen, was ich für mich beherzigen sollte, aus deiner Sicht total falsch anpacke?

Liebe Isabell, ich wünsche dir noch einen schönen Tag und wäre glücklich, wenn dich dieser Brief etwas besser gestimmt hätte.

Ich drück dich, Phil."

Oh, wie lange musst du an mich gedacht haben, dass ich einen so langen Brief von dir bekomme! Ich liebe deine Ehrlichkeit und Aufrichtigkeit. Und deine Zuneigung. Da ist jemand, der mich durch und durch versteht! Der sich in mich einfühlen kann. Mit absoluter Treffsicherheit.

Ich falle nicht auf jeden Mann rein – hm, manchmal zweifle ich daran. Und welche Rolle spielst du dabei? Außerdem würde ich es nicht so sehen, auf dich „reinzufallen“, sondern eher dir „nachzugeben“. Aber ich habe mich ja entschlossen, nicht nachzugeben, auch wenn das sehr weh tut. Dennoch bin ich tieftraurig und habe oft Sehnsucht nach dir. Ich muss dich wirklich auf eine besondere Weise lieben, da meine Zuneigung zu dir nicht darunter leidet, dass du dich nicht für mich entscheidest.

Was für eine Liebe ist das? Ich kann sie nicht erklären.

Freitag, 21. Dezember

„Liebe Isabell,

für dieses Jahr möchte ich mich von dir verabschieden, indem ich dir eine Frohe Weihnacht wünsche. Ich hoffe, du kannst Weihnachten wirklich froh feiern. Am zweiten Feiertag ist ja meistens was los, es gibt vielleicht Tanzveranstaltungen? Und einen guten Rutsch ins Neue Jahr wünsche ich dir natürlich auch sehr. Ein rauschendes Fest wäre doch genau das Richtige für dich!

Meine Weihnachtstage sind bereits verplant: Am 25. 12. geht's auf die Azoren. Ich komme erst am 7.1. wieder ins Büro.

Ich denke viel an Dich, Phil.“

Ich frage ihn per SMS, ob wir telefonieren können. Er antwortet: „Später“, denn er ist in einer Besprechung. Er würde sich melden.

Ich warte bis 14 Uhr, da kommt endlich sein Anruf.

Es ist schön, seine Stimme zu hören. Sie ist ruhig und voller Verständnis und Zuneigung.

„Wie geht es dir?“, fragt er.

„Ganz o.k.“, antworte ich ehrlich, lächelnd über seine aufrichtige Anteilnahme. Er meint, ich solle mein Selbstvertrauen nicht verlieren, wenn es mit dem Job nicht klappt. Ich antworte, mein Selbstvertrauen hänge nicht mehr vom Job ab. Und was den letzten betrifft, weiß ich, dass ich richtig gehandelt habe. Wir vermeiden, in die Gefühlswelt abzudriften, er sagt nur, dass er das schöne Gefühl habe, von mir verstanden zu werden, und dass es sich so wohl und ruhig und vertraut anfühle, wenn er mit mir rede. Ja, so geht es mir auch.

Dann sage ich es doch: „Ich… hab dich lieb.“

Es entsteht eine Pause.

Ich frage: „Bist du verwirrt?“

„Nein – verwirrt ist nicht das richtige Wort, eher beglückt! Obwohl ich es ja wusste, tut es gut, es mitgeteilt zu bekommen. Ich glaube, wir sind jetzt dort angekommen, wo du nie hin wolltest! Ich möchte nicht, dass du wegen mir leidest. Einer von uns muss immer stark bleiben, jetzt muss ich es vielleicht leisten. Ja, Nähe ist es, wonach wir uns sehnen, und doch wissen wir um den Katzenjammer, der folgen würde.“

„Ich weiß. Mein Kopf weiß das. Aber es ist nicht leicht, das dem Herzen verständlich zu machen.“

„Isabell, ich… ich weiß nicht, wie ich damit umgehen werde. Bisher klappt es ganz gut, dass ich dich einfach als für mich nicht erreichbare Frau liebe, mir meist keine Illusionen mache – manchmal allerdings träume ich doch ein bisschen – und mich ansonsten darüber freue, dass es dich für mich gibt. Ich wünsche dir die Kraft, die kommenden Tage gelassen und froh zu genießen. Ich versuche es auch.“

„Ja“, atme ich tief durch. „Ich drück dich“.

„Ich dich auch.“ Und nach einer Pause: „Mach's gut!“

Als ob er meine Traurigkeit versuchen wolle aufzufangen, lese ich abends noch in einer Mail von ihm:

Die Überschrift lautet: Love letter or letter love: Liebesbrief oder Briefliebe?

„Liebe Isabell,

das war ein sehr schönes Telefonat mit dir. Es war nicht so wie sonst, dass ich aufgewühlt gewesen wäre danach, sondern ich habe mich sehr ruhig, so wohlig vertraut gefühlt. Es war so ein Grundvertrauen da, das einen auffängt, wenn man zweifelt oder unsicher ist. Es ist vielleicht einfach das Gefühl, von dir verstanden zu werden, und dass du mir auch nichts falsch auslegst.

Belassen wir es bei unserer tiefen Zuneigung, unserer Seelenverwandtschaft, die uns die Gewissheit gibt, da ist jemand, der mich versteht, der an mich denkt. Ich weiß nicht, ob ich dir aus dem Urlaub schreiben kann, ich werde es aber versuchen und hoffe, auch von dir manchmal etwas im Briefkasten zu finden.

Anbei schicke ich dir einen Gute-Nacht-Song, den ich für dich singe. Ich hoffe, er gefällt dir.

Ich lasse dich nicht zurück, meine liebe Isabell. Du bist immer bei mir. Deshalb gibt es keinen Grund, traurig zu sein.

Jetzt lass ich dich in Ruhe, packe dich – bildlich gesprochen – warm ein in dein Federbett, drück nochmals sanft deine Hand, verlasse den Raum und schließe die Tür. Phil"

Ich höre mir das Lied an. Es ist der Beatles-Song „Michelle ma Belle", doch er hat es umgewandelt in „Isabelle, ma belle…", und er singt es so gefühlvoll. Ich habe ihn noch nie singen hören, und ich wusste nicht, dass er so wundervoll Gitarre spielt…

Nun, das macht alles nicht gerade leichter. Dieses Lied ist es, das in mir eine Erinnerung auslöst, die schwer in Worte zu fassen ist, dieses intensive innige Gefühl der Verbundenheit ganz tief im Herzen.

Es ist, als ob ein Teil von mir in diesem Moment einer Erinnerung jenseits von Zeit und Raum folgen würde, einer Erinnerung an eine Verbundenheit und eine tiefe Wahrheit, einer Erinnerung an eine Offenheit des Herzens und ein unerschütterliches Vertrauen. Es ist wie eine verschwommene Erinnerung meiner selbst.

So schmerzlich die *Ent*deckung dieser verschütteten Gefühlswelt auch ist, ich bin glücklich und dankbar darüber, dass ich es empfinden kann, und glücklich über die Gewissheit, dass es noch da ist, obwohl es so sorgsam zugeschüttet ist. Und da kann ich nicht mehr aufhören zu weinen, als ob ein Staudamm gesprengt worden wäre, damit etwas in Fluss kommen möge…

Samstag, 22. Dezember

Es regnet und stürmt. Ich muss bei dem Sauwetter einkaufen. Toll. Mein linker Scheibenwischer hat den Geist aufgegeben! Mal sehen, was leichter geht: durch die rechte Seite der Windschutzscheibe gucken oder auf der Beifahrerseite fahren. Sehr witzig. Komme unfallfrei am Supermarkt an. Arbeite meinen Einkaufszettel ab: Zutaten für vegetarische Quiche, Schinkenquiche, Salat, Bourbon Vanillecreme von Dr. Oetker, Zutaten für Bread and Butter Pudding, eine englische Spezialität.

Hoffentlich kommen morgen alle. Nina weiß noch nicht, ob sie bei Hansi 200 km weit weg ist, Sophie ist mit Markus im Theater, könnte aber noch davor oder danach vorbeikommen, Jennie ist auf einer Weihnachtsfeier der Firma – vielleicht kann sie sich aber früher abseilen. Etwas vage Planung, gebe ich zu. Auf einmal kommt keiner? Auch darauf bin ich vorbereitet. Fünf Flaschen Crémant und eine Flasche Champagner – ziemlich schwer, das Zeug.

In solchen Momenten, wo Frau an ihre Grenzen stößt, mit voll geladenem Korb, einem sich überstülpenden Regenschirm, einem zu kleinen Kofferraum und schweren Getränken und noch dazu einem kaputten Scheibenwischer! – wär ich glatt bereit, auf meine sorgsam verteidigte Freiheit zu verzichten und … zu heiraten!

Sonntag, 23. Dezember

Leise rieselt der Schnee…

12 Uhr fange ich mit vegetarischer Quiche an. B & B Pudding steht in Warteschleife, das Brot muss von der Sahne durchtränkt werden.

Hans-Jürgen fragt per SMS, ob ich mit ihm spazieren gehe, doch ich lehne ab mit der Begründung: „Koche und backe und sehe wie gekotzt aus."

Er antwortet: „So wie beschrieben siehst du immer noch besser aus als jede Frau, die ich kenne!" Na also, das baut doch mal auf!

16.00 Uhr

Mal sehen, wer in drei Stunden alles kommt! Die Quiche ist super gelungen. Jetzt bin ich aber fix und alle.

16.15 Uhr

Telefonat mit Jennie ergibt, dass Nina noch bei Hansi ist und nicht kommen wird. Jennie schafft es auch nicht. Bin sauer auf Nina und Jennie. Jennie will jetzt wissen, ob ich mit auf diese Silvesterparty gehe. Nein! Jetzt ist sie auch sauer auf mich, weil sie schon eine Karte für mich mitbesorgt hatte. Ich rufe Alex an und frage ihn, ob er meine Karte haben will. Jetzt sei es zu spät, sagt er, er habe schon eine. Ich knalle den Hörer auf. Bin sauer auf Alex.

Nina smst die News, die ich schon kenne: „Sorry babe, wir kommen nicht." Sophie kommt mit Markus auch nicht vorbei, aber „wie wär es denn mit dem zweiten Weihnachtsfeiertag? Oder Silvester?", fragt sie unschuldig.

Wer soll das jetzt alles essen? Was macht Frau in diesen Momenten des ungezügelten Zorns? Entweder begeht sie eine Dummheit, oder sie schaut ins Fernsehprogramm. Ich tue letzteres. Der Abend ist gerettet mit dem *Pferdeflüsterer* und Robert Redford!! Ja!

Noch Zeit für einen Spaziergang. Ich ziehe meinen Mantel an. Es ist ein wunderschöner Winternachmittag mit Sonnenschein, der Wald ist schon mit einer Schneedecke überzogen. Meine Schritte knirschen im Schnee. Voll die Winterromantik. Und dann noch ein Schlitten mit drei Schlittenhunden und einem gut aussehenden Typ drauf! Ich bleibe stehen und lache ihn an. Die letzten Tage dieses Jahres. Ja, was für ein Jahr!

Manche Dinge werden einem erst im Rückblick klar. Und es gibt Dinge, die kann man einfach nie erklären. Aber ich denke, man muss auch nicht immer alles genau wissen.

Ich werde vielleicht nie wissen, was das zwischen Phil und mir war oder ist. Er hat eine hohe Sensibilität und Intuition, und das verbindet uns – ich verstehe seine Worte und er meine. Er hat eine Menge dazu beigetragen, dass ich mir darüber klar geworden bin, was ich möchte und was nicht, und er hat mich an einen Teil von mir erinnert, den ich verborgen, ja vielleicht verloren hatte. Dafür danke ich ihm.

So chaotisch dieses Jahr auch gewesen sein mag, es war voller unglaublich wertvoller Erkenntnisse, und es hat mein Leben und meine Sicht der Dinge verändert. Erkenntnis bedeutet, die Dinge so zu sehen, wie sie wirklich sind. Selbst wenn sie nur für die Dauer eines Blitzes in das Dunkel deiner Erinnerung einbricht und es erhellt, bin ich sicher, dass sie dich verändert.

Nelson Mandela hatte eine tolle Erkenntnis. Er sagte sinngemäß:

Unsere größte Furcht besteht nicht darin, dass wir nicht genügen. Unsere größte Furcht ist die, dass wir über alle unsere Vorstellungen stark und kraftvoll sind. Am meisten Angst macht uns unser Licht – und nicht unsere Dunkelheit.

An der Waldkreuzung halte ich inne. Ich schaue zurück. Hinter mir liegt der alte Weg, und vor mir der neue. Ich weiß, dass es kein Zurück gibt.

Und dieser Gedanke erfüllt mich mit Freude und Hoffnung, auch wenn nicht klar ist, wohin mich der neue Weg führen wird. Das ist das Abenteuer des Lebens.

Dieses Jahr war ein Geschenk – wenn auch erst im Rückblick –, und ich werde mich in Frieden von ihm verabschieden können. Ich werde ein bisschen mehr als sonst in Frieden mit mir selbst sein, ein bisschen mehr in Frieden mit meinen Ängsten, meiner Ohnmacht, Selbstverleugnung, Wut und Verwirrung, die wohl notwendig waren, um herauszufinden, dass ich dieses Buch schreiben muss.

Ausklang und Neueinstimmung

„Isabell!“, meldet sich die mir vertraute Stimme.

„Ja, ich habe auf dich gewartet. Ich wusste, dass du kommen würdest.“

„Sehr gut. Du weißt, warum ich heute zu dir komme?“

„Na ja, bald ist Jahreswechsel. Vielleicht halten wir noch mal einen Rückblick? Verabschieden das alte Jahr?“

„Dies wird eine besondere Nacht für dich sein. Es geht nicht nur um den Jahreswechsel. Es geht um deine Veränderung. Es geht darum, deine Sicht der Dinge zu heilen. Ich möchte deinen Blick auf die vorhandenen Geschenke lenken.

Wir verabschieden nicht nur das alte Jahr. Wir verabschieden einen alten Teil von dir. Du hast ihn selbst im Kristallschloss kennengelernt und erkannt, dass er dir nicht mehr dienlich ist. Die Zeit ist reif. Wir stimmen dich auf die neue Isabell ein.“

Eine Gänsehaut überläuft mich. Was kommt da auf mich zu? Ich bin freudig aufgeregt.

„Die Brücke zwischen Bewusstem und Unbewusstem, zwischen deinem Tagesbewusstsein und deinem Höheren Bewusstsein, zwischen dieser Welt und jener Welt ist hergestellt.

Es gibt keine Getrenntheit. Das ist die alte Illusion. Erlaube dir, diese Illusion zu heilen. Dies ist der Moment! Es liegt bei dir. Erinnere dich an deine zeitalterlose Verbindung zu der Quelle aller Quellen – diese Verbindung ist immer da und sie ist in dir.

Du hast dich an diese Verbindung in einem kleinen Ausschnitt erinnert. Es ist ein Gefühl, für das es keine Worte gibt.“

Er macht eine bedeutungsvolle Pause.

„Du bist in diesem Jahr mit vielen Ängsten konfrontiert worden. Du hast deinen Schatten kennengelernt: Deine Selbstzweifel, das Gefühl, dass dein Leben schief läuft und dir nichts so recht gelingen will, egal, wie sehr du dich bemühst. In deinem Kopf hat sich ein Gedankenkarussell gedreht, und manche Ereignisse wurden für dich zur Überlebensfrage. Und so hast du nach Klarheit gesucht.

Jetzt bist du dabei, dein Licht zu entdecken. Du hast viele neue Einsichten gewonnen, die es dir ermöglichen, die Ängste, die dich begleitet haben, umzuwandeln. Du wirst den Mut haben, ungewöhnliche Wege zu gehen, und du wirst ans Ziel kommen. Dein Selbstvertrauen wird wachsen und du wirst offener sein für die geistige Welt, zu der du den Zugang bereits gefunden hast.

Du befindest dich auf dem Weg der Wandlung, und auf dieser Etappe des Weges gehört es dazu, verwirrt zu sein. Es ist das Chaos vor dem Beginn einer neuen Ordnung. Dieser Umwandlungsprozess führt dich immer näher zu deinem wahren Selbst, deiner inneren Wahrheit.

Der Regenbogenkrieger würde sagen: Du erweckst den Regenbogen in dir.

Ich möchte dir nun ein paar Fragen stellen, die für deine Neueinstimmung wichtig sind. So beantworte sie mir ehrlich:

„Glaubst du, dass alle deine Überzeugungen von Verlassenheit, Getrenntheit, mangelndem Vertrauen und mangelndem Selbstwert einzig und allein dazu dienen, dass du dich an wahrhafte Liebe, Vertrauen, Verbundenheit und deinen wahren Wert erinnern mögest?“

„Ja!“

„Glaubst du, dass du dir deine Erfahrungen, insbesondere die der Dunkelheit, ausgesucht hast, um dich deiner selbst und deiner Verbindung zu dem Einen zu erinnern? Glaubst du, dass alle deine Erfahrungen der Dunkelheit einzig und allein dazu dienen, dich auf den Weg des Lichtes zurückzuführen?“

„Ja!“

„Glaubst du, dass jede deiner Erfahrungen deiner Heilung und Erkenntnis des Einen , wie auch immer du das Eine verstehst, dient?“

„Ja!“

„Kannst du akzeptieren, dass du alles, was du an dir nicht magst, erst annehmen musst, bevor du es verwandeln kannst?“

„Ja!“

„Glaubst du, dass jedes Ungleichgewicht den Sinn hat, dir deine Grenzen vor Augen zu führen, mit dem Ziel, diese Grenzen aufzuheben, um auf einer höheren Ebene ein neues Gleichgewicht zu finden?“

„Ja!“

„Ist dein Wunsch stark genug, das loszulassen oder zu verwandeln, was nicht deinem höchsten Wohle und damit auch nicht dem höchsten Wohle aller dient?

Bist du soweit, dich von den alten Mustern zu befreien?

Bist du bereit, deine Selbstzweifel und deine Angst zu überwinden, alle Widerstände, deine Wut gegen dich und andere, deine Ungeduld und alle selbst gesetzten Grenzen, die deine Entwicklung behindern, loszulassen?“

„Ja!“

„Bist du bereit, dich selbst zu lieben?

Dich so anzunehmen, wie du bist? In deinem Licht und in deiner Dunkelheit? Bist du bereit, nicht nur eine Wunschvorstellung von dir zu lieben, sondern dich so zu lieben, wie du bist?“

„Ja!“

„Mache dir bewusst, dass du Licht und Liebe bist. Bist du bereit, diese Liebe auszusenden und zu empfangen?“

„Ja!“

„Bist du bereit, dich zu erkennen?

In einem weit größeren Masse, als du es bisher gewohnt warst… bist du bereit, dich in deinem tiefsten Inneren, in deinem tiefsten Wesen zu erkennen? Bist du bereit, dein göttliches Selbst zu sein?“

Ich zögere etwas, denn das traue ich mir nicht zu.

Er wiederholt die Frage und fügt hinzu:

„Es geht an dieser Stelle um deine Bereitschaft. Nicht darum, ob du es jetzt schon umsetzen kannst. Also beantworte mir die Frage, ob du bereit bist.“

„Ja!“

Ich spüre seinen liebevollen Blick. „Dann lass uns einen Schritt weitergehen.

Bist du bereit, zu zeigen und auszudrücken, wer du bist?“

„Das ist keine… leichte Aufgabe!“, atme ich tief durch.

„Ich weiß. Sie wird leichter werden, je mehr du deinen Mut, dein Vertrauen und deine Liebe entfaltest. Vertraue deiner inneren Stimme. Sie hat dich an viele klärende Orte geführt. Geh den Weg weiter und neue Tore werden sich öffnen.

Isabell, du hast dich auf die Reise begeben, um nach Hause zu kommen. Um weg zu kommen vom Ort der Getrenntheit hin zum Ort absolu-

ter Einheit mit allem Leben. Dieses Gefühl wird immer mehr wachsen, bis du die höchste Ebene der Bewusstheit erlangst – dann bist du an dem Ort, an dem es keine Ebenen mehr gibt:

Wenn Grenzen aufgehoben werden
zwischen Bewusstem und Unbewusstem,
wenn Himmel und Erde sich berühren,
wenn Regenperlen und Sonnenstrahlen einander umarmen
und sich das Nicht-Sichtbare offenbart,
wenn Körper und Seele sich vereinen,
dann wirst du unter dem Regenbogen tanzen
in einem Gewand in den schillerndsten Regenbogenfarben,
dann wirst du dein Lied hören,
dein Lied, das aus der Quelle aller Quellen erklingt.
Dann weißt du, wer du bist.
Dann wird der Regenbogen in deinem Herzen sein,
und das Wunder kann geschehen.

Dann bist du da. Dann bist du zu Hause, wo immer du gerade bist. Sorge dich nicht. Denn du bist schon auf dem Weg nach Hause. In Wahrheit warst du nie verloren und bist immer ganz, heil und strahlend.“

Ich kann in diesem Moment vor Rührung nichts sagen – es ist auch nicht nötig.

Ich strahle.

Ausblick

Hier verlassen wir Isabell. Sie kommt in diesem Buch noch nicht an. Sie ist erst am Anfang ihrer Reise. Doch mit ihren neuen Erkenntnissen und Einsichten, die nur der Anfang des Puzzles, der Anfang einer Erinnerung sind, ist sie gerüstet. Sie wird ihren Weg gehen. Die eigentlichen Herausforderungen stehen noch aus – manchmal wird sie in Verzweiflung, Wut und Traurigkeit, manchmal in Vertrauen und in Liebe reisen. Sie wird wachsamer werden und mehr auf die Zeichen achten. Sie wird lernen, auf ihre innere Stimme zu hören und ihr zu vertrauen. Sie wird vielleicht auch Umwege gehen – aber sie wird ankommen.

Dann, wenn sie gar nicht damit rechnet.

Weitere Bücher aus dem Verlag Via Nova:

...bis meine Seele an mich schrieb

Roman

Christa Eckert

Edition Spirituelle Romane

Paperback, 216 Seiten – ISBN 3-936486-36-0

In einer Selbsterfahrungsgruppe findet Ines in einem inneren Prozess zum Schreiben, durch das sich ihre Seele offenbart. Sie lässt sich ganz darauf ein, die Botschaften ihrer Feste und die Rätsel ihrer Träume zu entziffern. Immer tiefer leuchtet sie ins Dunkel, bis sie erfährt, dass das Zulassen von Schmerz zugleich das Zulassen von Freude und Lebendigkeit ist. Dieser Roman ist für Menschen, die Selbsterfahrungswege wie Kreativität, Meditation, Familienaufstellungen und Körperpsychotherapie „miterleben" wollen: Die Leser werden mit einer ergreifenden und fesselnden Unterhaltung beschenkt. Das Buch hilft, den schweren Weg zum eigenen Selbst zu gehen: den der Versöhnung, der Lebendigkeit und der Liebe.

Das größte spirituelle Geheimnis des Jahrhunderts – Erzählung –

Thom Hartmann

Hardcover, 232 Seiten – ISBN 3-936486-05-0

In dieser spannenden Erzählung erlebt der junge und ehrgeizige Journalist Paul Abler ein Abenteuer, das sein Leben in der Tat für immer verändert. Seine spirituelle Reise beginnt, als er seine Arbeit verliert und kurz darauf einem kleinen Mädchen das Leben rettet. Sein erster spiritueller Lehrer nimmt ihn mit in die Vergangenheit: Er reist in die sumerische Stadt Nippur. Sein zweiter Lehrer ist ein seltsamer junger Mann, der mit einer Gruppe Obdachloser in den Tunneln von Manhattan lebt. Er interpretiert die Lehren Jesu auf eine ganz neue, ungewöhnliche Weise und vermittelt Paul eine Reihe erstaunlicher Erkenntnisse über Gott und die Menschen. Dann darf Paul – in einem Augenblick des absoluten Staunens – die Geheimnisse der Schöpfung des Kosmos erleben, und das größte spirituelle Geheimnis aller Zeiten wird ihm offenbart. In diesem wunderbaren Buch schickt der Verfasser seinen Helden Paul auf eine Reise, auf der wir alle ihn gerne begleiten würden, und er lässt ihn Antworten finden, die wir alle zu finden hoffen.

Das göttliche Kind und der Held

Die tiefere Bedeutung von Kinder-Literatur

Claudio Naranjo

Paperback, 208 Seiten – ISBN 3-928632-96-5

C. Naranjo verwendet Geschichten, Märchen und klassische Mythen wie *Der kleine Prinz, Der Hobbit, Gilgamesch*, um zwei Lebens- und Seinshaltungen zu beschreiben. Die eine ist das dem Menschen innewohnende göttliche Kind, die andere der Held. Auf der einen Seite steht der Held von Phantasiegeschichten, der die Welt durch seinen Willen zu beeinflussen versucht. Er ist aus sich heraus unvollkommen und sucht das Abenteuer in fernen Landen, um sich in diversen Prüfungen zu vervollkommnen und schließlich zum wahren (inneren) Helden heranzuwachsen. Auf der anderen Seite steht das göttliche Kind, das aus sich heraus bereits vollkommen ist und mit seiner Offenheit, Liebe und natürlichen Weisheit die Welt im Hier und Jetzt bereichert. Die Worte des Buches beziehen sich auf die große Erfahrung des Verfassers mit dem inneren Leben und werden auch durch entsprechende Graphiken abgerundet.

Seine Träume deuten lernen

Träume mit Hilfe höherer Bewusstseinszustände verstehen

Arnold Mindell

Paperback, 208 Seiten, 32 Abbildungen – ISBN 3-936486-32-8

Auf der Grundlage seiner sechsunddreißigjährigen Praxis gelangt Arnold Mindell zu einer aufregenden Fusion von Physik und Psychologie, die einen selbst auf den Fahrersitz der eigenen Träume setzt und so deren Bedeutung offenbart. Wir können unsere Träume verstehen, indem wir sorgfältig beobachten, wie wir unsere Aufmerksamkeit gebrauchen, wie wir uns bewegen und was wir in unserem Körper sowie in veränderten Bewusstseinszuständen erfahren. Nachtträume sind bloß eine Reflexion des kontinuierlichen Flusses subtiler Signale oder „Flirts", die 24 Stunden am Tag in unser Bewusstsein eintreten, der grundlegenden Quelle der Realität und des Bewusstseins für das Träumen, der unsichtbaren Kraft hinter allen Erscheinungen. Dann wird einem bewusst, dass etwas anderes uns bewegt, das die eigenen Träume, Phantasien und Erfahrungen erschafft.

Kreative Wunscherfüllung

Die kosmischen und irdischen Gesetze des Wünschens

Hans Vater

Hardcover, 256 Seiten – ISBN 3-936486-16-6

Wunscherfüllung ist kein Luxus. Denn unerfüllte Wünsche halten uns fest; erfüllte Wünsche dagegen machen uns frei, voranzuschreiten zu neuen und beglückenderen Stufen des Lebens. Hans Vaters praktisches und zugleich tiefgründiges Weisheitsbuch gibt die Methoden und Techniken an die Hand, unsere Wünsche zu verwirklichen. Es analysiert eingehend die Gesetze und Prinzipien, die hinter den einzelnen Wunschtechniken stehen und die sie wirksam machen. Diese Gesetze sind die Regeln des großen kosmischen Schöpfungsspiels, welches wir in Gottes Auftrag mitgestalten und dessen Ziel es ist, uns zu der Einheit zurückzuführen, die wir in Wahrheit nie verlassen haben. Das Buch zeigt uns, wie wir durch die Anwendung der mächtigen Seinsgesetze unser Leben gesünder, glücklicher und erfolgreicher gestalten können. Das Verständnis dieser Gesetze hinterlässt beim Leser ein tiefes Gefühl der Geborgenheit und des Vertrauens in ein geordnetes und liebevolles Universum.

Liebe die Arbeit, für die du geboren bist

12 Grundprinzipien

Nick Williams

Hardcover, 120 Seiten – ISBN 3-936486-29-8

Eine Arbeit, die uns erfüllt und in die wir unsere Begabung einbringen können, wünschen sich die meisten von uns – muss das ein Wunschtraum bleiben? Wir sind vielleicht nicht glücklich in unserer momentanen Situation, doch wer kann uns sagen, in welche Richtung wir gehen sollen? Der Arbeitsexperte Nick Williams, der von dem Schriftsteller James Redfield, dem Verfasser der berühmten Celestine-Bücher, als Visionär bezeichnet wird, hilft dem Leser in diesem einfühlsamen Buch, seinen eigenen Weg zu finden. Er zeigt anhand von 12 kraftvollen Grundprinzipien, die durch einfache Techniken und praktische Übungen anschaulich und nachvollziehbar gemacht werden, wie jeder Mensch die Arbeit entdecken kann, für die er geboren ist, und wie er eine Arbeit, die er gerade ausübt, mit Freude und innerer Zufriedenheit machen kann. Tausende haben bereits von den Ratschlägen des Autors profitiert. Er ermutigt den Leser, sich von festsitzenden hinderlichen Vorstellungen zu befreien und durchzustarten mit der Arbeit, die ihm in die Wiege gelegt wurde.

Karten der Erkenntnis auf dem Weg nach innen
Das Buch der Erkenntnis

6. Auflage

Chuck Spezzano

48 künstlerisch gestaltete Karten, Buch: 144 Seiten – ISBN 3-928632-32-9

Wollen Sie mehr Selbsterkenntnis gewinnen, persönliche Ziele und verborgene Wünsche erkennen, die Beziehungen im Privat- und Berufsleben verbessern, Ursachen für Probleme herausfinden und auflösen, Hindernisse auf dem Weg nach innen beseitigen? Dann sind die Karten der Erkenntnis und deren Erklärung eine große Hilfe. Sie sind einfach zu benutzen, hilfreich und inspirierend. Ganz gleich, ob Sie „sofortige Antworten" auf alltägliche Fragen oder langfristige Lösungen für die großen Herausforderun-gen des Lebens suchen, es wird Ihnen und Ihren Freunden helfen, positive Entscheidungen zu fällen und Veränderungen für eine bessere Zukunft herbeizuführen. Im beiliegenden Buch der Erkenntnis findet der Leser den Schlüssel zum Verständnis und zur Verwendung der Erkenntnis-Karten. Chuck Spezzano erläutert im einzelnen die Bedeutung aller 48 Karten und erklärt eine Vielzahl von Möglichkeiten, mit ihnen zu arbeiten und sie zu deuten. Außerdem werden über zehn verschiedene Legesysteme beschrieben.

Suche nach dem Sinn des Lebens

Willigis Jäger

6. Auflage

Paperback, 272 Seiten, Award-Preis in den USA
ISBN 3-928632-03-5

Alle wichtigen Themen des spirituellen Lebens werden von dem Zenmeister Pater Willigis Jäger in diesem Buch grundlegend behandelt und in Bezug gesetzt zur christlichen Mystik, aber auch zu den großen Traditionen der esoterischen Wege anderer Religionen, zu den Ergebnissen moderner Naturwissenschaft und zu den Erkenntnissen der transpersonalen Psychologie. Die psychologischen Aspekte des inneren Weges, seine Tiefenstrukturen und Stadien, der Umgang mit den Gefühlen und die Verwandlung des Schattens werden eingehend beschrieben. In diesem Buch geht es um den inneren Weg der christlichen Religion, um einen Bewusstseinswandel in der Gleichgestaltung mit Christus, um eine neue – von innen geprägte – Ethik, die Verantwortung für die Mitwelt übernimmt. Das Buch befreit zu einem sinnerfüllten Leben; motiviert, den inneren Weg zu gehen, provoziert zu einem neuen Denken und Handeln und tröstet in dunklen Stunden.

Die innere Sphäre des Menschen

Das Tor des Herzens öffnen

Mansukh Patel

Paperback, 216 Seiten – ISBN 3-928632-72-8

Dr. Patel hat die seltene Gabe, die etwas rätselhaften und schwer fassbaren Facetten unseres Lebens zu ergründen. Es scheint, als ob er in der Lage wäre, tief in unseren Geist einzutauchen, unsere profunden Bedürfnisse zu verstehen und eine fertige und anwendbare Lösung für unsere unausgesprochenen Fragen zu haben.
Jeder hat irgendwann in seinem Leben nach einer Lösung für die Verwirrung und die Konflikte, die einen manchmal überkommen, gesucht. Jeder von uns hat zu verstehen versucht, warum unsere Beziehungen nicht immer auf die erhoffte Weise funktionieren, und manchmal haben wir unsere Hände ausgestreckt, nur um festzustellen, dass unsere Träume unerreichbar sind.
„Die innere Sphäre des Menschen" zeigt auf einfache und klare Weise, wie Dr. Patel vorgeht, um Glück und Erfolg zu erlangen. Seine Techniken beruhen auf jahrelanger Forschung und persönlicher Erfahrung. Sie sind praktisch anwendbar, sicher und äußerst effektiv.